飛鳥から遥かなる未来のために（玄武）

聖徳太子たちの生きた時代

朝皇龍古

目次

【主な登場人物】

上宮《うえのみや》……………本シリーズの主人公。呼名は豊人《とよひと》、日本書紀では後に聖徳太子と表現されている。幼いころから周りの人々の幸せを心から願って生きる。炊屋姫からの要請を受け大王に就任。

炊屋姫《かしきやひめ》……………上宮の父（用明大王）の同母妹であり、敏達大王の皇后。次の大王に自らの嫡子竹田皇子をと思っていたが、竹田の死によって失意のどん底に。しかし、王族の束ねの大后として、上宮に政事《まつりごと》の全権を委ねた。

蘇我馬子《そがのうまこ》……………臣下の筆頭で大臣。上宮の義理の父でもある。上宮と共に新しい国造りに取り組む。

上宮関係

用明大王……………上宮の父、炊屋姫の同母兄。

穴穂部皇女《あなほべのひめみこ》……………上宮の母、炊屋姫の異母妹。用明大王の皇后。

来目皇子《くめのみこ》……………上宮の同母弟。大王軍の大将軍として筑紫に遠征し、新羅と困難な和平交渉を行う。交渉成立して大和へ帰還の途中、病死。

菟道貝蛸皇女《うじのかいだこのひめみこ》…父は敏達大王、母は炊屋姫。心清く優しく、亡くなった竹田皇子の姉。上宮に嫁いだ。

刀自古郎女《とじこのいらつめ》……蘇我馬子の娘で上宮と幼馴染。上宮に嫁ぎ、山背皇子と二皇子・一皇女をもうけた。

山背皇子《やましろのみこ》……上宮と刀自古郎女《とじこのいらつめ》の嫡男。日嗣の皇子（大王の後継予定者）となる。

橘姫……敏達大王と炊屋姫の子である尾張皇子の娘（炊屋姫の孫）。

菩岐々美郎女《ほききみのいらつめ》… 膳《かしわでの》加多夫古《かたぶこ》の娘で上宮に嫁いだ。

上宮の側近達

葛城鮠兎《かつらぎはやと》……葛城氏と縁を結び、名が千風鮠兎《せんかはやと》から葛城鮠兎《かつらぎはやと》に変わった。幼い頃から、上宮と共に学んできたため、学識も深く広い。上宮から厚い信頼を得ている。上宮の縁者だということは、公表されていない。

秦 河勝《はたのかわかつ》……上宮の側近。上宮の長男山背皇子の後ろ盾となる。土地の開墾や養蚕などに精通し、交易を通じて新羅とも交流がある。

摩須羅《ますら》……上宮の館である橘の宮の管理と運営を全て任されている。

香華瑠《かける》……薬師で薬草の知識が豊富。あらゆる香りや臭いを嗅ぎ分ける能力を持つ。国の薬師の長となる。

紫鬼螺《しきら》…………大陸からの帰化人。あらゆる国の言葉を操り、周辺諸国の政治経済、文化にも詳しい。上宮の下で、主に海外での諜報活動を担当。

阿耀未《あようみ》…………国内外の情報を収集分析し、正しく上宮に伝える役目を担っている。何事も冷静に判断する。予知、予言能力がある。

肱角雄岳《ひじかどおだけ》…………倭国の血を引く百済の武将・刑部靫部日羅《おさかべゆぎべにちら》の息子で、元の名は靫部伊那斯果《ゆぎべいなしか》。父の日羅は倭国に召喚されて何者かに殺された。上宮の部下となり、火の国（現在の熊本県）の葦北地方の統治を委ねられている。

斎祷昂弦《さいとうこうげん》…………葛城鮠兎《かつらぎはやと》の父。訳あって若い頃に王族籍を離れ、長い間、越の国で過ごした。用明大王存命中に大和へ呼び戻され、上之宮（拠点）の全てを任された。上宮の相談役を引き受ける重要人物。

三輪阿多玖《みわあたく》…………三輪高麻磋の弟。高麻磋を支える仲の良い弟で、上宮の側近。

境部摩理勢《さかいべのまりせ》…………蘇我馬子の異母弟で上宮の側近。

隋関係

楊堅《ようけん》…………隋の初代皇帝。後に文帝《ぶんてい》と呼ばれる。倭国から六〇〇年に遣わした第一回遣隋使は楊堅と謁見。

楊広《ようこう》…………隋の第二代皇帝。後に煬帝《ようだい》と呼ばれる。倭国の第二回遣隋使達が会った皇帝。

裴世矩《ばいせいく》……初代皇帝の楊堅に仕え、全国統一に寄与した。二代目皇帝の楊広の頃には大臣の一人として隋の外交政策の建言およびその遂行に関与した。裴世清を倭国に派遣した。

裴世清《はいせいせい》……第二回遣隋使の帰国とともに来朝し、隋の国書や進物を届けた。

その他の登場人物

小野妹子……第二回遣隋使の正使。隋との難しい交渉を終え、帰国の時に初めて大陸から正式な使者を連れてきた。

未真似《みまね》（恵慎《えしん》）……阿耀未《あようみ》に諜報活動の訓練を受けて育つ。現在は斎祷昂弦《さいとうこうげん》の下で薫陶を受けている。

胸形志良果《むなかたしらか》……筑前宗像《むなかた》地域を本拠とする在地豪族。筑前沖ノ島を含む玄海灘から半島地域の海の道を掌握。大王軍を率いる来目皇子の新羅交渉の際には海の案内役を務めた。また、遣隋使の渡海にあたっても案内役を任された。

膳《かしわでの》加多夫古《かたぶこ》……大和政権の豪族の一人。菩岐々美郎女の父。

押坂彦人皇子《おしさかひこひとのみこ》……父は敏達大王、母は息長広姫《おきながひろひめ》。高い確率で大王になりえる位置にいたが、母の出自が皇女ではないためと、蘇我氏の策謀により、近江に引き籠り、亡くなった。田村王子の父。

慧慈《えじ》……………高句麗の僧。倭国の願いで来日。上宮の仏教の師となる。
慧総《えそう》……………百済の僧。倭国の招聘で来日。飛鳥寺で仏教の流布に貢献する。
蘇我恵彌史《そがのえみし》……蘇我馬子の嫡男。
海斗《かいと》（豊貴王子《ほうきおうじ》）　来目皇子と胸形志良果《むなかたしらか》の娘との間に産まれた王子。

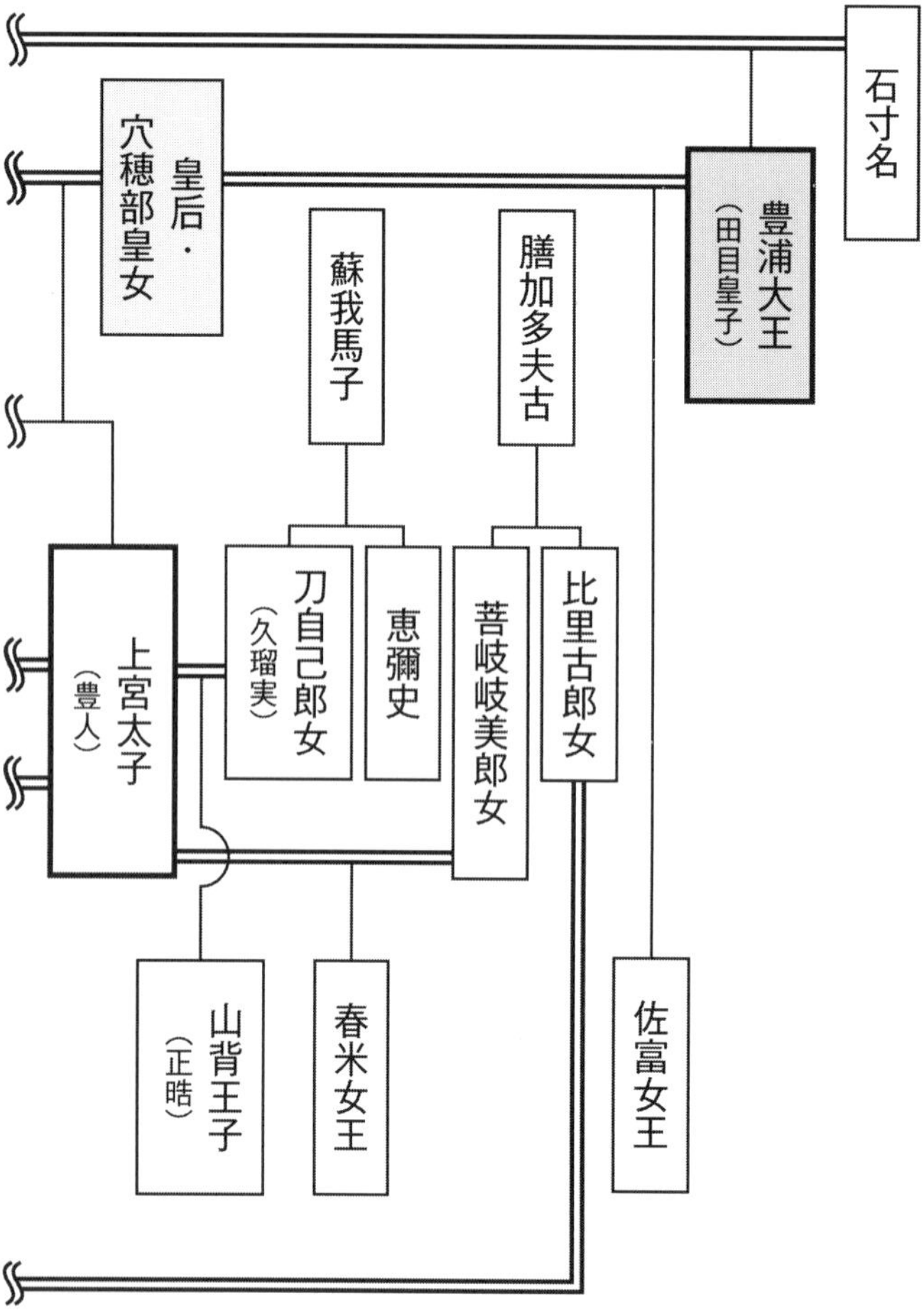
石寸名
豊浦大王（田目皇子）
佐富女王
膳加多夫古
比里古郎女
菩岐岐美郎女
蘇我馬子
恵彌史
刀自己郎女（久瑠実）
春米女王
皇后・穴穂部皇女
上宮太子（豊人）
山背王子（正皓）

【主な登場人物の系図】

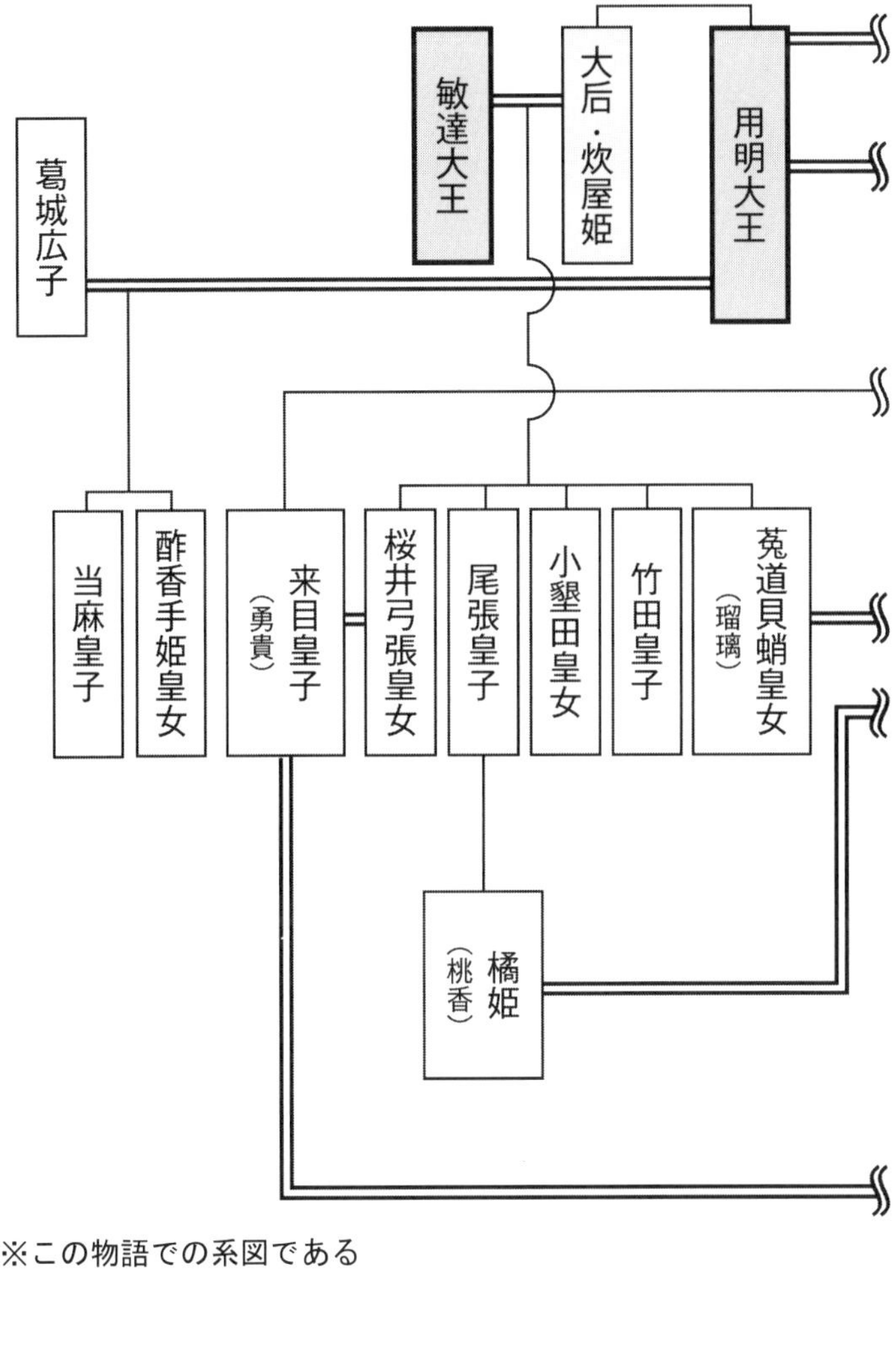

※この物語での系図である

【隋の王統図（系図）】

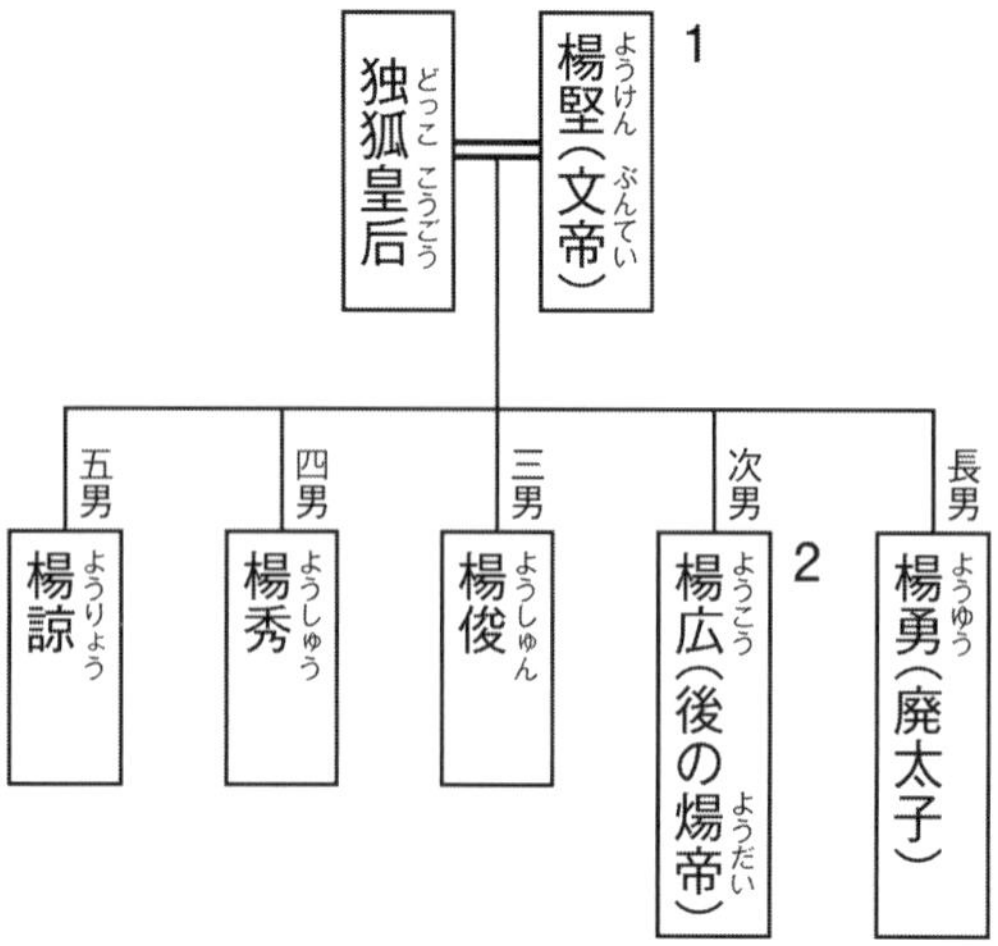

※この物語での系図である

【七世紀初期の倭の概略図】

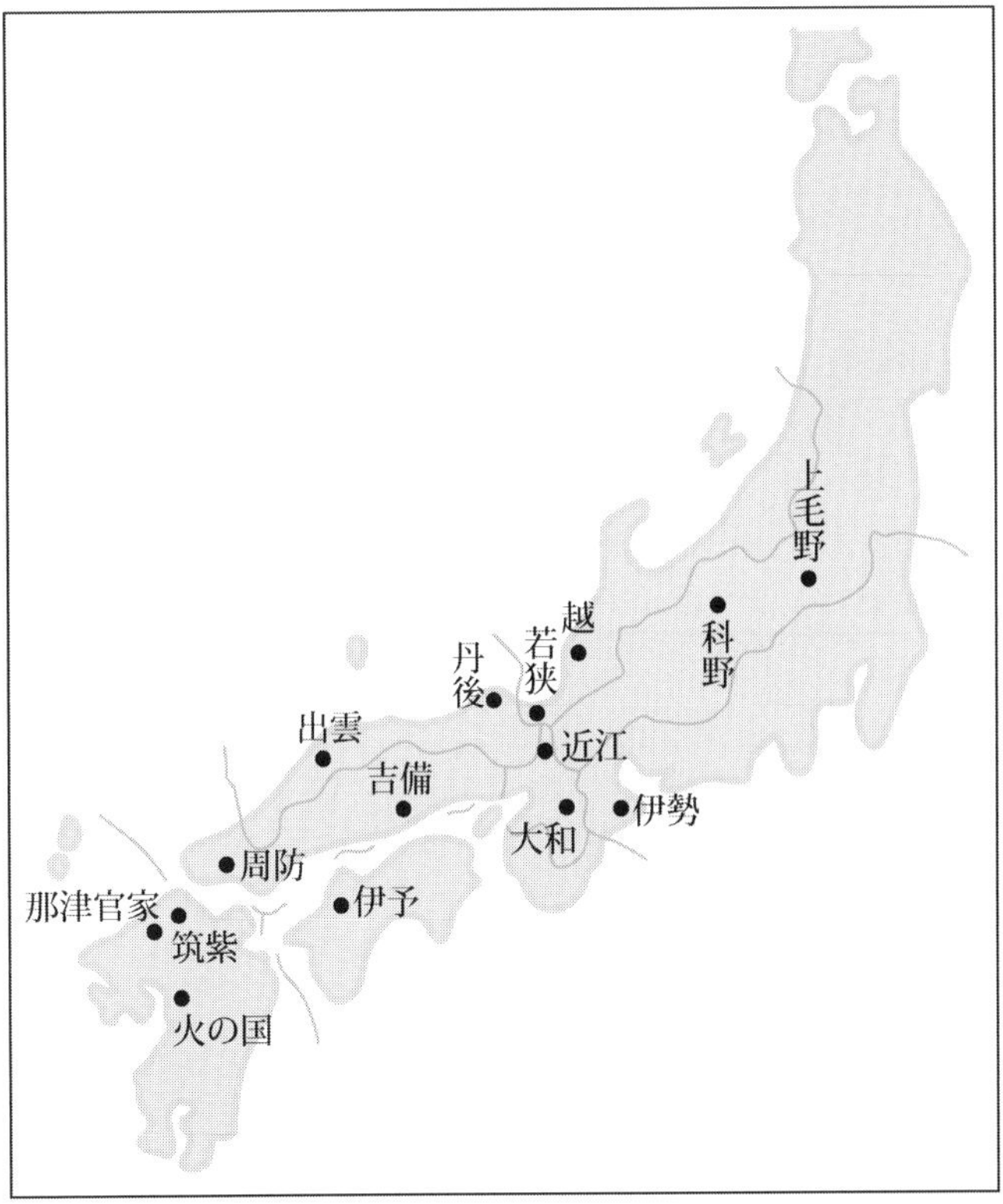

帝国書院編集部著『地図で訪ねる歴史の舞台　日本』2003 年を参考にして作成追記

【七世紀初期の朝鮮半島と大陸の勢力概略図】

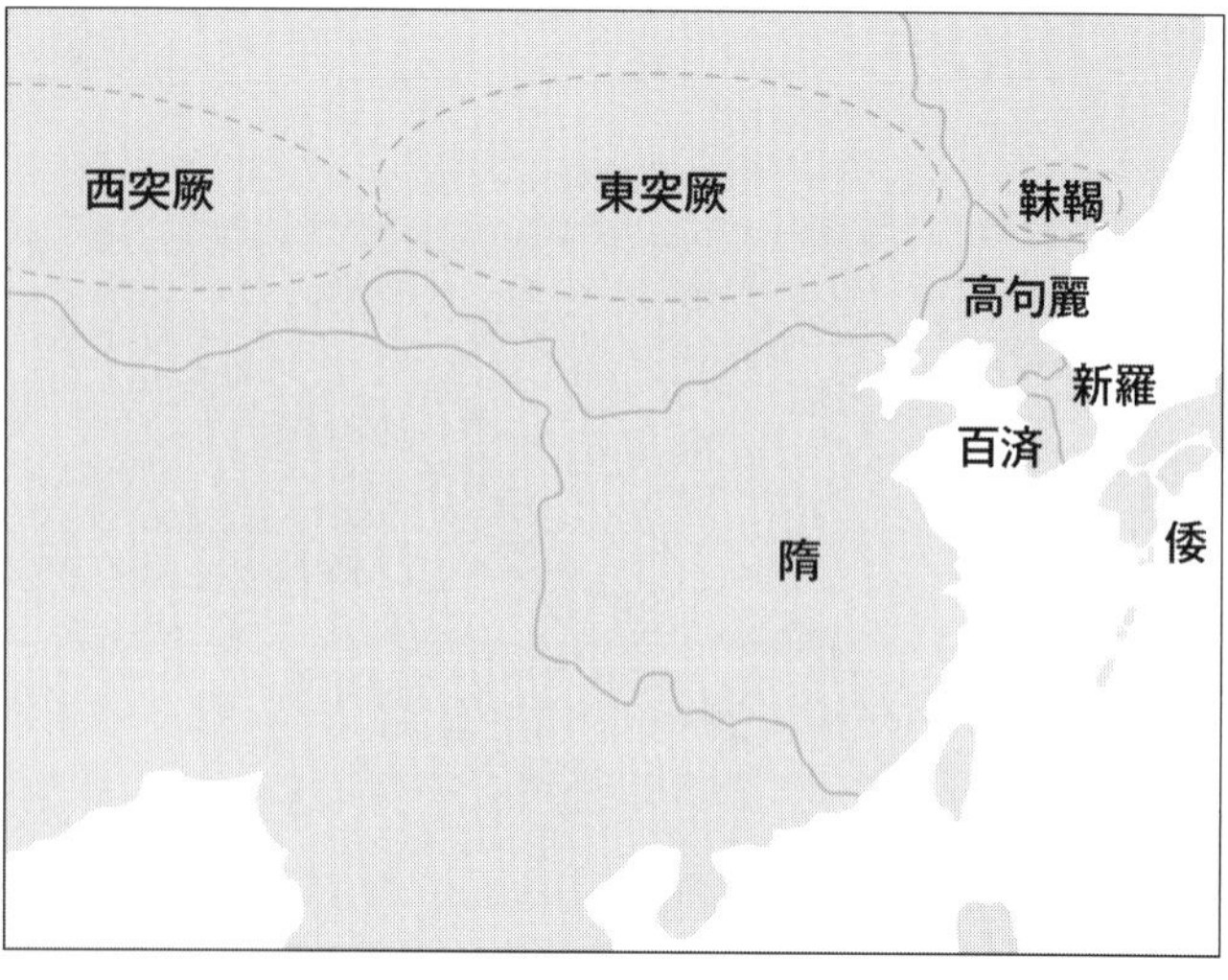

【隋の河川と運河】

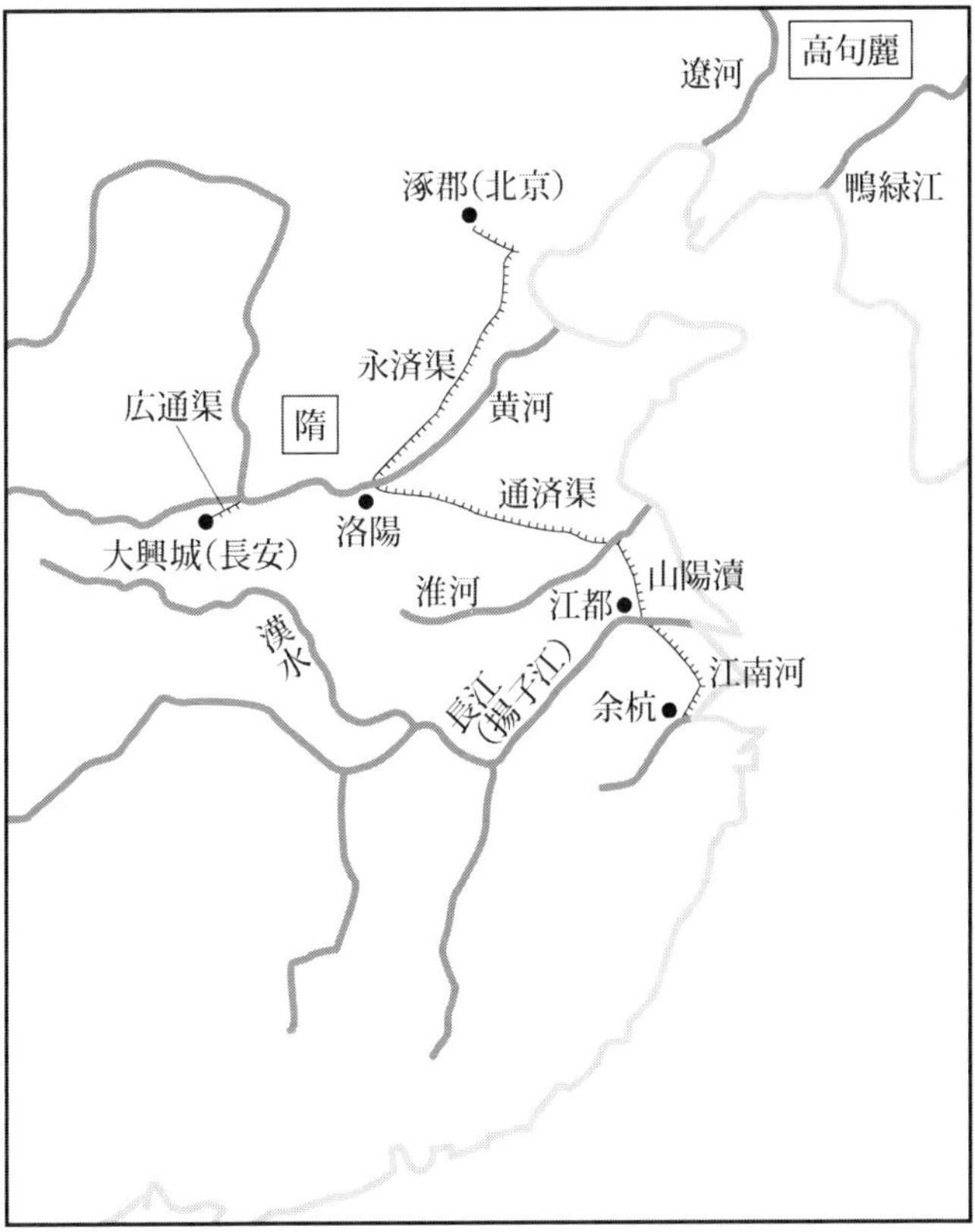

氣賀澤保規編『遺隋使がみた風景』を参考にして作成

線は運河

飛鳥から遥かなる未来のために（玄武）

聖徳太子たちの生きた時代

一、身内の不祥事

六〇八年、小野妹子達が学生《がくしょう》や学僧と共に、隋からの使者の裴世清達を送りつつ再び隋へ旅立った後、大きな問題が起こった。

新羅から多くの民人が、倭国に助けを求めて逃げてきたのだ。その理由は、この時高句麗が新羅の北部を侵略したためである。少しの間均衡が保たれていた新羅と高句麗の国境辺りが、また混乱を極める事態となったのにはそれなりの理由があった。今まで確たる証拠を掴めなかった、新羅から隋への高句麗討伐要請について、その要請書簡を高句麗が手に入れたのである。そのことによって、新羅が隋と手を組んで高句麗を滅ぼそうと企んでいることが明白となり、高句麗は、隋が動く前に新羅を攻撃した。高句麗の新羅への侵攻は、新羅の裏切りに対する報復に他ならない。

高句麗と争いが起こると、新羅北部の地域は地理的にも一番早く戦乱に巻き込まれるのが常だった。戦場となった地は荒れ果て、元の生産を確保するまでに復活させるには多くの時と労力を必要とする。その間の生活はというと食べる物にも事欠く苦しい状況に陥る。それでも、他へ行くあても無い人々は、また荒れ果てた父祖の地で生きていかざるを得なかった。

ところが、この時の高句麗からの侵略は新羅の民にとってその地を捨て去る決心をさせる程、過酷なものだった。その上、何時も戦いが終わるまでには駆けつけてくれていた自国の新羅兵が一兵も助けに来なかった。民たちは自ら戦ったが、戦闘力の優れた高句麗の兵に勝てるわけがなかった。

そして高句麗との戦いで仮令《たとえ》死を免れても捕らえられた者達は、高句麗の奴婢としての苦しい生涯を強いられるのだ。生き残った者達は、それならいっそこの地から離れ未知の土地に活路を見出そうと船に乗り海へ出た。

途中で沈没した船もあり、陸に上がれなかった民の多くは海の藻屑と消えていった。何とか持ちこたえた残りの船が、どことも知れぬ地の海岸にやっとのことで辿り着いた。そこは大和の領地の一部であった。その地を預かる領主の兵に捕らえられた新羅の民人達は、大和に送られ尋問を受けることになった。

大王《おおきみ》から調べを任された葛城臣鮠兎《かつらぎのおみはやと》と秦造河勝《はたのみやつこかわかつ》は新羅から来たという人々から事情を聴き取り、大王の指示を待った。大王は新羅との関係を慮《おもんぱか》り、以前から新羅との交渉を引き受けていた豪族の中の一氏であった秦氏に流民を預けることにした。秦氏は王家から任されている北国の地で、屯倉の開墾や馬飼《うまかい》などに新羅の民を当たらせてはどうかと提案し、大和政権はそれを了承した。

新羅の流民問題が解決した後《のち》、大后や皇后のたっての願いでもあった橘姫との婚姻を上宮は承諾した。橘姫の住まいは本人の希望もあり、上宮の母で斑鳩の宮に暮らす穴穂部皇女の住居の側に用意されることになった。

隋からの使者裴世清を送って再び遣隋の正使として隋へ赴いた小野妹子から、六〇九年の三月末に、今回は何の不備も無く順調に隋の皇帝との謁見を終えたとの報告が大和政権に伝えられた。大役を果たした妹子達が帰って来るとの知らせに、大和で待つ人々は喜び、彼らが無事に帰国するようにと祈った。

四月初め、筑紫から思いも寄らぬ知らせが飛鳥に届いた。

「筑紫総領《つくしのそうりょう》からの書簡にございます」

この頃は常に難波津《なにわづ》の役所に詰めている境部臣摩理勢《さかいべのおみまりせ》が、小墾田宮《おわりだのみや》で執務中の上宮に筑紫からの書簡を届けた。

「ご苦労だった。用件次第では、そなたに筑紫まで行ってもらうことになるかも知れないから待っていなさい」

「畏まりました」

上宮はその書簡を見ながら、

「昨年は新羅からの流民。今年は百済からか。鮠兎、大臣を呼びに行ってくれないか」

「承知致しました。しかし先日来、大臣は臥《ふ》せっておいでだと聞いております。未だ快復されたとの報告は受けておりませんが……」

「ああ、そうだった」

常に上宮の側には馬子の存在があった。精神的に対立した時も過去にはあったが、現在の上宮と馬子は大和政権にとってお互い無くてはならない存在となっていた。だが、馬子は六十を既に超えていて、病で床に就くことなどほとんどなかった馬子も近頃は時々寝込むようになっていた。

「では、恵彌史《えみし》を呼ぼう。摩須羅を大臣の所までやってくれ」

「畏まりました」

以前、馬子がそろそろ息子の恵彌史を自分の後を継げるように大臣として本格的に育てたいと言っていたのだ。

国の安泰は政権の安定でもある。国家の中枢を担う大臣の役割は非常に大きく、しかも王家と大臣の国家に対する思いは同じ方向を向いていなければならない。臣下も又同様だ。

上宮は二十歳を前に太子を拝命し、現在は国家の政事の全権を担っている。いくら上宮が大后に認められたとしても大臣馬子の存在が無ければ、役目を果たせてはいないということを誰よりも上宮が自覚していた。

政事を担うことになった若き上宮は、馬子の類《たぐい》まれな政治的能力を吸収しながら成長し、少しずつ己の譲れない部分では馬子の考えを変えさせた。今では、馬子も上宮が考えることを想像し、上宮の意に添う様な形で自分なりの意見をどうしたら上宮に理解させることが出来るかを心得ていた。

だが二人とも、いや少なくとも齢《よわい》六十を過ぎた大臣馬子の方は、後継者を育てることが急務であり息子の恵彌史を自分の後任にしようと常々薫陶していた。


小墾田宮にその日詰めていた主だった者が、大王の執務室に呼ばれた。筑紫からの書簡を携えてきた境部臣摩理勢、三輪君阿多玖、葛城臣鮠兎、秦造河勝と大臣の嫡男蘇我臣恵彌史が揃うと、上宮が書簡の内容を鮠兎に読み上げるように言った。

「百済の僧侶である道欣《どうこん》並びに恵弥《えみ》と申す者を長老として、僧侶十人と百済の民七十人程の者が乗った船が火の国（現在の熊本県）葦北津《あしきたのつ》の沖に長い間停泊しております。不可解に思い通事《つうじ》をやって訳を聞くと、百済王の命によって呉《くれ》の国（隋の南方に位置する江南地方のこと）に遣わされたが、そこでは戦乱があり入国できなかった。そこで国に引き返そうとしたところ嵐に遭《あ》い漂流した。漂流した先が、ここだった。以上です」

「では、恵彌史に聞こう。この事態をどう処理すれば良いか」

「はっ、百済とは以前よりお互いに友好関係にあります。百済王に書簡を送り、この様な方々が漂着し困っておられるためいかに対処すべきかと問い、百済がどうしてほしいのか確認すべきではないでしょうか」

「成程、他に意見のある者はいるか。三輪阿多玖」

「蘇我恵彌史氏の意見にわれも概ね賛成です。しかしその者達が王命によって行かねばならぬ国に行けなかったことで、国に帰る途中に漂流を余儀なくされただけなら、何故葦北津の沖で長い間、わが国へ助けを求める訳でもなくただ居続けているのでしょうか。その訳を聞かねば、その者達が本当に国へ帰りたいのかどうか分からないのではないでしょうか」

「では、阿多玖はその者達が、国へ帰るのを何らかの理由で躊躇していると言うのか」

上宮は三輪阿多玖に尋ねた。

「われには、その様に思えます」

「成程。その者達は百済王の命で呉《くれ》の国へ向かった筈だ。呉《くれ》の国が戦乱であったとするなら、その様な状態だったと速やかに報告すれば、帰国することを拒《こば》まれることなどないであろう。しかしそうしないのは、彼らの帰国が阻まれる何か別の理由があるという阿多玖の意見には納得性がある」

葛城鮠兎が尋ねた。

「そうであったと致しますと、百済本国への問い合わせと共に、漂着した道欣《どうこん》なる者らの意向も聞き取るというのは如何でしょうか」

上宮は即答せず、摩理勢の意見を求めた。

「摩理勢、そなたはどう考える」

「われは蘇我恵彌史氏の意見に同じです。あと一つ気に掛かることがございます」

「それは何か」

「漂流したとなれば、人的被害と船の損傷は如何程のものなのでしょうか。暴風雨によって漂流を余儀なくされたなら、大荒れの海に船から投げ出された者や物資もあったかと推察されます。その事については何もこの書簡からは読み取れません」

「そうだな。筑紫総領からの書簡だけでは判断しかねる故、こちらから人を遣って再調査して、その後、百済には報告と道欣等の処遇に関しての依頼を受けることとする。葛城臣鮠兎、境部臣摩理勢と共に筑紫の那《な》の津《つ》へ行き、先ずは長官に会った後、葦北津に留まる百済の道欣一行に会って確実な情報を得ること。

その者達が速やかに帰国を願うなら、百済まで送り届けるように。また、帰国を望まない場合は相談に乗ることも可能だが、その場合は百済の意向も確かめた上でわが国なりの判断をせねばなるまい。その時は、大和まで知らせよ」

「ははぁ、畏まりました。では明日、筑紫へ境部臣摩理勢氏と共に参ります」

「この様なことを御座成《おざな》りにするわけにはいかない。国家間の問題に発展しかねないことだ。慎重に取り計らってくれ」

上宮は鮠兎と摩理勢に指示を出し、二人には筑紫への旅立ちのために準備もあるだろうからと先に退出を許した。

「恵彌史、大臣の具合はどうだ。未だ起きられぬ状態なのか」

「はっ、まだ少し熱もありまして、起きて歩くとふらつきます。病状も一進一退なのです。医博士もどこがどう悪いのか、見当がつかぬと言われます。その様な状態ですから、薬も何を飲ませれば良いか分からないと、滋養のある食べ物を勧めて頂きましたが……」

食欲もあまりないのですと言って、恵彌史は肩を落とした。

「では、その様な状態の大臣を見舞うのは遠慮した方が良いかな」

「いいえ、来て頂けるなら。是非、お出で下さい。もう我らでは、どうしたらよいか分かりません」

上宮は常に堂々と胸を張っている恵彌史の弱々しい姿を初めて見た。

「分かった。今からでも良いか」

「はぁ、病床の父に叱られるかもしれませんが……」

「阿多玖、大后様の所へ行って清水を頂いて直ぐ大臣の館まで運ぶように。河勝は膳加多夫古に事情を話し、大臣が好む滋養のある食べ物を王家の食膳の蔵から選び出して、後で届けてくれ」

「承知致しました」

「畏まりました。では急ぎ行って参ります」

二人はそれぞれに上宮の使いを果たすために辞した。

「さあでは、行こうか」

「はっ、有難うございます」

恵彌史は殊勝な顔で上宮の後に続いた。

馬子が住む島の庄の館に着くと、馬子に古くから仕える樫太棲納《かしたすな》が門前で上宮と恵彌史の来る方を向いて立っていた。二人を確認すると、転がるように走って近付いて来て額突いてから述べた。

「おお、これは大王よくお越しくださいました。有難う存じます。今恵彌史様を迎えに行こうと出て参ったところでした。実は先程かられらが止めるのも聞かず、主が大王にお目に掛かると言ってふらつく身体で支度を始めておりまして。恐れ多きことにございますが、どうか我が主の無茶な行動をお止め下さいませ。お願い致します」

「分かった。分かったから、太棲納もう立ちなさい。恵彌史、吾が来たことを早く大臣に伝えてきてくれ」

「畏まりました。太棲納、大王の仰せだ。立て」

恵彌史は太棲納に手を貸して立たせてから、上り坂を若者らしく駆け上り館の中へ走って行った。上宮は従者の一人に太棲納を任せて、自らも恵彌史の後に続いた。

館の中に入ると、家従たちの言うことを聞かない馬子の声が聞こえてきた。上宮はこれくらいの声が出せるならもう大丈夫ではないかと思いながらも、顔を見るまでは安心できないと美しく整えられた庭から声を掛けた。

「大臣、お身体の具合は如何ですか。見舞いが遅くなり申し訳ない」

館の中から馬子の声がした。

「大王、どうかここに来て、お顔をお見せくださいさい。恵彌史、大王をお通しせよ」

上宮は馬子に近付くにつれて馬子の声が常よりも少し弱い感じを受けた。

「大王、どうぞ中へ」

恵彌史が館の中から出て来て言った。馬子は館の奥の部屋で、座ったままだった。上宮が近付くと、馬子は立とうとしたが上手く立てなかった。恵彌史が馬子の側へ行き、寄り添うような形でやっと倒れずにいられる様子だった。

「大臣、掛けて下さい。この様に弱った身体で、起きなくても良いのに。横になって下さい。これは吾からの願いです。早く良くなって、また吾の至らないところを教えて下さい。大臣がいなくては、大和政権は成り立ちません」

「何を仰せですか。われの意見などお聞きにならないくせに。われなど、居ても居なくても同じでしょう。大王には、われの他に優秀な臣下が大勢おられます故」

「大臣の代わりになる人は他にはいません。駄々っ子の様なことを言って。国書の件、吾が大臣の意見を聞かなかったことは悪かったと思っています。しかし隋の皇帝に強烈な印象を与えるには、あれは一つの方法だったのです。大きな賭けでしたが、それなりの効果はありました。結果、隋の外交を一任されている裴世矩《はいせいく》氏の縁戚である鴻臚寺《こうろじ》所属の裴世清《はいせいせい》氏が、わが国に来ることになったのです」

「裴世清が隋国皇帝の側近中の側近である裴世矩氏の縁戚に当たるなど、随分後で分かったことです。小野妹子が隋から戻ってくる時には未だ裴世清なる者は、外交担当の部署でも下位の者としか分からなかったではありませんか」

「調べるのに時が掛かってしまい、ご心配や嫌な思いをさせました。大臣は百済の元高官だった者から、わが国が馬鹿にされたと随分お怒りでしたね。しかし、今回の遣隋は色々問題もありましたが、皆の賢明な働きによってほぼ成功したと言えます。高句麗の強い後ろ盾としても、隋は倭国を認識したのではないでしょうか」

「一歩間違えば、大変なことになっていたかも知れないのですよ。あの百済から来た者も、一寸優しくしてやれば、言うに事欠いて、隋から来た使者がどうのこうのと言いたい放題。百済に送り返してやりたくなりました」

馬子は百済の元高官だった者に言われたことを随分気にしているようだった。彼を大和に留め置いてやってほしいと上宮に進言したのは、誰あろう馬子だったからだ。

「百済の元高官も、本人はどう思っているか分かりませんが、今は倭国の民としてこの国に貢献させる方法はある筈です。彼のこれまでの百済での経験や知識を上手く使ってやって下さい。それが出来るのは大臣しかいません。

これからはもっと多くの人々が、半島の三国だけでなく大陸の国々からもわが国に入って来るに違いない。それらの人々が吾等と共に希望を持って生きられるようにと願っています。少なくとも、わが国に恨みを抱かせるようなことにはしたくない」

時として国と国との間では、互いの利害の問題によって民に犠牲を強いることが多い。

「そうならぬように、蘇我氏は父の代から率先して彼らに手を差し伸べてきたのです。この頃は、半島三国との関係が改善されてきましたので事情が少し昔とは違います。一番違うことは、わが国が直接中原の大国と付き合おうとしている事なのですが……」

　そこまで言った時、馬子はやっと上宮が何を言いたかったのかを理解した。

「大臣、蘇我氏は過去にこの国に渡ってきた外つ国の人々を上手く束ね、この国の将来に役立てようとされてきました。それは国を二分するような時期を作りもしましたが、結局蘇我氏が半島や大陸から来た人々を政権に取り込んだことは、新しい文化の導入を推し進め、国を繁栄へと導いたのです。

　しかし現在、倭国が直接大陸からあらゆるものを導入する道を付けようとし始めたことは、彼らにとって脅威であり死活問題なのです。外つ国から来た人々は、居場所を作ってくれていた蘇我氏が心変わりするのではないかと恐れているのです。わが国の発展に寄与してくれた半島からの人々は百済に限らず、これからも大切にして下さい。放り出すなんてことをすれば、かえって害となるでしょう。大臣ならきっとよい方法を見つけて下さると信じています」

「そ、そうでしょうか」

　馬子は蘇我氏と自分を正当に評価してくれた上宮に対して少し照れくさそうに言葉を濁した。それでも未だ、元気になって頑張ろうという気力が前面に出てこないので、上宮はもう一押しだと思った。

「その様な時代を生きてこられた大臣には、その生き証人として若き者達に色々教えて下さるべきことがあるのではありませんか」

その一言が、馬子の闘志に火をつけた。

「今更、われが言うことに耳を傾けるなどとよく仰せになれますな。われがこの頃申し上げることを、素直にお聞きになられたことがありますか。色々、ああでもないこうでもないと、反論なさるではありませんか」

「それは、大臣が吾らを薫陶して下さった結果、吾らが成長したということではありませんか。それでも未だ大臣の意見が正しいことが多く、吾は大臣と同意見の時には反論などしておりません。大臣は全てご自分の意見に従うだけの傀儡《かいらい》としての吾をお望みですか」

馬子は今まで座っていた椅子から床に滑り落ちるように下りて額ずいた。

「と、とんでもございません。必ず、二、三日内に身体を整えて小墾田宮へ、大王の元へ参じます」

上宮も馬子の前に座り、話した。

「吾は未だ思慮分別を弁《わきま》えぬ若造です。至らぬところも多く、数々の経験と豊富な知識をお持ちの大臣のような人材が必要なのです。皆の前で、今までの様に吾に意見を言って下さい。その意見を越えられる自信がある時は、吾も皆の前で堂々と反論いたします」

「ええー、矢張り反論はなさるのですか」

馬子が先に笑い出した。上宮も笑った。

「あはは、そうです。吾は吾なりに真剣に国政に携わっているのです。吾なりの意見があって当然だと思いませんか」

上宮が馬子の手を取ってお互い立ち上がった。恵彌史は側で一言も発せず、黙って二人の会話を聞いていた。

「もう分かりました。どうやらわれは自分でも知らない内に……」

後の言葉を続けることはしなかった馬子だったが、側にいる恵彌史には後に続く馬子の言葉が分かる気がした。

『どうやらわれは、自分でも想像出来ないくらい大《たい》した王を育てる手伝いをしたようだ。上宮様は国の王として最早立派に独り立ちされている。これからは、持ち前の人に対する優しさに加え、指導者としての強さも発揮して下さる様に釘を刺すことくらいしかできないかもしれない。しかしそれが出来るのは大臣としての自分だけだろう』

まだ若い恵彌史には、父馬子の思いがどれ程のものかはっきりしたことは分からなかった。だが、教え子が自分を遥かに超えて成長したことに一抹の寂しさを感じながらも、喜んでいるように思えた。


「大臣、待っています。それから、今日筑紫総領から書簡が届いた件については、後で恵彌史から聞いておいてください。恵彌史、大臣に先程の件詳しく話しておく様に」

「はぁっ、畏まりました」

「では、お大事に」

上宮はそう言い置いて、一人で去ろうとした。その時、馬子は恵彌史に、

「お送りせよ。大王がわざわざお見舞いに来て下さったのだ。お前がお送りせずに何とする」

そう言って、恵彌史を叱った。上宮に馬子の声は聞こえていたが、上宮は聞こえない様子で館の出口に向かった。後から馬子に叱責された恵彌史が走ってきて追いついた。

「大王、失礼いたしました。お送りいたします」

「吾のことより、今は大臣の方がそなたを必要としている。吾には従者がいるので何の心配もいらない。大臣のことが心配でそなたに連れて来て貰っただけだ。そなたは大臣の側に戻って、床で休ませてやりなさい。吾が来て、いろいろ話したことでまた少し疲れただろうから」

「温かきお心遣い、誠に恐れ入ります。有難うございます。ですが、父のことは太棲納がしてくれていますので、御心配には及びません。われが父の言うことを聞くと父の心が休まりますので、どうか宮まで送らせて下さい」

「そうか、分かった。では行こうか。そう言えば、そなたとゆっくり話したことは今まであまりなかったな」

「はっ、確かにございません。われは政権の中では若輩です。余程のことが無い限り直接大王とお言葉を交わすことはございませんから」

「そうであったな。それは今考えてみると良くないことであった。そなた達の様な若者の意見や考えを聞いていなかったのは、政権としても人材をしっかり活用していないのと同じだ。これからは、そなた達の意見を聞く時間も作るようにしよう」

恵彌史たちの様な若者の成長がこの国の希望に繋がると、上宮は信じていた。今は親や親戚の長老が受け持っている重要な役割を、何れは優秀な若者に引き継がせねばならない。将来国を担う若者達を育てる義務を果たさなければいけないと上宮は思った。

彼らは、人格の根幹を育てるための学問は身に付けた。今度は実践の場において、政事を学ぶ時期となった。実践の場で経験を積む以外に、本当の政治力を養うことは出来ない。

「恵彌史、今日の百済の漂流の民の件だが、あの場でのそなた以外の者が言った意見の内容を覚えているか」

「はぁっ、覚えております」

「では、その一人一人の言った事を大臣に話し、大臣の意見を聞いてきてくれないか。明日その報告を頼めるか」

「畏まりました。明日も、小墾田宮にお出でになりますか」

「ああ、出ている。それから、刀自古は義父様が臥せっていることを知っているのか」

「いいえ、未だ知らせておりません。父が心配するから知らせるなと申しましたので」

「吾から知らせておこう。後から、このことが刀自古の耳に入ったら、そなたも吾も刀自古から叱られる。そなたもそれは嫌であろう」

「その通りでございます。父も大王が仰せになったとなれば、われが叱られることもございません。姉には、大王からお知らせ下さい」

「分かった。そうしよう。ここまで来れば宮はもう直ぐそこだ。もう帰りなさい」

「はぁっ、ではここで失礼いたします。今日は父を見舞って下さいまして、本当に有難うございました」

恵彌史は、深々と頭を下げて上宮に感謝の意を伝えた。

筑紫へは急ぎの旅だったので、早船が出された。大王の命を受けた葛城臣鮠兎と境部臣摩理勢は、難波津から内津海《うちつうみ》（現在の瀬戸内海）を筑紫総領が返事を待つ那《な》の津《つ》（現在の博多港）まで船に乗り西へと向かった。

「只今、那の津に大和から使者が来られ、こちらへ向かっておられるとの知らせが入りました」

屋敷の外から従者の声が聞こえ、筑紫総領が応えた。

「そうか、その大和からのお使いが着かれたら、ここへ直ぐに知らせよ」

「承知致しました」

それから暫くすると、表から人や馬の気配がした。筑紫総領は外に出て大和からの使者を迎えた。

「大和からの使者は、葛城臣鮠兎様と境部臣摩理勢様でしたか。この度は遠路、ご苦労様にございました」

「おお、膳臣歌倶良《かしわでのおみかぐら》氏。この頃は、外つ国との関係や諸問題の解決にご尽力を頂き感謝いたしております」

筑紫へ度々訪れている境部摩理勢は、見知った者との挨拶を明るい声で始めた。

「どうぞ、こちらへお入りください」

未だ一言も発していない葛城鮠兎に館の入り口を譲りながら膳歌倶良は神妙に頭を下げた。葛城鮠兎も一礼をして、館の入り口から一番遠い部屋まで進み部屋の入り口で歩みを止めた。膳歌倶良が、その部屋の扉を開けると一目見て豪華だと分かる調度品が並んでいた。膳歌倶良は、

「どうぞこちらにお掛けになって、しばらくお待ちください」

そう言うと、大和政権からの使いの二人を部屋に残して出て行った。摩理勢は部屋の中をぐるりと一回り見て歩き、鮠兎の側に座ると、言った。

「鮠兎様が先程から黙っておられるのは、この部屋が豪華過ぎるからですか」

「いいえ、そうではありません。ですが、言われてみると確かに素晴らしい調度品が揃っていますね。ただ、わが国のある意味玄関ともなる所の館ですから、これくらいは良いのではないですか」

そう言いながらも鮠兎の表情は硬く、摩理勢は違和感を持った。

「分かりました。でも、鮠兎様のこの様な厳しい表情は初めてです」

「ああ、そうでしたか。分かりました。もう少し柔和な顔になるよう心掛けなければなりません

ね。ただ、昨日から少なからず体調が良くないのです」

上宮から百済の民の件と共に調べてきてほしいと言われた筑紫の館の変化については、摩理勢にはまだ話せないと、鮠兎は話を変えた。

「そう言えば、お顔が少し赤いかも知れません。一寸、失礼いたします」

摩理勢はそう言って、鮠兎の顔に自分の顔を近付けた。

「ああ、熱がわれの顔にまで伝わります。これでは、さぞお辛かったでしょう。

誰か、直ぐに来てくれ」

扉の外に向かって摩理勢は大きな声を上げた。

「どうかなさいましたか」

近くに居た膳歌俱良の従者が急いで入ってきた。その頃には、鮠兎は前よりもっと熱が上がったらしく目を閉じて苦しそうに座っていた。

「葛城臣鮠兎様が熱を出された。総領に直ぐに床の用意をするように伝えてくれ」

次の日、目を覚ました葛城鮠兎の側には、肘角雄岳《ひじかどおだけ》が心配そうな顔をして寄り添っていた。肱角雄岳は今回の百済の漂流者たちがいた火の国、葦北津辺りの管理を任されていた。

「伊那斯果《いなしか》。あっ、いや、肱角雄岳。そなたが筑紫まで百済の漂流の民を連れて来たのか」

「はっ、左様にございます。鮠兎様には先程まで、境部摩理勢氏が付き添っておられました。昨日、鮠兎様が高熱を出されたと仰せになって、寝ずに看病されておられたようです。このままでは境部摩理勢氏も倒れられると思い、我が代わりますと先程交代したばかりです。ところで、お身体の具合は如何ですか」

「ああ、二人の御蔭で熱も下がったようだし、大丈夫だろう。肱角雄岳は、変わりなかったか、元気だったか。肥国（肥後）での暮らしは、どうなのだ。家族は皆、達者なのか」

肱角雄岳は鮠兎の矢継ぎ早の質問に微笑んだ。

「皆、元気にしております。御蔭さまで、この頃は山間で暮らす民たちも十分に食べられるようになりました。秦氏の方々に、開墾や治水の方法も指導して頂いて、毎年田畑も広げることが出来ております。この様な暮らしが出来るようになったのも、皆様のお陰だと郷の者達共々に感謝しております。あ、あのう。境部摩理勢氏をお呼びしませんと。随分ご心配でしたので。お元気になられたとお伝えせねば」

「いや、摩理勢が一晩中付いていてくれたとすれば、今はそなたが付いていてくれると、きっと安心して休んでいる筈だ。もう少し、そっとしておいた方があの人のためにも良いと思う。ここに来て、急にわれが熱を出したせいで驚いたのと看病で疲れているだろう」

「左様にございますか。では何か、飲み物か食べ物をお持ち致しましょう。何が宜しいですか」

「有難う。では、温かい梅湯をたっぷりと。その後は、葛湯をお願いしたい」

「承知致しました。それでは頼んで参りますので、しばらくお待ちください」

肱角雄岳が部屋を出て、しばらくして梅湯を自ら持って戻ってきた。

「有難う。そなたが自ら持ってきてくれたのか。重ねて有り難い。ではいただきます」

丁度、飲み頃の梅湯を鮑兎はごくごくと美味そうに、あっという間に飲み干した。鮑兎が梅湯を飲み干した頃に、どすどすという床を踏み鳴らす足音と共に鮑兎達のいる部屋に近付く者がいた。境部摩理勢だった。

「鮑兎様、お目覚めになったのですね。心配しました。ご気分が悪い時はもっと早く言って下さい。一晩中生きた心地がしませんでした。鮑兎様に何かあったら、上宮様がどの様になられるか。気が気ではありませんでした。ああ、でも良かった。もう大丈夫なのですか。お辛いところはございませんか」

「すいません。随分、心配させてしまって。もう大丈夫です」

鮑兎はすまなそうに言った。その時、

「失礼いたします。葛湯をお持ち致しました。入っても宜しいでしょうか」

外から、若い女性の声が聞こえた。

鮑兎の体調は思いの外《ほか》早くに回復したので、次の日の午後には百済の民の問題解決に取り組んだ。葦北津《あしきたのつ》近くに漂流していた百済の民の代表二名と彼らを筑紫まで連れてきた肱角雄岳、大和からの使者として葛城鮑兎と境部摩理勢、そして筑紫総領および通事で面談した。

百済代表の僧侶は道欣《どうこん》、もう一人は恵弥《えみ》と名乗った。この度漂流した者達の内訳は、僧が十人と一般の民が七十五人だった。代表の僧道欣は語った。

「我らは、百済国王の命令によって呉《くれ》の国《くに》（隋の南方に位置する江南地方のこと）へ遣わされましたが、向かったところで戦乱があり上陸できませんでした。仕方なく、帰国しようと船を北へ漕ぎ出しましたが暴風雨にあって遭難し、船が現在停泊している辺りまで流されてしまったのです」

百済語の通事の吉士唯麻呂《きしのただまろ》が素早く通訳した。それを受けて、葛城鮠兎が質問をした。

「そうでしたか。それは大変な経験をされましたね。それで、その暴風雨による被害はどの様なものでしたか」

「船員の七名が暴風の時海に呑み込まれました。その時、彼の地で暮らすための食糧や衣類などの大半も海の藻屑と……」

道欣はその時の暴風雨を思い出したのか震え出し言葉を続けられなかった。

道欣が少し落ち着きを取り戻したところで次の質問をした。

「それでは、葦北津の沖に停泊中は食べる物にも事欠いておられたのですか」

「暫くの間は、船内に残った僅かな食料を皆で分けて食べ、何とか凌《しの》いでおりました。その後は動けなくなった船の周りに倭国の方々が来て、食べ物や水を下さいました。葦北津にて上陸をお許し頂いてからは、ここに居られる肱角雄岳様や皆様に大変親切にして頂いており、心から感謝しております。有難うございます」

道欣と名乗った僧は、手を合わせてお辞儀をした。

「そのような状況でしたら船の損傷も尋常ではなかったでしょう。よくその様な南方からわが国の葦北津まで辿り着けましたね」

道欣は幸運なことに海の流れに任せることで、船がやっと葦北津の沖まで流されたのだと語った。しかし葦北津沖まで来た時、船頭等がどう操っても船はびくとも動かなくなり、その後には、破れた帆を外し、それを旗にして振るなどして、近くを通る漁船に気付いてもらい役人に連絡してほしいと頼んだと言った。

「分かりました。では、皆さまは百済へ帰国されることを希望されておられるのですね」

「はあ、まあそうなのですが……。出来ますれば倭国に留まらせて頂くことはできないでしょうか」

「いやそれは、百済王直々に派遣された方々を、百済国に何の問い合わせもせずにこのままわが国に止め置くことは出来かねます。あなた方は百済の民であり、百済王が他国に使者として派遣するような言わば百済の宝とも言える方達です。漂流してわが国の近くにまでこられたなら、助けた後は当然百済国にお知らせし、お送りするのがわが国の百済に対する礼儀だと考えます」

「ああ、御尤もなお言葉です。では百済王が、倭国に居ても良いと言ってくれましたら、われらを受け入れて下さるのですか」

「いいえ、百済王が良いと言われましても、わが国があなた方を受け入れるかどうか。大和政権がどの様に判断するかは今はっきりとお答えすることは出来ません」

「ではお願いです。百済王の許しが出たら、われらを倭国のどこかに住まわせて頂けるかどうか、倭国の大王にお伺いを立てて下さい。呉の国へ向かうことになりました時に、われら僧侶は住寺を、民は住居を他の者に譲り、二度と帰らぬ覚悟で国を出てきたのです。われらを受け入れて下さるかどうか聞いて下さるだけでも構いませんから、どうかお願い致します」

道欣らは葦北津沖での漂流の最中、何度も皆で話し合った結果このまま倭国に受け入れて貰えるなら倭国に居たいという者が多かったのだと付け加えた。

国から他国へ派遣される程の僧侶なら、それなりの修行を積んだ人達であるに違いない。しかしそれ程の僧侶なら、百済も大切にするのではないかと鮠兎は思った。鮠兎は上宮から受けた指示を履行するには、百済の漂流者道欣らの思いと百済の国内が彼らの今後に対してどの様な答えを出すかの双方を確かめることが肝要だと判断した。勿論その事と同時に、大和へ急ぎの使者を出して現在の状況の報告と、百済からの返事が来た時にどう対処すれば良いかを問うた。

一月ほど経って、百済からの返事が届いた。

「百済王からの返事を頂きました。百済王は道欣様達の帰国を望んでおられるとのことでした。お国の方から帰国を望むとの返事には、従うようにと我が大王より言われております。乗船されていた船での帰国が出来ないという事でしたので、お送りする船の手配はこちらで致しますから御心配には及びません」

「お、お待ちください。助けて頂いた上に、国まで送って頂くなど、御親切には感謝いたします。しかし、本当に帰ってきてほしいと王が思われているなら、使者と共に迎えの船を出す位のことはするのが当然ではありませんか」

　道欣の言うことは、道理に適っていた。帰国しても自分たちの居場所がないと言った彼らには同情の余地も大いにあると、鮑兎には感じられた。

「では、道欣様達はどうしても、もう国へは帰りたくないと言われますか」

「われらをどうか倭国に止め置きください。百済国の王様へ、拙僧から書を出させて下さいませんか。勿論書いた後で、拙僧がどの様に書き記したかをご覧頂いた上で、出して良い物かどうかの判断もお任せ致します。助けて頂いたわれらのことで、国と国との仲が揉めることなどあってはならないことは重々承知致しております故」

　通事を介して聞いていた境部摩理勢は、葛城鮑兎がどう答えるのか気掛かりだった。

「分かりました。ですが、その書簡に対する百済王からの返事には従って下さい。われらがそれ以上のことは、して差し上げられないということもご理解ください」

　道欣はほぼ鮑兎たちに語ったことを書に認《したた》めた。そして最後に倭国に助けて貰わなければ今はもうない命であり、自分たちはここで助けてくれた倭国に恩返しをするために残りたいのだと、百済王に懇願した。そして其れは取りも直さず、百済国のためにもなると思うと最後に書き加えていた。

　半月程経って、百済王からの返事が筑紫で待つ百済僧道欣と鮑兎たちの元に届いた。書簡は二通あった。一通は、百済王から大和政権に対する物で、もう一通は隋南の呉の国へ遣った道欣らに宛てた物だった。

大和政権に宛てられた書簡の概略は、

『百済の民らを助けて頂きお礼を申し上げます。助けて頂いただけでも有り難いことですのに、その民らが貴国への永住を希望していると聞き及びました。この上その様なお願いを申し上げて良いものでしょうか。

百済と致しましては、呉《くれ》の国《くに》（江南地方のこと）からの依頼によって呉の国に住まい、生涯を暮らすと決めて出国した者達ですので、呉《くれ》の国《くに》が受け入れられない状態なら帰国は当然のことと存じます。しかし彼らは帰国するより貴国に居ることを希望をしているようですので、もし貴国が彼らを受け入れて下さるなら、わが国は反対致しません。

受け入れて下さるかどうか、貴国の王にお任せ致します。貴国の返事を待ちたいと存じます。何卒よしなにお取り計らいください』

というものだった。そこには、百済王の署名と王の印章が確かに押されていた。


僧道欣らに宛てられた書には、倭国が受け入れてくれるなら、百済国としては道欣達が倭国に残ることに反対しないとだけ書かれていた。

百済の意向が道欣らに示された後で、葛城鮠兎は大和政権からの返事を教えた。倭国が自分たちを受け入れてくれることを知った道欣達一行は喜び、大和飛鳥まで挨拶に行きたいと申し出た。

葛城鮠兎と境部摩理勢は、代表者の道欣と恵弥ら数人の僧を連れて大和へ向かった。残りの百済僧達と民達は、肱角雄岳に火の国の葦北津から少し山に入った所にある地に案内され、これからはここで暮らすことを大和政権から許可されたと伝えられた。

大和の都飛鳥に着いた道欣達は、大王の許しを得て百済から来日している高僧慧総《えそう》の計らいもあって暫くの間法興寺に落ち着くことになった。


数日後、馬子は法興寺の寺司をしている息子の善徳が道欣達について抱いた感想を上宮に話した。

「百済から来ました僧侶の道欣達は、相当修行を積んだ者のようです。百済はあのような者達をわが国に住まわせることをよく許可したものだと、寺司の善徳が申しておりました」

「そうでしたか。大臣にも百済王からの書簡をお見せしましたが、百済は彼らに何の未練もないような言い方で、吾も少し違和感を覚えました。王の命令で、仏教を布教するために使者として遣った僧侶とその一行です。僧侶としても相当な力量の者でない限り他国へ遣ることは無い筈。それなのに、百済王はその様な者達を易々と手放す。道欣達も呉の国へ向かう時には、国家を背負って使命感を持って行ったのでしょう。この両者の間には、何らかの行き違いがあったとしか考えられない」

「左様です。それか若しくは百済が初めから何らかの意図を以って棄民《きみん》のように見せかけて、彼らを倭国に潜入させようと目論んでいたのかもしれません」

「まさか。百済が今更わが国にこの様な形で間諜を潜入させるなど、有り得るのか」

「大王、油断は禁物でございます。半島三国の情勢は常に厳しいという事をお忘れなく。それにわが国は今まで文化の導入を殆ど百済に委ねておりましたが、隋と直接交流を致すに至った現在、百済は何かと不安なのでしょう。今は未だ隋の大運河が完成しておりませんが、あの運河が完成した時に隋は高句麗の征伐に向かう筈です。そうなりますれば、後ろに控えた新羅や百済にも何らかの影響があるのは必至でございます。

その時に、倭国の方針がどの様に変化するか。先頃、わが国に入ってきた新羅の民や今回の百済の道欣達が、本国とどの様に繫がっていてどんな報告をするのか。わが国はそのことを常に疑い、彼らを保護しながらも監視を怠りなくせねばなりません」

「百済も新羅も共に、高句麗を早く滅ぼしてほしいと隋へ何度も請願しているということは知っている。それにわが国がどの様な形で高句麗に味方するのかということも新羅や百済から隋へ報告があるとすれば、倭国と隋の間は微妙な関係になる。道欣達を住まわせることに賛成したが、法興寺にこのまま置いてはおけない」

「それでわれは考えました。今直ぐではありませんが、隋が大運河を完成させるまでには今回百済から来た道欣師らには、尾張に現在建設中の寺を任せることにしては如何でしょうか」

「成程。それは良き案です。そうしましょう。そうすれば彼らにも良き計らいとなり、尾張皇子からの優秀な僧侶を寺にという依頼にも応えることが出来る。

ああ矢張り、吾の側には大臣が居てくれないと困ります。元気になってくれて、本当に良かった」

そう言って上宮は馬子の手を取って強く握った。馬子は言葉では返さず、一時上宮の眼をじっと見た後、少し照れくさそうに苦笑いして頷いた。


次の日、上宮は現在筑紫総領の役を任せている膳《かしわで》歌倶良《かぐら》について、膳加多夫古と共に葛城鮠兎から報告を受けた。

「迎賓の建物および建物内の調度品等についてはまあまあ許される範囲でしたが、それ以上に歌倶良氏の私邸には問題がございました」

「どんな問題だ」

上宮は少し厳しい顔で聞き返した。鮠兎は自身が見た歌倶良の私邸の豪奢な屋敷のことや、内々で調べさせたあちこちに分散し隠し持っていた私有財産などについて詳しく報告した。その話を側で緊張して立って聞いていた膳加多夫古が、突然膝を折り平伏した。鮠兎の報告が全て終わると、加多夫古は泣きながら何度も謝った。そして族長として今直ぐ歌倶良を膳一族から追放すると言った。歌倶良は一族の恥であり、直ぐに筑紫総領の任を解き大和に連れ戻し、今後の戒めのためにも重い罰を与えてほしいと申し出た。

大和政権が官吏を送り、賄賂を受け取るなと何度強く戒めても、また国に納めるべき税を正しく納めるようにと指導しても、未だに従わない多くの豪族が居る。そんな中での身内の裏切りに、上宮もやるせない気持ちでいっぱいになっていた。

「そなたの言い分はよく分かった。だが、歌俱良の今後については慎重に考えた上でどの様に取り計らうか決める。それから、この件に関しては吾が良いと言うまで何人にも口外してはならない」

「はっ、重々承知致しております」

膳氏の身内の不祥事は、膳氏と縁を結んだ上宮にとっても大きな汚点となる。この問題をどう解決するかが、今後の豪族たちとの関係性に大きく影響を及ぼすことは確かだった。上宮は長い間目を閉じたまま考えていた。

長い沈黙の後で上宮は告げた。

「鮠兎、大臣と三輪阿多玖に来るよう伝えよ」

その日、小墾田宮の別室では主だった者達が集まって、帰国する遣隋使一行の出迎えについての打ち合わせをしていた。打ち合わせが終わるのを待って、鮠兎はその中に居る大臣と三輪阿多玖に上宮の指示を伝えた。

「大王、何があったのですか」

大臣はいつもと違う上宮の様子を見、その場に平伏している膳加多夫古を見て、心配そうに聞いた。上宮は鮠兎に膳歌俱良の件を説明させた。

「膳加多夫古を介して吾の縁戚ともなる者の不祥事です。そのため吾が一人で決めることは許されないと思い、二人に来てもらったのです。大臣と阿多玖の意見を聞きたい」

「阿多玖、そなたならどの様な答えを出すのだ」

馬子は自分の答えより、阿多玖がどの様に答えるのかを確認しようとした。上宮の側近として阿多玖がどれ程成長しているのかを確かめたいと思ったのだ。阿多玖は神妙に一礼をした。

「大王からの信任を受けて倭国の玄関口の長である筑紫総領という大役にありながら多くの賄賂を受け取っていたことは、言語道断です。罪は死に相当致します。大王の縁続きの者なら尚更のこと、解任だけでは済ませられないと存じます。

ただ、今まで半島諸国との外交は膳歌倶良にほぼ一任されておりました。膳歌倶良を筑紫の地で今直ぐに厳しく罰することは、避けられた方が良いと考えます。半島三国もそれなりに関わっている事でしょうから、それと気付かれないよう穏便に図られた方が得策かと存じます。新しい筑紫総領と交代という形で歌倶良を大和に戻し、その後に罰を決定されることをお勧めいたします。そして大王の政事の公平性を群臣に示す必要を考えますれば、身内であろうとも厳しいと思われる罰を与えることが肝要と存じます」

「大臣の意見を聞かせて下さい」

「三輪阿多玖の意見にわれもほぼ賛成です。死を以って償わせるのも一つの方法ですが、これまでの膳歌倶良の外交能力は優れていると言えましょう。そこで、全財産を没収した上で氏姓《うじかばね》をも剥奪し、これからの外交を担当する者達に自らの経験と、誘惑に負けて犯してしまった罪について話をさせる。これらの事柄を活かして外交全般について教える役割を与えてはいかがでしょうか」

大臣の提案に、その場に居る者達は恐怖を感じた。そう言った義理の父蘇我大臣に対し、

「それは死を以って償わせるより、酷だと言える」

上宮がその場に平伏しているもう一人の義理の父膳加多夫古を庇った。

「いいえ、大王。大臣のご提案を受け入れて下さい。歌俱良はそれ程の罪を犯しました。外交の玄関口ともいうべき場所で、外《そと》つ国《くに》の人々と最初に出会う重要なお役を頂いておきながらこの様な不埒なことに至った者を、わが一族が何も知らなかったとは言え放置致しておりましたことを心からお詫び申し上げます。歌俱良の罪は、我が一族の罪でもございます」

「よう言われた。流石、大王の縁戚筋。大王のお立場を弁《わきま》えておられる。しかし、それ故そなたの一族に累が及ぶということも承知されている筈だ。自らの進退をどの様に考えているのか」

「どの様にでも、御処分下さい。わが一族の者の不祥事にございますれば……」

そう言った膳加多夫古が再び額突いた。

その場の全員が押し黙って暫く経った時上宮が訊いた。

「鮠兎、そなたが一番最近膳歌俱良に会った者だ。大臣と三輪阿多玖の意見を、最近の膳歌俱良ならどの様に受け取ると思う」

「三輪阿多玖氏の意見には素直に従うのではないでしょうか。大臣のご提案には、われの考えですが膳歌俱良は耐えられるような強い者ではないと存じます。膳歌俱良は今回の様な罪を犯した

者ですが、決して真からの悪人ではないと感じます。しかし心弱きがゆえに、誘惑に負け罪を犯しました。外《そと》つ国《くに》と遣り取りする際、他国より自国を是非とも優先してほしいとの気持ちが賄賂を産むのでしょう。われが観察したところに依りますれば、膳歌倶良は着任した当時は賄賂を断っていた節が見受けられます」

「では、いつから賂《まいない》を受け取りだしたと言うのだ」

「第二回の遣隋使派遣が決まってからです。それは境部摩理勢氏の意見も同じでした。わが国の動向を百済や新羅が必死に探ろうと働きかけていた頃です」

「では相手の国には、高句麗は入っていないのだな」

「はっ。わが国が隋の情報を得ることは、高句麗にとっては好都合なことです。その上、近頃は高句麗とは密に情報の交換が出来ています。しかし百済はわれらと隋との直接交流をさせたくないのです。新羅は新羅で、百済や高句麗に攻められ続けておりますから、唯一頼りとする隋を失うわけにいかない。百済や高句麗と親しいわが国が隋と親しくなれば味方をしてくれる国を失いかねない。百済も新羅も、わが国には隋と直接交渉をしてほしくないとの強い気持ちがあり、それが働いたのではないでしょうか」

「成程、そこで外つ国との玄関口を担う筑紫総領から何とか情報を引き出そうとしたのだな。しかしそれだからと言って、強引な両国の誘惑には膳歌倶良でなくとも負ける、誰もが犯し易い罪だとでも言いたいのか。葛城鮠兎」

大臣は大いに怒り、声を荒げた。

「いいえ、そうではありません。両国とも必死だったと思います。国の存亡が懸かっているのですから」

大臣は鮑兎が何だかんだと言って膳氏を庇《かば》いだてしているように思えて腹が立った。

「それで、そなたは膳歌倶良一人の死罪が相当だという意見なのか」

上宮には膳加多夫古の娘を妻に持つ自分への鮑兎の気持ちは有り難かったが、それは決して受け入れられるものではなかった。

「歌倶良の処分は、大臣の提案を用いよう。先ずは、刑部預かりの下で全ての罪を認めさせ、その後に法興寺において自らの罪を償わせる。歌倶良には外交の担当者の本来なすべきことや、してはいけないことを認識させじっくり反省させる。その後、処置を決める」

「大王、歌倶良を飛鳥の地に置くことは長きに渡り膳氏の汚点となり、ひいては大王の御身にまで影響が及びかねないのではと不安になります。歌倶良一人に、死を以って償わせた方が政権の中の重要人物が悪事を働いた故だと群臣も納得します。自らも政権を裏切れば自らの死と一家全員の離散に繋がるとした以前の罰の方が、群臣にも分かり易く効果があるのではないでしょうか」

三輪阿多玖は少し厳しい口調で言った。

「阿多玖、そなたは大王が膳加多夫古を思い遣ってのことと考えているようだが、それは間違いだ。寧《むし》ろ、歌倶良のような者を縁戚に持った大王として、ご自分をも罰していかれようとしておられるのだ」

「大王の覚悟は分かりました。しかし当の本人膳歌倶良に、大王のお気持ちが理解できるのでしょうか」

「今まではなかっただろう。だからこそ、この様な大胆不敵なことをしでかしたのだ。王家の縁戚になったことで、自分は少々の悪事を働いても膳加多夫古や大王が何とかしてくれるだろう位に考えたのではないのか」

「阿多玖、膳歌倶良に死で以って償わせるとは尤もな意見だ。だが、それでは犯した罪を悔い改める時も与えられない。歌倶良自身の後悔も一瞬で終わるし、群臣も直ぐに忘れてくれるから吾も長い間責められずに済む。そなたはそうした方が吾のためには良いと思ってくれたのだろうが、しかしそれではいけないのだ。この様なことを起こした者が今後どの様な後世《こうせい》を歩まざるを得ないのかを群臣に示し、罪を犯した者には重い罰が与えられるのだと認識させねばならない」

膳歌倶良を筑紫大宰《つくしのたいさい》の総領《そうりょう》（長官）に任命した時、この様な事態になるとは誰も想像しなかった。上宮は、任命した者としてその責任を深く感じていた。

「半島三国との交渉の窓口には、以前から賄賂が発生し易いことは知っていた。膳加多夫古の人柄が良いことと加多夫古の親戚筋だということで、歌倶良を信じたことが間違いだった。

吾が十七条に自ら書き起こした法を、自らに近い者がこの様な形で犯してしまったこと。群臣の信任どころか、批判を受けるようなことになってしまって申し訳ない」

上宮はこの場にいる自分を支えてきてくれた者達に詫びた。馬子はそんな上宮の姿に、真正直な人だと認めつつも、王はもっと毅然としていてほしいと思った。

「大王、人というものは今正しく生きていても、自分でも分からぬ内に道に迷い、ふと気付くと正しい生き方から離れてしまうことがあるのです。時々はその者が正しく進んでいるかどうか監督し検査することも必要なのではないでしょうか」

馬子が何年か前に筑紫総領を交代させてはどうかと言った時、新たに外交を任せる人材が育っていなかったことと上宮自身が選任した膳歌倶良の内外の評判が良かったこともあって、交代の時期はもう少し後にしたいと告げていたのだった。

この会合から一月後、上宮は信頼する肱角雄岳に膳歌倶良と妻や子を移送するように命じた。その際の膳歌倶良への説明は、赴任が長期間に渡っているので新任の者との交代式を大和で行うためということにしておいた。表向きは大和への帰還の移送の任に当たった肱角雄岳は火の国葦北地方と筑紫両方の刑部に属しており、膳歌倶良の護衛の長だと紹介されていたので膳歌倶良は何の疑いも持たなかった。

大和政権としては、新任の筑紫総領が赴任するまでの間、代行を胸形君志良果《むなかたのきみしらか》に命じると決めた。

大和へ連れ戻された膳歌倶良の全ての財産は国に没収された。名も愚倮《ぐら》と変えられて法興寺預かりとなり、寺で僧侶たちの身の回りの世話をする役割が与えられた。愚倮（歌倶良）の妻と娘達は大后の耳梨《みみなし》の別宮で生涯下女として仕えるよう言い渡された。一方、膳加多夫古には表立っての罰は課せられなかった。

二、大仏奉納

上宮は膳歌俱良を大和に連れて来るように指示を出した後、一月《ひとつき》の間に地方に人を遣って大和から派遣した地方及び地方長官たちの身辺を探らせた。膳歌俱良の様に自らの地位を利用して、私腹を肥やしている者達を摘発するためだった。その結果、調査期間はたった一月間にも拘らず多くの役人達の不正が明らかになった。特に北の越《こし》、東北部の常陸《ひたち》そこから南に下って遠江《とおとうみ》などや、また西の方では吉備《きび》や周防《すおう》からも悪い知らせが届いた。

「地方、特に大和から遠く離れた場所や、現在の大和政権に恭順の意を示していない地域の豪族達と縁を結んでいる地方の実力者たちは、中央から派遣された役人の言うこと等に聞く耳を持たない。われも以前、父稲目が大王家のために人を遣って置かせた白猪《しらい》の屯倉を確認しに吉備地方へ赴きました際に、旧態依然とした地方の在り方に呆然としたことを思い出しました」

馬子は父が大王家のために屯倉を創設し、自らもその後を引き継いで直接開墾や灌漑の指導をしてきた吉備地方が、新たな国家を理解し共に進もうとしない現実を突きつけられて落胆したのだと話した。

中臣程記と縁を結んだ多氏《おお》一族が勢力を強めていた常陸地方も、またもや大后の思いを踏みにじった形となっている。その上、来目皇子の陵を守るために周防を任された土師《はじ》氏にも疑わしい動きがあると報告された。そして越の国においては大陸との繋がりでの取引の一部を未だ政権に明らかにしていないことが新たな調査で発覚した。

上宮は、

「確かに多くの地方は未だ完全に政権を受け入れていないのだろう。だから中央から派遣した役人達の赴任期間を長くさせ、役人達には政権の中央と地方の豪族達との懸け橋になってもらおうとしていた。しかし、相当な覚悟をもってしても古い体質を改善するには長い時が掛かりそうだ。筑紫の磐井との戦いや、凄惨な出雲の事件などもう二度と起こってほしくない」

と大臣に言った。

「大王、そんなに落胆しないで下さい。古い体質を一度に改善するのは、どの様なことでも難《むずか》しゅうございます。中央の意思が伝わり、順調に改善されその成果が出てきている地方もございます。それは中央から行った役人の人柄と、地方に暮らす豪族達の人となりに依るものとも考えられます。政権の意思が伝わりつつあるのが現状であると言えるのではないでしょうか。そんな中において、地方の豪族達は全て中央政権に従順に従う者達ばかりではありませんが、盾突く者達ばかりでもないということも分かりました。また、地方豪族と中央からの役人の相性もあるように思います。そこで今まで長かった赴任の期間をもう少し短縮して、交代制にしては如何かと存じます」

上宮は難しい顔で考え込んでいた。

「中央と地方の意思の疎通を円滑にするためにと同じ人物に、長い期間任せ過ぎたということか。交代制か。大臣、それは良い考えだ。さて、何年ほどが適当であろうか」

今迄任期を何年と決めていなかった赴任期間については色々な意見が出たが、最短でも三年で最長五年とする葛城鮠兎の意見が採用された。一応三年あればその地方の特徴を知り、その地を治める豪族の人となりを知れるだろうと皆も賛成した。ただ例外もあるから、後二年の猶予を見る。話し合いは出来るようになる必要があるが、親しくなり過ぎることは避けなければならない。

それに加えて時折、中央から密かに人を遣って地方を調査することにした。地方豪族達が、中央から派遣された官吏達には話さなかったり見せなかったりする様々なことを、中央が把握できるような体制を作るのは今後地方をよく治めるためにも大事なことだ。

派遣する官吏達の人選を見直した上で地方の様々なことを調べさせてみたところ、今迄報告されてこなかった有用な知らせももたらされた。紙を生産する技術を持つ者が、越《こし》の国の山奥に居るという。継体大王《けいたい》（男大迹王《おおどおう》）が未だ越の国にいた頃に大陸から伝えられたその製法は、一子相伝で密かにその地で今に伝えられていたというのだ。

紙の製法についても、薬草の郷と同じで郷全体の秘密として守られてきた。大和政権が良質紙の製法を求めていることが越の国には伝わっていなかったこともあって、地方からの特産物としての報告に上がってきていなかった。越の国へは紙のこと等の調査をするために使者を送ることとした。

上宮は膳歌倶良の事件から、一見見識があり立派だと思われている人であっても間違いを犯してしまう現実をどうすればよいのかと思い悩んだ。それは豪族だけでなく、上宮が王となって後に育てた官吏にも言えることだった。正しい心で正しく政事を行う姿勢を民《たみ》達に示していかなければならないのに、それが行えていないのが現状だった。国から役目を貫い地方へ赴き中央の目が届きにくくなると、色々な誘惑に負けて道から外れる者が出てきてしまう。自らを律し、常に正しく生きていくことの難しさを上宮達は改めて思い知った。

大陸において古くは孔子も、国を治める人々の性根を良き方向に導かなくては良き世にはならないと、諸国の王やその臣下達に心を尽くして説いて歩いた。しかし孔子の高邁な思想は、自分たちの利益や地位を一番大事に思う王や臣下達には到底受け入れられるものではなかった。後に歴史を振り返って荀子は『孔子も時に遇わず』と嘆いた。孔子の時代の王達や臣下にとっては、自分達とはあまりにも価値観が違い過ぎて、孔子の思い描く理想の世の中など机上の空論としか思えなかったのだろう。

だが孔子の思想は後世にも引き継がれ、正しく生きることの素晴らしさは語り継がれている。歴代の権力者の名は忘れ去られるが、人の生きる道を説き続けた孔子達の名はこれからも忘れ去られることはないだろう。

上宮は、孔子の教えが素晴らしいと分かりながらも、為政者にとっては中々受け入れ難《がた》いものであることを思い知った。孔子の教えに代わるものを上宮は探し求め、仏教に出会った。

釈尊はやがて王に成るという身分を捨てて、王としてではなく一人の人として民の中に入り人々の悩みを聞き、身を以って救おうとした。釈尊の教えは後に仏教と呼ばれるようになり、あらゆる苦悩から人々を救う教えとして多くの国に広まっていった。倭国は大陸の国々から随分遅れて、用明大王の時代になってやっと国として公に仏教を認めた。

上宮は仏教について学び、周りにいる人達に自分が学んだことを講義した。釈尊の教えは、人々に生きる喜びと共に幸せになる生き方を教えていると知ったからだった。

上宮が生きている内に、仏教の話を直接話せる人達はほんの一部に過ぎない。だからと言って釈尊の様に王の地位を捨てて民の中に入り仏教で民を救うということは上宮にはできない。倭国が国としてまだ成り立っていない現状を放っておく訳にはいかないからだ。読むことや書くことが出来る人々だけでなく、国の民全てを幸せに導くために自分が何をすべきか、上宮は常に考えていた。

先ず初めに考え付いたことは、人々に仏教を教える僧侶を増やすことであった。次にその僧侶たちが経典の中に何が書かれているかをしっかり理解できるように教えること。そしてその僧侶たちが仏教の真髄に触れることが出来たら、その僧侶たちによって今度は国中の人々に仏教を広めていくことだと思った。

人々を幸せへと導く教えである仏教を釈尊が説き始めて一千年以上を経て、仏教の在り方も変化していく中で様々な経典が作られていった。仏教を広める側の僧侶達は生涯かけても多くの経典の全てを学びきれないと知った。そんな中で自らがこれと決めた幾つかの経典を選び学んでいく過程で、僧侶たちは分裂していく。釈尊が説いていた時と違い仏教は変質していく。僧籍にある者達は自らの修行にのみ終始し、人々を仏教によって救うという釈尊本来の最も崇高な教え、利他行は忘れ去られていった。

しかし時の経過と共に僧侶達の一部に反省が生まれ、人々を救済することこそが釈尊の教えの根幹であると認識され、その教えが大陸の中原の国や半島の三国へ伝わった。上宮は慧慈や慧総という仏教の師に出会い、仏教が説く教えの内容や意味の素晴らしさに触れた。仏教が教える、正しく生きることの素晴らしさを倭国の人々に分かってもらいたいと切に願った。

仏教を根本に人々を正しい道へ導こうとした上宮だったが、始まったばかりの国造りに加え外交問題などの多岐にわたる政務で多忙を極めた。上宮が仏教の多くの経典に向き合える時間は少なくなってしまった。その様な上宮に慧慈は、上宮の立場や周りの人々、倭国の国状を知った上で三つの経本の解説書を書くことを提案した。上宮が直接他の人達に講義する時間が割けなくても、倭国なりの解説書を書いておきさえすれば、難しい仏教の経典を皆が今よりはずっと理解できると慧慈は話した。慧慈が選んだ経典は『維摩経』、『勝鬘経』、『法華経』の三経であった。

上宮は、心を常に正しくして生きていくために仏教ではどのように教えているかを慧慈から学んだ。そして上宮は慧慈に教えを乞いながら、『維摩経』を自分と共に政事に関わっている男子達に、仏の教えが本来如何なるものかを出来るだけ分かり易く講義した。

『勝鬘経』では、大后を初めとする王家の女性達に、国を治める立場の夫や将来国を担う子やその周辺の者達に対してどう接していけば良いかを教えた。

『法華経』には万人に通じる仏教の一番大切な教えの根本が記されていると言って、慧慈は上宮に十分な時間を掛けて『法華経』の研鑽をするよう勧めた。難解な『法華経』を学ぶなら、大陸で書かれた高僧の解説書が必要であるとの慧慈の話を聞いて、上宮は隋にいた恵光にその入手を指示した。

上宮は『法華経』を深く理解するために慧慈と共に、『法華経』の講義資料と解説書を作成しようと思った。作成のための静かな場所として斑鳩の地を選び、館の建設を始めた。斑鳩に寺と館を建設するには三つの理由があった。計画の発端は用明大王の病気平癒を願っての大后や上宮による寺建立である。そして斑鳩の地が選ばれたのは主に政事《まつりごと》の判断によるものであった。一つは、以前から押坂彦人皇子系が斑鳩の周辺地域で勢力範囲を広げてきつつあることへの蘇我系の防御。もう一つは、斑鳩から難波津および飛鳥への地の利の良さを考えて計画された第二の都の建設である。建設費用は、父用明の残してくれた財と、用明の同母妹大后と上宮の私財を充《あ》てた。なお、政事《まつりごと》の中心である飛鳥と第二の都の斑鳩を結ぶ道の造設費用は国庫から出すべきものとの馬子の強い主張があり、上宮はそれを受け入れた。

上宮は、斑鳩における寺と館の建設については斑鳩付近に住む義父の膳加多夫古にほぼ任せた。膳加多夫古は、娘菩岐岐美郎女や婿の上宮のためと思い多くの私財を投入して、それらの建設に従事していた。

そんな中での膳加多夫古の弟膳《かしわで》歌倶良《かくら》の事件だった。膳加多夫古が斑鳩の事業に全く私財を投入していないことはないだろうと思ったので、この事業に関して膳歌俱良から何かしらの寄付があったかどうか確かめた。上宮が阿燿未に命じて筑紫と斑鳩に関してしっかり調べさせた結果、膳加多夫古が膳歌俱良から何かを貰い受けた事実は出てこなかった。

上宮はそれらのことを踏まえた上で取り急ぎ菟道貝蛸皇女と共に大后の所に相談に行った。

「口さがない者達の言い分に振り回されることはない。しかし以前から第二の都の建設に本格的に関わろうとしていたそなたにとって、かえって良い機会ではありませんか。ただ、斑鳩から政務のために日々ここへ通って来るのは大変でしょう。どうする心算《つもり》ですか」

「政務は常に月のほぼ半ばで片付いていますから、政務を終え次第斑鳩に行き自ら指導監督をしたいと思います」

「そうですね。何と言っても、第二の都であり内外との交渉の場として作り上げてきた所ですから、完成にはご自身がしっかり関わる方が良いでしょう」

大陸の国々や半島三国との交渉が多くなっていく中で、外交交渉を担う斑鳩宮の完成は急務となっていた。勿論、国内外で何か事が起こった時には、小墾田宮での群臣らとの会議にも斑鳩からならば直ぐに赴ける距離だった。

上宮は小墾田で政務に就かねばならない時を除き、斑鳩へ行った。斑鳩宮では外交を担う迎賓の館や大寺院、学舎の建設を自分自身で推進しようとしていた。

「大后様のご理解、感謝いたします。それでその時は、皇后《きさき》（菟道貝蛸皇女《うじのかいだこのひめみこ》）も共に斑鳩へ連れて行っても構わないでしょうか」

「それはいけません。和《わ》（私）と皇后が共に行っている日々の祭事をどこで行うというのですか。今都があるこの地において神々に捧げる祈りでなければならないのです。大和政権が都とした飛鳥の地で、国を治める者として一日も休むことなく、国の安寧や民の平穏を強く思い国の神々に行う祈りだということを忘れてはなりません。どこでも良いという訳ではないのですよ。勿論、大王は斑鳩に居られる時は、現在穴穂部前皇后達が日々祈りを捧げている社にて飛鳥の地に向かい、心ひとつにしてわれらと同時に祈りを捧げることは欠かさず行って下さい。それから、大王が飛鳥を留守にしておられる時には、皇后と共に山背皇子を大王の代理として来させなさい。山背がそなたの後を継ぐ者だと、内外に知らしめるのに良い機会と言えます」

「分かりました」

大后の発言はこの国が神々と共に歩んで来た国なのだということを、上宮に改めて思い知らせた。今までも神事によってあらゆることが決められてきた。それが当たり前だと思ってきた。しかし今は上宮の心中に二つのものが共存していた。神々を敬い大切だと思う気持ちと、人が生きていく上において何が一番大切でどうすれば皆が幸せを感じられる世に出来るのかという気持ちである。

「良いことは早く始めた方が良い。大王が斑鳩へ赴く前に、そう明日の朝から山背も共に連れてきなさい」

「大后様のお仰せのとおりに致します」

上宮は大后との話し合いの結果を大臣の馬子に報告し、自分が留守にしている間のことを頼んだ。

この話し合いから三日後、上宮は斑鳩の岡本の地にも本拠地を置き、斑鳩での活動も本格的に取り組み始めた。

五月、隋の使者裴世清を送って再び隋へ行っている小野妹子から大和政権に報告の書が届き、帰国の予定は八月末から九月になると書かれていた。

その時、葛城鮠兎は久方ぶりに、隋で学ぶ恵光《えこう》（木珠《こだま》）からの書簡を受け取った。そこには、恵光は小野妹子氏達と帰国することになり、隋にとどまっている間に写経をした多くの経本と、大王から依頼された高邁《こうまい》な尊師たちの注釈書の書写を持ち帰ると書かれてあった。恵光は大王からの書を受け取って殊《こと》の外《ほか》嬉しかったが、大王に直接返事を書くのは躊躇《ためら》われるので、鮠兎から大王に伝えてほしいということだった。

鮠兎は注釈書については、上宮が慧慈師に教えられた物だと直ぐに分かった。恵光からの知らせを受けた鮠兎は、上宮に恵光からの書の内容を伝えた。

上宮が高句麗僧慧慈に、今回小野妹子達が帰国の際には法華経の注釈書の写しが持ち帰られると伝えると慧慈も喜んだ。

初秋の七月半ば、葛が原で造立していた大仏が漸く完成したとの報告が入った。法興寺へ奉納する式典を八月初めと決めて、奉納式に関する取り決めを行うことにした。今年、今までにあったことの報告と、これから後の予定を話し合い色々意見が出尽くした時、上宮が告げた。

「法興寺における大仏奉納の式典に、遣隋使達は間に合わないな。帰りを急がせる訳にもいかないから、式典は予定通り行おう。今年の前半は、新羅や百済の国人による件で国外の状況が大きく変化していると知ったと思う。これからも思いもかけないことが、わが国や周辺諸国に起こり得る。国内の出来事は勿論だが、国外の動向も注意深く観察し、いつでも適切な対応が出来るようにしていきたい。

さて、今年後半の国としての大きな行事は、今回の大仏奉納式と遣隋使達の帰還歓迎式典となる。それぞれの担当者は心して準備を行うように。先ずは法興寺への大仏奉納の式典だが、葛が原からの搬出、移動の過程、法興寺への搬入と安置等、全てにおいて滞りなく運べるように細心の注意を払ってほしい。その式典に関わる総責任者は大臣の蘇我馬子。大仏の搬出から搬入及び安置に至るまでの総監督を鞍作止利に担わせることとする。この行事に関わる者達は、各自周りの者達としっかり相談しながら任務の遂行をせよ」

上宮から大仏奉納の総責任者と指名された蘇我馬子は、小墾田宮から自宅の島の庄に帰る道すがら甘樫丘を右手に見た後、愛馬の歩みを止めて大きく呼吸をした。

馬子は国内で初の仏教の国寺としての大寺院法興寺を創建すると決まった時に、進んで飛鳥に所有していた自家の領地の一部と寺建設に掛かる費用の殆どを施入した。そのため周りの豪族達からは、あたかも蘇我の私寺であるかのようだと囁《ささや》かれた。

しかし蘇我氏が仏教を心の糧として生きる人々を擁護し、仏教を大切に守り抜いてきた過去を知れば、どうしてその様な莫大な費用を惜しげもなく施入したかは分かる筈だと馬子は思っていた。

馬子の父蘇我稲目《そがのいなめ》は、過去に百済の聖明王《せいめいおう》からもたらされた仏教の導入を他豪族が大いに反対したため、外交上の都合から王命によって仏教に関わる物を一手に引き受けることになった。その時、仏典と共にもたらされた仏像を、稲目は私宅の向原《むくはら》の家を寺に造り替えて安置場所とした。しかし、当時の倭国は未だ仏教を受け入れるだけの素地が出来ておらず、稲目が大王の命によって安置した仏像は、物部氏や中臣氏ら他の豪族たちによって打ち捨てられ、寺とした向原の私宅は焼かれてしまった。馬子の代になっても仏教に対する偏見や批判、仏教導入に対する反対も収まることは無かったが、仏教はその勢力を少しずつ広げていった。それは、大王家と蘇我氏との婚姻関係が深まったことにも依る。

欽明大王と石姫皇后《きさき》の嫡男箭田珠勝大兄皇子《やたのたまかつおおえ》が若くして亡くなったため、欽明大王の後継者には二男訳語田淳中倉皇子《おさたのぬなくら》がなった。訳語田淳中倉皇子は大王（後の敏達）となり、欽明大王と稲目の娘堅塩媛《きたしひめ》との間に生まれた額田部皇女《ぬかたべひめみこ》（炊屋姫《かしきやひめ》）を皇后として迎えた。そして、敏達大王の次に大王となったのが用明だった。この用明大王は、額田部皇女の兄であり欽明大王と堅塩媛との第一子であった。王家の中で蘇我氏出身の皇子達の繁栄の時代が始まった。

この先も蘇我の時代が続くことを願い皇后となった炊屋姫は、嫡男の竹田を日嗣の皇子と決めて幼い頃から薫陶した。そして二男の皇子を東の要衝の尾張を治める王と定めた。以後この皇子は尾張（尾治とも書く）皇子と呼ばれ、その娘が後に上宮へ嫁いだ橘姫である。

また蘇我氏の筆頭で大臣の蘇我馬子も娘の河上郎女《かわかみのいらつめ》を竹田皇子に嫁がせ、王家との縁をより強固なものにしていった。

大后の炊屋姫と大臣の蘇我馬子の計画は、竹田皇子の死によってあえなくも潰《つい》えたかにみえた。しかしそれを、上宮を王とすることに依って乗り越え、王家と蘇我の結束は以前にもまして強固になっていった。

馬子は自分の娘刀自古郎女《とじこのいらつめ》が嫁いでいる大王の上宮から、国寺の大仏奉納式の総責任者に任命されて非常なる胸の高鳴りを覚えた。自らが生まれる以前から、大いに揉めてきた仏教の導入に関して馬子自身で完結を迎えることが出来たことは大変感慨深いことだった。しかも、上宮と刀自古の嫡男山背皇子が日嗣の皇子になることによって、自分自身は王家の外祖父になれることが約束されたのだ。

百済の聖明王《せいめいおう》は、釈尊が仏教は必ず東に伝わると述べたという言い伝えに従って、倭国に仏教を広めようとしたという。父稲目はその聖明王の話に深い感銘を受けると共に、群臣の反対に抗しきれない大王に代わって、自らの強い決意を以って倭国に仏教を広めるのだという話を誇らしげに息子の馬子にしていた。まだ幼かった馬子にそう話した稲目の顔が眩しいほどに輝いていたと、馬子はその日のことを思い起こした。

「長く掛かりましたが、大願成就致しましたぞ。父様」

稲目の墓所がある方向を見ながら、小さく呟いた馬子の目からはいつの間にか涙が溢れ出ていた。流れ出ているのは悲しみの涙ではなく、喜びに満ちた温かいものだ。馬子はその涙を拭おうともせず笑みさえ浮かべながら、再び愛馬の歩みを促し私宅への道をゆっくりと帰った。


秋八月朔日《ついたち》、爽やかで穏やかな空気の中、その式典は始まった。葛が原から、大太鼓の鳴り響く音に合わせて布で巻かれ横に寝かされた形の大仏がゆっくりと運ばれてくる。既に出来上がっている大道《おおみち》は、大小にかかわらず数多くの石が人々の手によって除かれていて、運ばれる大仏が少しも揺れなかった。

大道の両側には豪族達が奉納した幡《ばん》が雲一つない秋の空を彩り、国中からこの日のために駆け付けて来た豪氏族達や大和の民たちが大勢集まっていた。人々は、布に包まれた大仏が進む度に大きな歓声を上げた。

葛が原から夜明けと共に移動し始めた大仏が、法興寺の門を潜ったのは昼を過ぎた頃だった。法興寺に到着し大仏が移動を終えると、今まで歓声を上げていた民衆も誰からともなくしんと静まった。

静まり返った後、今まで寝かされて運ばれてきた大仏が起こされた時、そこに居る豪氏族達の中から、おお、という声に交じって、

「あんなに大きな像をどうやって中に入れるのだ」

「思ったよりも大きい。この戸口からは、入れられまい」

「戸を壊すしかなさそうだ」

ざわざわとあちこちから、大仏の大きさと既に出来上がっている法興寺の金堂の入り口を比べる声が聞こえてきた。

その時、その大仏を完成させここまで運んできた鞍作止利が、その場に居る大仏造立に関わった者達に指示を出した。皆はその指示に従って、布で覆われている起こされた像にさらに布を重ねて覆った。そして二重に布で覆われた像に、布で作った綱を斜め十字に交差させて取り付けた。

厳重に布で巻かれた像を再び寝かせると、堂内に人夫が入り仏像を安置する台座に磨かれた板を渡した。そして斜めに持ち上げられた仏像はその板の上をするすると引き上げられ、それから台座へと導かれた。台座に乗せられた仏像は、今まで覆われていた布が全て取り除かれその姿を皆の前に現した。日の光が南の方向から大仏が安置された堂へ向かって射し込んで仏像を照らした。

「おお。輝いておられる。何と荘厳なお姿か」

「ああ、眩しい」

「輝いておられる」

「おお、有り難い。有り難い」

その場に居る人達は感動していた。黄金に輝く大きく素晴らしい仏像を目の当たりにして心からの賛辞を述べる者、言葉を発するのも忘れ呆然と仏像を見つめ黙って手を合わせる者などそれぞれに自らの感情を表していた。

日が少し斜めに当たるようになると、仏像は又落ち着いた雰囲気を出して、きらきら輝くだけではなく東側に陰影を作り出して深くその荘厳さを現した。その場に居る者達の中には、感動のあまり涙を流している者もいた。


法興寺における仏像の奉納式が滞りなく終わった後、式典に参加していた人々が三々五々帰っていく中で大仏の前に座り込んでいる人物が居た。

「父様、もうお立ち下さい。日も落ちます故、今日は帰りましょう」

「ああ……。しかしもう暫く眺めていたいのだ。この目にしっかり焼き付けておきたい。この様に素晴らしき時を迎えられた喜びを噛みしめたいのだ」

そう言って馬子は息子の恵彌史の言葉に抗して座り続けた。

その様子を少し離れた所から見ていた上宮が、側に居る斎祷昂弦と葛城鮠兎に言った。

「蘇我氏の来し方を知っている者ならば、今大臣が少しでも長く此処に留まりたいと思う気持ちは十分理解できる筈だ。しかし吾等の次の世代には、その思いが伝わっていくだろうか。仏教がこの国で今日のような地位を築き上げる道程には、様々なことがあったことも……。また、仏教を始めとして新たな異質の文化が大陸から入ってくることを嫌う豪氏族がいて、それらのことで国内が大いに揉めた結果、多くの犠牲者達が出た時代を経て今日があるのだが……」

「大臣に、お声を掛けられますか」

「いいえ、そっとしておいて差し上げましょう。大臣がこの時をどんなに待ち焦がれていたことか……」

「左様でございますね」


上宮は国の内外での問題が一応落ち着きを取り戻したこの時に、過去に講義した『維摩経《ゆいまきょう》』と『勝鬘経《しょうまんぎょう》』の上宮なりの解説書を作成し始めた。今後、人々の生きる指針ともなるべき仏教の根本の教えを多くの人々が理解できるようにしようとの考えを早く実行したかったからだ。


風が涼しく感じられだした秋九月の初め、隋へ行っていた小野妹子を団長とする遣使達が無事に戻った。

妹子は六〇七年四月に遣隋使として隋へ遣わされて以来二年半の間に隋と大和の間を二往復したのだ。隋国内に留まった期間は一年半を越える。

妹子達が飛鳥に到着したこの日の空は晴れ渡っていた。遣隋使達は胸を張り堂々と行進した。隋の皇帝からの贈り物とその他に持ち帰った品々を運び、小墾田宮の前で歩みを止めた。その先頭にいる日に焼けた文官の小野妹子には武人の精悍さも備わったようだった。

小野妹子達が持ち帰った品々の中の経典の多くは、黄金を纏った大仏の前に供えられた後で法興寺の蔵に収蔵されることになった。それらの経典は、先ずは一つずつ大切に写経された。その中には、上宮が待ち望んでいた法華経の二十七巻や鳩摩羅什《くまらじゅう》や法雲の注釈書が含まれていた。

隋国王から下賜された経典は法興寺へ、経典以外の品々は小墾田の宮近くに新しく建てた二棟の蔵に納めることになった。勿論、それらの品々は収納する前に、その品がどの様な物であるかを見て確かめ記録し、国の宝として大切に保管された。

六〇九年は、九月に遣隋使達が帰国したことも含めて様々な分野での出来事が多い年だった。上宮はその他毎年の一通りの行事を終えて、年の締め括りの新嘗祭を迎える準備の指示を出した。

上宮はじめ重臣達は隋の実態をその目で見てきた小野妹子達から報告を受けた。それはこれからの隋や半島三国、その他の外《そと》つ国《くに》との付き合い方を正しく判断するためにも非常に大事な聞き取りだった。

「初めに隋国内の状況を聞きたいのだが。国状は安定しているか。国民は皇帝を慕っているのか等、他にも気付いたことがあれば、妹子から話してくれ」

「はぁっ、大都に遠い所ほど国状は不安定だと思われます。われらが隋への入り口として上陸した港周辺は、立派とはいえないものでした。昨日今日《きのうきょう》に漁港を少し改善したであろうとの様子が見て取れました。しかし、内陸に入り河川に造られた港や多くの民の力で造り上げたと言われる大運河は、非常に広く立派なものでした。現在の都洛陽《らくよう》もですが、大興《だいこう》でも数え切れない程の異国の人々が行き交い、見たこともない品々が巷に溢れておりました。興味深い物については、出来るだけ手に入れるようにして持ち帰りました。国状の変化については、われよりも恵光師が詳しいでしょう」

「では、恵光に聞く。そなたが隋へ行って八年の間に隋はどう変化したか」

「約八年前には、戦乱を終えて国内も安定の時期を迎え、大都では西域や南方の多くの国々からの使者や商人などが集っておりました。都中が常に賑やかで、活気に満ちていたのでございます。

ところが、前の皇帝陛下が亡くなり、政権が現在の二代目の皇帝に代わった際、都が大興から洛陽に移されるとの旨が突然告げられ混乱を極めました」

「それは大変であったろう。その事でどの様な所と人々に、どの様な変化が生じたのだ。具体的に述べよ」

「新皇帝の一言であっという間に首都機能が全て新都に移されてしまったことで、新都への移動を強制される者や、反対に旧都へ残れと言われることを不本意に思う者達の動揺や不満が聞こえてきました。皇帝に近い所に居なければならない人たちや、他国の使者達は勿論のこと、大興に店を構えた商人であっても有無を言わさず連れて行かれました。仏教や道教などの寺院もそれに関わる人々も、すべて洛陽へと大移動せざるを得ないという状況が起こりました。皇帝の命令でしたので、誰も逆らうことなどできません。本来、新皇帝の門出となる新都への引っ越しが、その様な欝々《うつうつ》とした中で行われました。表面上は粛々と執り行われていると見せつけていましたが……」

「前皇帝の都としての機能を有していた大興は、その完成を待たぬままに新都洛陽への移動を余儀なくされたのだな。大興に居たそなた達に、その様なことを強行する皇帝に対する民の動揺や、その事に関する他国の者達の感想などは聞こえてきたのか」

「われらにとっても大きな動揺ではありましたが、多大なる権力を持つ皇帝に表立って歯向かえる者など居りません。皆内々では不満を持ちながらも、新都へ行くよう言われた者達は移動しました。しかしわれらと親交のあった商人達の中には、大興に残った者達もいます」

「そうか。それで、そなた達の勉学や普段の生活には、どの様な影響があったのか」

「われらが学ばせて頂いていた寺院からは、約半数の方々が新都に建てた寺院へ移って行かれました。色々な分野で、約半分位の人や館が新都へ移動しましたが、われらの日常の生活には左程の影響はありませんでした」

「それは隋の配慮なのか」

「いいえ、元々あった洛陽と、洛陽より大きな都の大興を新都洛陽へと移そうとしたので、大興の全てを持ち込むことは出来なかったのです。結果的に二都制度になりました」

「では最後に、他の国々の学生や学僧達は全て大興に残されたのか」

「殆どの者は左様です。ですが、この際に自国へ引き上げさせたところもあったと聞いております」

「国へ引き上げたというのは何処で、それは何故だ」
「西域の二国と南方の三国だと。その国の者達とは館が離れていることもあって、普段からの親交も無いので、直接聞いた訳ではありません。飽くまでも残った者達の噂ですが、近い内に隋ではまた何処かの国との戦いがあるとのことで、自国へ引き揚げたということでした」
「矢張り、そうであったか」

上宮はそうと分かっていても、そうであってほしくないという結果を耳にして落胆した。大運河の完成を待って、高句麗を攻め落とそうとしている隋の皇帝の強い執念を感じたからだ。隋はどれ程の国を滅ぼして、自国の領土にすれば気が済むのだろう。今は高句麗に向かっている。しかしその高句麗を呑み込めば、百済や新羅は高句麗程の抵抗は出来ないだろう。次はその矛先がわが国に向かってくるかもしれない。

これまで隋の様に大国を興した国々が多くの周辺諸国を支配するために民衆を戦いに駆り出し、人々に殺戮を繰り返させてきたことの罪は重い。

だが、隋がそんな一面を持っていようとも、国としての形にさえなっていない自国を何とか形にするためには大国隋に学ぶべきことが多いと、上宮は感じていた。上宮は帰国した遣隋使達が知る隋に関する事柄の聞き取りを信頼する斎祷昂弦等に任せ、後で纏まった報告書を提出するようにと命じた。

上宮は隋から持ち帰らせた鳩摩羅什《くまらじゅう》の漢訳書『妙法蓮華経』二十七巻と法雲《ほううん》が注釈した『法華義記』の全八巻を目の前に、感慨深い面持ちで眺めていた。

「慧慈師がお出でになりました」

館の全てを任せている維摩須羅の声が外からした。

「入って下さい。摩須羅、山背と鮠兎を呼んできてくれ」

「畏まりました」

上宮が居る部屋に入ってきた慧慈は、

「おお、よくこんなに沢山の経本を持ち帰られましたね。見せて頂いても宜しゅうございますか」

そう言って、目を輝かせた。そして上宮に了解を得た上で、小野妹子達が持ち帰った経本を一つまた一つと手に取った。

「大王、これだけの漢訳経本や注釈書を揃えるのは大変苦労したと思います。恵光ですか」

「そうです。慧慈師が育てて下さった恵光です。今は帰国して聞き取り調査を受けておりますが、それが終わり次第ゆっくり会える時を設けますので、少しお待ちください」

「恵光は元気なのですね。一時は少し身体を壊したと聞いておりましたので」

「もう大丈夫です。慧慈師からも心のこもった書を頂いて、有り難かったと言っていました」

暫くして、山背皇子と葛城鮠兎が来た。入ってきた山背と鮠兎は部屋の中を見て、同時に『おおぉ』と声を上げた。

「驚くのはまだ早い。ここにあるのは、今回持ち帰ってもらった経本の一部分でしかないのだ。手に取ってよく見てみなさい」

そう言われた二人が、沢山ある経本の中から一つを手に取って見ると『法華経』に関するものだと分かった。

「これは大王が常に早く手にしたいと仰せだった梁《りょう》の法雲《ほううん》師の『法華義記《ぎき》』ではありませんか」

鮑兎がそう言うと、上宮は嬉しそうに答えた。

「そうだ。今回、恵光のお陰で全八巻揃った」

山背は『法華義記』という言葉を初めて聞いた。

「山背、『法華義記』とは『法華経』について梁の法雲師が書いた注釈書だ。法雲師は、鳩摩羅什師が『法華経』を漢訳して『妙法蓮華経』と題を付けられたものを元に『法華義記』を書いたのだ。

『法華経』は注釈書がないと、読んでも意味が理解できない部分が多いことを知り、何か手立てはないかと、慧慈師に尋ねた。注釈書がいくつかある中で、法雲師が遺された『法華義記』が良いと教えてもらったのだ」

山背は上宮の言葉を真剣に聞いた後、理解したと答えた。

「慧慈師、恵光がこの『法華義記』をもう一揃え持ち帰りましたので、慧慈師の方で写しを少なくとも三部は作って頂きたいのです」

「承知致しました。できるだけ早く写経するようにします」

「有難うございます。慧慈師の弟子方だけでは難しいのではないですか」

「では、法興寺の学僧にも手伝ってもらっても宜しいですか」

「分かりました。寺司の善徳に優秀な者を何名か選ばせましょう。山背、そなたにはここにある『妙法蓮華経』の全二十七品（巻）を写経した後に、ゆっくり読ませる故、待っていなさい。それと、そなたはその前に、『維摩経』の講義を学びなさい。その内に『法華義記』の写しも何部かが完成し、慧慈師から吾が前もって学ぶことで、少しはそなた達に法華経の説明も出来るようになれると思う」

「はっ、有難うございます。では『維摩経』の学びを三輪《みわ》拓玖人《たくと》と境部《さかいべ》耶摩《やま》と共におこなっても宜しいでしょうか」

「ああ、それは良い考えだ。他に共に学びたいという者が居れば、共に学ぶとよい。だが、政務に支障のないようにせよ。そなたも他の者達もきちんと自分の仕事をやり終えてからにするように」

「分かりました。二人にもその様に伝えます」

山背は上宮にそう返事をした後、『維摩経』の貸し出しを法興寺の善徳に頼むために上宮の元を辞した。

山背が部屋を出た後、上宮が真剣な面持ちで慧慈に告げた。

「実は、あまり良いお知らせではありません。矢張りまた隋は貴国を攻めようと、準備に取り掛かったようです。新たな運河の完成が近く、国内のあちらこちらから民を兵として北方の軍に集め始めています」

聞きながら慧慈の顔から血の気が引いていくのが分かった。

「いつかはまたその様なことが起こるかも知れぬと想像しておりましても、実際また戦が始まるかと思うと悲しゅうございます。何時になれば戦いの無い世になるのでしょうか。全ての人々が、心安らかに過ごせる日々が来るようにと釈尊は願い、人々に説き続けておられたのに……」

「慧慈師の仰せのとおりです。しかし、隋が攻めてくると知った以上じっとしている訳にもいきますまい」

「本国では、きっとこの情報はもっと早くに入っていると思います」

もう既に、高句麗では隋からの戦いに備えているとは思うものの、このような情報は慧慈の心に暗い影を落とした。

「そうでしょうね。吾が今回の遣隋使を送ったことで、色々な隋国内の変化に気付いたのですから。半島の国々では常にこの様な状況を見据えて手を打っているのでしょう。学僧や学生達を送ったわが国にとっても、他人ごとではありません」

今後は大陸で起こったことや起ころうとしていることをいち早く知る手立てを講じることが、国として重要な課題だ。そう感じた上宮は、現役からほぼ身を引いた阿燿未に未真似の様な人材を速やかに今よりも数多く育成するよう頼んだ。

日嗣《ひつぎ》の皇子《みこ》となった山背皇子に桜貝王女との縁談が持ち上がった。皇后の菟道貝蛸皇女が王族の束ねとしての役割を引き継いでいたが、現在も王族達から敬意を払われている大后からの話だった。

桜貝王女は、上宮の弟の来目皇子と、大后の娘である桜井弓張皇女との間に生まれた王女だが、后候補にはもう一人上がっていた。大后の弟の桜井皇子の娘の内の一人だ。大后は山背の将来の伴侶の候補を二人示して、上宮に皇后と相談しておくようにと言った。

上宮は橘の宮に戻ると直ぐに皇后《きさき》を呼んだ。

「先程、大后様に山背の妃のことで話を聞いてきました。候補が二人いるのですが、瑠璃と相談したいと大后様に時間を頂いてきました」

「そのお二方は誰と誰でしょう」

「一人は来目皇子と桜井弓張皇女の子の桜貝《さくらがい》王女で、もう一人は桜井皇子と吉備中姫との間に生まれた春華《はるはな》姫だそうです」

「心情的には桜貝王女ですが、今後の山背のことを考えると春華姫と縁を結んでおいた方が良いのではないでしょうか」

「成程、そうすれば西も東も守れるということか」

「西もと言うことは、東の尾張との関係は橘姫との婚姻で安泰」

「そういうことになる。ただ、これ等の慶事は次の年にしたい。三月以降で良き日を選んで頂けますか」

「承知いたしました。大后様と穴穂部前皇后様とも相談して決めさせて頂きます。来年の二月には来目皇子の河内の陵墓が完成するということで、その式典を終えてからになさりたいのですね」

「そうです。ああ、やっと来目皇子を大和に帰還させてやれる。長い年月を一人寂しい思いをさせてしまった。吾としては一度も娑婆《さば》（現在の防府）に行ってやれなかったことが悔やまれる」

来目皇子が新羅との交渉を終えて帰還する途中に急逝してから凡そ七年の歳月が過ぎていた。

「そうですね。でも、来目皇子は大王の気持ちも忙しさもきっと分かっているでしょう」

「それで、瑠璃（菟道貝蛸皇女の呼び名）。一つ相談なのだが……」

上宮は言うのを少し躊躇った。

「大王、海斗のことですね。海斗ももう七歳（数え年）ですね。桜井弓張皇女が茨田皇子《まんたのみこ》の所に人を遣って成長ぶりを見に行かせているようで、色々話を聞かせてもらっています。それから、義母様（穴穂部皇女）は先日直接海斗に会ってきたと言われて、とても嬉しそうに話してくださいました」

そう話す瑠璃は優しい表情をしていた。誰でも好ましい人の話をする時は優しい顔をする。

「海斗が皆に慈しんでもらっていて良かった」

上宮はしみじみとそう言ったが、言いかけた相談事を中々言い出さない。

「大王、和（私）が余計な話をしてしまいすみません。ご相談の内容ですが、何でしたでしょうか」

「ああ、先ずは海斗を斑鳩の学舎へ入れようと思うのだが、どうだろうか」

「和（私）に異論はございません。それでは、その時期は何時になさるお積りですか」

「来目皇子を河内の陵墓に迎えてからにしようと考えている」

「有難う存じます。桜井弓張皇女に代わりお礼申し上げます。それでは海斗の出生についても、もう皆に知らせようとなさっているのでしょうか」

「いや、それは未だ早いと思う。今は茨田《まんた》の子として斑鳩の学舎に入れようと思っています」

「分かりました」

一言そう言った菟道貝蛸皇女の瞳が潤んだことに、上宮は気付かなかった。心から上宮を慕う菟道貝蛸皇女は、近しい幼子を側に見る度に、たった一人でもいいから上宮との子を儲けたかったと思うのであった。その気持ちに早くから気付いていたのは来目皇子だった。


六一〇年正月、群臣の冠位の昇進と新たな授与が行われた。

大王、皇后、大后を筆頭に王家の人々が居並ぶ前で、蘇我大臣の強い声がした。

「新しく冠位を頂いた者達は、名を呼ばれたらそれぞれの冠位が示された位置に着きなさい。

冠位一位大徳の新授与者は、三輪高麻磋、葛城臣烏那羅《おなら》、額田部臣比羅夫、三輪君阿多玖、境部臣摩理勢、小野臣妹子、医博士劉喘《りゅうぜん》。

冠位二位小徳の新授与者は、大伴連《おおとものむらじ》矢栖岡《やすおか》、胸形君《むなかたのきみ》志良果《しらか》、忌部連《いんべのむらじ》柾治架《まさちか》、僧恵光、仏師鞍作首《くらつくりおびと》止利《とり》、薬師細香華瑠《さいかける》。

冠位三位大仁の授与者は、春日臣大志、鞍作首福利（通事、本人の希望により現在隋に残り勉学中）、船首《ふねのおびと》侑利《ゆうり》（遣隋使船、船長《ふなおさ》）。

冠位四位小仁の授与者は、難波吉士雄成《なにわのきしおなり》、秦造河勝《はたのみやっこかわかつ》。

冠位五位大礼の授与者は、高直紫鬼螺《こうのあたいしきら》、卜部連石納利《いしなり》。

冠位六位小礼の授与者は、刑部肘角雄岳《おさかべひじかどおだけ》、中臣連弥気《なかとみのむらじみけ》、紀臣実靖和《きのおみみさか》。

以上、呼ばれた者達は前に出なさい」


冠位授与者が発表された後、大徳の三輪高麻磋を始めとしてそれぞれの冠と官服が渡され、そして最後に冠位六位小礼の紀臣実靖和《きのおみみさか》が小礼の冠と官服を渡された。

「ここで、大和政権の新しい体制を発表する。主な役割を分け役所を置く。その役所には長官一人を頂点としてその長官の下に副官を二人補佐として設ける。その役所で働く者達は長官の指示に従い、日々の務めを行う。

では、各部署の長官を発表する。

神事の長官は三輪君高麻磋《みわのきみたかまさ》、副官は忌部連柾治架《いむべむらじまさちか》、中臣連弥気《なかとみのむらじみけ》。なお神事における膳部《ぜんべ》の一切は安倍臣清隆にその任を命じ、長官直属とする。

大椋部《おおくら》（大蔵部）の長官は大臣蘇我《そが》馬子《うまこ》（有明子）、副官は葛城臣烏那羅《かつらぎのおみおなら》、難波吉士雄成《なにわのきしおなり》。

飛鳥の寺院及び学問所管理全般の長官は蘇我臣善徳、副官は蘇我臣石川碓井《いしかわうすい》。馬飼部の長官は馬毘登首《うまのひとおびと》多委《たも》、副官は西方面が吉備磨早《きびのまさ》で東方面が科野《しなの》の伊那爾韓《いなじかん》。大蔵に属する犬養部（蔵の番犬を飼育管理する）の長官は、犬養大袋毅《いぬかいのおぶし》」

蘇我大臣は、引き続き鵜養部《うかいべ》、刑部《おさかべ》などの人事を発表していった。

鵜養部《うかいべ》とは鵜を飼育して漁業に従事した者達のことである。刑部の主な職は警護及び刑罰であり、主に東漢《やまとのあや》氏などの人々がその職を担当した。東漢氏は大伴氏に属していたが、欽明大王の時代に半島での戦いに敗れたことによる大伴大連金村の失脚以後は蘇我氏の勢力下に入っていた。

「なお、王家の変化について大王に代わって伝えると、額田部《ぬかたべ》、大后額田部皇女所管の後継は皇后菟道貝蛸皇女。壬生部《みぶべ》（上宮王家所管）は山背皇子に引き継がれる。丸子部は麻呂子皇子（用明大王と葛城広子の長子）、財部《たからべ》は財皇子（上宮と刀自古郎女の次男）が引き継ぐことになった。以上」

大臣蘇我馬子の発表はここで終わり、続いて三輪君阿多玖が告げた。

「冠位七位大信以下の者達は、後程法興寺学問所の門前の掲示板にて名を表示する。名があった者は、午過ぎにそれぞれの部署の長官から官服の支給がなされる故、必ず各自掲示板を確認した後、日没までに部署へ向かえ。今日伝える事柄は以上である。解散」

二月、防府《ほうふ》で仮埋葬されていた来目皇子を河内の埴生山《はにゅうのやま》（現在の大阪府羽曳野《はびきの》市野々上《ののがみ》付近）に本埋葬した。本埋葬の式典には、王族から上宮を筆頭に大后、穴穂部前皇后、菟道貝蛸《うじのかいだこ》皇后《きさき》、日嗣の皇子山背、来目皇子の正妃桜井弓張《さくらいゆみはり》皇女とその子女、妃の膳比里古郎女《かしわでのひろこのいらつめ》とその子女、殖栗《えくり》皇子、茨田《まんた》皇子等が出席した。式典の采配は大臣蘇我馬子が執り行った。葛城鮠兎と久米直勲《くめのあたいいさお》（武人として来目皇子を教育した豪族）は来目皇子の亡骸を防府まで迎えに行く役目を果たし、式典の準備を恙《つつが》なく終えた二人は末席に着いた。本来なら王族のみが参加を許可される式典に、末席とはいえこの二人が参加したのは上宮の強い希望があったからだ。

　来目皇子に縁の深い王族関係者が参加した式典の後日、王族関係ではないが縁深い者達が参加する式典が執り行われた。式典への参加が許されたのは、生前の来目皇子と様々な場面で関わりを持ち、来目皇子に対し今も心を寄せる者達で、来目皇子と共に新羅征討へ筑紫に赴いた額田部連比羅夫《ぬかたべのむらじひらふ》、大伴連樺鎖練《おおとものむらじかさね》、吉士兼満《きちしかねみつ》、秦造河勝《はたのみやつこかわかつ》、刑部肱角雄岳、胸形君志良果等だった。防府で来目皇子の仮埋葬陵を管理してきた土師連娑婆《はじのむらじさば》は急に病を得て参加出来なかった。

三、皇后の決意

四月、上宮と刀自古郎女の嫡男で日嗣の皇子の山背皇子は、来目皇子と桜井弓張皇女との間に産まれた桜貝王女と婚約した。桜井弓張皇女は敏達大王と大后の娘である。上宮は西の守りを強めるために山背皇子には桜井皇子と吉備中姫の間に生まれた春華姫との婚姻を勧めようとしたが、色々調整する内に春華姫は長谷王子と婚姻させることになった。

「久瑠実（刀自古の呼び名）、山背と桜貝王女との婚姻が決まった」

上宮は岡本の刀自古の館に着くと座る間もなく、刀自古に報告した。

「おめでとうございます。それでは、いよいよ沙羅（上宮と刀自古郎女の長女）も酢香手姫皇女様の下へ旅立つのですね」

側に控えている香魚萌がそっと目頭を拭いながら、その場を離れた。沙羅が斎宮になっていくのが淋しいのである

「そう言えば、ここは何処よりも静かだな。そうか、子供たちがそれぞれに独立したからだったのか」

「やっと、気付かれましたか。子供たちは独立しましたが、和（私）にも新たな生きがいが出来ました」

「薬草園のことか」

「それもございますが、義母様（前皇后穴穂部皇女）から海斗様をお預かりしたのです」

「そうだった、礼を言わねばならん。海斗のこと、感謝している。海斗が七歳になったら、斑鳩の学問所に通わせることになっていた。その際、預かるのは母様の所でと決まっていたのだが、どの様な経緯でそなたが預かることになったのだ」

「義母様が、山背の婚姻の準備や橘姫様の新たな館のことなどで海斗様のことに専念できなくなると、海斗様に寂しい思いをさせてしまうと困っておいでだ、と侍女頭の曽々乃から聞きました。それで差し出がましいとは思いましたが、和の方から海斗様のお世話をさせて下さいと申し出たのです。その時に何もご相談しなかったこと、すみませんでした」

「いや、その事に関しては既に聞いていたのだ。礼を言うのが遅くなってしまって、吾の方こそ申し訳なかった。それはそうと、そなたは勇貴（来目皇子の呼び名）を幼い頃から知っている女人だ。自然に海斗を受け入れることが出来るのだろう。海斗にも勇貴のことを話してやることもできるし、かえって海斗のためにはここの方がよかったのではないだろうか。ところで、海斗は今何をしているのだ。やけに静かだな」

「今は多分、経を写していると思います」

「それは『維摩経』かな」

「よくお分かりになりましたね」

その時、走って来る足音が聞こえてきた。

「おばさま。お腹がすきました。あ、伯父様、失礼しました」

海斗は畏まって礼をした。海斗が会う度に新たな成長を見せてくれると、上宮は驚きと共に嬉しくて自然に微笑んでしまう。

「元気そうだな。ここの居心地はどうだ」

「はっ。大和に参りましてから一番良い所です」

「ほほう。どの様なところが良いのだろう」

「飯が旨く、おばさまは優しくて、ここに居る人々もわれに対し常に温かく接して下さるからです」

「そうか、飯が旨くおばさまは優しいか。それは何よりだな」

その時、海斗の腹の虫が聞こえた。

「おお、すまぬ。腹が減っていたのであったな」

海斗に久しぶりに会って色々聞きたい上宮だったが、海斗の腹の虫には負けたと笑いながら刀自古に早めの夕餉にしようと提案した。そして、この日は岡本で刀自古や海斗と共に心ゆくまで話をした。上宮にとって、海斗と刀自古が元気で居たことが何よりのご馳走だった。

飛鳥へ戻った上宮は大后に呼び出された。

「そなたも、もう知っていますね。橘姫の体調変化を」

「先日、斑鳩へ赴いた際に体調を少し崩しているようで、もしかしたら懐妊かもしれないと」

「そうです。違うかもしれないので、表沙汰にはしないように。何れ分かるでしょうし、少なくとも腹部が目立つようになれば知れますから……」

大后が橘姫の懐妊の可能性を異常なまでに気に掛けていると上宮は理解した。

「分かりました」

大后が自分の身内の懐妊について神経を尖らせるようになったのには訳があった。以前、菟道貝蛸皇女が現在の橘姫と同じような時期に、宿した子を亡くしていたからだ。その時、大后は反対勢力の霊力を感じると言っていた。その実行者が誰で、はっきり呪詛されたのだと、上宮にも言い切っていた。ただ上宮は、本人にも懐妊したと分からない時に、呪いで子供を出来ないようにすること等が、強い霊力を持つ者であっても可能なのか、と大后の確信を持った怒りに戸惑いを感じた。

今も又、大后はその時と同じことを考えているのだろう。そして、二度とその様な悲劇は起こさせまいと思っている様子が見て取れた。

「吾はどうすればよいでしょうか」

「大王は、いつもどおりに。桃香（橘姫の呼び名）のことは、こちらにお任せください」

炊屋姫は、桃香には何としても菟道貝蛸皇女の代わりに、亡き敏達大王と自らの血を引き継ぐ大王となる男子を儲けさせると決めていた。炊屋姫の強い思いがどれ程のものか、この時の上宮には理解できていなかった。一方、上宮は皇后の菟道貝蛸皇女の複雑な心境が分かり、思っていたよりも早い橘姫の懐妊を心から喜べなかった。そのことを橘姫に心の中で詫びた。

大后との面談を終えた上宮は橘の宮へ戻り、皇后の菟道貝蛸皇女に会った。皇后は上宮の顔を見ると言った。

「もし桃香がそういうことなら、和（私）は嬉しゅうございます。どうか桃香のためにも、心からお喜び下さい」

皇后は大后から話を聞いていたようだった。

「すまない。辛い思いをさせていたのだな。吾は国を豊かに民は幸せにということばかりで、直ぐ側に居る愛しい人を悲しませてばかりだ」

「いいえ、子を産んで差し上げられないのは、和の至らなさです。子を産めない和が皇后でいることが災いを招きます。ですから」

「違う。吾がその様な古い考えの世を変えようとしているのを理解してくれていると思っていましたが」

「大王がその様にお考えなのは知っております。でも、まだまだその様なことを理解できる人は少ない、ということも分かっておいででしょう」

「分かっています。しかし、皇后の役目は男子を生むことだけではない。吾の知る限り瑠璃（菟道貝蛸皇女の呼び名）は皇后の役割を常に全力で果たしてきた。そのことは誰よりも吾が知っている。そしてまたこの吾が現在の国の在り方をより良い方向に変えようとしていることを誰よりも理解してくれているのは、瑠璃、そなただと思っている」

「勿論、和も上宮様のお考えを理解しております。ですが、上宮様を一番理解し誰よりも深く思っているのは刀自古ではないでしょうか。刀自古は山背を心身共に立派に育て上げ政事《まつりごと》に捧げ、たった一人の皇女沙羅まで斎宮として差し出したのです。王の妃であれば名誉なことだと思われますが、母としての思いはいかばかりであったことか……。これは本来和が背負わねばならぬことでした」

皇后菟道貝蛸皇女《きさき》が刀自古に対しては申し訳なさを感じ、皇后としては己の身の不甲斐なさを嘆いているように上宮には思えた。何故、こんなにも人を慈しみながら生きるこの人に、天は子を授けて下さらないのだろう。この人から何故、子を産み育てるという女性として最大の喜びを取り上げてしまうのか。

上宮は皇后の心を元気づけようとした。

「橘姫の懐妊を吾もそなたと同じ気持ちで喜ぼう。橘姫の子は皇后が長い間待ち望んでいたのですね。そう思うことが瑠璃、そなたにとって最善のことならば吾もそうしよう」

上宮のその言葉を聞いた菟道貝蛸皇女は、涙を見せながらも微笑んだ。

「大王、感謝いたします。これで、和もやっと心に抱いた重い石を取り除くことが出来ます。それで、無事橘姫に男子が産まれた場合には、もしお許し頂けるなら和の皇后の任を解き、橘姫を皇后としてお迎え頂きたいのです」

「なりません。それは絶対にいたしません。それは大后様からのご提案ですか」

上宮は声を少し荒げてしまった。

「いいえ、そうではありません。母から一度たりともその様な話は出ておりません。飽くまでも和が橘姫の思いに応えたいと考えたことです」

この頃はやっと自分の気持ちを少しずつでも話してくれるようになっていた菟道貝蛸皇女だったが、以前は常に大后の考えのままに動かされていた人だったことを上宮は思い出した。この人は一生、母である大后の呪縛から逃れられずにいるのではないのか。

「もう一度言いますが、吾が王である限り皇后はそなた以外にはいない。どうか、ご自分の身を王権の犠牲にしないで下さい。吾がこの国の政事を担わせて頂くにあたって、先の敏達大王と大后様の皇女である菟道貝蛸皇女様との婚姻は必須でした。そうしないと、強固な政権維持が出来なくなってしまうためです。

初めは竹田皇子が大王に成られるはずで、その時には斎宮に成られると決まっておられた貴女の身に起こった悲しい出来事を吾もはっきり覚えています。大后様にとって最愛の息子であった竹田皇子様は、貴女にとっても最愛の弟だったことでしょう。その方が若くして大王となられる前に身罷ってしまわれるなど誰が想像できたでしょうか。周りの者達は右往左往、勿論吾も驚きのあまりあの日の前後、一体どう過ごしていたのか覚えておりません。吾でもその様な状態でしたから、貴女の悲しみはいかばかりだったことか。しかし吾はその時貴女の心がどれほど痛んでいたか、本当のところ分かっていなかった。吾が貴女のその時の気持ちを少しですが理解するに至ったのは、己の最愛の弟来目を亡くして後のことでした。

菟道貝蛸皇女様、貴女は初め吾との婚姻を断られたと聞いたことがあります。何故、最終的に吾に嫁《か》すことを決められたのですか」

「それは、上宮様が母（炊屋姫・現大后）の質問に明快に答えておられた時でした。和（私）は箔杜《はくと》（竹田皇子の呼び名）が生まれ物心着く頃には、箔杜が将来大王となった時には斎宮となって支えるのだと母からずっと言われて育ちました。箔杜がその妻子の死から時を移さず身罷った時には、和も共に旅立ちたいと思いました。支えるべき箔杜が居ないのに、和に何の存在意義がございましょう。でも、何があっても動じなかった強い母が憔悴しきった時、この母が元気になるまでは和が支えなければと思ったのです。そしてその母が箔杜の代わりにと上宮様を見出し、少しずつ元気になっていきました。和はもうこれで自分の役目はやり終えたと、箔杜の所へ行く準備をと思っていた矢先、上宮様との婚姻を母に命じられました。でも、幼い頃から和は箔杜を斎宮として支えるために生きてきた。長い月日をただひたすら神に祈りを捧げることで、あっ……」


上宮は菟道貝蛸皇女を素早く、だが優しく抱き寄せた。強く抱きしめたかったが、そうすれば皇后は壊れてしまいそうだった。それから自分の身体を少し離して皇后の瞳を見つめた。

「貴女は今までご自分のことを考えることなく、誰かの思いを叶えるためだけに生きてきたのですね。その様な境遇にご自身が違和感を覚え、厭だと思ったことは一度も無かったのですか」

「そう生きることが和の生きる意味だと母から教えられていました。その事に関しては厭だと思ったことなどありません。箔杜を支えられることが和の喜びでしたし、母の願いは和の願いでもありましたから。それが和のしたかったことだったのです」

目の前にいるこの人は、王になるべく生まれた弟を支える斎宮として身も心も捧げることを当たり前のことと教えられ生きてきた。それは王権の安定と継続が約束されることであり、世が平穏ならば民も安らかにいられることではあった。そして、竹田皇子が亡くなった時、貝蛸皇女は王権の斎宮ではなく上宮の皇后《きさき》という新たな役割を与えられた。そこには皇女の思いなど全くなかった。

「こんなことを言うのは失礼なことかもしれませんが、今この時だけは許してください。菟道貝蛸皇女様はこれまで生きてこられて、ご自分が幸せだと思ったことはあったのでしょうか」

「幼い頃から斎宮に成ることが決まっておりました。和にとって一番に考えなければならないことは、国の安寧を願うことと箔杜（竹田皇子）が王として立派にその役割を果たすことでした。ですが、それが突然叶わぬこととなった時、和の魂は空っぽになってしまって……」

上宮は皇后の憂いに満ちた瞳をしっかり見つめて、意を決したように言った。

「王としての吾を如何なる時も側で支えて共に歩んできたそなた以外に、吾の皇后はおりません。大后様から山背を日嗣の皇子にと言われた時、吾は悩みました。吾の父王（用明大王）の時の様に、周りの豪氏族の強い反対で争いが起きて悲惨な状態を作りはしないか心配だったからです。そんな吾の気持ちを察した貴女は、山背を引き取ってここで育て立派な王にしてみせるから刀自古に話してほしいと言って下さった。吾はその時、国の後継者を育てる母、国母に貴女は既になっておられると感じました。刀自古は生母として吾以上に貴女のことを信じ、山背にもその様に話したと言っていたのです。それだけではありません。橘姫の時もそうでした。もしかして、これ等のことは全て貴女の意に染まないことを、無理に抑えて言ったことだったのですか」

「いいえ、そうではありませんでした。初めて自ら決めたことでした。箔杜（竹田皇子）が和の前からいなくなって暫くすると、母（大后）に今度は上宮様のところへ嫁ぐようにと告げられました。和は初めて母の意に添えない、嫌だと断り続けました。でも、何度も嫁げと言われ続けたとき安美に相談し、和が上宮様と縁談があるなどとは言わずに秦河勝から上宮様の人となりを聞いてもらったのです」

「えっ、そんなことがあったのですか。知りませんでした。吾の評判はそこそこでしたか」

「そこそこどころか、良く言い過ぎでした。そう言えば、秦氏は上宮様の後ろ盾でしたものね。聞く人を間違えました」

「間違えたと思われたのに、よく吾のところへ嫁ぐ決心をなさいましたね」

「秦河勝の話には、上宮様を心から慕う人の気持ちが溢れていたのです。一人の人の気持ちをこれ程温かいもので満たせる方に、和は興味を持ちました。興味を持ったとは失礼な言い方で、お許しください。でも、和はその時まで、母と箔杜以外の人に関心を持ったことが無かったのです。それで母に、一度上宮様に会ってみると言ったのでした」

「吾が知らないところでそんなことがあったのですか。しかし、河勝はそのようなことを聞かれたとは一言も言っていませんね。今になっても話してくれていない。水臭い奴だ」

「いいえ、秦河勝にはこのことは生涯誰にも言わないようにと、固く口止めを致しました。河勝は和との約束を守ってくれているのです」

「でも、生涯で初めて、ご自分で決められたことから今は逃れようとなさるのですか。許しません。貴女は生涯吾のただ一人の皇后です。日嗣の皇子の山背の母としても、橘姫が男子を出産した時にはその子が成人し山背の後を継いで日嗣の皇子となるまで、どうか見守ってやってください。お願いです。大変でしょうが、これからも吾と共に新しい国造りに携わり続けて下さい」

上宮は、常に上宮の思いに寄り添い、后としての役割を精一杯果たしてくれていた菟道貝蛸皇女に、どう話せば感謝しても感謝しきれないこの気持ちを分かってもらえるのかと思った。そして同時に自分がこの目の前にいる女人を、どれ程心から慕っているかということも思い知った。

上宮はこの時初めて、菟道貝蛸皇女が皇后として王である自分の子を、つまりは日嗣の皇子を産めないということで深く傷ついていたことや、そして自分の力ではどうすることもできない状況の中でその事に一人でどんなに悩み苦しんできたかを理解したのだった。菟道貝蛸皇女が王である自分の側に皇后として居ても悩み苦しまなくてよい手立てはないものかと考えた上宮は、皇后に提案をした。

「今から大后様のところへ一緒に行って下さい」

大后は突然訪れた上宮と皇后に驚きもせず、にこやかに迎えてくれた。

「二人揃って、和に何か話があるのですか」

「大后様、今日は吾と皇后《きさき》の今後についてご相談したきことがあって参りました」

「今後のことですか。分かりました。では、ここではなくあちらへ行きましょう」

大后が上宮達を連れて行ったのは、以前大仏を造立していた葛が原に雷が落ちた時、三氏の神官たちが大后から叱咤された建物だった。そこは特別なこと以外には滅多に使用されない建屋だったので、着いた時二人は思わず顔を見合わせどちらからともなく深く息を吸い込んだ。

「さあ、どうぞ」

大后は侍女頭の近江納女にその建物の扉を開けさせて、上宮達に先に入るよう言った。上宮と皇后が大后に言われるまま建物の中に、大后も続いて入ると外の扉が静かに閉じられた。

以前三氏の神官が檄を飛ばされた時と違って、その広い建屋の中には円卓があり合計六席の形の良い椅子が並べられていた。

「大王、話してください」

上宮は息を整えると、先程まで皇后と話し合っていたことで自分と皇后の意見が食い違ってしまい、どうしても上宮の意見を聞き入れてもらえず、炊屋姫（大后）に教えを請いたいのだと言った。

「分かりました。では、先程まで話していた内容を大王にお聞きしてもよろしいですか」

上宮はそう言われると、菟道貝蛸皇女の方を向いて良いかと確認を取って先程まで二人で話していたことを順序立てて詳細に、大后に話して聞かせた。大后は時折下を向いて涙を拭っていた。そして、上宮が話し終えると皇后の方を向いて優しく話し掛けた。

「瑠璃、そなた皇后の任を解かれた後どうしようと思っているのですか」

「……。もう随分前になりますが、国を豊かにするための一つの方法として、養蚕を全国に広げていく役目を担いたいと考えておりました。そのことを実際に始めたいのです」

「それが今この時に、皇后の任を解いてもらってそなたがやりたいと思っていることだというのですか。そなたは敏達大王と和の第一子として生まれてから、多分物心つく前から和の言うことに何一つ逆らうことなくずっと素直に従って生きてきましたね。そなたは幼い頃から和が次の大王はそなたの弟の竹田皇子にしようとの思いを知り、誰よりもその事を理解し協力を惜しまなかった。そなたは分かっていたのでしょうね、和が何故竹田にこの国の将来を託そうとしたのか」

皇后は頷いた。

「大王（敏達）と和の思いは同じでした。民たちはこの国に生まれたことを誇りに思えるように、また豊かな実りを得て楽し気に日々暮らしていけるように、外つ国々からも立派な国であると思われるような国にしたいと。だが、そんな国にするには長い時が掛かる。和は次の時代を幼い箔杜やそなたに担ってもらうために、そなた達にあらゆる努力を強いました。和は王家に生まれ、ましてや国を治める上に立つ者として一番に考えなければならないことは、国の将来とこの地に暮らす民たちのことです。

瑠璃、よく聞きなさい。国力をつけ発展させるために議論を重ねて大王がこうしていこうと方向性を示しても、自分たちの利益にのみ執着する豪族達の前には無力であった。それでも少しずつ豪氏族の中から大王の新しい国造りに賛成する人たちが現れた」

大后は昔あった出来事を思い出したのか興奮していた。そして、少し息を整えるために間を置いた。

「敏達大王が新しい国造りへとの理想を抱かれ志を持たれましたが、その実現にはまだまだ遠く、後のことを用明大王やわれらに託されて身罷られた。夢を現実にと強く思い、そんな国にするために和はそなた達に多くのことを求めました。瑠璃、そなたにも何度も何度も繰り返し箔杜の支えとなって立派に斎宮としての任を務めるようにと言ってきましたね」

大后は涙を拭った。そして、

「箔杜達が突然身罷った後、和は大きな問題を抱えることになった。箔杜の後任についてです。その様なこと考えたことも無かった。和が認めた大王はこの世にただ二人。敏達大王と箔杜だけでした」

やはりそういうことだったかと敏達大王が亡くなった後の経緯を思い出し、上宮は馬子の顔も思い浮かべながら大后を見つめた。

「許してください。和の心は、敏達大王が夢見た理想の世を何としても夢に終わらせることなく、箔杜にその志を引き継がせることで倭国を現実に素晴らしい国にしたい、という思いで一杯だった。他には何も考えることなく、他に目を遣ることも無かった。二人以外の誰も見ようとしなかったし、他の誰の言葉も聞こうとしなかった」

大后は話を続けた。

「箔杜の代わりに、敏達大王と和（私）の理想を実現してくれる人材を見つけたのです。上宮、そなたでした。箔杜の死で打ちひしがれていた和に困り果てた大臣は、和に上宮と話してみてはどうかと提案した。今まで和の眼中にも無かったそなたに、一筋の光を見出した和はそなたに会うことを決めた。王位継承順位は少し低く若年である上宮が、王として相応しいだけの思慮分別が具わり、この国の将来を託されたら覚悟して王の任を遣り遂げるだけの人物かどうかと、和は矢継ぎ早に質問した。そうしたら、今迄和の眼中にも無かったそなたは、王になるなど考えたこともないと言いながら、和が次の王にすべく育てた箔杜に引けを取らないほど王らしい答えを和に返してきた。

その時の遣り取りを、瑠璃にも聞かせていました。和と同じようにこの貝蛸皇女は箔杜がいなくなったことで、生きる気力を失っていました。敏達大王と和が箔杜を大王に、瑠璃を斎宮にと、二人を幼い頃からそれにふさわしい人物となるようにと育て上げてきたのです。その瑠璃が和の質問に誠実に答える上宮に好感を持ったと思いました。そうですね、瑠璃」

「あの時は、まるでそこに箔杜がいて答えているかのように感じました」

「そうでした。和も同じように感じ、そのような上宮の皇后は貝蛸皇女以外にはいないとも思った。それからの和は、敏達大王や和たちが理想とし箔杜に引き継がせようとした政事を大王となった上宮がどの様な形で現実のものとしていくのか、皇后の貝蛸皇女が大王をどの様に支えていくのか、を見ているのが楽しみとなったのです。和は今、この国と民達が素晴らしい大王と皇后を得たと心から思う。国の政事《まつりごと》は大王一人で出来るものではない。国家の繁栄と民の幸せを願い私利私欲なく理想の国造りを始めようとする王と、志を一つにする皇后と臣下がいてこそ成し得るもの。上宮の側には昔から上宮の志に賛同し心から慕っていた者達が大勢いました。

もしかしたら、箔杜が大王に成ったとしてもこれ程急激に新しい国造りが進んだかどうか分からないと、ふとそんなことを考えた。が、それは直ぐさま胸の内で打ち消した。何故なら、そこにも箔杜を心から支え志を共にし、新しい国造りを夢に描いて前に進もうとする上宮達がいてくれただろうから。豊人（上宮の呼び名）は大王に成ろうなどとは思いもしなかったと言いましたね。瑠璃も皇后になるなど思ったことも無かったはずです」

上宮は大后から初めて呼び名で話しかけられ驚いて、瞳を大きく見開いて大后を見た。大后は優しい表情をして菟道貝蛸皇女の方を向いた。

「瑠璃、この様な話を長々としたのはそなたの本心を今日こそは聞きたいと思っているからです。そなたの本心を聞かせてほしい。心から、この上宮との縁を切って、皇后の座をまだ二十歳にも満たない橘姫に任せたいと思っているのですか。上宮は、今始まったばかりで問題山積の新たな国造りに挑み、命を削りながら常人ではとても敵わぬ日々を送っているのです。その皇后が、あの子に本気で務まると思うのですか」

下を向いていた瑠璃が顔を上げた時、

「務まりません。瑠璃以外に、吾の皇后は務まりません」

上宮が言い切った。

貝蛸皇女はそれでも意を決して口を開いた。

「和（私）には子が出来ませんでした。子供の産めない皇后など、いないも同然ではないでしょうか。それ故、敏達大王と大后様の直系の孫である橘姫が産む子を、産まれる前から正当な後継者と群臣が認めるようにしておきたい。これは、今後の王権のために和（私）が上宮様に出来る最後のことなのです」

「そなたは既に子を授かったではないか」

大后はきっぱり言った。

「えっ、和が子を授かったとは……」

貝蛸皇女は、『あっ』と小さく叫んで顔を赤く染めて大后の方を見た。

「そうです。そなた達は次の王と約束されている日嗣《ひつぎ》の皇子《みこ》山背の薫陶を上宮と共に始めているではありませんか。和もそなたに上宮の子を産んでほしかった。その思いは、もしかしたらそなた以上だったかもしれない。でも、生まれていたら和は箔杜以上にその子を溺愛し王にせんがために厳し過ぎる指導をしたのではないかと思う。そなたにはもう子が授からないと医博士から知らされた時、和は目の前が真っ暗になった。敏達大王と和の血脈が絶えてしまう。大王と和が目指していた、豪族達の合議の下にある王権から王を中心とした体制にするということが漸く手の届きそうなところまで来たこと、そしてそれがわれらの血筋の者によって行われていることを亡き大王に報告したかったのにと。

だが、よく考えると、まだまだ豪族達の風当たりが強い状況の中で、現在の様な王中心の政権をここまで運営してきたのは上宮でした。勿論、上宮に味方する後ろ盾として、上宮と皇后の大叔父である蘇我大臣や、皇后の母である和がいたことは上宮にとって大いに心強いことだったと思います。しかし、上宮は敏達大王と和の間に出来た子ではありません。和が国の政事の全権を上宮に委ねたのは、先王たちの思いを実現できる人物が、上宮であると認めたからに他なりません。瑠璃は今、和も認めた上宮の子である山背を次の大王へと導く役割を担っている。言うならば国の母なのです。山背が王となればその皇后となる桜貝王女の教育も任されることとなる。上宮がそうであったように国の政事は一人で出来るものではない。先ずは志を一にした皇后がいなければならない。それは現在においては瑠璃、今迄上宮と共に志を一にして歩んできたそなた以外にはいないのです。そして、そなたは山背の母であるだけでなく上宮の子供たち全ての母であり、国中の人々の母でもあるのです。

　自分で産んだかどうかなど、全く関係ないし意味もないことです。これからのこの国の行く末を託せる者達であるかどうか、が一番大切なことなのです。この国を託せる者達を見出したならば、その者達を信じ慈しみ育てていく。これが皇后《きさき》本来の役目です。どうか上宮と共にこれからも国の母であり続けて下さい。それが以前この国の母たらんとして懸命に生きてきたこの母からの、皇后への心からの願いです」

　目の前にいる母である大后が言った言葉の一つ一つを噛みしめ暫く考えていた貝蛸皇女は、顔を上げて大后をしっかり見つめ意を決した者のように言った。

「承知いたしました。これ以後は、心新たにし山背達が立派に国政に携われる王となれるよう力を尽くし、そして次代を担う人たちを全力で守ります」

菟道貝蛸皇女から先程までの悲しげな表情は全くなくなっていた。

王と皇后との話が終わった後、大后は皇后の新たな門出だからと三日後に内々での宴を催したい、山背も共に来てほしいと告げた。

橘の宮への帰り道で、菟道貝蛸皇女（皇后）は法興寺に寄りたいと言った。上宮は法興寺に着くと大仏の前に皇后と二人で並び手を合わせ長い間祈り続けた。

六一〇年一月、橘姫は十五歳で難産の末、皇女を産み、橘大郎女《たちばなのおおいらつめ》と呼ばれるようになった。橘大郎女は産んだ子が皇女だったことに落胆したが、大后はこの皇女をいずれは斎宮にするということを上宮と皇后の二人に話したと告げ、橘大郎女を安心させた。

皇后は上宮と大后の所へ皇后を辞したいとの相談に行ってからは覚悟が出来たらしく、表情が豊かになり周りの者達ともよく話し笑うことが多くなった。上宮はそんな菟道貝蛸皇女を見る度に自らも微笑んでいることに気付くのだった。そして皇后自らにとって子供が授からないという事実に皇后自身が今までどれ程苛《さいな》まれ苦しめられてきたかを感じた。大王の上宮には他の妃たちとの間に多くの子があるので、非は偏《ひとえ》に皇后一人にあると世間は考える。皇后自身も他の者も、直接言われなくても、それを感じることとなる。そのため皇后はずっと自信を持てなかったが、大后に国の母たれと激励されて以来、以前からは想像もできない位明るくなった。そんな皇后に日嗣の皇子の山背皇子もこれまで以上に菟道貝蛸皇女を母と慕うようになったと、橘の宮の全てを任されている摩須羅《ますら》が嬉しそうに上宮に話した。

四、隋の動向

六一〇年の三月、高句麗の嬰陽王《えいようおう》は、五経に精通し紙や墨、絵の具を作ることもできる僧の曇《どん》徴《ちょう》と法定《ほうじょう》を倭国に遣わした。上宮が高句麗僧の慧慈を通じて以前から強く要望していた紙や墨などの作り手を急に派遣してきた主な理由は、隋がまた高句麗を攻めてくることに備えてのものだった。ここ暫《しばら》く高句麗と隋の関係は少し落ち着いていたのだが、隋が高句麗を征伐しようと実行動を起こし始めたのだ。高句麗は、倭国を味方にすることまでは出来なくとも、決して敵にはしたくなかった。もう一つの理由は、六〇七年から六〇九年にかけて行われた倭国の遣隋使派遣の影響である。これまで半島の三国を経由する方法でしか大陸の大国と繋がっていなかった倭国が直接隋へ遣使し、隋からも倭国へ使者が行ったということは、半島の国々にとって大きな衝撃だったのだ。大陸の大国、半島三国、倭国の政治的均衡や相互存在価値が大幅に変化しかねないのである。高句麗が僧曇徴《どんちょう》達や技術者達を送り込んできたのは、倭国との今までの良好な関係を維持したいという強い願望の下での行動であった。

三年前の六〇七年に大和政権の代表として隋国を訪れた小野妹子は、上宮が持たせた国書によって隋の外交を一手に与《あずか》る裴世矩《はいせいく》の興味を引くことになった。

裴世矩が興味を引かれたのは、東の果てに位置する小さな島国の王が何を思ってこの様に強気で、ある意味皇帝陛下に対し失礼ともとれる書を国書として持たせたのか。一旦は何も知らない蛮人が自らを大きく見せるために、大国の皇帝に対し肩を並べる様な形で自国の使臣に持たせたものだろう位に考えた。

しかし倭という国を調べてみると、予想外のことが分かった。倭は古くから半島勢力と戦い、新羅国を打ち負かし、一時は高句麗の国土の南半分に及ぶ地域にまで進出した国であったこと。半島三国の中で高句麗の次に建国した百済が、高句麗の脅威や新羅との小競り合いに対処すべく、かつて戦っていた倭と同盟国となったこと。そして、以前は倭と敵対関係にあった高句麗が、隋からの手痛い攻撃を受けたことに対する恐怖から、倭に対して助けを求めるべく急接近したこと等である。現在隋が何十万という兵力によっても打ち負かすことの出来ない高句麗が急接近する倭とはどのような国なのか。裴世矩は種々のことを考え合わせた上で部下の裴世清を倭へ遣った。その際、部下の裴世清に皇帝から実質の命令書を持たせ、倭からの使者小野妹子に対しても同じような内容の書簡を持たせて帰した。

およそ二年前の六〇八年四月に裴世清がもたらした隋の国書は命令書であった。国書には、高句麗との友好関係を止めることや、高句麗の南に位置する新羅に対し今までの様な敵対関係を停止して一転友好関係を結ぶように命じると書かれていた。

つまり、隋が高句麗を攻める際に、倭は高句麗を支援するような行動はしないこと。倭が筑紫に大量の軍兵を投入して、隋の味方である新羅を牽制し封じ込める策を完全に止めること。また新羅が百済等と同じように倭の国内を自由な形で行き来することが出来るように計らえということだった。

　そうすれば、倭が隋に求めている倭の学僧や学生を受け入れ、隋に居る文化人との交流や文物（経文や書画、宝物など）、倭が欲する物を与えるとあった。

　そして、もしこの申し出を断るということになった時には、高句麗を攻める際に倭にも隋軍が差し向けられることを覚悟せよ、との脅しの文で締めくくられていた。この脅しの文には、以前に隋が倭の南の小さな島に軍を送り夷掖玖《いやく》という島（現在の鹿児島県屋久島、沖縄県のいずれかの島、など諸説あり）の人々を捕虜としたことが記されていた。

　隋によるこのような行為は、高句麗が倭とより一層親密な関係になるにつれて増え始めた。倭に対する脅しの行為であるが、直接倭の国土を侵略する前に、未だ倭が国土としていない南の島に対して行《おこな》ったのである。隋の侵略行為は、六〇五年頃になると倭にはっきりと知らしめるようになり、隋は夷掖玖《いやく》の国に隋から兵を送り込み夷掖玖《いやく》の兵の甲《かぶと》を盗んで帰らせ、その甲を倭に持ち込んで脅しの材料にするため見せたりした。

　その後、隋は他の島にも攻め込んで今度は数千人を捕虜として本国に連れ帰った。その捕虜の内の何人かを倭国に連れてきたのは、丁度小野妹子を大使として隋に遣使した六〇八年のことだった。

　隋は倭の要望を受け入れる用意があると言いながら、後ろ手に切れ味の良い牛刀をちらつかせるというやり方で、高句麗が頼りとする倭を懐柔しようとしていた。

斑鳩で上宮は諜報機関の長紫鬼螺《しきら》から隋の状況に関する重要な報告を受けていた。

紫鬼螺は先ず初めに、隋が建国前から着手している幾つもの大運河開削は膨大な費用を要した上に、開削工事の殆どを人海戦術によって短期間に仕上げようとしたため多くの死者が出たことを告げた。大運河開削に携わった役人や民の十の内の五割は死に絶えたと言われ、死者を埋葬の場所まで運ぶ荷車が間に合わずそのまま運河に放置されていた。それを目の当たりにした者達が死屍累々《ししるいるい》という言葉を使いその惨状を伝えていたこと。大運河開削の場所周辺ではその様な悲惨な有り様だったこと。それらを、あまり心の内を表情に現さない気丈な紫鬼螺が涙ながらに語った。

紫鬼螺は袖で涙を拭き報告を続けようとしたが、悲しみが深く中々涙が止まらない。申し訳ないと何度も小さく呟き床を見つめ、何とか涙を堪《こら》えようとしていた。紫鬼螺の側にそっと近づいた上宮は紫鬼螺の肩に手を置いた。

「紫鬼螺、苦労を掛けているな。そなたも父祖の地の人々がその様な目に遭っているのを見れば、悲しかろうし悔しくもあろう。何とか出来ないのかとも思うに違いない。その上、隋の皇帝以下が揃って多くの民の犠牲の上に益々巨大な国になろうと考え、北は高句麗、南は林邑《りんゆう》（越南《べとなむ》の中部から南部）等をも手中に収めようとしていることを考えると、これから隋と親しく付き合うことはわが国にとって良いことなのか、どうなのか。そなたの忌憚ない意見を述べてくれないか」

「はっ。今申し上げました地方の状況は、都にまでは届いておりません。隋国内の内政は統率が取れており、対外関係でも自ら隋に攻め込もうなどという国はほぼ無い状況です。現在、周辺諸国は殆どが隋に従っているというのが、正しい認識と申せます。それが証拠に、周辺諸国は隋から招集がかかれば、自らの国が誇る貢物を沢山抱え馳せ参じます。隋の傘下に入った国々には、隋の保有する先進文化を学びたいという願望がありますが、隋はそれらの国からの学僧や学生達を受け入れ、惜しみなく文化を分け与えています。そのことに対する隋への感謝と畏敬の念も周辺諸国にはあるかと存じます。上宮様が現在お考えの、隋と対等に付き合うことは難しいかと。隋の恩恵を受け傘下に入るということは、隋の思うところに従うことでございますから」

「しかし、高句麗と林邑《りんゆう》等は冊封下にありながら現在も隋から侵攻を繰り返されていると聞く。そなたは先程、隋の傘下に入れれば攻め込まれることはなくなると言ったが、何故高句麗等は現在も隋の脅威に晒されているのだ」

「高句麗と林邑は既に朝貢し冊封下に置かれているとはいうものの、そういった形をとっている国でもそれぞれに事情が異なるのです」

「では、北の突厥や東の百済、新羅。南には赤土などの国とはどう事情が違うというのだ」

「林邑という国には、以前から皇帝陛下はじめ宮廷内の人々が好む金銀や美しく輝く赤や緑の宝石が豊富に産出するということで、林邑の地そのものを隋のものにしたいという欲望がありますす。また、高句麗は大陸の東の端近くにある半島の北に位置し、大陸中原の国の遼東半島侵略を古くから阻《はば》んできた強国でした。そのような高句麗を、新たに建国した中原の大国隋は完全に滅ぼしたいのです」

「隋はどうあっても高句麗を滅ぼしたいということなのか。何故そこまで、執拗に高句麗の滅亡を欲しているのか」

「国は大きくなれば、それ以上に大きくなろうとします。そして以前の国が成し得なかったことを成し得ると信じ、突き進むもののようです。大きくなった怪物は、自らをより大きくするために、手当たり次第に呑み込んでしまいます。急激に大きくなったために、足元が見えていないのではないでしょうか」

紫鬼螺が言うように、足元が見えなくなった怪物はいずれ自ら倒れることになるかも知れない。ただそれがいつになるのかは、誰にもわからない。

「人の欲望は、権力を持てば持つほど計り知れなくなってしまうようだ。高句麗を滅亡させた暁には、百済、新羅、そしてわが国へと触手を伸ばすのか。隋がこれ以上に強大になり、止《とど》まることを知らないというなら、わが国も今できることをしなければなるまい」

「左様にございます。敵を知るには、先ずは敵の懐に飛び込まねばなりません」

「そうだな。大陸には今後のわが国が発展する上で、教わるべきことが沢山ある。そのためにも次代を担う多くの若者達に大国で学ぶ機会を持たせ、わが国を大国に一目置かれるようにしなければならぬ」

紫鬼螺が一生懸命集めた長年に渡る大国の様々な情報は、大和政権の今後の在り方を示唆してくれていた。

「紫鬼螺、そなたの長年の国外での情報収集や、正式な形ではなかったが先に大興に行き留まっている学僧や学生達に対する暖かい支援など感謝している。そなたには、もう少しの間大陸での活動を続けてもらいたいと思っている。だが、身体には注意してほしい。けして無理はするなよ」

「分かりました」

上宮は紫鬼螺からの情報や馬子の情報網から得たことをもとに、最終的に大臣からも全面的に賛意を得て、隋の使者裴世清達を国として今までどの国に対してもしたことがない程の持て成しで迎えることにしたのだった。

六〇七年に来倭した隋の使者裴世清は倭の持て成しによって倭が隋をどの国よりも大切にしていると理解し、倭の希望であった学僧や学生が隋で学ぶことを聞き入れた。

小野妹子が裴世清の帰国に際し学僧達を伴って隋へと向かったのは、年が明けた六〇八年の秋も終わりの頃だった。

隋において多大な民の犠牲の下で完成させようとしている幾つもの大運河の開削は、軍事的にも経済的にも大きな意味を持っていた。

文帝の時代に開削が始まった大運河は、文帝が都とした大興城に暮らす人々の食糧不足を補うために造った広通渠《こうつうきょ》だった。広通渠の完成により、中原（華北平原）で生産される穀物を食料不足の東都洛陽や西都大興へ簡単に穀物等を運ぶことが出来るようになった。その後、二代目皇帝楊広の時に、南に位置する大穀倉地帯から隋の北部へ穀物その他の物資を運ぶための大運河開削が非常な勢いで行われるようになった。

しかし隋国内の運河開削に徴用され亡くなった民の家族の悲しみと怒りが、大運河建設を続ける隋の皇帝に向かうのも時間の問題だろうと紫鬼螺は予想していた。

隋が中原の国々を統一する以前の漢の時代、高句麗は大陸の東北部から朝鮮半島の北部を支配する強国であった。そんな高句麗と百済は長い間、争いを繰り返していた。百済は強国の高句麗に何度も攻め込まれる内に、初めは戦っていた倭と同盟を結び、高句麗からの侵攻に備えようとした。百済と同盟を結んだ倭は、高句麗とも、高句麗の事実上支配下にあった新羅とも、この頃敵対関係にあった。

だが、隋が五八一年に建国されると、半島において一番北にあり隋と国境を接することになった高句麗は隋の脅威に晒されることになった。高句麗は隋に遣使し、高句麗は形の上で隋の冊封下に入った。

隋の建国は成ったがこの頃まだ陳は完全に滅亡しておらず、高句麗や百済は隋に朝貢しながらも陳への遣使も続けていた。

五八九年に隋は陳を完全に滅亡させ、大陸の中原に統一国家を約三百年ぶりに誕生させた。巨大な統一国家となった隋は冊封下の高句麗にも欲を抱き、国境付近で度々争うことになった。

高句麗の平原王（在位五五九年〜五九〇年）は、近い将来に隋が自国を侵略してくるのを恐れ、戦いに備えた。そして、防衛意識が高じての突発事故なのか意図的行動なのか不明だが、高句麗が隋との国境を自ら越えたり、隋の使者を軟禁したりしたことで、隋の初代皇帝楊堅は激怒した。

そのため、高句麗は隋へ恭順の意を示す文を提出した。それにも拘らず隋は、王自ら隋へ臣下としての挨拶に来ることを求めた。

高句麗では、王も臣下も共に王が隋まで行くことを拒否した。王が隋まで行っても行かなくても隋は高句麗を滅ぼし、高句麗の全てを奪うことが目的であるとはっきり分かっていたからだ。

だが、隋との関係をこのまま一触即発の状態にしておく訳にもいかなかった高句麗の平原王は、愛すべき自らの国土を『糞土の地にある愚かな王が治める』と記した謝罪文を送った。王としては最大限の謙《へりくだ》りであったに違いない。時の隋皇帝の楊堅（後の文帝）は、その謝罪によって高句麗を許した。

平原王は異常なまでの謝罪文を楊堅に送った後、その年の内に亡くなった。この平原王の死が寿命であったのか、大国隋との熾烈《しれつ》な戦いの末の憤死なのかは分からない。

隋と高句麗との国境付近での争いは建国当初からあったものの、隋が本格的に高句麗への攻撃を始めたのは五九八年の一回目の高句麗遠征からである。

この楊堅による一回目の高句麗遠征の時、陸軍においては大量の兵力を誇っていたにも拘らず、疫病と食糧不足によって多くの兵士を戦闘前に失った。高句麗との間に横たわる遼河《りょうが》はその時期洪水となり、渡って高句麗を攻めようとした者は流されてしまい、洪水が収まるのを待つ者達は足止めされている内に兵糧が尽きてしまった。その上、陸と共に海上から同時に攻めようとしていた隋の水軍は、嵐によって行く手を阻まれ戦闘前に沈没してしまう船多数という有り様だった。

結局、隋の楊堅は、高句麗討伐のために送った陸軍と水軍を合わせて三十万余の兵の殆どを高句麗と戦うことなくして失った。

高句麗の嬰陽《えいよう》王は運良く難を逃れた形であったが、隋軍の規模の大きさに恐れおののいた。隋に恐怖を感じていた嬰陽《えいよう》王は、隋が勝手に仕掛け自滅した今回の戦いの後始末として、自国には何の落ち度もなかったにもかかわらず、先代の平原王と同じように使者に上表文（謝罪の文）を持たせ提出した。

嬰陽《えいよう》王は、隋が一回目の高句麗に対する大規模な討伐に失敗しても、必ずやまた攻めてくるに違いないと思っていた。その対策として、高句麗は敵対関係にある百済と同盟を結んでいる倭との連携を強めようと再三使者を送った。

百済は半島において、高句麗や新羅と常に戦い続ける中で早くから倭を味方に付けていたが、高句麗は倭と長い間敵対関係にあった。しかし現在は隋の脅威に晒されているため高句麗は倭との関係を改善し、倭を味方に付けたいとの思いが強くなった。高句麗は倭が現在何を求めているのかを詳しく探った。
　半島の国々が倭を味方にしたいと思って高僧や技術者を送ってきた。高句麗の慧慈達の存在感が高まる中で、六一〇年に高句麗は倭に対し僧侶の曇徴《どんちょう》や法定《ほうじょう》を筆頭に多くの文化人や工人達を送り込んで倭との連携をより深め、隋に対抗しようとした。

　隋が建国される前、倭と、半島勢力の中でも後進の小国新羅との国交は未だ途絶えたままで、秦氏《はた》などによる商業や経済での繋がりに留まっていた。倭が半島に勢力を持っていた頃にあった任那府《みまなふ》は、高句麗の加勢で新羅のものとなってしまっていた。任那は滅亡したが、新羅は直ぐ側の脅威の国である倭に対し恭順の意を示し、任那の貢だと言って時折は朝貢してきた。しかし、任那を奪われ怒りに燃えていた倭は新羅を相手にしなかった。

　時が移り、大陸の中央を統一した巨大な国家の隋が建国されると、これまで謙《へりくだ》っていた新羅の高句麗に対する態度は急変する。北に位置する強国高句麗との間で常に国境付近を侵犯され続けていた新羅は、高句麗を何とかしてくれそうな大国隋へ高句麗討伐の嘆願書を盛んに送り始める。そしてそのことを知った高句麗は、新羅がかつて助けてもらった恩を仇で返すのかと激怒した。高句麗は新羅へ攻め込み、ある程度の戦果を挙げた。そして高句麗は、新羅に対し二度と隋へ高句麗討伐などの嘆願書を出さぬよう命じた。新羅は表面上高句麗に対しその事を聞き入れる振りをしたが、少し時が経つとまた隋に高句麗討伐の願いを提出し続けた。

　だが、五九八年の一回目の高句麗討伐が準備不足もあって手痛い失敗に終わった隋は新羅の再度の要請になかなか動こうとはしなかった。今度こそ、高句麗を完全に打ちのめそうと準備をしていたからだ。

　倭の大和政権は、隋からの要請を聞き入れ高句麗との友好関係を表向き一時停止する形をとった。一方で、隋の手先とも考えられる新羅が、白々しくも任那の者と共に新羅と任那の貢を携えて堂々と倭へ入国してきた。とはいえ以前は任那を大和政権が押さえていたこと、その後に半島において大和政権が惨敗したことを知る者の中には、任那の貢と称して新羅が倭に貢を持ってやってきたことを歓迎する者達も居た。

　その反面、この時の新羅が、高句麗と完全に手を切り隋の配下となって、いつの日か高句麗を滅亡させようとしているのだと思う者も居た。

「このまま新羅と任那の貢を受け入れるというのも、納得がいきませんなぁ」

　馬子は呟くように言った。そう言われた上宮の方も、先程から何ともすっきりしない様子で腕組みしたまま一言も発していない。

「大王。新羅の処遇ですが、どういたしましょう」

「そうだな。高句麗と百済よりは下位に置きたいが、新羅としては隋に命じられたとは言え、本来は自国のものとなったはずの地である任那の貢など持ってきたくはないに違いない。それに今は半島三国の中で隋に一番気に入られている国としての自負もあるだろうから、高句麗より上位にせねば納得しないだろう」

「しかし、それはわが国が完全に隋に服従した形を取ることにもなり兼ねません。それについては、どの様にお考えでしょうか」

「今、高句麗のためにもわが国は隋や新羅と事を起こしてはならない。たとえ、新羅が隋の間諜を伴って来たとしても、こちらが新羅の機嫌を損《そこ》ねるような対応さえしなければ良いのだ。ただ、任那を失った時の責任で降格させられた者達は、われらが新羅を丁重に持て成すことに多少とも反感を持つのではないだろうか」

「そうかも知れません。ですが、何十年も前の事で、その時とはお互い国の事情も違いましょう。お互いに冷静に利のあることを考えるのが生きるための知恵だと、彼らも最早よく分かっているのではないでしょうか」

「任那を失った際には蘇我の一族の中にも関わった者がいたのではなかったか」

「左様にございます。あの時には物部、大伴、紀氏に加えて蘇我もきついお叱りと処分を受けました。われはまだ子供でしたが、父稲目が大王からその処分を言い渡す役割を命じられたと言って、頭を抱えて困り果てていたのを今でもはっきり覚えております。ですが、処分を受けた各氏族の今の長たちはわれより年下ですから、処分されたことはほとんど覚えていないでしょう」

「いや、かなりの人が覚えているでしょう。一族が大きな災難に遭ったのも同然です。しかも、高々五十年程前の話です。一族の中で言い伝えられていても、何の不思議もありません。兎も角、その者達が新羅に何かせぬよう、重々注意を払って下さい」

「承知いたしました。では新羅の処遇は高句麗と同列にいたし、特に任那が奪われた時に何らかの処分を受けた豪族には、手を出したりせぬようにと内々に申し渡しておきます」

「よろしく頼みます」

　馬子は上宮の前を辞そうとしたが、上宮は話を続けた。

「もう一つ案件があります。大后様にお答えする前に、聞いておきたいことがあるのです」

「えっ、大后様が関わっておられることですか。何でございますか」

「近江の押坂彦人皇子様の子女達の件なのですが……」

「ああ、そのことでございますか。われも実は少々困っておりまして。大后様が気にしておいでの件ならば叶えて差し上げたいと思ってはいるのですが、未だ結論に至っておりません。われが返答を先延ばしに致しております故、大王に直接お話をされたのですね。申し訳ございません」

「いいえ、近江の方々のことは王族である吾にも関わりのあることです。内外に関して問題が山積している吾を気遣って皇后《きさき》が、大后様に相談したのです。王族の中のことは複雑で中々厄介事が多いようです。皇后も懸命に対応してくれているのですが、長年の経験と知恵を借りる必要があります。特に近江の方々の処遇に関しては、当時この問題に深く関わった大后様は今も心にわだかまりをお持ちのようでした。それで、この際はっきりとあの当時の出来事を、大臣から聞いておきたいのです」

「はぁぁ…。それはわれの一存ではなんとも……」

「この問題は、吾の代で何とか少しでも歩み寄りたいと思うのです」

「大后様のお気持ちも、大王の仰せも全く分からない訳ではありません。しかし、われは未だ話す時期ではないと考えております。その他にわれの方からも申し上げておきたきことがあります」

「どうぞ、何なりと。この際です。話してください」

馬子は、今まで以上に姿勢を正した。

「あの頃以前のわれら蘇我一族は、旧来からの大豪族の物部氏、巨勢氏、紀氏、大伴氏等の豪族には遠く及ばず、大王に直接お仕えする卜部氏やその配下の中臣氏や阿倍氏よりも下位の存在でした。われら蘇我氏は、他の豪族達が大和に勢力を持つ以前から大和の地を少しずつ開墾しておりました。初め、この湿地はまともに作物も育たない土地でしたが、われらの先祖や、王権から面倒をみるようにと言われた外つ国《そとくに》から来た人々等の不断の努力によって何とか田畑になったのです。その後も、大和の川が氾濫する度に山や丘を削りながら今まで以上に豊かに実る大地へとして参りました。しかし、元は湿地です。この地だけでは一族含め多くの民人を養っていけないと、活路を見出すために各地へ向かいました」

蘇我氏と蘇我氏の配下となった者達は自分達の持つ知識や新しい道具などを使って、戦いではなく地道な農業や交易によって活路を見出した。また蘇我氏は各地の珍しい物や素晴らしい食材を大王に献上するなどしたことで、少しずつ王権の中での地位を持てるようになっていったという経緯を馬子は話した。

「上宮様。われらが様々なことで困窮している時に、何処の氏族が手を差し伸べてくれたと思いますか」

「……。どこも手を差し伸べてなどくれなかったことは重々承知しています」

「そうでございます。それどころか、息長氏を含め武力に依って勢力を伸ばしてきた旧来の豪族達からわれらは虐《しいた》げられ続けてきたのです。長い間苦労してやっとのことで安定させたこの政権に、何の貢献もしていない者達を参入させるなど決して出来ません」

　馬子は上宮に対して、久しぶりに語気を強めて怒りを露わにした。

「しかし、これからの政権を運営する上で、味方にしておきたい者達がいるのです」

「われらだけでは運営に支障が出るといわれるなら、味方にしたいと仰せの者を言ってみて下さい」

　馬子には、それなりの役割を与え政権に取り込むのは、許しがたい者もいた。

「大伴氏、巨勢氏、紀氏は一族として、政事《まつりごと》に関わらせたい。祭事には現在も参入している卜部《うらべ》氏の中から砥部《とべ》氏の一部、中臣程記の兄勝海の子弟等」

「つまりはわれらに、その者達に対する昔の遺恨を忘れよと、仰せになりたいのですか」

「そうです。これから発展させようとしているこの国が、蘇我一氏と今まで味方にしてきた外来の勢力や蘇我氏に付いてきてくれた者達だけで、中央から地方まで働いてもらうための優秀な人材を確保できると思いますか」

「それ程多くの人材が必要ですか。優秀な人材を育てるのも、その人材を養っていくのも全て費用が掛かります。今でさえ、国の機関を運営するのに、莫大な費用を要しているのです。

今までも、随分多くの豪族に人材を求めてきました。現在は、飛鳥の学舎にも新たに造って頂いた斑鳩の学舎にも、各地方から選《え》りすぐりの人材が集っております。国の機関を任せるための役人の数としては、もう十分だと思いませんか」

「隋から帰国した者達の聞き取り調査の結果を大臣も聞いたと思います。調査結果の話を聞いて、吾はあらゆる場でその高い能力を発揮できる人材を育てることこそが、将来のわが国を発展させる一番の方法であると再認識したのです」

「今までのように学問と武術だけでなく、新たに色々な技術や文化的なものにおいても、教育が必要だということでしょうか」

「そうです。新たなことは外つ国からの技術者達に、教えを乞う。そして、これまでわが国で学び造り上げてきたものについては経験の継承と、知識を伝授する場所を吾等が居る内にしっかり造っていかねばなりません。将来この国を任せられる者達を育てるためにも、蘇我氏に限らず広く人材を求められる道筋をつけておきたい」

　上宮は近頃、官吏として登用される者の中で高位高官になればなるほど蘇我氏からの者が目立ち始めていることを危惧していた。

「現在、人材は十分足りております。今更、それ程でもない他の豪族達にこちらから声を掛けて政権に参入してもらう必要はないと考えます」

「だが、現在は他の豪族達の子弟もそれなりに教育がなされ、以前よりは人材として登用できる者達が多くいると聞きました。これは、蘇我氏の者達にも大いに刺激になると思うのです」

「ええ、それはわれわれも分かっています。しかし、他の氏から政権に参入させればさせたで、今度は自分たちの言い分を聞いてほしいと。そして、その要求を叶えれば叶えたで、もっと多くの要求をしてきます。その様な時はどうなさいますか」

「何か事業を起こす時には、事業の計画の中にそれを実行するための財源は何処から調達するのかも含めさせましょう。ただ単に、国庫の中からではなく、財源を見つけ出すか作り出すかまで考えさせればいいのです。蘇我の優れた者達と競うような形で、他の豪族の子弟の優れた者達が財源問題をどの様に解決してくれるのか楽しみではないですか」

「そうですね。ですが、他の豪族達の子弟をすすんで官吏に任用し、そしてその者達をいつかはわれらと共に中央政権の中枢に参入させるということは、どう考えても揉め事が多くなると思いますが……」

「それを揉め事と捉えず、意見が違うのは何故なのか。皆で原因を見つけ出し、良い方向に導くのも指導者たちの役目ではないか。学生を育てながら、指導する者達も成長する。先ずその様な学びの場を作るためにも、今より多くの違う考えを持つ者達を中央の学び舎に受け入れる。学ばせ競わせて、皆でより良い国造りをするための人材育成に繋げたいのです」

上宮に押し切られるような形で、他の豪族達の子弟に国家の学問所で学ぶ機会と中央政権へ参入する門戸を他氏にも広げる方針に賛成させられた大臣は心身共に疲れ切っていた。

また明日から身内の中での交渉や説得をしなければならないのかとの思いが馬子を悩ませた。

そしてそれは同時に、子弟を飛鳥の学び舎へ入学させたいとか、役人として政権内部へ登用してほしいとか、他氏からの嘆願に対応せねばならない多忙を極める日々の始まりをも示していた。

暗い顔の馬子に対し上宮は明るい顔で告げた。

「大臣、今迄は蘇我氏内の説明や他氏への交渉を全てお願いしてきました。しかしこれからは吾等にも、大変なその任を担わせて下さいませんか。勿論、蘇我氏内のことは大臣と大臣が良いと思われる者がその任を担い、他の豪族達の方は吾の側近の数名を選びその任に充《あ》てようと考えています。この吾の案は、どうでしょうか」

「分かりました。初めからこの様な落とし処を考えておいでだったのですね。では、蘇我氏内の者と、他氏の者の割合も既に決めておいでなのですか」

「いいえ、それは未だ決めておりません。学舎へ受け入れる前に学問をどれだけ習得しているかを試し、実際本人に会って話を聞いた上で決めたいと思っています」

「最後にわれからの提案をお聞き頂いても宜しいでしょうか」

馬子はどうしても譲れないところがあるようで、これで最後だと言って自分の意見を上宮に切り出した。

「蘇我氏内の人選も他の豪族の方も最終段階においては、出身氏族に関係なく全員の能力人柄をもう一度測ることに致しませんか」

「そうですね。出身氏族に関係なく全員を公平に評価することが大切ですね。吾と大臣は国のために他氏の者に対しても分け隔てなく選んでいけると思いますが、将来も不公平が発生しないようにしなければなりません。国造りを推進するための優秀な人材確保については将来もずっと続くものなので、出来れば今確固たる公平な選考方法を決めておきたいのです」

「それももう、決まっているのではないのですか」

「いいえ、これから大臣に一番先にご意見を伺いたくて、この様に話してきた訳です。何か思い付くことはないですか」

「今までの方法や人選では駄目だとただ今聞いたばかりで、直ぐ別の案を考えろと言われましても……」

「今後、大切な国の方針の一つとなる案件です。五日後に大臣がこの件に関して適していると思う人物を三名と吾の方も三名選んで、お互い案を持ち寄りその場で協議し決めましょう」

「五日後に、公平な選考方法を審議する人の選出案を協議するのですね。その事は了解いたしました。あと一つお願いがあります」

馬子は襟を正した。

「その時に連れてくる三名の外に、上宮様の方からは日嗣の皇子である山背皇子様、蘇我としてはわれの後継者である恵彌史にも参加の許可をお願いします」

「おお、それは吾も良い考えだと思います。そうしましょう。では最後に確認ですが、近江の扱いについては、どうすれば良いでしょう」

「われが考えますに、近江の方々の中には王族に準ずる方、砥部《とべ》氏、春日氏、和邇《わに》氏、卜部《うらべ》氏の一部などがいます。ほぼ息長氏に縁の深い者達です。王族に準ずる方の子息については、大后様、皇后様の所管なさるところですのでお任せし、砥部氏、春日氏等の処遇については考えの中に入れましょう」

「そうですね。大后様と皇后とも相談して、今後は中央の政事に関して全ての王族が直接関わらない方が、何事につけても混乱を招かないだろうという意見で一致しています」

「成程、そのお話の中で、近江の方々の今後の処遇についてお話が出たのですね。それで合点がいきました。では、近江の王族の方々については、大王、大后様と皇后様のお三方で話し合い、決めて下さい。大后様のお気の済まれるようになさって下さいと。あ、いや、遣り過ぎはいけません。ほどほどに、お気を配られますようにと、お伝えください」

「大臣の思いは必ず伝えます。吾も遣り過ぎは、かえってよくないと思います」

馬子は、上宮には未だあの時の話はしたくないと思った。上宮から聞かれても、押坂彦人皇子側の砥部石火実《とべいしかみ》との話し合いをうやむやな形で遣り過ごした話をすることは出来ない。蘇我氏等が馬子の父である稲目の時代以前から置かれてきた苦しい状況をつぶさに知らない上宮達には、何故息長氏をあの時から近江に封じ込めなければならなかったのかという経緯を話したところで、言い訳としか受け取られないと馬子は思っていたからだった。


かつて邪馬台国と呼ばれた時の女王（『魏志倭人伝《ぎしわじんでん》』には卑彌呼《ひみこ》）が各地の小国によって共立されたのは、その当時において何かを決める時に頼りとしていた呪《まじな》いの能力が人並み外れて高かったからである。その女王（姫巫女《ひみこ》）の呪術的能力での統率力によって、一時は魏にも使者を出して「親魏倭王」の称号を得て倭国という存在を大陸の国々に知らしめた。しかし、呪術によるところの統率力には限界があった。呪《まじな》いが大きく外れてしまうと信用を失うことに繋がり、求心力は一気に低下してしまうという危うさがあった。

邪馬台国の女王は高い呪術の能力の持ち主として崇められていたが、昼の最中に日が隠れ真っ暗になるという不思議な現象を予測することも回避することも出来なかった。昼間に真っ暗になる現象は、この世の終わりが来ると言い伝えられて恐れられていたため、女王の権威と権力は失墜した。この後、邪馬台国は日巫女《ひみこ》（彼女は日神を祀る姫巫女だった）の弟とされる人物が後を継いだが、日巫女という求心力を失った邪馬台国は滅びの一途をたどる。それからは次々と小国が邪馬台国の様な大国を目指し、倭国は長い騒乱の時期へと突入した。

蘇我氏と大王家が一体となるまでの倭国では、王は権威があるだけで大きな権力を持たず、実際の権力を握っていたのは大小豪族の集団だった。その権力の源は豪族達が持つ武力である。武力の下で人は無力になるからだ。ではそんな豪族達は、何故王を立てたのか。初めは小さな一族が集まっていく過程で合議していく時の中心人物、つまり調整役ともいうような存在を王という形にして小国を作った。小国の豪族達に承認された王を中心にしながら、国内外での戦闘でその他の小国を幾つも制覇する内に大きな国へと成長していった。

勿論、王に推薦された者もそれなりの見識と武力を持っていたが、国内で一番の財力と人力を手にした蘇我氏と一体となるまでは絶対的な権力を持っていなかった。他の国の王の成り立ちと違い、武力で他の豪族達を倒して頂点に立った王ではなかったからだ。

次の日、馬子は上宮から話があった今後の政事運営の中心となる人材育成及び人物達の選出について、摩理勢と恵彌史の三人で協議することにした。論点は蘇我以外の何処から選べば将来も蘇我が安泰かである。

「摩理勢、そなたは息長氏についてどう思う」

「息長氏は危険でしょう。息長氏には亡くなった押坂彦人皇子様の何人かの王子と王女がそれぞれそれなりの方々と婚姻関係を結ばれております。その上、息長氏自体に中央政権の重要な役割を与えるとなると、後々厄介なことになり兼ねません」

「そうなのだ。しかし、それなりに勢力を持っている豪族だから、無視する訳にもいかないのだ。それに大后様とも昔色々あって、このまま息長氏を放置しておくことを随分気にしておられた。さて、どうするか」

「昔のこととは、どのようなことですか。大后様が気にされている事とは」

恵彌史は、後顧の憂いなど微塵も感じたことの無い大后がそれ程気にしているという昔のことを聞きたいと思い、素直に父馬子へ質問した。

「そなたは知らなくてよいことだ。これはもう忘れなければならないことなのだ。大后様にもそれを分かって頂かなければ、われらは前に進めないというのに。そのことを今更そなたにまで話す必要がどこにある」

馬子は腹を立てていた。あの時、事態を乗り切る為の手段として、竹田皇子の次には押坂彦人皇子にと言ったことを、何度後悔したことか。竹田皇子は王位を継ぐことなく身罷ってしまい、次にと約束していた押坂彦人王子も相前後して亡くなったという事実だけが残ったに過ぎない。何のために誰のためにあのような言葉を言ってしまったのか。馬子の気持ちとしては、二人が亡くなった時点であの言葉の効力は既に消えてしまっていた。その後には、新たに王位を継ぐ者を誰にすべきかの問題が出てきて、大后も馬子も新たな問題の解決を急がなければならなかった。

その時も馬子は、父稲目から託された田目皇子に嫌われるのを承知で、次の王位を田目皇子に継がせるために用明大王の皇后だった穴穂部皇女との婚姻を大后と共に画策した。

馬子は何十年もの時を掛けて、何十人もの蘇我の人々の努力と犠牲によって造り上げた現在の政権を将来も盤石な体制で残せるようにと願ってやまない、ただそれだけだった。

少し無理をし過ぎたかもしれないと思ったこともあった。だが、色々な人々に対し犠牲を強いて無理をしても物事を推し進めなければ、現在のように自分達が国家の中心を担える状態にはなっていなかった。いずれ、時が来たら上宮にも恵彌史達にも、息長氏との経緯を話そうと馬子は考えていた。

しかしその当事者の一人である大后はもうその時が来ていると思っているのではないか、と感じさせるものがあった。そう言えば、若く見える大后も既に五十歳を過ぎて六十歳に手が届くようになっているし、馬子自身は六十歳を既に超えている。

「父様。あ、すみません。大臣、蘇我氏以外で中央政権内に取り込んでいくにはどの豪族が適切か考えるようにとの、大王からの問いに答えを出さなければならないのですが……。その前にわれは我が氏の中にも未だ直接大王にお仕え出来ていない者達の処遇をどうすべきか、ここで考えてから我が氏以外の者達のことを考えるべきかと存じます」

「そ、それはそうだが。摩理勢そなたはどう思う」

「恵彌史の考え、分からぬではありません。ですが、蘇我だというだけで中央の重要な役割や仕事を任せることは出来ません。我が氏以外の豪族達の中にも、法興寺や斑鳩の学び舎などで成績が上位にあり人柄も確かな者達が近年出てきております。大王が今回蘇我以外の豪族達の中からも中央に人を入れるようにとの仰せは、われらの多くが高位の役職にいる現状が原因ですか」

「それもあろうが、今回はもっと広い視野で考えられてのことだと思う。先頃起きた筑紫総領《つくしのそうりょう》の件や、外つ国との交渉事が多くなったこと、全国への役人たちの派遣など、兎に角それらに対応するための人材が足りないことに起因する」

「国家の運営には多くの人が必要です。確かに我が氏だけで優秀な者を集めるのは限界でしょう」

「ただ、そうかと言って、他からあまり多くの人材を募るのは考えものだ。どのような部署にどの様な役割を持たせてどれ位の人数を受け入れれば良いか。この際しっかり見極めなければ、今後この人材の登用が現政権を脅かすような事態を起こしかねないからな」

「真に大臣の仰せの通りですが、大王がその様な事態の想定をなさらない筈がありません。大王がどの様にこのことを考えておられるのか、聞きましたか」

「直接聞いたのではないが、さっきわれが言ったこと、人材の登用が現政権を脅かすような事態を起こしかねないということと、反対のことを思っておられるのではないのかな」

「えっ、それでは今後の蘇我氏の在り方が他氏との諍《いさか》いの種になるということですか」

「叔父御、それはどういうことですか。全ての要職を蘇我氏が抑えている訳ではありません。しかも大王にとって、蘇我氏が一番の大きな後ろ盾ではありませんか。われは、全ての要職を蘇我氏だけで」

「黙れ、恵彌史。その様な考えでは到底われの後は継がせられない。いいか、よく聞くのだ。今からこの父が大臣として話すこと、現在は後を継がせたいと願っている故にきつく言い置くことを必ず生涯忘れるでない。そして、われが逝った後に摩理勢が恵彌史の叔父として、大臣となった恵彌史が暴走しそうになった時には諫めてほしいのだ。摩理勢、頼んだぞ。恵彌史、その時は摩理勢をこの父と思え。よいな」

「はぁっ。確かに承りました」

「分かりました」

　摩理勢は馬子の遺言ともいうべき言葉を聞いて直ぐに、恵彌史は畏まって小さな声で応えた。

　その後、馬子は二人に今までの蘇我氏の歴史と蘇我氏と共に歩んできた子飼いの部下達への思い、そして他氏との経緯《いきさつ》を話せる限り話し、馬子の思いの丈を伝えた。しかし、二人が聞いておきたい重要な話である息長氏とその周辺に関しては、多くを語ろうとしなかった。ただ、息長氏の監視は常に怠らないようにと言い、実質上は重要ではないが形式的には名の通った名誉職を与えるようにしたいとの要望を二人に話した。

　恵彌史は父である馬子にそう言われた後で、叔父の境部摩理勢と二人になった時に尋ねた。

「結局、大臣の意見はどっちだと思いますか。他の豪族達を排除したいのか、ある程度迎え入れようとしているのか」

「本音は、排除したいのでしょうが、そんなに簡単なことではない。近年、他の豪族達がそれなりに新しい国造りへ興味を示し始めたことに対して、大臣なりに認めざるを得ないとの見解に達し、非常に迷いが生じた。全てを排除するのは危険だと。多分その思いは、大王も同じなのでしょう。ただ、どの豪族を受け入れ、どの氏をそのままにするか慎重に選ぶための材料をわれらに提供させようとしているのだと思う。そう言えば、恵彌史。先年、大臣が病に倒れる前にそなたに蘇我氏の全てを任せたいとわれに言っていたが、その様なことはあったか」

「はぁ、少しずつそうしていくと言われています。その時も、何か困った時や疑問に思ったことについては叔父御を頼れと伝えられました」

「そうだったのか。では、先程そなたも気にしていた息長氏との経緯は、われが責任を持って調べておこう。そして来るべき時が来たら必ず恵彌史にも話すから、今はその事に関しては胸の奥にしまっておくのだ。いいな」

「分かりました。では、われがわれなりに作り上げた豪族達の内部調査をする機関からの報告が今夜にも纏まりますので、これから、わが館へ来て頂けますか。明日の早朝大臣に報告する前に、叔父御としっかり打ち合わせをしておきたいのです」

「ああ、伺うとしよう」

摩理勢は、しっかりした甥に頼られて嬉しい気持ちを素直に表わした。摩理勢と恵彌史はその夜二人きりで初めて本音でこれからの国の在り方や、蘇我氏がどの様に国造りへ貢献していくかを真剣に話し合った。

翌朝、大臣の馬子に二人が相談して出した結果を報告すると、馬子は二人の出した結論が自分の考えに近いと言った。

次の日、馬子は摩理勢と恵彌史を伴って、上宮から相談された今後の新しい体制に組み込む豪族達の自分達の素案を携えて上宮の待つ小墾田宮へと向かった。

五、法華経

上宮は幼い頃から学ぶことが好きだった。学びによって色々な問題を解決できることを知り、そこに喜びを感じた。上宮の興味はあらゆることに及び、何時しか、新たに大陸から伝わった仏教の世界へと誘《いざな》われた。仏教は学べば学ぶほど、人として生きていくのに何が大切かの答えを導き出してくれた。それは今までよく分からなかったものだ。

「今日から、いよいよ難解な『法華経』をわが国で解説するための書物の作成に取り掛かるのですが、この『法華経』の教えの根本をもう一度しっかりとお聞かせください」

と上宮は慧慈に言った。

「以前もお話したと思いますが、『法華経』は釈尊の直接の教えではありません。釈尊が亡くなられて後五百年の時を経てまとめられたものであることなど、その経緯については既にお話し致しました」

「それは仏教がその根本を変えることなく、その時代に生きる者達によって理解しやすい形を常に模索してきた生きた教えだからだとお話しして下さいました。そのことは確かに胸に刻んでおります」

「そうです。時代や人が変わろうとも決して変わってはいけない教えの根本は、人の苦しみや悲しみを取り除き、生きる喜びや楽しさを感じられるようにすることです。釈尊は人として生きておられた時に、人々の中に入って一人一人の苦しみや悲しみの原因を共に探し、それらを排除できるように導いて、生きる楽しさや喜びで満ち溢れるようになるような教えを説いて回られたのです。釈尊は常に様々な民と接し、その民達に寄り添い、民達を慈しみ、民達と共に生を全うされました。その釈尊の生き方こそが、菩薩であり仏の教えの根本であると感じております。そしてその根本が、長い時が経ち多くの人々が関わる内に何時しか霧に包まれ見えなくなってしまった。しかし、霧の向こうに隠れてしまった真実が、釈尊の本当の教えを求める人々によって、少しずつまた解き明かされていったのです。

仏教は変化していきました。一部の修行した限られた人々しか悟れないとされた教えを経て、『法華経』において、全ての人々が悟りを得ることが出来る仏種を持っていると明かされたのです」

「慧慈師、吾はそのお話を聞かせて頂いてから、仏種についてどの様に考えればよいのか迷いが生じたのです」

「それは、生きとし生けるものの全てが本当に仏種を備えているのか、ということでございましょうか」

「そうです。本当にそう思うならば、なぜ釈尊は直ぐにその場に集まった人々にその教えを説いて下さらなかったのですか。『法華経』の方便品《ほうべんぽん》という章の初めに、釈尊の弟子である舎利弗《しゃりほっ》が何度も真理の開示を求めていますが、それに対し釈尊は瞑想に入ってしまって全く応えようとしない。これはどういうことでしょうか」

「続けて読み進めると明確な答えが出て参ります。ここは大変重要なところです。釈尊が長い年月をかけて悟ったことを、様々な物事に執着する人々にどの様に教え、どの様な方法で執着から解放していくのか。つまり釈尊は数え切れない程の年月を以って育て上げた菩薩や如来と共に、人々を阿耨多羅三藐三菩提《あのくたらさんみゃくさんぼだい》（この上なく正しい完全な悟り）へ向けて導こうとしているのに、黙ってしまうにはそれなりの理由があるのです」

「方便品の前の序品《じょほん》（序章）にもありますね。釈尊が『大いなる教説』である無量義という経を、多くの参列者たちが集う中で説いた後にも、直ぐに三昧《さんまい》（瞑想《めいそう》）に入ってしまう。釈尊としては、この『無量義経』を説くことによって、これから説く全ての人々が『究極の悟りを得る』ことが出来る『法華経』への導入部としたとあります。先ずは『無量義経』を説き、参列者たちにしっかりその意味を、時間をかけて分からせたいとの思いから瞑想に入られたのは理解できます。しかし、釈尊がその後でなかなか本題に入ろうとしなかったのは何故でしょうか」

「舎利弗が、釈尊に対し一度ならず、二度三度と全ての人々が幸せになるという最も優れた正しい教えの『法華経』を説いてほしいと懇願します。そんな時、天から花が降って来たり釈尊の眉間から光が発せられたりという瑞祥が相次いで起こる。大衆の歓喜と疑問によって、弥勒菩薩が質問すると、文殊菩薩が、同じようなことを過去に、如来のもとで見たと告げた。その後如来は、必ず『法華経』を説いたのだった。全ての人々がこの経によって皆同じく悟りを得、釈尊と同じ境地に至れるのだと続けた。釈尊はもう遠い昔に、『法華経』を説いていたにも拘らず誰も理解できなかったと話され、ここで驚くべき叱責をされます。名声ばかりを追い求めるがその実怠《なま》け者だと弥勒菩薩を全面否定するのです。この様な瑞祥の提示と事前の説明を終え、弟子たちに『法華経』を聞く心構えを作り上げられた後、方便品に向かわれます」

「釈尊は、中々聞くことすら難しく況《ま》してや理解も甚だ困難とされる『法華経』を、もう一度しっかり話すことを、やっと始めようとなさるのですね。しかしその後も、釈尊はもう二度と受け止められない者達が出ないようにと、繰り返してこの法の難信難解を告げられる」

「そうです。そしていよいよ釈尊が舎利弗に対し法を告げようとすると、今までそこに居た『未だ完全な悟りを得ていないのに、得たと思っている』増上慢《ぞうじょうまん》の男女出家者達、男女在家者達が立ち上がってそこから出て行こうとします。皆で釈尊の話を聞こうとしていた舎利弗は止めようとしますが、釈尊に放っておくよう言われるのでした。これまで彼らと共に修行してきたと思っていた舎利弗はやっとそこで釈尊の真意を知るのです。釈尊が本来教えたかった正しく完全な悟りの教えに増上慢の者は耳を傾けることなく、自分たちが勝手にこうだと考えた我見で凝り固まった結果去っていくということを」

　慧慈は続けた。

「増上慢の者達が去ったということは、この場に居る者達は真摯に『法華経』を聞いてその真理を理解しようとし、理解した時には実行しようとする人々だけが居るということだと、確認されて釈尊は漸く本格的に説くことを告げられる」

「吾が急ぎ過ぎなのかもしれませんが、中々『法華経』の本題に入りませんね。増上慢の者達を退席させるためには、増上慢だと自覚のない者達に自ら退席させる必要があったのは分かります。しかし釈尊は全ての者が完全なる悟りの境地に至れると仰せになって、この『法華経』を説こうとしておられたのではなかったのですか」

「確かにそうですが、本当に分かってもいないことを分かったと言い張って、自分だけが理解したとすることだけで満足しているような者達には通じません。釈尊は舎利弗にはっきり言っています。教えを真摯に受け止めない者達には仏教の真髄である『法華経』を説いたところで、以前と同じことの繰り返しになるだけだと。『法華経』を本当に知るためには、『法華経』の中に何が説かれているかを心の底から知りたいと思うことが必要なのです」

「それは、ここまでの経典に説かれていなかったものですね。『人はみな同等であることと、全ての人に仏となれる種が具わっている』と。それは男女の別なく、出家在家に拘わらずとあります。このことは今迄仏教を学んできた心算《つもり》の吾にとっても、衝撃的なことでした」

「そうでしょう。『法華経』が説かれた時には、その当時の仏教界にも大きな衝撃だったと推察いたします。その他にも、ここではっきり現在過去未来という永遠とも言える様な長い時間の経過の中での話もされる。今まで聞いたこともないようなことが語られると、人は直ぐに信じることが出来ないし理解することも難しいものだと思います」

「そうです。人は中々目に見えないものは信じられないものです。例え現在、人が目の前に居てもその心の中は分かりません。況してや、過去や未来などのことを知ることはできないのではないですか」

「いいえ、現在から過去を推し量り、現在から未来を予測することは出来ると思います。現在から遠くの過去ではなく、身近な過去を考えてみて下さい。こうして『法華経』の話をしている今も時間は動いております。話をし始めたのが過去で、こうして話し合っているのが現在で、その後には今日の話を終える未来がある」

「成程。今日、慧慈師に教えて頂くまで知らなかった、数々の事柄を知った現在。知らなかった過去。知って考え、現在に何をしたかによって決まる未来。そういう時間の構築が成されるのですね。この世の全ての事柄は何であっても現在の姿を通して、過去を推し量ることが出来、未来を予測し、より良い方向に導く材料とすることが可能なのですね」

「そうです。それは近い将来のこともですが、遠い過去の出来事においても共通して同じことが言えるのです」

「では、釈尊が仏教を説いて人々を直接教化した時を基準とすると、釈尊が生まれて仏教を説いた時よりもっと昔である過去があり、釈尊が涅槃に入られた時代から時間が経過した中で吾が仏教と出会い慧慈師に教えを乞う今がある。吾は『法華経』の教えを何の疑いも持たずに素直に聞けるのは、慧慈師のお陰だと心底思います」

慧慈は次の経文の説明に進もうとして経文の方を見ていたところから目を上げて、上宮の顔を見た。上宮は続けた。

「慧慈師は高句麗からわが国に来られて何年になりましたか」

「もうかれこれ、二十年でしょうか」

「吾は慧慈師と会ってからの二十年が本当に有り難いのです。幼い頃から、多くの高邁な師に出会い色々と教えて頂きました。その時、吾の基礎知識が具わったのは事実です。だからこそ、慧慈師に仏教が何を教えようとしているのかを素直な心で受け止めることが出来ました。その上、慧慈師は吾の途方もない質問にも、明確に答えて下さることが多く、答えが見いだせない時は答えが見つかり吾が納得するまで付き合って下さった。それからは毎日、日々感動しながら慧慈師との時間を過ごさせて頂いています」

慧慈は微笑みながら、目を輝かせて話す上宮を見ていた。

「疑問を持たれる上宮様の鋭い視点が常に素晴らしいと感じ入っていたのです。そしてご自分が納得するまでとことん思考を巡らされる姿を目の当たりにして、我が身を反省いたしておりました。鳩摩羅什師の『妙法蓮華経』や法雲師の『法華義記』を読むだけで今まで自分なりに『法華経』を分かっていた積りでした。しかし上宮様からのあらゆる質問に、お教えする立場の拙僧が答えられないこともあるという事実に遭遇したのです。教えるということの中に自らの学びもあると、改めて気付きました。本当に理解するということは、教える相手と自分自身が心底納得することなのだと反対に教えて頂きました。それからもう一つ、拙僧が気付いたことを話して宜しいでしょうか」

慧慈は上宮の了解を得て話し出した。

「釈尊の教えの根本は決して変えてはなりません。しかし時代や国に合せて変化させなければならないこともございます。そこのところを間違うことなく行わなければ折角の釈尊の素晴らしい教えを生かすことが出来ません」

「心して釈尊の教えの根本をこの国の民の心に届けられるように致します。慧慈師、吾はこの素晴らしい釈尊の教えを、この国の全ての国の民に一時でも早く教えたい。正しい心で正しく生きることの素晴らしさを、そして正しい心で正しく生きる者達が国を導くことの大切さを訴えたい。仏教の真髄と言われるこの法華経を解き明かし後世まで確かに残るようにしたいと強く思います」

上宮は鳩摩羅什が漢訳した『妙法蓮華経』と法雲の解説書『法華義記』を慧慈に学び、先ずは自分が法華経についてしっかり理解納得すること、そして自国の人々にどの様に説明すれば良いかを考えた。自分が納得していなければ、自信を持ってこの経が最も勝れた正しい教えだと言えないし、人々に迷いや疑問を持たせたくなかったからだ。

また、『法華経』の経典に説かれている教えの中には今迄の倭国の概念や価値観からは想像できない考え方が示されてあり、どの様に話せば人々に理解させられるかという新たな問題を突き付けられた。

「慧慈師。遠い昔の釈尊がこの様な教えを説き始められた時、周りの人々は反発し敵対した。釈尊は命を狙われることも一度や二度ではなかったのでしたね」

「そうです。確かに、今迄の世の不条理を正し新しい世へ導こうとすれば、必ず不条理な世を作ってきた旧勢力が強い力を働かせ阻止しようとします。それは釈尊が仏の道を説かれた頃も現在も何ら変わってはおりません。ただ、より良い社会へ導くためには、釈尊がされたように人々に対し地道に説き続けるしかありません。種を植え、水をやり、陽《ひ》に当てて、花が咲き実をつけ、その実が熟すという風に。王であられる上宮様は、倭国で初めて人々を仏教によって幸せへと導こうとしているのです」

「釈尊は王にはならずに修行僧となり、何年もの歳月を費やして世の真実を覚《さと》られた。そして、人々の中に入って一人一人に素晴らしい最高の教えを説いて生涯を終えられた。釈尊がそうして残して下さった教えを広めるためには、仏教の真理を正確に理解した多くの人材が必要になる」

「急ぎたいというお気持ちは重々分かりますが、焦りは禁物です」

「分かっています。吾は大后様からこの国の政事を託されています。釈尊の教えを広めるためには、先ずはしっかりとした人材を輩出できる準備をすることですね」

「直ぐに出来ることでは、上宮様が今まで学ばれた数々の経典の中にあった『人々を正しく導くための教え』を、分かり易い言葉で身近な人々に講義されてみるという方法がございます」

「そうすれば、どの程度理解出来るかが分かるのと、この度の『法華経』についてどんな反応が返ってくるかを見ることができますね」

「それから、それぞれの教え『維摩経』、『勝鬘経』と共に『法華経』の中の内容として上宮様が一番皆に教えておきたいと思われる事が、確実に伝わるようにされてはどうでしょうか」

「そうですね。ただ、『維摩経』と『勝鬘経』とは違って、『法華経』については、難しい所があるのです」

「それは、誰にも仏性（仏種）があり、人は同等であるという個所でしょうか」

「そうです。このことこそが、『法華経』の教えの根幹だと分かった。全てのものに仏性があると信じるからこそ、常不軽菩薩《じょうふきょうぼさつ》は会うもの全てに心から礼拝した。しかし、この『法華経』の根幹の教えを実行できた国や王が今までいたのでしょうか」

「いました。釈尊の生誕地に近い所に、釈尊が入滅されてから百年ほど経った時に阿育王《あしょーかおう》という方がおられます」

「その王はどの様な方だったのですか」

「この方は初め父王の後を継ぐために兄弟を殺《あや》めたと言われており、その後も近隣の国々を軍事的手段によって征服し大国を築きました。しかし領土を拡大する内にその戦いの後の悲惨さを目の当たりにし、王の心は大変痛みます。そして、その後には軍事による征服を放棄します。心を非常に痛め苦しんだ王は、今度は社会の規範と人倫に基づいた政事を行うようになったのです。時を同じくして仏教へ帰依し、近隣諸国にも法による理想的な政事を伝え、人や家畜のための病院建設、人々のための土木事業など社会福祉事業にも積極的に取り組んだようです。また熱心な仏教徒として、多くの仏塔を建て仏教教団にも巨額の布施をして、自らも仏跡の巡礼をしたようです」

「それで、その王の国はどうなりましたか」

「阿育王《あしょーかおう》の死後徐々に衰退し後進の国によって滅亡させられました。かつて軍事的に強国で周りの国々を征服してきた国が一切の軍事政策を放棄したのです。征服された周りの国々は今こそ恨みを晴らそうとするのは当然ではないでしょうか。阿育王が国と国が戦うことの悲惨さに気付き、仏教徒として平和こそが人々の幸せだと心底思ったとしても、征服された国の人々にとってはそんな甘い考えで終われるものではなかったでしょう」

「阿育王の周りには、そういう周囲の国の人々の気持ちを教えてくれるような人は居なかったのでしょうか。王が自分だけの思いで国を運営するのは非常に危険だと、吾は感じています。阿育王が、周りの国を征服し続けることによって自国や他国の民をあまりにも悲惨な状態にしてしまった、と改心したのは良かった。しかしそんな状況に阿育王が心を痛めた以上に、阿育王に攻められた国の人々は悲惨であり恨みを抱いたに違いない。そのことを阿育王が想像することが出来ていたら……。また、気持ちの変化を皆に伝えられていたら……。阿育王が改心したことで周りの国々に良い影響を少しは及ぼすことができたかもしれない」

「阿育王の様に、征服が目的で行った戦闘をその悲惨さから反省するような王は珍しいのです。そして、王たる者が今迄の軍事戦略の方針を変更することは是としても、その王が深く心を痛めて方針変更したのだと周りに知られることは、今後の国の運営にも大きく影響してきます。王は自分だけの思いだったかもしれませんが、出来る限りの償《つぐな》いをしたかったのではないでしょうか」


国と民の命運は、その国の王が如何なる考えを持つかによって大きく変わっていく。上宮は過去に遠い国で起こった出来事が、現在も大陸の隋という国で起きていると思い、目の前にいる高句麗僧の慧慈を見つめた。

「仏の教えの中で、決してしてはならない五つのこと、いわゆる五戒の中に不殺生があります。大国隋も仏教国であると自負しています。では、何故隋は、初代皇帝文帝の頃からずっと周辺諸国を攻め続けてきたのでしょうか」

「国教とした仏教の本当の精神を理解していなかったからでしょう。いえ、知識として知っている事と実際に行うのは違う、ということではないでしょうか」

「大国を維持するために、王は生涯周りの国と戦い続けなければならない。そうして自分の痛んだ心と贖罪の気持ちが、仏教に向かわせるのかもしれない。しかしそうであれば釈尊の本当の教えからはどんどん懸け離れていく。大陸の王達に仕えた高邁な僧侶の方々はそのような王達にどの様な教えを説いたのでしょう」

「どうなのでしょうか。釈尊の教えは、皇帝や王達が実行するのは難しいことが多いものです。ですから、王達に出来るような形で、仏教に帰依しているという振りをする仕方を教えていくしかなかったのかもしれません。僧侶自身が仏教を生業と考えてしまい、釈尊の教えの在り方を自らの保身のため変える様な世になってしまうなどあってはならないことです。しかし、現実には仏教の真髄を理解し正しいことを伝える者がいない状態になっています。これは仏教に限ったことではありません。上宮様も日々色々なところで感じておられるのではないでしょうか」

「仏教に限ったことではない。その通りです。しかし新しい、より良い国造りに取り組んでいる今、どうすれば釈尊が教えて下さった仏教の真髄に基づく精神で政事を行うことが可能になるのでしょう」

「それは長い時間が掛かるかも知れませんが、上宮様の側に居る上宮様を心から信頼している方々に、釈尊の教えを染み込ませることです。既に、これまで上宮様は『維摩経』の教えや『勝鬘経』の講義によって、少しずつその輪を広げて来られたはずです。ですが、上宮様お一人では倭国にいるこの教えを待っている人々の全てには、中々届きません」

「そうか。これまでに、慧慈師と共に学んできた仏教の真髄を正しく全国に伝えてくれる者達を育てねばならないのだな」

「左様にございます。釈尊の正しい教えを正しく伝え実践させることが、将来新しい倭国を造り上げる素晴らしい力となるに違いございません」

「そうだ。一人一人を大切に思う仏教の精神に基づいた国造り。正しい心で考える者達による正しい政事は、吾を含めた一人一人に懸かっているのですね」


上宮は慧慈と『法華経』の講義資料を作成しながら、政務にも勿論手を抜くことはしなかった。倭国なりの大都の建設や大和周辺の大道の整備を指示し、全国への役人の派遣及び各地域から帰還した者達からの報告を受けるなど休む間もない日々が続いた。

『法華経』の講義資料がほぼ出来上がった。その資料に基づき『法華経』の内容を一日でも早く皆に教えたいと思い、何処の地でどの様な人々に講義するかを馬子等に諮る前に、皇后《きさき》の菟道貝蛸皇女《うじのかいだこのひめみこ》に聞いてみた。

「斑鳩の地で、『法華経』の講義をなさっては如何でしょうか」

「おお、斑鳩でと言うのか。この飛鳥ではなくても良いという訳を聞かせて下さい」

「飛鳥では初めに『維摩経』と『勝鬘経』の講義をして下さいました。そして、この度講義されようとしている『法華経』の内容を伺いますと、これから発展する新しい斑鳩の地がもっとも相応《ふさわ》しいのではないかと思ったからです。日嗣《ひつぎ》の皇子《みこ》山背の生まれ育った岡本の宮がいいと思います。後継ぎの山背皇子と、次の斎宮と決まっている片岡皇女が立派に育った岡本の宮での『法華経』の講義は、将来の倭国にとっても素晴らしい門出となるのではないでしょうか」

　皇后は優しい微笑を浮かべ、自分が言ったことに自らも納得しているようだった。


　次の日、上宮は側近達に『法華経』の講義の場所としてどこが良いか諮ったところ、岡本の宮が良いという意見が多かった。

　また上宮は『法華経』講義の準備全般の総責任者として日嗣《ひつぎ》の皇子である山背皇子、副責任者として蘇我恵彌史をと考えていたが、未だそれは内密にしていた。会場の候補として選ばれた岡本の宮は、現在も山背の母の蘇我刀自古郎女が住んでいるので、先ずは刀自古に了解を得てからと思ったからだ。


「刀自古、どこだ。居ないのか」

「ここに居ります。何の御用ですか」

「これは言われようだな。夫が妻に会いに来たのに、何の用かとは」

微笑みながら上宮が応える。

「でも、何か用事がない限りここにはお出でにならないのは何処の誰でしょうか」

「その通りです。大事な用があって来たのは間違いない。しかし、そなたに会いたかったことも嘘ではない」

「あらま。それはどうも有難うございます。それで、御用とは何でしょうか」

「喉が渇いた。何か飲み物を頼む」

「豊人さまのお声を聞いて、もう香魚萌に言いつけてあります。美味しい柿の葉茶が手に入りましたので、先日橘の宮にもお届けいたしましたが聞いていませんか」

「ここのところ橘の宮へはゆっくり帰っていないのだ。『法華経』の講義資料を作成するために、慧慈師とお堂に籠っていたから」

「そうだったのですか。それではもう講義資料は出来たのですね」

「ああ、ほぼ出来た。しかし何故分かる」

「明るくて清々しいお顔をなさっておられますから。うーん、でもまだ何か解決していないことがおありですね。それが今日来られた理由ですか」

「流石、刀自古だ。話が早い」

刀自古は自分にだけ見せているだろう上宮の何も気にしない様子が可愛いと思い微笑みながら、

「それで、今度はどの様なお手伝いをすればよろしいのですか」

と聞いた。その時、香魚萌が柿の葉茶と共に甘酒を運んできて、上宮に挨拶した。

「香魚萌、久方ぶりだったな。何となく、若々しく思うが何か心境の変化でもあったのかな」

「あ……。し、失礼申し上げます」

「香魚萌、待ちなさい。きちんとお話しすると、さっき約束したでしょ。さあ、話しなさい」

「あの、あ（私）如き者のことなど、重要なお話の途中で割り込ませて頂いて良いことではありません。どうかお二人のお話を……」

「いや、香魚萌。そもそも吾が質問したのだ。刀自古との話は重要だが、そなたの身に起こったことも吾にとっては重要だ。そなたは、刀自古の妹の様な存在であると共に、正皓《まさひろ》（山背皇子の呼び名）に人としての基本を教えてくれた師でもある。吾と正皓の恩人なのだ。そんな大切な人が、何か変化したその理由が知りたいと思うのは、当然のことだろう。どうかその訳を話して」

「香魚萌、良いことなのですからお話ししなさい」

「でも、未だはっきりと決めた訳ではないのです。ですから、……」

「いいえ、和（私）はもう良き返事をしてあります。もう決まったことなので、話しても大丈夫だから」

「香魚萌、話して大丈夫だと、そなたの姉が言っている。さあ、聞きましょう」

「分かりました」

香魚萌は観念したらしく、重い口を開いて香魚萌自身の変化について話し出した。

「少し前になりますが、葛城鮠兎様がこちらにお出でになって、いつに無いご様子でしたので、刀自古様をお呼びしようとしました。でもその日は、あ（私）に話があるとのことでした。色々と昔話をしていたのですが、突然『上之宮に共にいた時、われはそなたのことを憎からず思っていたが、葛城氏の婿となる話が決まった時、われは何日も考えた末にそなたのことを諦めた。勿論、そなたの気持ちも知っていたが、用明大王と穴穂部皇后様の恩に報いるには、上宮様に生涯お仕えすると誓ったことを考えるとどうしても自分のことを優先する訳にはいかなかった……』と。すみません長々と、あ（私）の話を致しました。もう此処までで、お許しくださいし」

香魚萌は鮠兎からの告白を話したことで上宮が気を悪くしたのではないかと懸念し、話すのを止めた。

「香魚萌、今迄の話ではそなたが鮠兎の告白を聞いたから、今は生き生きと少女の様な顔をしているとしか受け取れないぞ。長くなっても良いから、話を最後まで聞かせなさい」

「ええ、でも。刀自古様、未だ正式にお返事致しておりませんのに、お話してもよいのでしょうか」

「大丈夫。国家の機密を沢山抱えておいでの大王です。そなたの話も、和が良いというまでは必ず胸にしまっておいて下さるから、安心なさい」

上宮は香魚萌にその通りだと頷いた。

「では、その後をお話し致します。鮠兎様は、今のあ（私）の気持ちを聞かれました。どう答えれば正しく表現できるのか分かりませんでしたが、先日鮠兎様のお子様たちが山背皇子様と一緒に岡本にお出でになった時に、鮠兎様とそのご家族が幸せに暮らしておられることが分かり良かったと、お答えいたしました」

「そうか。そなたはそこではっきり鮠兎への思いを吹っ切れたのだな。慕う者の幸せを心から願えるとは、そなたも大した人だ」

刀自古は二人の会話を聞きながら、袖口でそっと涙を拭いた。

「だから、香魚萌はすっきりとして明るい顔になっているのか」

中々話の核心を話さない香魚萌を見て、刀自古が代わって答えた。

「それだけではありません。鮠兎様と香魚萌の話にはその後があるのです。香魚萌、もうそろそろあのお話をしなさい。言い難いなら、和（私）が話しましょうか」

「いや、是非本人から聞きたいな。香魚萌、最後までそなたの言葉で話してくれ」

「分かりました。鮠兎様は、あ（私）の気持ちを分かって下さって、ある方があ（私）を思ってくれているがずっと言い出せないでいること。最近その方が鮠兎様に、あ（私）のその方に対する気持ちを聞いてくれないかと言われたことを、あ（私）に話したのです」

「ある方とはいったい誰のことだ。吾のよく知る人か」

「橘の宮でお仕えしている摩須羅さまでです」

そう応えた香魚萌の頬は少し桃色に染まっているのを上宮は見逃さなかった。

「摩須羅か。そう言えば、未だ独り身だったな。摩須羅より若い香華瑠も最近医博士の娘朝希と一緒になったな」

刀自古は香魚萌がまだ決めかねていることを知っていた。

「香魚萌、折角の柿の葉茶が冷めてしまった。今一度、温かいのを」

「承知致しました」

刀自古の意図に気付いた上宮も、『ああ、そうだった』と言って冷めた茶をすすった。香魚萌が下がってから刀自古は上宮に少し近付いて、声を落として話し掛けた。

「香魚萌が摩須羅氏の下へ行かない訳は、和（私）と正晧（山背皇子の呼び名）にあるのです」

「えっ、どういうことだ。刀自古と正晧が摩須羅の恋敵だとでも言うのか」

「ええ、まあその様な感じでしょうか。和は上宮様の処に嫁ぐことが決まりました時、正直とても不安でした。そんな時に、父（蘇我馬子）と親戚同然の付き合いをしている檜前《ひのくま》の小父から預かっていた利発な娘の香魚萌を伴いたいと言って、嫌がっていた香魚萌を無理矢理連れてきたのです。でも、和は香魚萌が共に居てくれたことで、嫁いできた時から上宮様の下で色々なことがあっても逃げ出すことなく過ごすことが出来たのです。それを香魚萌はよくよく承知しているのです」

「そうか、自分が橘の宮へ嫁いでしまった後の刀自古が心配なのか。そうだな、今迄二人で色々な難儀なことを乗り越えてきたのだろうから」

「分かっていて下さったのですか」

「吾とて、そなたの苦労は尋常なものではないこと位、ちゃんと分かっていた心算《つもり》だ。ただ、知っていても吾が何ともしてやれないことも多かった。もちろん吾の知らないこともあったのだろう。そんな時、吾は刀自古の強さに甘えて知らぬ振りをしていた。心から悪かったと思っている。本当にすまなかった」

「いえ、その様な。今は香魚萌の話です。香魚萌は嫁ぎ先が橘の宮で館の全面的な管理を任されているのが摩須羅氏であるということも、大きな気掛かりだと言っていました」

「それは、正晧が香魚萌を母のそなたと同じような気持ちで慕っているからなのか」

「何せ、起きてから眠るまで香魚萌を離しませんでしたから。和は現在の正晧なら大丈夫だと言ったのですが、香魚萌は橘の宮で摩須羅と共に暮らすことになると自分自身も正晧のことが気になってしまい、つい声を掛けてしまうのではないかと心配していました」

「それなら吾から正晧に言っておこう。香魚萌はもう正晧の乳母ではなく、摩須羅と共に館の管理に携わり、皇后《きさき》の指示に従って、館に暮らす全ての者達の世話を取り仕切る者となるのだと」

「そうですね」

「しかし、香魚萌は本当に鮠兎のことを思い切れているのだろうか。もしそうでなければ、摩須羅も香魚萌も幸せにはなれないのだが……」

「それは大丈夫だと思います。和はずっと鮠兎様を慕う香魚萌を側で見てきましたが、今はその頃の香魚萌とは違っているのがはっきり分かります。もう吹っ切れたのでしょう」

「そうか。では、話が決まれば二人の祝いの宴を催してやりたい。そなたに頼んでよいか」

「喜んで、致しましょう」

「さあて、吾が今日ここへ来た本題に移ろう」

刀自古は優しく微笑んで頷いた。

上宮は慧慈を師として真剣に取り組んできた『法華経』の講義資料がほぼ出来上がり、どこで講義をするのが一番良いかと側近達に諮ったところ、ここ岡本の宮が最有力候補地として挙がったことを告げた。

「刀自古はこのことについてどう思うだろうか」

「どうと仰せになりましても。皆様にとって何故ここが良いのかをお教えください」

「理由なら、日嗣《ひつぎ》の皇子の山背がこの地で育ったということだ。次の大王となる山背は飛鳥とこの岡本の宮がある斑鳩を結び、大陸との繋がりも深めて今以上に倭国を発展させていく役割を担う。そんな存在として山背を刀自古たちが薫陶してくれたこの場所で、吾が山背と共に倭国の将来を任せられる若者達に仏教を教えるのだ。正しい心で正しく生きることを教えている仏教によって国を導こうという場所は、ここより他にはない」

「分かりました。どうか、ご存分にお使い下さい。それから、この際です。和（私）は、この館を寺として形を整え国に寄進いたします」

「そ、それは性急すぎる。何れはそうするにしても、今はすべきでない。もし今そうしたとしたら、そなたは何処に暮らすのだ」

「香魚萌も嫁ぎます故、和一人くらいどこででも生きていけましょう。今、造っている薬草園の片隅にある、材木で設えた小屋は良き香りがして居心地の良い場所です。そこにもう少し手を入れて」

「待ちなさい。その話は、当分置いておこう。『法華経』の講義をする時は、そなたにも手伝ってもらいたい。ここに居てくれなければ困るのだ」

「そうでした。すみません。和は薬草園に関わることで、やっと生甲斐のようなものを見つけたので、つい。あの、もしかして『法華経』の講義を最初にここでと言われたのは皇后《きさき》様なのではありませんか」

「そうだが、何故その様なことがそなたに分かるのだ。皇后から事前に話があったのか」

「いいえ、正皓のためにそんなお気遣いをされるのは、あの方以外には思いつかなかったものですから」

「そなた達は、分かりあっているのだな」

「上宮様の『勝鬘経』講義を受けてから、和（私）がこの国の人々のために何かできることはないのかと常に自問自答していたのです。そんな時、皇后様はそんな和に話し掛けて下さり、和の悩みを聞いて下さいました。そして、『いつもその様に考えていれば、必ず自分が出来ることが見つかりますよ』と言って下さったのです。和は初めにこの国にはまだ少ない薬草を育てようと考え、この近くに薬草園を造りました。それから現在は、香華瑠氏に相談して薬師を育成する計画を立て、上宮様にお話ししようと思っていたところでした」

「それでは、この館は薬師を育成するための場所にしようとしていたのか。その事は未だ、皇后にも話していなかったのだな」

「皇后様は正晧の将来のために良いこととして、ここで『法華経』の最初の講義をと考えて下さったのですね。『法華経』という経がどの様な教えか未だ存じませんが、和が人としてどの様に生きればよいかを教えて頂いた『勝鬘経』のように、きっと人々の生き方をより良い方に導いて下さる教えなのではないでしょうか。その手伝いができるなんて、大王と皇后様に感謝いたします。どのようなことをすればよいか、教えて下さい」

「しかし、薬師を育てる学びの場にしようと計画していたのではないのか。それはどうするのだ」

「それは父に相談すれば済むことです。こういう経緯なら、可愛い娘とそのまたもっと可愛い孫のために、何とでもしてくれましょう」

刀自古は父である蘇我馬子が私利私欲だけで生きている者でないことを承知していた。父は父なりに国政に携わり民を慈しんでいることを理解していたからだ。

上宮はそれではと言って具体的に、岡本の館に飛鳥の法興寺と同じような学ぶ場所（講堂）と宿舎を造る計画について詳しく刀自古に話した。刀自古は上宮の計画を聞くと直ぐに、計画を実行に移すに当たって岡本の館から一時移り住む先を探したいと上宮に言った。

そこで上宮は斑鳩に暮らす義母の穴穂部皇女の下に身を寄せるのはどうかと刀自古に提案した。義母の穴穂部皇女も快諾したので、刀自古の一時の居場所は穴穂部皇女の所となった。そこには少し前まで橘大郎女が暮らしていたが、橘大郎女は上宮に嫁して子が生まれてからは穴穂部皇女の館からさほど遠くない所に独立して暮らしていた。

刀自古の了解を得た上宮は、岡本の宮において行う『法華経』講義の準備全般の総責任者に構想通り山背皇子を任命し、その副責任者を蘇我馬子の嫡男蘇我恵彌史とした。講義の準備には数々の問題があったが、その中でも、一度に教えられる人数には限りがあることによる受講者の人選が難問だった。恵彌史が山背に問いかけた。

「皇子様、この二十人程の大王関係の方々は決まりだとしましても、後の招待者はどの様な基準を以ってすればよいのでしょう。皆、聞きたいと言うでしょうし、聞きたいと思わない者でも招待されなければ新政権から外された者として外聞も悪く、大いに気分を害するのではないでしょうか」

「そうですね。その時は、大王と人選に携わったわれらが一番恨まれるかもしれませんね」

「でも、それでは『法華経』の講義の意味をなさないのではないですか」

「では、どの様にこの難しい課題を切り抜けるか。相談したい方がいるのですが、共に行って頂けますか」

「二人してここで考えていても埒《らち》があきませんから、皇子様の仰せに従います。でもその方とは、何処《どこ》のどなたですか」

「上之宮の斎祷昂弦氏です。飛鳥に来てから色々と教えて頂いているのです。特にこのような面倒な問題には的確な答えを出してくださいます」

「確か、葛城鮠兎様の父様でしたね」

「そうです。矢張り、叔父御はご存知でしたか」

「込み入った事情は教えてもらってはいませんが、昔は正当な皇子様であったと伺っています」

「今はそのことも知る人は少ないようですが……。兎も角、大和政権の深いところまで詳しく知る方なので、質問すると大概のことは直ぐに答えてくれます」


上之宮は上宮達が居た頃より随分多くの建物が立ち並んでいた。山背と恵彌史はその建物群の多さに驚いた。

「少し来ない間に、随分様子が変わりました」

「初めて父に連れて来られた時には、屋敷と言うにはあまりに小さき小屋のような物と、蔵と言うには少々お粗末な建物が一つだけのところでした」

「そうでしたか。今や此処は、大和政権の中枢の機関になっています。ここにおられる斎祷昂弦氏は、大王の最高の相談相手だと祖父《じじ》（爺）様から聞きました」

「父がその様なことを。われはてっきり自分がそうだと言っていると思っておりました」

「われも祖父様からその様に聞いた時は、驚きました。でも、祖父様が豪族方の代表であるという立場を考えると、大王と対立せねばならない時もあるのですから、ご自分が最高の相談相手にはなれないということも分かる気がしました」

「成程。そういうことですか。あ、あの方ではありませんか。髪が真っ白で……」

「そう言えば、身罷られた用明大王と同年配だということですから。長生きして下さっているのですね」

　斎祷昴弦は健脚らしく、姿が見えたと思ったらあっという間に丘の上に居る山背達に近付いてきた。

「久方ぶりにございます、山背皇子様。蘇我恵彌史氏、蘇我大臣には常々ここの者達を気遣って下さり感謝しております」

　昴弦は上之宮の運営にあって大いに貢献している馬子に敬意を表し、子の恵彌史に礼を述べた。


　部屋に入り着座した山背と恵彌史は昴弦に訪問の目的を伝え、教えを乞うた。昴弦は二人からの質問に対し、静かな口調ではっきりと言い切った。

「残念ながら、その事に関しての的確な答えはございません。誰をどう選ぼうと必ず不平不満を抱く者はいるものです」

「どの様な人を選ぼうと多かれ少なかれ批判があるのは、矢張り当然ですね。では、『法華経』の講義をどの様な人たちに聞かせれば、この国の将来のためになると思われますか」

「それは三群に分けられるかと存じます。今仰せの、この国の将来のためにとお考えなら、初めにこれから国を運営する時に共に歩みたいと思う人々、次に本当の仏教の精神を理解してもらいたいと願う人々、そして最後には仏の教えの真髄が何なのかを知りたいと思い心から待ち望んでいた人々です」

　昂弦の言葉を聞きながら恵彌史は考え込んでしまったが、山背は昂弦の話を聞いた直後に言葉を発した。

「今言われた三群についてはよく分かりました。では、この様な場合はどう考えればよいか教えて下さい。大王は何かを決める時に意見が違う者達ともしっかり最後まで話し合って、その意見の違いがどこなのかを見極めて、その上でどちらもが折り合える地点を見つけることが大切だと仰せになります。利益が相反する懸案の時には中々折り合うことができず、合意する処に到達するのは難儀なものです。

　そうだと分かっていながら、大王は考え方の違う者達をも拒むことなく政権に組み込まれます。われは何故その様な者達にも機会を与えられるのか、理解できません。しかもその様な者達にも、『法華経』の講義を大切な時間を割いて聞かせたいと言われます。その様な者達が、『法華経』の講義を聞いただけで心を入れ替えるのでしょうか」

「それは皇子様、答えを急がれ過ぎです。いくら素晴らしい教えであったとしても、たった一度でその人の今までの考えを変えることは中々難しいものです。しかし、人によっては今までの考え方を大いに、否、まるで反対の考えに変えてしまうこともあるのです。何につけても先ずはその教えを聞かなければ始まりません」

　山背は未だ納得できなかった。

「お言葉を返す様で申し訳ありませんが、以前大王が講義された『維摩経』では、やがて何もかも無に帰していくのだから自己の欲望への執着を取り払うことが肝要であると説かれ、『勝鬘経』には周りの者達の幸せを我が事と思えるようでないと自分自身の幸せもないということでした。そしてこの二経によって、われの周りの方々は大いに感銘を受けられ、それぞれにご自分達に出来ることはないかと考えそれぞれに行動を起こされました。この二経の後に、言うならば集大成として講義される『法華経』では、大王はどの様な趣旨の話をなさるのか。その内容によって、講義を聞いて頂く方々をどの様な基準で選べば良いのか。お教えください」

「今日の相談の本題はそのことでしたか。山背皇子様も蘇我恵彌史氏も先程の件に関しては、賢明なお二人ですから初めから分かっておいでだったのですね。しかしそれは、大王に質問されるべきことではありませんか。われは未だ、『法華経』という教えが如何なるものか存じません。お二人でそこまでお考えになっているなら、大王に直接聞いてみては如何ですか。直接聞くには何か不都合なことでもあるのですか」

何時もは温厚な山背だったが、この時は誰にもはっきり分かるように表情を変えた。その表情を見て取った恵彌史が言葉を引き継いだ。

「昴弦氏、われらは、特に山背皇子様はそれについて何度も大王に直接聞かれたのです。しかし何度伺っても大王の答えは『自分達で考えてみなさい』というものだったのです。われらはもう十分あれやこれやと考えました。しかし分かりませんでした。考えあぐねた結果、昴弦氏なら大王がそう言われる理由をご存知なのではないかと、こうしてここに来たのです。

自分たちで考えなければならないことは重々分かっております。しかし、招待する日取りが刻々と迫り来ていて、招待するべき人々をどう選ぶか決められないまま焦る気持ちが……。

　では、答えが教えて頂けないなら、大王がそう言われたのは何故なのか、何を意図してのことなのか、昴弦氏に思い当たることはないでしょうか。それだけでも、教えて頂けないでしょうか」

「お願いします」

　山背は恵彌史の言葉に添えて昴弦に対する出来る限りの礼を尽くした。そんな二人を見た昴弦は、上宮がこの二人にこそ仏教の教えの根本をしっかり学んでこれからのこの国を牽引していってほしいと願っているに違いないと思った。

「これはわれが大王の気持ちを想像させて頂いての意見だということを踏まえて、お聞きください」

　昴弦はそう言ってから続けた。

「大王は、お二人をはじめとするこの国の将来を担う方々に、仏の教えの中で重要な『法華経』を学ばせることによって、これからのこの国を託そうとされているのではないでしょうか。そして、大王の指示ではなく、お二人がどの様な方々と共に国政に携わりたいと思っているのか、その考えを見える形で知りたいのではないでしょうか」

「われらが、偏った人選をしないか確かめようとされているのか。つまり、仏教を大切に思っている人々は勿論のこと、国教の一つに採用された仏教に反感を持っている人々にも、また全く仏教のことを窺い知らぬ人々にも、共に仏教の何たるかを知ってもらう良い機会になる様にと、大王はわれらに望んでおられるということですね」

山背が少し自信なさそうに聞き返した。

「飽く迄も、われがもし大王のお立場ならその様に考えるのではないかと、想像致しました」

恵彌史も頷いた。

「そうだとして、一度われらで今回の大王の『法華経』講義を聞いて頂きたい方々を選んだ上で名簿を作り、先ずは大王に見て頂きましょう。そうすれば、大王からも何らかの反応を頂けるのではありませんか。皇子様、そうしてみましょう」

「昂弦師、二人で名簿を作成してみます。そして、大王に見て頂いて、またいろいろな意見を伺ってみます。今日は突然訪ねて、色々な質問に答えて頂き有難うございました」

と山背は言い、恵彌史も昂弦に礼を言った。

昂弦は見送りながら、上宮と馬子達が懸命に造り上げてきた現政権を維持し発展させていくのは、二人に限らず誰が引き継いでも至難なことであろうと思った。歳を取った馬子は仕方ないとしても、せめて上宮には用明大王より長生きして山背達が成長するまでしっかりと導いてやってほしいと願った。

橘の宮へ戻った山背と恵彌史は、『法華経』の講義に参加してもらう人々の名簿を、それぞれの群に分けて作った。一番目は、大后をはじめとする仏教に理解を示してくれている王族。二番目に神道を考えの根本としていて仏教を理解しようとしない人々。三番目に仏教の導入を心から歓迎している人々。最後に仏教とは何たるかを全く理解していないが、現政権を毛嫌いはしていない人々である。

しかし、二人は講義に招待したい人達の名簿を提出する前に、二人の意見が異なる何人かのことで調整する必要に迫られた。


「叔父御《おじご》は、祖父様《じじ》（蘇我馬子）からあの方達との経緯《いきさつ》を全て聞いていますか」

「全てを聞かせてもらった訳ではありません。しかし、皇子様よりは多くの事を知っていると思います。われの知ることをお教えしますか」

「いいえ。この際、島の庄の館へ行って二人でしっかり大臣から話を聞きませんか。これからわれらが何かを考え判断する時には、色々な過去の出来事をちゃんと知っていないといけないと思うのです。このことの他にも、祖父様《じじ》には聞きたきことが沢山あるのです。叔父御はどうですか」

「聞きたいと教えを乞うたことはありますが、まだ早いと言って殆どの事の真相は教えてもらえていません。われもそろそろ聞いておきたいと思います」

「では良い機会ではないですか。われらも、この様に重要なお役目を担わせて頂けるようになったのです。昔何があったのか。われは、祖父様《じじ》から直接聞きたい」

山背と恵彌史は橘の宮を出て、馬子の島の庄の館へ向かった。

馬子は二人が来ると分かっていたかのように、用向きも聞かずに重要な話をする時に使う奥の部屋に招き入れて、自身の側近で太棲納の後継である細致《さいち》を呼び部屋の周りを警戒するように言いつけた。

「こちらへお座りください」

馬子は山背の方を奥へ、恵彌史を自分と山背の間に座らせて自分は山背と対面するように座った。

「では、御用向きを伺いましょう」

二人は馬子の言動に動揺しながらも、顔を見合わせると約束していたかのように山背が口火を切った。

「祖父様《じじ》、いえ、今日は政権の中枢で大臣としてその立場に長く携わっている方に是非とも教えて頂きたいことがあり、来ました」

「成程。矢張り今回大王から指示された講義に招く人選で、気に掛かることが出来たのですね」

「大臣、われらはもう知ってもよい時ではないでしょうか。幼い頃から、触れてはならないはっきり聞くことも憚られることとして、昔の政権交代のことがあります。

しかし、このわれらが次の時代を担うためには、昔政権交代の時に何があったのかを知っておく必要があると思ったのです。どうか、隠し事なく全て話して下さい」

「われも、皇子様と同じ思いです」

恵彌史は山背が王となった時、支える側の第一人者としての決意に満ちた面差しをしていた。

馬子は上宮から、馬子がもう話してもよいと思った時には二人に出来る限り事実を違えずに伝えてほしいと頼まれていた。

馬子は目を一度閉じ大きく息を吸い込み、『では』と言ってゆっくりとした口調で話し始めた。そして山背と恵彌史に、蘇我一族とそれに味方した者達の辛い時代のことを長い時間かけて話した。

馬子が物部氏との戦いの顚末《てんまつ》を話し終えると、山背は今後のために聞いておきたいと尋ねた。

「ではその時、敵方となった氏族やわれらに味方してくれた人々の事はどうやって知ればいいのですか」

「お知りになりたければ、その時の味方や敵については斎祷昂弦氏が詳しく記録に残してくれています。しかし、あの戦いはお互いに失ったものが多く誰も得などしておりません。何よりもどちらも多くの大切な人命を失いました。今更言っても詮無《せんな》い事ですが、物部守屋は素晴らしい武将でした。あの時、お互いにもっと歩み寄り話し合いが出来ていたら、あのように悲惨なことにはならなかったのではないかと、今でも口惜しくてなりません」

「でも、話し合いに応じるような方々でしたか。我が祖父稲目の時代から、物部氏や中臣氏およびそれに追随する者達は常にわれらを迫害してきたではないですか。しかも大王に仕える大臣でありながら、大王からも守ってもらえない状態が何十年と続いてきたことをわれは忘れることが出来ません」

恵彌史は父馬子の話を聞く内に、今迄胸にしまっていた怒りをどうすることも出来なくなって山背が居ることも忘れて吐露してしまった。

「忘れろとは言っていない。寧ろ、忘れるな。しかしどうすればあのような戦いをせず、尊い多くの人命を失わずに済んだかを考え、二度とあのようなことが起こらないようにせよと言っているのだ」

「もうそんな心配はいりません。既に、大王家と大臣達は一体です。現在の大王もわれも、国内の政事は武力ではなく十分に話し合うことであらゆることを決定していこうとしています。今後、われの次に政権を担う者達にも、必ずそういう政事の在り方を基本とするように教育していく心算《つもり》です。民のことを真剣に考え国に尽くしてきた人々が、二度と貶《おとし》められることが無いような世にしていきますから、どうか二人とも現大王とわれを信じて今後に期待して下さい」

山背は冷静に話そうとしたが感情が高ぶったようで、声が震えていた。

「皇子様の仰せは有り難いことですが、事はそんなに簡単ではありません。大王ともなれば、国家全体のことを考えなければなりません。われらだけでなく色々な豪氏族と付き合いながら、様々な観点から物事を判断していかねばならなくなります。勿論、大臣であるわれも相談はお受けしますが、決断なさるのは大王です。そして、大王が人々のために打ち出すその政策を心から応援してくれる人々が大勢になれば、自ずと豪族達もついてくるようになります。われらは確かに政権に参入したころは、大変な苦労を致しました。しかし常に蘇我氏のことのみ考えて行動してきたのではありませんでした。だからこそ、われらが窮地に陥った時にも助けてくれる者達がいたのです。

味方は急には出来ません。日頃からどう付き合っていくかが大切なのです。そして、今回の大王自らが講義をされる『法華経』を誰に聞かせるのかは大変重要な問題です。大王はこれから共に国家を支えていく者達に『法華経』の講義を聴かせ、彼らの精神の根幹に『法華経』の精神を植え付けようとされているのです。その事をしっかり受け止め、今度は自分達が『法華経』の精神を教える側になれるような人物を皇子様と恵彌史に選ばせようとなさっている」

「先程から、『法華経』の精神と何度も言われましたが、『法華経』の精神とは具体的に何なのか教えて頂けませんか」

「われらは、未だ大王からそのお話を直接聞いた訳ではありません。それが分からなければ、人を選ぶにしても基準をどこに置いて良いのか分かりません」

「『法華経』の精神については大変重要なことだと思いますので、仏教を日々よく学んでおられる大王に直接お聞きになるのが良いでしょう」

大王が何故二人にこの人選を任せられたのか。馬子には今はっきりとその意図が理解できた。恵彌史は馬子から長く重い歴史の流れの話を聞き終えて、未だに大王から課せられた人選についての具体的な回答を出せないことに困惑していた。

しかも、今度は馬子から『法華経』の精神についてははっきり知らないとこの人選は完成には至らないと告げられた。そして、その答えは大王から教えてもらうようにと言うのだ。恵彌史はそれなら初めから大王がその意図を話してくれればよいではないか、こんなに回りくどい方法でと心の中で愚痴をこぼした。

しかし山背は涼やかに言った。

「『法華経』の精神が何たるかを大王に直接聞かなくても大丈夫でしょう。祖父様がわれらに話してくれた先人たちの貴重な経験の中に、人選をするための考え方の答えがあるように思います」

馬子から話を聞き終えて、山背と恵彌史はこれまで話し合ってきた人選の結果を明日もう一度二人で検討することにした。山背は馬子の長く重い話に今日は随分疲れを感じていたので、恵彌史もそうだろうと思った。

次の日、山背は朝早くから起きて恵彌史を待っていたが、恵彌史は中々現れなかった。恵彌史のことが心配になった山背が恵彌史の所に人を遣ろうとしていた時、漸く現れた恵彌史は分厚い資料の様なものを抱えていた。

「皇子様、遅くなってすみません。あれから自分で確かめたくて斎祷昂弦氏の所へ行き、大臣が話してくれた頃のことを書き残してある資料を探して頂いて、ここに持って参りました」

「おお、有難うございます。ですが、よく持ち出させてもらえましたね。われは、その資料については未だに読む許可さえ頂けなかったのに、何を話して許可を得られたのですか。叔父御、寝ていないのではありませんか。目の周りが青黒くなっております。ここで少しお休みください」

「いえ、眠ってなど居られません。皇子様に色々お話ししたきことがあるのです。先ずはこの資料に目を通して頂きたいのです。何故この資料を持ち出せたかと聞かれましたが、昴弦氏に皇子様とわれが大王から仰せつけられた役目のことと、大臣からあの頃の大筋の話を聞いたことを伝えました。勿論、この資料は大臣の許可証を見せて出してもらいました。皇子様と共に読むことも大臣から指示されております。

それから、出来れば白湯と粥を頂けると有り難いのですが……」

「ああ、勿論。直ぐ用意させましょう」

恵彌史が白湯と粥をすすっている間に、山背は恵彌史が持ってきてくれた資料の束に目を通した。そこには、馬子が話してくれた以上の王家の成り立ちに関する壮絶な経緯や旧来の豪族との苛烈な主導権の争いが書かれていた。

山背はそれらの書に目を通す内に涙を拭い、終には号泣した。恵彌史もその書類に初めて目を通した昨日、今の山背の気持ちと同じような感情が渦巻いた。

粥を食べ終えた恵彌史が話し始めた。

「皇子様、われらはこの国の来し方をしっかり胸に刻んで、先人が経験してきた人と人が殺《あや》め合う戦いの歴史を変えなければならないと思いました。この国を二度とあのような状況にしてはいけない、そう皇子様も思われたのではありませんか」

「思いました。この様な時代がわれらの生まれる前にあったのかと思うと、悲しみと苦しみが一緒になって心をえぐられる様です。そうだったからこそ、大王が十数年前に出された十七条の憲の法で、意見の違う者達がとことん話し合うことによってお互いを認め合うことの大切さを訴えてこられたのでしょう。しかし、話し合いによって意見の違う者達が本当に納得できるのか。われは不安でなりません」

「それでは、また同じことが繰り返されるかもしれない。武力によって今の安らかな時が奪われるかもしれないと、皇子様は思われるのですか」

「そうさせてはいけないと強く思っています。けれども、人はそう易々と生き方を変えられるものではありません。われらがどこまで、武力行為を平気でする者達に対し、話し合いを通して共に生きていくための道を説き示していけるのか」

「今は未だ駄目かもしれません。しかしこれからこの国の将来を担われる皇子様こそが、そんな世が来ると諦めることなく望みを持ち続けて頂きたいのです。でなければ、この国はこれからも争いが絶えず、民はずっと犠牲を強いられ生きることになってしまうでしょう。大王や大臣達が長い時を掛けて、やっと暗闇に一筋の光を見出してくれたのだと思います。この国の将来を託せるような人物を、人の心の根本となる教えである仏教を学び新しい国造りに生かせるような人を、受講者に選びましょう」

恵彌史は力強く山背に言った。

「そうでした。過去を反省し、明日に希望を持って進まねば。どうかこれからも力を貸してください。われが挫けそうになったら、叱って下さい」

そう言った山背は資料に目を向けた。

斎祷昂弦から預かった資料を読み終えた山背と恵彌史は人選を再検討した。その後二人で、上宮が慧慈と共に『法華経』の講義の打ち合わせをしている斑鳩に向かった。

上宮はこの人選に至った経緯について山背と恵彌史に尋ねた。二人は馬子から聞いた大和政権の来し方と上之宮の斎祷昂弦から預かった資料からこの人選に至ったことを打ち明けた。

「二人でよく此処までの人達を選び出せた。ほぼこれで良いと思うが、ここから膳《かしわで》真貴登《まきと》と石上弓麻呂《いそのかみゆみまろ》、そして中臣弥気《なかとみみけ》の三人については第二回目で選出するので、第一回目には別の三人を吾から推薦させてもらうが良いかな」

二人に異存はなかった、と言うより山背と恵彌史はこの今示された三人を最後まで選ぶかどうか迷っていたことを見事に言い当てた上宮に恐れ入っていた。

「そなた達もこの三人を選んだのには迷いがあったのだな。迷った理由とそれでも推薦した理由を聞こうか。先ずは膳真貴登について、恵彌史」

「はっ、膳氏は先年那津官家《なのつのみやけ》における膳歌倶良の不祥事が、未だ衝撃的なこととして多くの人の記憶に残っているのではないかと思いました。しかしながら、真貴登自身は膳加多夫古氏の息子であり、斑鳩の学問所での成績と人柄が良いという評判は確かなものですから……。迷いましたが、皇子様とも意見が一致しました」

「膳歌倶良と真貴登は叔父甥の仲だということは知っているな。ではそこで聞きたいのだが、先ずは恵彌史。そなたと山背は叔父甥の仲だが、そなたにとって山背はどの様な存在か、そしてどの様に思っているのか」

「山背皇子様は、われにとって大変大切な存在です。皇子様が生まれて以来われはずっと、われに子供がいない頃から我が子の様に愛おしく思っておりました。それはわれが子を持った今も変わっておりません」

「おお、そうだった。恵彌史は、吾よりも正皓《まさひろ》と共にたくさんの時を過ごしてくれていた。それ故、正皓に対する思い入れも人一倍だろう。正皓、そなたは恵彌史に対してどの様な思いがあるのだ」

「叔父御は、常に兄の様に優しく接してくださいました。それに今も誰よりも頼りにしている存在です。幼き頃からいろいろと面倒を見て下さった。感謝という言葉だけでは言い尽くせない程有り難く感じています」

「そうか。時に叔父と甥の仲は、父と息子の仲より良い関係が出来るのだな。恵彌史、感謝している。正皓を慈しんでくれて。吾は国政や対外的な政策に没頭するあまり、自分の根本的な支柱である家族のことに割く時間を持てなかった。しかも自分は飛鳥に居て、妻や子供達が会いたいと思っても中々その思いに応えてこなかった。正皓、すまなかったな」

上宮は自分が父として出来なかったことに対し、山背には謝罪し恵彌史には感謝の意を伝えた。山背と恵彌史は王たる上宮がこの様な場で二人に心の内を明かしたことに驚いて、顔を見合わせながら深呼吸した。

「かえって驚かせてしまったか。話を元に戻そう。恵彌史と正晧にお互いをどう思っているか聞いたのは、膳歌倶良と真貴登も似たような関係だったと聞いたからだ。二人は叔父甥というだけでなく、随分親しくしていたという報告が上がってきているのだ。身内には他人には理解できない情というものが湧くものだ。膳真貴登は叔父の不祥事を表面上では罰せられても致し方ないと思っているだろうが、その一方で同情心も湧くに違いない。

その上、今は未だあの不祥事は群臣達の記憶に新しい。膳真貴登が第一回目の講義に参加すると公表すると、歌倶良の不祥事の記憶をまた思い出させることになるだろう。それと共に群臣は膳氏から妻を娶っている吾が膳氏を特別扱いしていて、政権に対する大いなる裏切りに対しても軽い罰しか与えていないとも思うだろう。そしてその事は政権に対する批判と膳加多夫古への非難の声となろう。正しい世の中の仕組みに逆らうようなことを放置する政権であってはならないのだ」

「ですが、それならいつまで経っても、つまり今でなく真貴登を第二回目に講義を受けさせることになっても、大して状況的には変わらないのではないですか」

「二回目の講義までにか……。吾に今考えていることがある。膳真貴登の件は、こちらに任せよ。次に、石上弓麻呂と中臣弥気の場合もそれぞれに問題があることは分かっていると思う。この二氏には、『法華経』の講義を聞いた者達がどの様な影響を受けるのかを見てみた上で、受けさせるかどうか決めるということにしておこう」

「分かりました。この三人を除きましたので、席が三人分空きました。補充しますか」

「いや、初めは補充しようと考えたが、このままにしておこう。ああ、それから、後で分かることだから今言っておくが、王族の部で光孝（長谷皇子《はせのみこ》）を外し、田村王（押坂彦人皇子《おしさかひこひと》の長子）を参加させることになった」

「えっ、それはあまりに酷な決定ではないですか」

山背がいつになく大きな声を上げ立ち上がろうとした。が、恵彌史が山背に次の言葉を言わせぬようにと山背の肩を抑えるように抱いた。恵彌史は山背が異母弟の長谷皇子を可愛がっているのを知っていたからだ。

「これはもう決まったことだ。王族のことに関しては大后様が誰よりも強い決定権をお持ちだということは、そなた達も承知している筈だ」

山背は一つ小さなため息をついた。

「承知しております。われを日嗣の皇子にと決定して下さったのも、大后様でした」

「皇子様、報告も終わりましたので、われらはそろそろ辞した方が宜しいかと……」

恵彌史は長谷皇子のことで意気消沈している山背をこの場から連れ出そうと、言葉を掛けた。山背はそんな恵彌史に促されるまま、上宮に挨拶をして二人でその場を去った。

次の日、上宮は膳加多夫古を呼んで、歌倶良の件について上宮の思うところを話した後、最終決定事項を伝えた。

「とんでもないことを仕出かした我が一族に対し、過分なる情を掛けて下さり申し訳なくも有り難く存じます。この御恩、我が一族が続きます限り語り継ぎ忘れること無きよう重々言い置きます程に……」

膳加多夫古はそこまで言うと額突き嗚咽した。

上宮が膳歌倶良に対し最終的に下した罰は、歌倶良と長子得詫《うた》は若狭から北国の地にかけての開墾に生涯携わり、北国の地における農地の拡大と生産量の増大に関わることであった。そして開墾するために切り出した木材を、遠く大和まで傷付けることなく運ぶよう言い渡した。

「なお、開墾においてはその指導者として秦河勝を、木材の切り出し及び運搬の指導者として大伴友敏を任ずる。そして、歌倶良と得詫の移送とその後の見張り役を兼ねて刑部の東漢氏から三名出す予定だ」

上宮はそう言いながら加多夫古に巻いた書き物を手渡した。

「決定した事項を記した物を明日関係部署に内々に示す故、そなたも心しておくように」

上宮はある意味王家の汚点ともなる事案が、膳歌倶良達の努力と頑張りで広い土地を開墾し多くの作物を産出することによって、何時の日にか世の中の人々にも許されることを上宮自身も願っている、と膳加多夫古に付け加えた。

「歌倶良が大罪を犯しましたことは一族の長としての我にも大いなる責任がございます。大王と大王に関係する方々や、長年目を掛けて下さった大臣家の皆様方に、どれ程のお詫びをしても足りません。たとえ死を賜ろうとも償い切れるものではないものを、歌倶良に今一度の機会を与えて下さいました御恩に心から感謝申し上げます。今後どれ程の時が掛かるか分かりませんが、歌俱良と得誩には大王から受けた御恩に対し、失った信頼を取り戻せるほどの働きを生涯懸けて必ずや、させます」

上宮は加多夫古のこの切なる思いが、何年もの間、国と他者を裏切り続けた歌俱良に届くだろうかと懸念したが、後の結果をみてからだと考えて黙った。

最後に歌俱良等に代わり謝罪と誓いを述べた膳加多夫古は上宮の下を辞そうとしたが、足腰に力が入らず中々立つことが出来なかった。側に控えていた葛城鮠兎が膳加多夫古を後ろから抱きかかえるようにしてやっと立たせ、足元が不如意な加多夫古を優しく外へと連れ出した。

「葛城鮠兎様、もう一人で大丈夫です。門外に従者を控えさせておりますので……。お心遣い、有難うございます」

加多夫古はそう言って抱えてくれている鮠兎から離れようとしたが、今にも倒れそうで鮠兎は見ていられなかった。

「それなら従者の所までもう少しです。気になさらず、われにもたれ掛かって下さい」

そんな話をしている間に、加多夫古と鮠兎は膳氏の従者の所まで辿り着いた。

「馬で来られたのですね。この様な状態で馬に乗られるのは危ないでしょうから、舟でお送りしましょう。たまたま、われも今日は斑鳩の方へ行く用があるので舟を用意しております。馬は従者に任せて、どうぞ舟に乗って下さい」

「いいえ、今は罪人を氏から出した氏の長でございます故、この様なわれと共に舟に乗られるのは葛城鮠兎様にご迷惑が掛かります。どうか、放任なさってください」

加多夫古は飽く迄も鮠兎の勧めに応じようとしなかったが、鮠兎は膳氏の従者に対し馬と共に先に行くよう命じた。膳氏の従者は鮠兎をよく知った者だったので、主人の心配をしてくれている鮠兎の言い分が正しいと判断し、主人加多夫古を葛城鮠兎に託し馬と共に馬道へ出た。

加多夫古は鮠兎に誘われて、舟に乗った。暫くの間、加多夫古は静かにただ目を閉じて川面を進む舟に揺られていたが、横に座っている鮠兎がふと加多夫古の方に目を遣ると加多夫古の頬に幾筋もの涙の痕《あと》が見えた。その内、加多夫古は鮠兎の方に倒れ込んでしまった。加多夫古は気を失っていた。鮠兎は舟に加多夫古を横たえ、常に持ち歩いている竹筒から少しの水を加多夫古の口に運んだ。

「うほっ。こんこん。あっ、申し訳ありません。この様な醜態を……」

そう言いながら加多夫古は起き上がろうとした。

「少しそのままに。誰も見ておりません。無理をなさらず、そのまま、そのまま」

鮠兎はそっと加多夫古から目を反らし、川岸の方へ眼を遣った。

膳加多夫古は数日後、歌俱良と得詫と共に北国へ旅立った。加多夫古は上宮に自らも氏の長として歌俱良や得詫が犯した罪の償いをしたいと申し出ていた。妻の絵緋や娘達からは反対されたが加多夫古の意志は固く、歌俱良達の北国での目処が立つまでは帰らないと告げた。そして長子の真貴登に氏族のことを一時期任せることにしたと、葛城鮠兎に上宮への言付けを頼んで北国に向かった。

膳加多夫古のこの言動を鮑兎から聞かされた上宮は、時折北国の様子を報告するよう命じた。

六、正しく生きるための教え

上宮は『法華経』の講義をより良いものにするために堂に一人籠り、ほぼ出来上がっている講義資料を読み直しながらさらに深く思いを巡らせていた。

王族と豪族達が折り合うことによって運営してきたこれまでの社会の仕組みを変革し、王権が強い力を持って政策を立案実行する中央集権国家に導くためには、何をどうすれば良いのか。中央集権にするためには、中央で政権を担う人達の心が一つになっていなければならない。それぞれの立場の違いから施策実行のための意見は異なっても良いが、政事《まつりごと》を行なう根本は、心は正しく、民の幸せを願うもので統一されている必要がある。今回の膳歌倶良の事件は、人の心を変えなければ世の中を本質的に変えることなど出来ないということを教えている。

上宮の心の中には、早く大国隋や半島三国に追い付かなければという焦りがあった。大后から承認され、馬子を含め周りの者達から期待されているため、それに応えたいとの強い思いが上宮を新しい国家建設に急がせていた。上宮は周りの優秀な人々を信任し、任務を委ねていったが、その者達の全てが上宮と心を一つにして新国家建設に向かっていたわけではなかった。皆が共に希望に燃えて事に当たっていると信じ切っていた上宮は、自分に近しい膳《かしわで》一族の者から裏切られるなど思ってもみなかった。

だが、今となってはその自分の認識は甘かったと、上宮は思った。人の心に巣くう悪を無くさない限り、今回の事件と似たようなことは何度でも起こり得ると思い知った。そしてその様な悪事に手を染めてしまう人の心を救う方法は仏教以外には考えられないという結論に至った。

上宮が高句麗僧の慧慈を師として仏教を学ぼうとしたのは、仏教が人々に良い生き方を勧め、皆を幸せへ導く教えだと思ったからだった。しかし上宮の様に皆で幸せになろうと思う者は少なく、他者を心の底から思い遣り我がことの様に喜びや悲しみの思いを分かち合う人も少なかった。他者の不幸を知っても何とも思わないどころか陰で嘲《あざけ》る者さえいる。それを知ったとき上宮は心が折れそうになってしまった。

しかし上宮は、そんな悪心を持つ人々でさえも不幸のままで終わらせるのではなく幸せへと導き、心の貧困を救いたいと思った。

釈尊はこう教えている。『諸悪莫作《しょあくまくさ》、衆善奉行《しゅぜんぶぎょう》、自浄其意《じじょうごい》、是諸仏教《ぜしょぶっきょう》』。あらゆる悪をなさず、諸々の善を行い、自ら心を清らかにすること、それこそが仏の教えの根本であると。

上宮は慧慈から仏教を学びながら、釈尊が仏教において何を教えたかったか、その答えを求め続けた。そして『維摩経』が『僧』について事細かく注意点を教えていることを知った。僧とは僧伽《そうぎゃ》という言葉の略語で、仏教の修行と伝道を行なう集団を意味する。なお、僧のことは正しくは比丘《びく》という。

仏教の創始者の釈尊は自らが覚ったこと、すなわち人々が幸せに生きる方法を説いて回った。そして釈尊の入滅後には釈尊の遺志を継ぐ者達が『僧伽《そうぎゃ》』を形成し、悩み迷える人々に道を説き、人々がより良く生きていけるように見守った。

人々の多くは悩み苦しみながら生きている。時にはその苦しみに耐えかねて、歩き続けることが出来なくなってしまう。そんな時、人は藁をもすがる思いで助けを求める。そのような場合に仏の教えを説いてくれる素晴らしい指導者がいたらと、『維摩経』が例を示してくれている。『維摩経』の中では僧侶ではなく在家の信者の維摩詰《ゆいまきつ》が登場して、釈尊が人々に対し本当に教えたいことは何なのかを話す。

悩み多き人々は、自分の思いの丈を釈尊や『僧伽』の僧侶達に話を聞いてもらい、助言を受けたいと思っている。それに応えるためにも、多くの人々に寄り添うことの出来る『僧伽』が必要だと、『維摩経』から上宮は学んだ。人々が釈尊の教えに、そして釈尊の思いを伝えてくれる『僧伽』の僧侶達の言うことに耳を傾け、自分自身で幸せになるための納得のいく答えを出していくことこそが大切だと理解したのだった。


次に上宮は『勝鬘経』を学び、人々を不幸にする原因について深く考察した。『勝鬘経』は、釈尊が生まれ育った国の直ぐ近くの国の王妃であった勝鬘夫人《しょうまんぶにん》を主人公にして、人々の心の中に潜む不幸の原因について具体的に解き明かしている。

人々の悩みは一つではない。しかも人それぞれに悩みの深さも違う。特に家庭にいて身近な人との関わり合いが多い女性の悩みや苦しみは、生きている間ずっと付き纏うようだ。

『勝鬘経』において、勝鬘夫人は両親から釈尊の教えの素晴らしさを聞き仏教に帰依した。勝鬘夫人は嫁いだ先で、国王である自分の夫や周りの人々に、仏の教えの素晴らしさを説いた。そして勝鬘夫人は、あらゆる人々が自分と同じように人々を幸せへの道へ導くことが出来る力を具えているのだとも言って聞かせた。

釈尊は、人々の不幸の原因は煩悩であると考察した。普通に生活しながら出来るだけ心穏やかな時間を過ごすには、一人一人が意識して煩悩を遠ざけていくしかない。生きていくために必要な最低限の欲求以外の欲望は捨てられるような強い心を持たないと、煩悩からの脱却は難しい。

しかしそこから脱却させることこそが人々を不幸から救済することに繋がると釈尊は覚ったのだ。釈尊は魂（心）を清浄にすることを常に心掛け、自分だけの幸せを求めるのではなく皆と共の幸せを願える自己に成ることこそが、この世の全ての人々を幸せへと導く方法であると説いて回った。

ではどうすれば、数々の邪《よこしま》な欲望で汚れてしまいがちな心を清浄に戻し保つことが出来るのか。『勝鬘経』において勝鬘夫人は悟りを得ることが出来るまで、自らを戒める十条の誓願（十大受）を守り抜くことを誓っている。上宮はこの時十大受の意味を取り違えることなくどの様な形で自国に取り入れれば、無理なく『勝鬘経』を受け入れられるかを、慧慈と議論したことを思い出した。

その時慧慈は、経文の中に書かれていることをこの国の人々が経験から理解できるように説明をし、日常において考えられる事柄を思い浮かべながら十大受を教えていくことが肝要だと話してくれた。

上宮は『維摩経』の時も『勝鬘経』の講義の時も、慧慈を師として仏教の理解を深めることが出来た。そして上宮が学んだことは、釈尊が本来人々に教えて歩いていた「人の生き方の根本」を今に伝えることの必要性だった。『正しい教えを知り、正しく生きることこそが、人々を幸福へと導く』のだと、上宮は釈尊の教えを学び確信した。

そして今回は『法華経』の講義である。

上宮は『法華経』の中にある一仏乗《いちぶつじょう》という概念を、どの様に解説すれば人々に理解させられるかを思い悩んでいた。一仏乗とは、衆生の皆を仏の悟りに導いていくための乗り物という意味である。そして、一切の衆生には仏種《ぶっしゅ》、他人《ひと》を慈しむ心が具わっており等しく仏の道が開かれていると説かれている。

全ての人に仏種があることを理解し仏（覚った人）に成れると信じることができれば、究極の幸せの境地そのものを得られるとのことなのだ。

上宮は慧慈に何度もそうなのかと尋ねずにはいられなかった。どの様な人にもみな等しく、仏種があると言い切れるのか。上宮は自分の周りにいるあらゆる人々の顔を思い浮かべながら、この人にも仏種があるのか、ではあの人には当てはまるのだろうか、と考え悩んでしまうと慧慈に話した。慧慈はその時こう答えた。

「拙《わたし》も『法華経』を読み終えるまでは、自らを含め全ての人々に仏種があるなどとは信じ難いと思っておりました。しかし『法華経』後半部の章の『常不軽菩薩品《じょうふぎょうぼさつほん》』に出会った時でした。

今迄、霧に包まれていている様なもやもやとした状態から一瞬の内に解放され、何もかも納得することができたのでした。上宮様は『常不軽菩薩品』はもう読まれましたか」

「読むには読みましたが、慧慈師の様な状態には未だなっておりません」

「では、もう一度読んでみて下さい。上宮様なら必ず『常不軽菩薩品』の真意を読み取られるでしょう」


上宮は堂に籠って慧慈から出された課題、『常不軽菩薩品』の真意の把握に取り組んだ。

『常不軽菩薩品』で常不軽菩薩は、菩薩の境地を得ようと修行している人々や行き交う市井の人々に対し、『あなた方は自覚していませんが、あなた方全て仏種、仏となる種を内に秘めています。あなた方は一人一人が全て大切な存在なのです。素晴らしいことです。有り難いことです』と言葉を掛け、手を合わせ祈って回った。このように誰に対しても常に相手を軽んぜず大事にしたため、常不軽菩薩と呼ばれたのである。

人々の多くは初めこの菩薩に対し、おかしなことを言ってまわる変な奴だと謗《そし》ったり薄気味悪がったりして真面《まとも》に取り合おうとしないどころか蔑《さげす》みさえした。しかし、菩薩はどんなに酷《ひど》いことを言われても、されても、全ての人々の一人一人が大切な存在であると伝え続けた。そうする内に、一人また一人と菩薩の言うことの素晴らしさとその行いの崇高さを感じる人々が出始めた。自分だけを大切だと思うのではなく、菩薩と同じように他者も大切な存在であると思うことが、自身の心に幸いをもたらすことに気付いていく。その結果、世の中から争いが少なくなり平穏となっていくのだろう。

しかし、『常不軽菩薩品』での常不軽菩薩の行いは認められていくが、実際はどうなのだろう。本来人は手前勝手で、自己本位なものだ。自分が一番大事で、自分の思ったことが一番正しくて、自分の欲求が誰の欲求よりも勝るというような人々に沢山会った。

『法華経』の初めの『序品』には、仏教を独善的な解釈をして人に伝える、知ったかぶりの増上慢の者達が去ってしまうまで、釈尊が仏教の真髄を語らないというところが出てくる。増上慢の者達が全て去った後、仏教の真髄を伝えていくのはこの者達であるという釈尊の言葉と共に大地から数え切れない菩薩が涌出《ゆうしゅつ》し、後に娑婆《しゃば》世界に降りていく。

この菩薩の名は『地涌菩薩《じゆうのぼさつ》』といった。上宮は、『常不軽菩薩品』の常不軽菩薩はこの『地涌菩薩』の中の一人であろうと直感した。であるとすると、矛盾が生じる。釈尊は多くの菩薩に仏教の真髄を説いてほしいと熱望されて『法華経』を説き始めようとした。しかし、増上慢の者達が全て退席するまで説くのを待っていたのはどういうことなのか。増上慢の者達に話しても受け入れられないと分かっていたからだろうか。

釈尊が否定した増上慢の者達にも仏種があると、常不軽菩薩は救おうとする。『法華経』の初めに出てくる話を、常不軽菩薩は真っ向から否定するものではないのか。教えを話しても、受け入れられない者達がいる。一方で何度もあなたには仏種があるということを話す菩薩がいる。中々受け入れられないところで、繰り返し働き掛けている……。

『法華経』の中に語られている重要な教えは、人々が自《みずか》らに内在する仏種を知ることで幸せになる道を見つけられるということである。皆と共に幸せになる道はそう容易に達成できるものではないが、地道に一人また一人と自らに仏種が具わっていることを分からせるしかない。常不軽菩薩のこの地道な活動が、一人から二人へと広がったように、吾も国中の者達に教えていくのだ。先ずは身近な人々から始めよう。そう決意すると上宮は、二日間の緊張から解き放たれて倒れるようにその場に突っ伏して眠り込んでしまった。

三日後、上宮は鮑兎と摩理勢の二人に『法華経』の試し講義をおこなった。『法華経』の内容を分かりやすく説明した心算《つもり》だったが、目に見えない仏性が皆に具わっているということを話すと摩理勢が怪訝そうな顔を見せた。摩理勢が納得いかないということは、今後正式な講義をした時に多くの人が分からないということになる可能性が高い。

上宮は慧慈、鮑兎、摩理勢の三人と共に、どうすれば仏性が皆に具わっていることを分かってもらえるか話し合った。

「鮑兎。そなたは何故今回の『法華経』の試し講義で、皆仏性を具えているということを信じることが出来たのだ」

「それはわれが根本的に上宮様を心から信頼していることに依ると存じます。また、長い間何度も仏教に関しての知識を得る機会があったことや、慧慈師に直接分からないことを伺うことが出来ることも大きかったかと。ただ……」

「何か、気になることがあるのか」

「仏教の講義の中でも今回の『法華経』を理解するのは大変難しいものだと感じます。われの様に初めから上宮様と共に仏教を学んだ者以外で、この仏性についていきなり聞いて自分達にも仏性が具わっていると即座に信じられる者は、ほぼいないのではないかと思います」

鮠兎の言葉を受けて慧慈が話した。

「釈尊は人々の不幸（痛み）の原因について考えに考えたすえ、その根本原因が貪欲《どんよく》、瞋恚《しんい》、愚癡《ぐち》の三毒にあると覚《さと》られました。三毒こそが人の善心を害し、自らに仏性が具わっているということを感じさせない原因だったのです。

自らの根底に仏性が具わっていると深く信じた時、既に問題の解決は出来ているのです。そのことを知った上宮様は、ご自分だけでなく周りの全ての人々に仏性が具わっていると心底信じて真剣に教えておられる。

そして、上宮様の今の悩みは、皆にどう伝えれば仏性が自分達にも備わっていると信じてもらえるのかということでしょう。もう一つ迷われているのは、全ての人々に仏性があるということを知った豪族がどう反応し、どう政権に影響するのか、ということでしょう」

慧慈が言った最後の言葉に、他の三人は顔を見合わせ押し黙った。

暫くして、下を向いて考えこんでいた摩理勢が重い口を開いた。

「慧慈師、仏性が具わっているということを知ることの意味と仏心について詳しく説明をお願いします」

「承知致しました。初めに、仏性が本来衆生全てに具わっていると表現しているのは、仏と同じ境遇に至ることが出来るという約束が既になされている、という意味なのです。人は本来、将来において仏と成れる仏種を具えています。そして、人が本来仏種を具えているということは、いずれは仏の慈悲心を持って人に対することが出来る可能性を秘めているのです」

「仏の心と同じ慈悲心を持つことが何故素晴らしいと、仏教は説いているのでしょうか」

「慈悲心とは、他者も自己をも慈《いつく》しみ、掛け替えの無いものとして大切に思う心です。全ての者達がお互いに相手を大切に思う時、相手が嫌がることなどしないのではないでしょうか。これが『抜苦与楽』の抜苦で、お互いに相手が望むことを考えて行うのが与楽でありましょう。

もし、多くの人々が慈悲心を持つことができれば、この世から争い事が非常に少なくなり、一人一人が心の平安を得て世の中に幸せが満ち溢れる。釈尊は遠い昔にそのことに気付き、何故世の中が常に平安でないのか、その原因は何処にあるのか、解決する術を模索し続け最後に答えに辿り着いた。その答えは、人の意識の中にあるということを。そしてその意識の中をどう変えていくのかが、大きな課題となる訳です。意識の改革を推し進めるには、最初に何をすれば良いと思いますか」

摩理勢は瞬間的に言った。

「そ、それは先ず皆に仏性が具わっていると教えることではありませんか」

「その通りですが、摩理勢氏自身自分に仏性があると今聞いたばかりで信じることが出来ますか」

「いいえ、今はただぼんやりと自分にもその様なものが具わっているのかと思うだけです。でも、どの様な人々にも同じように仏性が具わっているのですよと強く言われたとすると、果たしてそうだろうかと疑念を抱くかもしれません。どの様な人にもではなく、人に依るのではないかと考えると思います」

「他者にも自分にも同じように仏性が具わっているとは、中々思えないかもしれません。しかしその事を皆さんは実感する時もある筈なのです」

「えっ、自分にも他者にも仏性が具わっていると感じる時があるというのですか」

「そうです。例えば、全く知らない人が道端に倒れていたとします。摩理勢氏は、知らん顔をしてその人を置き去りにしますか」

「いえ、先ずは側に寄って声を掛け、必要とあれば救護するでしょう。それは人として当然のことではないですか」

「人として当然と言われましたが、どんな時でも助けますか。もし、大王から大切な用を頼まれて急いでほしいと言われていた時、一瞬でも迷わず全く知らない人を助けることの方を優先できますか」

「出来るというか、助ける方が先だと思います。生きとし生けるものは全て、われにとっては大切な存在です。皆そう思っているのではないですか」

「摩理勢氏、あなたのように思う人は多くはありません。皆我身が一番大切であり、他者を自分と同じくらい大切だと思って行動しているのではないのです。だからこそ、釈尊は、自分と他者を同じように大切な存在だと思えるようになることが菩薩に成ることの入り口であり、仏性へ辿り着く道の始まりだと仰せなのです」

摩理勢は慧慈の言ったことに頷きながらも、意見を述べた。

「貪瞋癡という三毒が仏性を顕現させない一番の障害だと言われました。貪欲《どんよく》は激しい貪りであり、瞋恚《しんに》は怒り狂うほどの怨みによる深い憎悪の感情であり、愚痴《ぐち》は物事の正しい判断や認識が出来ないという人の心を毒す根本的な煩悩でした。誰にでも煩悩はあると思うのです。その煩悩を、全く失くさなければ仏性に辿り着けないとするなら、それはある意味不可能なことではないでしょうか」

摩理勢は、自分なりに学んだ仏教の知識で貪瞋癡について語った。

「少し誤解があるようなので、三毒の貪瞋癡について詳しく説明いたしましょう。この三毒は、究極の欲望といえるものです。貪欲《どんよく》とは、どこまでも求め続け、満足することができない貪るような欲望です。瞋恚《しんに》とは怒りに燃えて狂わんばかりの憎悪であり、愚癡は言っても仕方のないことを繰り返し嘆き続け、そこから少しも前に進まない愚かな行為に終始することです。この三毒における共通点は、強い執着心です。ただ、この三つの異常ともいうべき感情は誰にでも起こるものではありません。ではどの様な時にこの様な強い執着心を持つ人がでてくるのでしょうか。摩理勢氏は、この三つのうちどれかを抱いたことはありますか」

「いえ、これ程凄まじい感情を抱いたことはありません」

慧慈と摩理勢のやり取りを側で聞いていた鮠兎には、過去に怒りに震えて感情を抑えられなくなった何人かの顔が思い浮かんだ。鮠兎には上宮も誰かしらを思い浮かべているように見えた。

「幸いなことだと思います。何故なら、この様な強い執着心は何れ周りの人々に悪影響を及ぼし、我身をも滅ぼしてしまうからです。執着心は固執ともいいますが、仏教においては我見と訳します。我見ですから、自分だけの極々偏《ごくごくかたよ》った意見であり見方です。例えば、三毒の中での貪欲は、物もしくは人に対して自己の望みを絶対に叶えたいと思う強い執着心を以《もっ》て、どこまでも満足することなく貪り欲するということです。この思いによる行為は餓鬼の意識環境に住することです。人は満足して初めて幸せだと感じるのですから、満足を知らなければずっと幸せを知らず、不幸なままの状態が続きます。

例えば国の王が自分の国を今より大きくしたいとの欲望を以《もっ》て、民に命じて次々と隣国を攻めたとします。そして勝ち続けた結果、大国となりますが多くの民の犠牲がそこにはあります。王が国を大きくするということは自分にとって希望を持った目標かも知れませんが、戦いに行かされる国の民や攻められる国の民にとっては悲惨以外の何物でもありません。この王の様な行いは、まさしく究極の貪欲と言えるでしょう。遠い昔の阿育王のことは覚えていますか」

三人は遠い昔の強国の王阿育王だけでなく、現在も大陸で多くの国を呑みこんでいる国家の存在に思いを馳せた。そして、何故かその国も仏教を国教としているのだった。

釈尊が教えたかった本当の仏教の意味が、その国には伝わっていないのだと上宮達は知った。『法華経』には、全ての人々は等しく大切な存在だと説かれているからだ。

慧慈は続けた。

「人は何かしらの目標を掲げて、自分の生きる意味を見いだそうとします。そして、その目標は

何のため か誰のためかが非常に大切なことです。人はどう生きることが一番正しいのか。上宮様はどの様にお考えですか」

「国を導くのが王の役割ならば、仏教を国教と明言している王たる者は仏教によって正しい道を知り、賢明に正しく生きることの素晴らしさを知って、自ら実践し、人々にも伝え教え、共に生きていくことを常に心掛けるべきだと思います。人々がお互いに相手のことを思い遣り慈しみながら生きていくことが出来たら、皆幸せな日々を送れるようになる。そんな素晴らしい世にするために、吾はこれから何をすれば良いのだろう」

「上宮様は既に、成すべきことを実行されています。仏教の一番大切な教えを知り、ご自分以外の人々にも仏教を根幹として生きることの素晴らしさを教えるという実践をされています」

慧慈は感慨深げに言って、ほっとした様に微笑んだ。

「慧慈師のお陰です。これまで教えて頂いたことやこの『法華経』の講義資料があれば、この国の人々に釈尊の説いた仏教の理念を教えることが出来ます。また、人はそれぞれに生き方や思うこと、また悩みも違いますから、その人達に合わせて教えるようにします。教える方も人々に寄り添った教え方が出来るように育ってほしいものです」

「では明日から、仏教を理解し教えるための人々を募りましょう。全国に知らせを送らねばなりませんね」

と鮑兎が言うと、続いて摩理勢が言った。

「条件はどの様に致しましょう。さあ、忙しくなりますぞ」

「そうなると、法興寺と斑鳩の学舎だけでは収容しきれないな。大寺が各地に必要となるだろう。先ずは今一つ、飛鳥の北側の地に……。いや、これは大変な国家事業となる。一人でやり切れることではない。明日、これらを議題として、大臣とも相談して群臣にも何らかの形で関わってもらおう」

そう言った上宮の瞳は新たな夢を追いかける若者のように輝いていた。


次の日、飛鳥に戻っていた上宮は大后や皇后と共に祈りを捧げた後、島の庄の馬子を訪ねた。

「内密に相談したいこととは何でしょうか。この年寄りには、して差し上げたくても出来ないこともあります故」

上宮が難題を持ちかけてくる時、特に多額の費用を要する時は、朝議の前に必ず自分を訪ねてきて話をし、賛成を取り付けると分かっている馬子は用心深く聞いた。

「流石、長年吾と共に国造りを担って下さっている大臣です。実は、夢のような話なのですが、それを具体的にどの様に現実としていくかについて、是非大臣の知恵をお借りしたいとお願いにきました」

「知恵だけではありませんね。そのことには、多額の費用も必要なのでしょう」

上宮が慧慈達と話したことの概要を伝えると馬子は渋い顔をした。

「矢張り、そうでしたか。常に申し上げておりますが、新しき国を造り上げるには、多額の費用が掛かるのです。国の予算には限りがあり、しかもここ十年には、大陸や半島三国との付き合いも頻繁に行われるようになり、国の中では全国への官吏の派遣に伴う人材の確保などによって、国庫の状態は常にひっ迫していることを誰よりもご存知の筈。故に……」

上宮は動じない。

「勿論、これ以上の予算が組めないことは知っています。しかし、国造りに一番必要なことは何でしょうか」

馬子は人であり人材の育成だと分かっていたが、敢えて黙っていた。人材育成には莫大な費用を既に投じていたからだ。

「大臣はご存知です。今迄にも人材育成には多大な費用を要している事、吾も承知しています。ですが、大陸の文化の象徴である仏教を、困難を乗り越えてこの国に根付かせようとして下さった方々に、今こそ報いて差し上げられる本当の時が来たのだと確信したのです。実は、仏教を学ぶうち吾は驚くべき事実を知りました。それは」

「ちょっと、お待ちください。予算の話から、何故その様な壮大な話になるのですか。その事実とやらを聞く前に言っておきますが、これ以上地方からの税を上げることは国にとっても民にとっても一番良くないことだということだけは、お分かりですね」

「分かっています。ですから、お知恵を拝借したいと言いました。吾が考える一つの案は、今迄国がその殆どを国庫から拠出してきた人材育成の費用を、学びに来る学生や学僧の出身地方から援助してもらう形に出来ないかというものです」

「それは地方の豪族達に、今以上に国家へ奉仕せよということです。それならばそうするとして、豪族達は何を見返りとして得られますか」

「わが国の文化の粋が集まったこの地において、新しき国造りを目の当たりにするだけでも十分価値があるのではないですか。今迄に飛鳥や斑鳩の学舎で学んだ者達が官吏となって地方へ赴き、中央と地方の間が上手く運ぶようになったところも多々あります。しかし、その反対に豪族達と手を組んで、国が決めた以上の税を課したり民を私的に使ったりと、私腹を肥やす輩も出てきています。その地に暮らす民は、わが国の傘下にいる以上、国家が守るべき存在です。国を造っていく過程で、最も重要な事は大臣が一番よく知っているのではないですか」

「私心なく、公の利益を考え、民と共に豊かな国家の建設に向かいたいと。上宮様、いえ、大王は常にそうお考えの上で、方針を出されてきました。大和政権の中にはそのお考えが浸透してきておりますが、地方の豪族達には中々伝わってはおりません。その様な状態で突然中央の方針を押し付けられた上、人も物も貢ぐかのような形で協力せよと言われても、理不尽だと思うのではありませんか。地方にとってそうすることに何の利が生じますか。これまで、大和政権は地方に随分負担を強いてきたのではないかと、考えてしまいます。彼らにとって、中央政権は要求ばかりする迷惑な存在である。そうであってはならないと思いませんか」

「地方の豪族達は吾の考えを全く理解していないと言うのか。吾はこの国の安寧と民が日々豊かな暮らしを送ることが出来るように、そしてどうすれば皆が幸せな日々を送れるのかを常に考えている。

その方法がやっと分かったのだ。それには、国を預かるわれらが正しく治めることを常に考え、出来る限りの努力をすること。そのためには、今迄の様な上っ面な学問をしただけの、連絡係のような仕事しかしない国造《くにのみやっこ》や官吏を送りつけているだけでは駄目なのだ。文化や、より豊かな生活が出来る新しいやり方を学んだ真っ当な者を中央から地方へ送らなければならない。

そういった人々を育成するにはどうすれば良いかを、吾は仏教によって教わりました。仏教によって正しい生き方を知らなければ、どれ程立派な学問を学んでもその者達が良い指導者にはなれないのです」

「分かりました。これまでの育て方を、根本から考え直そうとされているのですね。より良い国造りをするためには、大王のお考えを寸分違わず教えられるような者達の育成をせねばなりますまい。

その前にこれまでの官吏達の検証もしておきたいと考えます。これまで中央から官吏、神官や僧等を地方へ遣わしてきましたが、地方における彼の者達の評価を聞き取る必要があるでしょう。その評価は、政権への評価なのです。地方の豪族達が、大和政権に従うことが自分達のためにもなると思うかどうかは、こちらから派遣した者達の行いに懸かっているのです。改めて彼らにその自覚をしっかり持たせることはとても重要なことです」

上宮は、大寺の建設や人材育成費用の増加についての話から馬子が話題をそらそうとしているのではないかと懸念し、先ずは官吏の件について結論を出そうとした。

「大臣も聞いているのではないですか。現在も官吏の評価が分かれていることを。評判の良い官吏や神官、僧が派遣された地方と大和の関係は良好ですが、遠くの地方へ行けば行くほど関係は悪くなる傾向にあります。ただし官吏の人柄が良い場合においては、遠くの地方であっても関係性が良くなった場合があるとの報告を受けています」

「それは評判の良い者達の派遣された場所が大和付近に多くあることと、地方においてもその官吏達の出身母体が政権に好意的な豪族の場合に限られるのではないかと存じます」

「その場合ばかりではないでしょう。政権とより良い関係を築こうとし始めた地方豪族も出てきています。その者達から中央の学び舎で学びたいとの要望が届いているのを大臣も知っているのではないですか」

「知っています。しかし要望に応えるために必要となる巨大な建物と多額の費用をどこから捻出しようとお考えなのですか」

「地方からの出身者達に教えるための費用の大半は、各地方よりの物納で賄おうと考えていますがどう思いますか」

「つまりは、建物に要する木材及び人材育成のための食糧等は、地方からの調達で賄おうと……。それで、地方にはどのような利がもたらされると説明なさいますか」

「人材の育成は、政権側だけでなく地方の発展にも寄与する。五穀を育てるための田畑の開墾や治水工事、麻の外に絹織物の生産の向上には大和政権から指導する者を送り、人材育成に要する費用の代わりとするなどの支援を行う心算《つもり》です」

「分かりました。そういうお心算《つもり》なら、我が方も性根を入れてお付き合い致さねばなりませんな」

馬子は瞬時考えて直ぐに意見を述べた。

「それでは育成する人材を選ぶのは一年に二百人程とし、そのうちの百人程は大和付近からとして頂きます。残りの地方からは東から五十名弱と西から五十名強ということに。ただ受け入れるだけでは、本来の人材育成とはなりません。その者達を教える師の方も育てていかねばなりません。

先ずは、人材育成のための師を募り、今教えてくれている師に教え方を伝授してもらいながら各地において人材となり得る者達を探しましょう。まあ、初めの内は地方豪族からの推薦と、地方での募集を知らせながら説明する役人を大和から派遣なさってはいかがでしょうか」

「吾が描いた将来のこの国を、大臣は確実に現実へと誘《いざな》ってくれる。何時も感謝しています。それではこの計画をどの様な形で、現実のものとしていきましょうか」

「五年計画で進めていこうと思いますが、宜しいでしょうか。これ以上は、朝議においてこの案を通すことも予算的には無理が生じるでしょう」

「分かりました。もう一つ、お願いがあります。この五年計画の案が通り、五年の間に順調に人材育成が進んだ後には、隋が行っている官吏の登用方法である選挙《せんきょ》（後の科挙《かきょ》）を取り入れたいのです」

「そ、それはこの案が通り、全国にもう少し文化というものの価値が承認されてからに致しましょう。今は、そのお考えをわれの胸の中に留め置かせて下さい」

馬子はまだその考えは誰にも言うなと、上宮に釘を刺した。馬子はこの頃、国造りには莫大な費用を要し長い時間が掛かるものであることを実感していた。馬子の現在の悩みは、上宮が急ぎ過ぎることだった。地道に確実に一歩ずつ進んでほしいと思っていた。

「大臣の言いたいこと、よく分かっています。大陸や半島三国に赴いた者達から、あちらの高度な文化を聞く度に吾の心は急かされるのです。この国の思想と文化をもっと高みに持ち上げていくことが、国の発展に繫がり民の生活の向上に役立つのだとの思いに至るからです。

しかしこの頃は、大臣の思慮深い意見に大変学ばせてもらうところが多いことに改めて気付いてはいるのです。そうです。吾は急ぎ過ぎて、周りの理解が付いてこないとよく嘆いています。そんな時は何時も周りの者達を納得させる役目を大臣に委ねていて申し訳ない。今後は、十分説明し吾の思いをもっとしっかり伝えるようにします」

馬子は上宮のやりたいことがこの国や民のためであることを分かっていた。その上で、上宮が理想を叶えるためにももっと現実を踏まえ考えてほしかったのだ。ずっと以前から上宮の理想と馬子の現実は相反するものとお互い考えていたが、上宮も馬子も思うところは同じだった。この国を豊かにし、一人でも多くの民の幸せそうな顔を見たいという思いは変わらなかった。長い時を経て、上宮は自らが思う理想の国造りをどうすれば現実的に叶えられるかを考えるようになり、馬子は現実的にどうすれば上宮が考える理想の国造りに近付けるかを模索するようになっていた。長い時を経てやっと二人の道は繫がった。

　少しでも早く隋や他国に追い付きたいとの思いが上宮自身に多くの課題をもたらしたが、上宮のこの頃は充実していた。上宮は政務と講義の両立は難しいと感じ、仏教の講義全般を任せる人物として誰が適任かと慧慈に相談すると、慧慈は恵慎《えしん》、弦彗《げんすい》、善信尼《ぜんしんに》の三人の名を上げた。

「この三人は必ず仏教の真髄を伝えることが出来る者達だと確信しております。そして三経の内の『維摩経』は恵慎と弦彗が、『勝鬘経』は善信尼が、既に教本となっておりますそれぞれの講義資料から大変よく学んでおり、指導者として適任です。『法華経』については、講義資料が出来上がったばかりですので、上宮様自ら講義をなさることをお勧めします。その後に、誰が確実に『法華経』の真の理解が出来たかを確かめられてから、『法華経』の講義を任せる者を決めても遅くはございません」

「そうだな。恵慎《えしん》、弦彗《げんすい》と善信尼《ぜんしんに》に加えて、飛鳥と斑鳩で修行中の者の中からこれはと思う人物を選ぼう。慧慈師もその時は手伝って下さい」

「承知致しました。これからのご予定をお教え下さいませんか」

「明日は飛鳥、明後日は斑鳩へ行きたいと思っていますが……。慧慈師の都合は如何でしょうか」

「明日は飛鳥で、三日後には斑鳩にての講義がございます。飛鳥においては丁度その講義の場で学僧達の様子もご覧いただけます。できましたら斑鳩へはもう一日先延ばしにして頂けないでしょうか」

「そうですね。それなら、斑鳩へは三日後ということに。実は、先日例の僧侶の大幅な増員と大寺の建設について朝議に掛ける前に蘇我大臣に相談したところ、指摘も受けたが良い提案もしてもらった。そこで、議題の原案としてはまだ出来ていない個所もあると気付いたので、これからここで協議をして早く草案を固めたいと思っています」

「畏まりました。では、大臣からどの様な提案があったのかお教えください」


上宮は慧慈をそのままに、別室に控えていた殖栗皇子達も加えて、事の経緯を話した。

「それでは、殖栗皇子、鮠兎と摩理勢にも共に考えてほしい」

「あの、差し出がましいことですが、恵総師と善信尼様には『法華経』の講義をもうすぐ始めることを、もう話をされたのですか」

殖栗皇子が少し心配そうに聞いた。

「ああ、恵総師の方には事前に大臣の方から、善信尼様には皇后《きさき》の方から話をしてもらったから心配せずとも大丈夫だ。お二人とも、『法華経』の講義を楽しみにしておられるとの返事だった」


何事に対しても人を大切にする上宮の心遣いが現れていると、殖栗は安心した。上宮もまた、仏教の心を学ぶようになった殖栗皇子が、周りの人々によく気遣いをするようになったのが知れて嬉しかった。

仏教の教えとは本来こういうものだと、上宮は思う。一人一人が、周りの人々を慈しみながら誰もが自分と同じように他者を人として大切に思う心を持てるようになった時、皆が皆穏やかで幸せな日々を送ることが出来るようになるのだ。ではその事を現在に生きる人々にどのように話せば伝わるだろうか、と上宮は思った。

次の月の中程に上宮は『法華経』の正式な初講義を行った。その場に集まった皆にとって初めての『法華経』は、教える上宮から教えられる者達の心の中に染み込んでいった。その場に居る皆は、仏教を学ぶことが如何《いか》に大切かを知った。『法華経』の中には、一人一人が大切な存在であるとしっかりと示されていた。

七、胸騒ぎの原因

『法華経』の講義を無事終え後任の講師陣を決めた上宮は、床に就いても中々興奮が冷めなかった。そして矢張りもっと多くの学生や学僧を大陸に送り、今以上の人材を育てることが必要だと考えながら、夜半過ぎた頃にやっと眠り始めた。

しかし熟睡できず意識が朦朧《もうろう》としていた。突然、大きな声を上げて飛び起きた。汗が身体中から噴き出る様な状態だった。叫び声にも似た上宮の声を聞きつけた摩須羅が急いで来て、上宮の寝所の外から声を掛けた。

「如何なさいました。入っても宜しゅうございますか」

「ああ、入れ」

扉を開けて入って来た摩須羅は、一瞬唖然とした様子で言葉を発せられずにいた。

「どうしたのだ。吾の姿が何か変か」

「はっ。頭から水を被られたように濡れておられます。お顔も真っ青にて……」

「そうか。水浴びにはこれから行く。水を浴びる前から、確かに濡れているな。裏の小滝まで付いて来てくれ。摩須羅。吾は何か自分でも叫んだように思うのだが。何か意味のある言葉を発したか」

「大きく叫ぶ声が致しました。ですが、何か意味のあるお言葉ではなかったようでした」

摩須羅は上宮の着替えを手伝い、もう一着の着替えを持って上宮の後ろに付いて小滝まで行った。上宮は上着を脱ぎ、小滝に入って行き清らかな滝の水に身を委ねながら一心に何か祈っていた。そう長い時間ではなかったが、滝に清められもやもやとした気分から解放された上宮は、先程の青ざめた顔ではなくいつもの明るい表情を取り戻していた。滝から上がってきた上宮に身体を拭うための布を渡しながら、摩須羅がほっとした様な顔をした。

「心配をかけて、すまなかったな。心身共にすっきりした。今からでは朝拝には間に合わないな。皇后は皇子を伴って行っただろうか」

「はっ、大王の声に気付いたのはわれだけではありませんでした。皇后様《きさき》へは先程われから様子をお伝えしましたので状況が分かり安心され、豊浦の礼拝所へ向かわれました。皇后様からのご伝言で、今日の朝拝はお任せ下さいとのことです」

「そうか、そんなに大きな声を出したのか。皇后と皇子が二人揃って行ってくれたか。分かった。有り難い。では摩須羅。葛城鮠兎、秦河勝、三輪阿多玖、境部摩理勢、小野妹子を呼び集めてくれ。あっ、紫鬼螺が今朝には着いているはずだが、まだなのか」

「はっ、昨日帰りきた時が深夜でしたので、今朝早くにご報告がしたいとの申し出を受けております」

「もう来ているのか。来ているなら、直ぐに呼んでくれ」

呼ばれた紫鬼螺は、直ぐに上宮の目の前に現れた。

「紫鬼螺、隋で何かあったのだな」

「はっ。昨年、洛陽近くで起こりました弥勒教信者の乱が少しずつ各地に波及しております。そのこととは別に、皇帝自ら高句麗征伐の指揮を執り着々と準備が進んでいます。今迄、運河の建設に携わっていた元々は兵士でない人民も否応なしに武器を持たされて、高句麗征伐の軍に入れられています」

「とうとう始めるのか。皇帝はもうどこかに移動しているのか。大興に居るわが国の学僧や学生は、無事なのを確認したか」

「皇帝は未だ洛陽に居て、自ら動いてはおりません。学生達の無事は確認しております。しかし、高句麗と隋との戦い次第では、質に取られることになるかもしれませんので、急ぎ御相談に帰りきた次第です」

「学生達は、高句麗と隋が戦いに入ると知って動揺しているのか」

「僅かですが動揺している者もおりました。ですが多くの者達は、百済や新羅の者達から『留学生たちへの迫害などはないから安心するように』との話を聞いて、落ち着きを取り戻したと聞きました」

「他国から来た学生達には、手を出したりしないということだな。それは確かなことなのか」

「確かに、常にその様にしていると聞きました。それは大国の威信を懸けて守るのだとか」

「分かった。それにしても、隋は昨年も高句麗を攻めて何の戦果も無く殆どの兵を失ったと聞いたが……。此度、また多くの兵を投入することが出来るのか」

「随分無理をしています。既に多くの脱走兵が出始めている、との噂が聞こえてきていました」

「それでは勝ちを期待できない戦いを無理に始めようとしているのか。誰のためにもならぬ無益なことを、何故続けるのか」

「隋にとっては負けるとは思っていなかった戦でしょうから、今まで負け続けていることの方が不思議なのでしょう。何が何でも、高句麗を打ち負かし隋の強さを示さなければ、終わるに終われないところまで皇帝は追い込まれているのではないでしょうか」

「巨大な国の長たる者が大いなる犠牲を払って何を得ようとしているのか。大国は大国らしく、従う小国を大きな懐に受け入れるというような態度は見せられないのか」

上宮は、これまでの隋と高句麗の経緯から心情的に隋側には立てなかった。しかも隋はこの様な状況の中でも各国に向けて、隋国への恭順の意を示すための祝賀の催しに参加せよとの通達を出していた。

紫鬼螺が隋の状況を話し終えた頃、呼ばれた者達が揃ったと摩須羅が告げ、上宮は皆が揃った場へと向かった。

「皆も知っての通り、先頃、隋から祝賀の催しに参加するようにとの書状が届いた。紫鬼螺の報告によれば、現在の隋の状況は高句麗への派兵準備中である。それにも拘《かか》わらずわが国も含めこれまで隋と親交のあった国の殆どが隋への朝貢を強制される形だという。特にわが国は行けば良し、行かねば高句麗に味方したとされ、国自体にも、大興に居るわが国の大切な人々の身にも、危険が及ぶ可能性がある。皆の忌憚ない意見を聞きたい」

皆、直ぐには口を開けなかったが、暫くして三輪阿多玖が口火を切った。

「われらより、小野妹子が近年の隋については詳しく知る者です。先ずは、小野妹子の意見を参考にしては如何でしょうか」

上宮はそれに頷いた。

「小野妹子、そなたの意見を聞こう。この状況下で、朝貢は行くべきか。どう思う」

「行かせた方が良いとは思いますが、少し準備に時間を掛けながら情報の収集をなさっては如何でしょうか」

「では参加するとの返事を出した方が良いのだな。しかし何故そう思うのか、訳が知りたい」

「今回の隋からの誘いは、これから攻め込もうとしている高句麗に対しわが国が何らかの支援をしているのか。隋と高句麗のどちらに重きを置いているのかなど、わが国の状況と本音を探ろうとしているのだと考えるからです」

「では急ごしらえで簡略化したような形では、見破られる。どれ程の設《しつら》えで参加すれば疑われる事無く遣り過ごせるのだろうか。今回はどれ程の規模での遣隋にすべきか」

「新羅と同じ位の規模になさってはどうかと……」

「百済でなく新羅とか。成程、現在は新羅の方が隋の国状には精通しているということだな。河勝、先日に新羅から少し纏まった商団が来ていると言っていたが、もう帰国したのか」

「いいえ、今も難波の館に留まっております。買い付けに来た商品がなかなか揃わないと苦心しているようです」

「そうか。では、鮑兎と共にその商団を訪ね、彼らが入り用の物の手配を手伝ってほしい。そして今回の隋への派遣を新羅がどの様に受け止めているのかとか、どの様な形で隋へ行く心算《つもり》かについて探れるだけのことを探ってきてくれ」

「はっ、畏まりました」

「大王、学僧や学生達の現状はどの様になっているのでしょうか。一族の中の優秀な子弟を隋に送り出した豪族達にとって一番の心配事は、無事かどうかです。隋に居る者達は皆息災なのでしょうか」

小野妹子を長《ちょう》とした遣隋使達の見送りの隊長を務めた境部摩理勢は、隋に残る者達の無事を日々祈っている者として言った。

「紫鬼螺、大丈夫だと言っていたが一人一人しっかりと確認は取れているのか」

「はっ、われ自身ではありませんが信頼できる者が確かめておりますので、ご安心ください」

「えっ、どういうことだ。そなたが大興まで行った訳ではなかったのか」

「申し訳ございません。現在高句麗付近から大興までの間には、隋の兵士が高句麗へ向けて進軍しております故、こちらからは向かえないのです」

「もしかしたら、その新たな情報をもたらしてくれたのが新羅だったのか」

黙って聞いていた三輪阿多玖が、それで全て納得したと頷いた。

「百済の国状がまた揺れ動いている。国内で勢力争いが度々起こると、収拾するまでに時が掛かるのだろう。そこで今回は、現在隋と最も接近している新羅に話を聞こうとされているのですか。しかし、新羅は半島三国の中で何度も隋に百済や高句麗を討伐してほしいと申し出ている国です。百済とは同盟を結び、高句麗とは信頼関係を結んでいるわが国にとって、新羅を頼るような形をとるのはどうなのでしょうか」

鮠兎は上宮の考えに苦言を呈した。鮠兎でなければ言えないことだ。皆も上宮の真意が知りたいと思っていると、鮠兎は考えたのだ。

「勿論、百済や高句麗を蔑《ないがし》ろにする訳ではない。高句麗には理解してもらえるだろうが、今問題なのは百済の方だ。百済は方針が一貫していない。この状態が変わらない限り、わが国も信頼しきれないところまできている。何か情報を掴むにも、百済の情報が正しいかどうか読み切れないのが現状なのだ」

以前からその兆候はあったと、上宮は付け加えた。

「では、もう百済と手を切り新羅と手を結ぶべきと、国は方針変更を考える時期に来ていると考えておられるのですか」

「いや、そこまでではないが、百済がわが国を裏切る行為を止めないなら、そう考えるかもしれない。百済との関係性が少し変化してきていることは確かだ」

百済との関係を考え直すべき時がきていると馬子も言っていたが、そのことを皆に話すにはまだ早いと、上宮は心の中に仕舞い込んだ。

「それでは今回は新羅に問うだけになさるのですか」

「いやそうではない。両国に問うても隋の本音が見えるとは限らないが、何かしら見えてくるものがあるだろう。わが国にとってどうすることが最善なのか、出来る限りの情報を集め精査したい。そうすることで、百済や新羅とどの様な関係を持つと良いのかも探れるのではないかと思う。今後は、今まで以上に内外の状況把握に努めることが、国と民を守ることに繋がる。外つ国との付き合いを活発化させた以上は、あらゆる場にいる者達の安全を守っていくのが吾等の責任でもあることを忘れずにいてほしいのだ」

大和政権が学生達を正式に隋へ送り出したのは、将来ある若者達に様々な文化を吸収させ、新しい国造りに役立てるためだった。国から送り出した者達は、今後の国家にとって必要不可欠な大切な人々であった。彼らを失うことは国家存亡の危機にも繋がりかねず、どうあっても守り抜かなければならない。

もし外つ国で異変が起きた時、遠くて情報も直ぐには届かない東の果てのわが国だけに、彼らを助ける手立ては前以《まえもっ》て考えておかなければならない。百済が頼りにならない時のために、新羅にも活路を見出しておきたかった。

新羅は上宮が政事を任される以前から、何度となく国交を結びたいと打診してきていた。しかし高句麗や百済と、新羅の関係は年々悪化していたため、大和政権は新羅との距離を縮めることはなかった。ところが、近年新羅は隋に攻められ続けている高句麗を助けることなく、隋との関係をより強固なものとしてきた。また百済との関係においては以前の様な負けが多い新羅を返上して、互角になるような力を持つ国に成長していた。

百済との話し合いを大臣蘇我馬子の嫡男恵彌史に任せた上宮は、法興寺の慧慈を訪ねた。

「慧慈師、お聞きしたいことがあります」

「何でしょうか」

「今回、纏め上げようとしております三経の解説書の製本に使おうとしている紙ですが、出来ればわが国で初めて作られた紙を使いたいと思っているのですが、少し硬めのものなのです。それでも大丈夫でしょうか」

上宮は、高句麗から曇徴と共に来た紙作りの工人によって作られた紙を何枚か見せ、慧慈はそれを手に取った。

「そうですね。少し硬そうですね」

そう言いながら、側にあった筆を取り文字を書いて見せた。

「もう少しですね。紙を漉く職人の手も随分慣れてきているようです。桑の樹皮を使っての製法もここに合っていたのですね。このまま、もう少し工夫をしながら繰り返し作り続けるといいのではないでしょうか」

「分かりました。その様に伝えます。ところで今回の隋の行動についてですが、お心を痛めておられるのではないですか」

「大国の行動は常に傲慢なものです。しかし、高句麗は常にそんな大国と戦いながら存在し続けてきました。この度も何とか生き延びてくれると信じたい。国内が一つに纏まっていれば、きっと今回の戦いにも負けることはないと思います。そして、わが国とかつて敵対していた倭国でしたが、今は上宮様達が居て下さるだけでわが国は心強いことなのです。ましてや、その国の王たる方から優しい言葉を掛けて頂けるのは真に有り難きことです。

上宮様こそ、隋国へ学ぶために行かれた学僧や学生達のことがご心配でしょう。でも、百済や新羅からお聞きになったと思いますが、都の中で学問に向き合っている人々には手を出したりしないものです」

「何故皆その様に言い切るのでしょうか。それは大国の威信に依るところなのですか」

「長い間、付き合ってきた経験からそう言えるのです。大国へは多くの国から優秀な若者達が学びに来ています。多くの若者達は大国の下で育ち、大国の文化を自国へ持って帰ります。その者達が自国に帰って、大国で学んだ知識を生かして存在感を示していくのは確かなことです。大国で学んだ彼らは、ある意味大国の素晴らしさの良き伝達者となるのです。また、大国への恩と親しみを抱いていますから、彼らは大国にとっても大切な人脈となるのです」

「なるほど、そうですか。吾も出来れば大国へ行って学びたいと思ったことがあるのですから、向学心に燃える若者達にとって大国隋はあこがれの存在と言っても過言ではありませんね」

「そうですね。ただ、文帝の頃の隋と今とでは随分様変わりしています。国は統治する人によって、大きく変化するものですから」

大陸における隋の様子が変化しつつあることを慧慈も気付いていると上宮は察した。多くの国を思うがままに支配し始めた隋の今後を、注意深く観察していく必要があると上宮は思っていた。大国に見習うべきことは多いが、それに反して目を覆いたくなるような暗部もあるからだ。友好関係を維持してきた高句麗との仲を、横暴を極める隋に引き裂かれるような形にだけは決してしないと上宮は心の中で誓った。

数日後、上宮は蘇我恵彌史から百済の見解を、葛城鮠兎と秦河勝から新羅の見解を聞いた。そして大臣蘇我馬子と相談した上で、隋への少人数での遣使を決定した。遣隋使の正使を誰にするか、隋への貢物をどの程度にするかは次の朝議で諮《はか》ることにして、取り敢えず隋へは祝賀の催しに参加すると返事することに決めた。

しかしその様な返事をした上宮は、高句麗に大和政権の事情が分かって貰えるか、裏切りと捉えられないかが大きな気掛かりとなった。上宮は葛城鮠兎を通じて、慧慈に上宮自身の心情を密かに伝えると、慧慈からは、上宮への信頼は崩れるものではないとの返事だった。

上宮は隋への書簡には、高句麗との間のことは一切触れずこれからも隋と友好な関係を続けていきたい旨を記した。

隋の傘下に置かれ朝貢関係を結ばされた国々は、隋国の招待を受けざるを得ない状況に置かれていた。傘下の国々を大々的に隋に呼び寄せるというこの計画は、その殆どが第二代皇帝の楊広（後の煬帝《ようだい》）の外交を担当していた裴世矩《はいせいく》によって実行された。裴世矩は武力ではなく外交で西域及び周辺諸国を隋の偉大さに平伏させる方策を取った。そしてそれ以後、周辺諸国が隋に対し反抗しようにも反抗できないという多大な圧力を感じさせることに成功した。その一方隋は国内において着々と高句麗征伐への派兵の準備を進めていた。

六〇七年に倭国は小野妹子を大使として隋へ派遣した。六〇八年隋からの使者裴世清を伴って帰国した小野妹子達は裴世清を送って再び隋へと向かった。その小野妹子が倭国へ帰ってきたのは六〇九年だった。

六一〇年の隋国からの招待は、倭国にとって財政的に多額の出費を伴う出来事だったが、大和政権としては参加するという選択肢しかなかった。そこで以前から隋へ何度か赴いている春日大志を大使として隋へ派遣することにした。

上宮は、隋国の現在の状態と、二年前に小野妹子と共に隋へ赴いた学生や学僧達の近況をしっかり見て確かな報告をするように春日大志らに命じた。

六一〇年一月、隋の皇帝楊広は各国に朝貢の命を下し、半年もの間、国を挙げてのお祭り騒ぎを行った。しかし隋国内の多くの民にとって、皇帝楊広の行いは我慢の限界を超えていた。先代の皇帝文帝に始まった幾つもの大運河造りと楊広の新首都建設だけでも民に多大な犠牲を強いているのに、さらに高句麗へ遠征するための兵士調達である。高句麗へは何度も派兵して失敗を繰り返したにも拘わらず、またまた派兵するという国の政策に隋国内の民の怒りは頂点に達した。あと何百万人の民が犠牲になるか分からない状況、明日は我が身という状態に、民は怒り狂うような形になった。とうとうあちこちで「世直し」という名目を掲げ、民が立ち上がった。「弥勒出世」という旗の下に仏教徒達は首都洛陽城において反乱を起こした。

民の思いをよそに、高句麗討伐の兵は隋国内の各地から招集され続けた。反乱は一時鎮圧されたが、その火種は残ったままだった。

大和政権は六一〇年の隋使派遣の際に、隋国内の状況を隈なく調べてくる者達を潜入させた。紫鬼螺を筆頭に阿燿未の部下達である。一月に隋へ赴いた一行が夏の終わりに大和へ戻った。およそ半年もの間の隋でのお祭り騒ぎから帰国した遣隋使達は疲れ切っていた。

春日大志らから隋での出来事を聞き取る一方、詳しく隋国内を調べてきた紫鬼螺らからの報告を聞いた上宮や馬子達は隋国の状況に驚愕した。

「巷における皇帝の評判は地に落ちているというのか。その原因は何なのだ」

つい昨日までの隋の繁栄ぶりからは凡そ信じ難いと馬子は思い、報告した紫鬼螺に質問を投げかけた。

「今に始まったことではありません。先代の皇帝の頃から、少しずつ溜まり始めた不満が遂にそこで吹き出しただけなのです。ご存知のように、隋は建国以来大規模な運河造り、大興城建設、更に新都洛陽の建設に加え何度もの高句麗討伐の失敗によって何百万人もの民を犠牲にしてきました。民の立場から隋国内はとても過ごし易い良い国とは言えません。確かに都辺りは繁栄していますが……」

「そなたが見てきた限りでは、隋という国は民に対しあまりにも多くを求め過ぎるように思えるのだな。民にとってとても良い国とは言えないのか……」

馬子は落胆を隠せないというように言った。

「われにはそう見えました」

「今まで、高句麗のことを大変心配していましたが、果たして隋はどうなっていくのでしょうか。あの様な大国が直ぐにどうにかなるとは考え難いことでしょうが……」

と境部摩理勢が言った。

「そんなに簡単に体制は変化しないとは思いますが……」

「しかし今後は隋国内の動向から目を離せなくなるでしょう。今準備している高句麗への派兵に失敗するようなことになれば、皇帝楊広の権威は地に落ちるのではないでしょうか」

と三輪阿多玖。

「そのためにも隋は今回の高句麗討伐を是が非でも成功させようと、今までにない程の規模の兵を送ろうとしているようです」

隋から戻った阿素見が言った。

「どれ程の兵を送ろうとしているのだ」

摩理勢が紫鬼螺に聞く。

「二百万人、いや三百万人とも。もう軍隊の兵だけでは足りないと、あちこちの地方から民をかき集めているのです」

「そうか。その様なこともあって、ここのところ急に新羅からの使者が頻繁にわが国を訪れていると言えますね。隋の今後については、新羅が一番正確な情報を持っているのではないでしょうか」

と鮑兎が言った。

「鮑兎、秦河勝と共に新羅の意図や行動をしっかり探ってくれ。阿燿未の配下の者と紫鬼螺は隋の国内を見張ってほしい。大臣、国内の軍備はこれまでと同じで大丈夫でしょうか」

「いえ、十分とは言えないでしょう。大陸で今までの均衡が失われれば、必ず半島においても大きな変化が起きましょう。そしてわが国にも何らかの影響を及ぼすに違いありません。来年に向けて、大和で兵の訓練をするという名目で筑紫地方、出雲、若狭、越の国々から東国に至る各地、それらから兵を呼び寄せることに致しましょう」

「いい考えだ。その訓練は境部摩理勢に任せたいが、大臣、宜しいですか」

「実働は摩理勢で良いと思いますが、大将は矢張り大将軍の麻呂子皇子様が宜しいかと」

「そこまで大袈裟にすると、この話が新羅を通して隋に伝わるのではないでしょうか」

「飽く迄も国内治安のためということです。国の軍の総大将は麻呂子皇子様ですから、隋であれ新羅であれ、何《いず》れの国にも何か言う権利などないと堂々としていて下さればいいのです」

馬子の発言からは自国が小国であることの引け目など一分も感じるべきでないとの気概が感じられた。勿論その事は上宮も分かってはいるが、国内で兵と呼ばれる人員が十万にも満たない現状があり、それは早急に改善すべき点であった。外交交渉において、出来る限り対話を優先するべきだが、相手の出方次第では戦うしかない場合もあるのだ。

大和政権は今回の隋と高句麗の関係を見守りながら、今後国として内外共にどの様にするべきかを広く深く考え行動に移す時が来ていた。先ずは、国中の情報を中央に集め、また中央からの伝達事項を速やかに地方へ伝えるためには、人材と伝えるための経路が必要だ。各地方から多くの人材を中央に集め、育成に力を注いできた成果が今やっと出てき始めたところだった。

数日後、上宮は上之宮の斎祷昂弦を訪ねた。

「全国の津々浦々まで、しっかりした人材を送り出したいがまだまだ足りません。あと何年すれば、各地に十分な人材を送れると思いますか」

「確かに、わが国は大陸の国から見ればまだまだかも知れません。しかし、今大国と言われるようになった国々も、初めから何もかも揃っていたのではありません。人材育成も国造りにも時は掛かるものです。焦っても、何も良いことはありません。どうか、今まで通り心を込めて国や民のために力を尽くしたいと願う人材の育成を地道に続けて下さいますように」

斎祷昂弦は大国の行いに憤慨する上宮の心を落ち着かせようと説くように話した。

「分かっているのです。そんなに簡単に何もかもできないことは。しかし、大陸の国々に比べてわが国はあまりにも無力だと感じてしまうのです」

「今、わが国は始まったばかりですが、われが昔暮らしていた頃とはずいぶん違う感じが致します」

「それはどういうことですか」

「昔は、行き交う周りの人々の中には暗い顔で下を向く人も少なくなかった。身に付けている物も薄汚れていて、とても豊かな国だとは見えませんでした。しかしここ何十年かの間に、人々が前を向き懸命に生きる姿を目にするようになってきたのです。道が整備され、各地からの人の行き来も以前より多くなりました。全地域に向けて派遣された技術者達が開墾や灌漑の手法を教え、地方にも田畑が増え、人々の暮らしも豊かになりつつあります。世の中の仕組みも少しずつ整備され、民は今自分達が努力すればするだけ報われる世の中になったと感じて、明るく幸せそうな顔をしているのではないでしょうか。その様に思われませんか」

「吾はもっと良くなれる筈なのになぜこんなに時間が掛かるのか、もっと早く何もかもできないのかと思ってしまう。期待が大きくなり過ぎてしまっているのかもしれない」

　確かに、吾が幼かった頃を振り返ってみると多くの部分でこの様な繁栄はしていなかった。そう言えば周りの人々も、今の様に明るい雰囲気ではなかった気がする。けれど、中々思うようにはいかないことも多くて、悩みは尽きません」

「上宮様だけでなく、国主であられる方々の国家運営における悩みは尽きることが無いのではないでしょうか。それにお一人で悩まれる必要はありません。難しい問題も皆で知恵を絞って考え行動すれば必ず解決いたします。われが申すまでもなく、常にその様になさっておられますし、上宮様の周りには豊富な人材が集まっておられるではありませんか。それから、この様なことは無理なお願いかも知れませんが……」

「どの様なことですか」

「大王に成られる以前には、頻繁に民の暮らしを見に行かれておられたと伺っておりました。現在はどうされていますか」

「そう言えば、この頃は報告を受けるだけで終わらせている。高句麗と隋の関係や、釈尊の教えを広めるため経本を易しく訳すことに時間を割いていた。民が今、国に何を望んでいるのか、吾らに何が出来るのかをしっかり見極めなければいけない。そのことを忘れてはいけなかった。吾等は基本的に、国の安寧と民が安穏に暮らせる世にしていくために存在しているのだ。王であるならばその事が一番大切なことだ。どうすれば、民の自然な営みを知ることが出来るでしょうか」

「構えずに、ふらりと何処へなりと訪れてみられては如何でしょう」

「どこへ行こうか。どの辺りに色々試みてきた政策の効果が最も現れていると思いましたか」

「どこにも現れていると思います。その多少はありますが……。矢張り、それはご自分で感じることです。必ず景色は変わっている筈です。一か所より二か所、三か所と行ってご覧下さい。ご自分が政権を担当される以前に行かれて、後に改良するように指示された地域ならより分かり易いと思われます」

「分かりました。この頃は机上での仕事が多くなっていた。国の中の動きで一番大切な民の暮らしという原点に目を向けられていなかったことが、今回のいらだちの原因かもしれません」

上宮は今すぐにでも外に出て民と話したい衝動にかられた。


昴弦は悩みが吹っ切れたような上宮に、今日報告すべきことを話して良いかと聞いた。

「ああ、そうでした。国の記録で蘇我大臣の証言までを纏めて下さったことの報告をお聞きすれば、民の生活ぶりのことも分かりますね。もしかして、その中に地方の近頃の様子なども記されていませんか」

「経過として、少しは記《しる》されておりますが。地方に赴任した国造《くにのみやつこ》が赴任した頃から赴任を解かれて戻るまでの記録がございます。そこに、詳細に記録を残す者もいれば一年に一度変わったことを少し記すだけの者もおり、記録の仕方の基本を教えた方が良いのではないかと思います」

「成程、記録すべき幾つかの項目を明示して、国造等に月ごとに記録してもらうのが良いかも知れない。この知りたい項目については早急に皆で相談しよう。昴弦氏も提案して下さい」

「畏まりました。『国の記』の写しをお渡ししますので参考になさって下さい」

「そうしましょう。各地へ派遣した国造達にしっかり報告させよう。そうすれば大和に居る吾等も、各地がどの様に変化しているか、またどんな支援が必要かを知る手掛かりとなる」

昴弦に『国の記《くにのき》』の報告を受けた次の日、上宮は大臣の馬子と側近達を集めた。

「今後の国の発展のために、皆に提案してもらいたい。

議題は二件あるが、先ずは現在、地方へ使者として送っている国造の報告書の件だ。ここにある二例の報告書を見てもらいたい」

上宮はそう言って、昨日斎祷昂弦から渡された国造《くにのみやつこ》の報告書を皆の前に示した。

「ほほう、こちらは詳細に記録があり地域の様子がこの場にいてもよく分かります。年を追うごとに開墾が進み、田畑が増え、それに伴って五穀の収穫量が順調に伸びている様子が記されております。しかもどのように指導していったか、どれだけの広さの土地を開墾するのにどれほどの人数と年数が掛かったかまで克明に書かれております。

それに対してこちらは随分簡単に終えていますな。これはとても報告書と呼べる物ではありません。これでは自らの熱意の無さを露呈しているようなものです。こちらは一体どこへ行った誰の物ですか」

大臣の馬子は憤慨していた。上宮は馬子以外の者もこれには怒りを覚えると察して報告者の名を伏せていた。

「吾もこの報告書には怒りを覚えましたが、報告書の基本的な書き方をしっかり教えていなかったのはこちらにも非があるのではないかと」

「その様に甘いお考えでは、示しがつきません。とはいえ、この良き方の例のような記録の仕方は中々誰もが思い付くものではありません」

「その通りです。今迄のことは仕方がないとしても、今年からはこちらの良き報告書の例に習い詳しく記録させましょう。何か他に記録した方が良いと思う項目はありますか」

「以前から少し気になっていることがありました。地方では主として何が食されているのかとか、その地方での衣類やその衣類を染める染料とか、漁村ならば魚介類の干物など特産品は何かということです。今迄外《ほか》にはあまり知られていない物を一通り大和へ届けて貰っては如何でしょうか」

境部摩理勢は筑紫へ行った際に、大和で食している魚と違う種類の魚が多いと話していた。それは大和からあまり出られない上宮にも興味があった。

「それから、材木や石材なども地方によって随分違いがあるだろう。見てみたいし、どの様な場所にはどの様な木材が良いかなど、よく知る者に話を聞きたいものだ。では、この様な項目を付け加えて、新たに送る国造《くにのみやっこ》には記録を専門とする官吏を伴わせることにしたいが、人材は確保できるか」

上宮は人材育成を担当するようになった小野妹子に尋ねた。

「はっ。大和から送る人材としては国造とほぼ同数いるには居ますが、一度に全部変えなくとも良いのではないでしょうか。来年交代する国造が全数の約半数ですので、その半数について、次に地方へ赴く際に記録係を伴わせるというのはいかがでしょうか」

「成程、その間にまた半数の記録係を育てておくようにするのだな。それはよい方法だ」

馬子は、直ぐに賛成した。

「記録者に関してはこの方法を用いることにする。次に地方に常駐させる役人や警護に携わる刑部《おさかべ》に属する者達の人数などを決めた上で派遣していきたい。それについては、蘇我恵彌史にその計画を立ててもらいたい」

「それは今回からの国造と記録者を全国へ派遣する際に、常駐させるための役人と警護にあたる者とを一緒に派遣するということでしょうか」

「そうだが、そうなるとこちらも人数的に足りないか」

「地方各地に、人員を送るとなりますと相当数の人員を確保せねばなりません」

「王家の直轄地には既にその体制ができている。それらの地を除く、豪族達が治める地方には国造たちの警護に十人の強者と、常駐させる役人を三十人として計算し、それに見合う人員の確保が必要だ。人員確保に必要な財源としては、当面は地方の税に頼らざるを得ないが、中期的な財源確保策として織物全般の増産を推進していく。先ず初めに桑の木の植え付けが可能な地域には絹織物を産業として発展させる」

「分かりました」

いつも財源面から反対意見や慎重意見を述べる馬子が賛意を示した。中期的であれ、上宮が財源確保策を明言したことに安堵したのだ。

「桑の植え付け、養蚕、機織り機の制作などと、出来上がった絹製品の検品までを秦氏に任せる。なお、検品で合格した絹製品を地方から運び国庫への納入の采配を蘇我恵彌史に頼みたい」

「では、秦氏の検品にて不合格だった絹製品についてはどう致したらよいのでしょうか」

恵彌史が聞いた。

「不合格だった物については、何故不合格となったかの検証をせねばなるまい。どの程度の不具合なのかを知り、今後の参考にしたい」

「分かりました。不合格の物は、また別に持ち帰るのですね」

「ああ、そうして貰いたい。ただ、不合格の物が決して合格品として世に出回らぬように確実に管理するよう、周知徹底しておかねばならない」

「承知致しました」

「特産の品という意味では、今回隋への派遣で持って行った乾物の類が大変好評だったというのだ。特に海鼠《なまこ》や鮑《あわび》などの干物をより多く生産出来れば、有難い」

「次に、地方での農地の開墾及び灌漑指導について、これは大伴氏にと考えているのだが、他に良き案はありますか」

「それは大伴氏一氏だけでは、担い切れないのではないでしょうか。せめて三氏になさいませんか」

「他の二氏は何処が良いと考えますか」

「巨勢氏、境部氏を加えてはどうでしょうか」

「大臣、何故この三氏が適任と思われますか」

「農地を広げるためには、その地から大なり小なり材木を切り出すという仕事があるからです。どこの場所から始めどの様な農地にしていくのかを計画し、しかも大いなる力仕事が可能な集団を擁している豪族でなければ出来ることではありません。大伴氏、巨勢氏、境部氏等はこれらの要件を最も満たしている者達です。ただ、灌漑用水の工事については、秦氏に指導願いたい」

「秦河勝、灌漑用水路等の指導まで受け持たせても、大丈夫か」

「養蚕等を担当している者達とは違う者達ですので、それを担当させるだけの人員は確保できます」

「そうか、良かった。今日の議題としての最後に、特産品の取り扱いについて。特産品は別格であった海産物も含めて、収穫から納入管理に至るまで全般を以前のように蘇我氏に任せたいと思っています。大臣、宜しいですね」

「えっ、そ、それは、膳氏から現在の地位を奪う形となりますが、それで宜しいのですか」

「この件は、膳加多夫古からの申し出があって決めたことなのです。吾が膳歌倶良の一件について軽い罪で終わらせたとの風評が未だに残っていることに、膳加多夫古が耐えかねたようです。吾としては軽い罰であったとは今も思っていません。しかし、王家に繋がる者でありながら王家に対し多大な迷惑を掛けた膳氏としては、本来なら政権における全ての役目を返上するのが筋であると」

「それはなりません。決してしてはいけません。今更その様な罰を与えるということは、あの時の大王の決断が間違っていたと公に認めるようなものです。膳氏はこのままに。膳氏のことは、われに任せて下さい。あそこも今が踏ん張り時なのです。今よりも、政権にとってより力になる存在に成長しなければならない時なのです。

　先程、わが氏に全面的に任せるということでしたが、その中で膳氏にも大いに力を発揮してもらいたい。後悔しているなら寧ろ誰よりも良い働きを膳氏はするのではないかと。それでこそ悪評も払拭できるというものです。それにわれはもう随分以前から膳加多夫古という人物をよくよく知っております故」

「分かりました。大臣にお任せします。存分に働かせてやって下さい」

上宮は豪族の長である馬子になぜ人気があるのか分かった。窮地に立たされた者に対し、厳しくも優しさを持って人に当たる馬子の姿勢が素晴らしいからだ。

上宮は自分が間違った判断をしたと思った時にはそれを改めても良いと考えたことがある。しかし今の膳加多夫古の場合はそうではないと、馬子の意見に従った。

上宮達は地方を活性化させる新しい国造りの手を次々と打ち出していった。今迄と違っていたのは、中央からの押し付けではなく地方の人々の自主性を重んじ現地の者達が進んで参加できる体制作りだった。現地の人々が何を求めているかを知って提案する方法を用いることもその一つだ。例えば、その地方では織物が盛んなのであれば桑を植えて養蚕を推奨したり、人口に対して食物が少ないと思われる地域には多くの田畑を開墾し食物を画期的に増やせる方法を教えたりした。開墾によって切られた木材については橋の材料にしたり農具を入れる物置造りに使ったりすることも教えた。勿論、民が自ら住むための雨露が凌《しの》げる小屋を建てることを教えもした。

大和政権は、民と共に豊かな国家建設への道程を一歩ずつ積み重ねていった。国の豊かさが必ず民一人一人の豊かさに及ぶことを上宮は信じていた。上宮は民の喜びを自らの原動力にして活動し、常に民と共にありたいと願う王だった。そのためならどんな苦労も買って出るほど、上宮は国の民を心から慈しめる人となっていた。

上宮をその様な人へと導いたのは、釈尊の教えである仏教によるところが大きい。釈尊の教えから自利利他の精神を学び受け取った上宮は、将来自分が居なくなった後にもその考えが深く広く浸透していってほしいと強く願った。その思いから次に国を受け継ぐ者達が正しく理解できるようにと、上宮は既に完成させていた『勝鬘経』の解説書である『勝鬘経義疏』に加えて『維摩経義疏』と『法華義疏』の執筆に注力した。『三経義疏』の完成に向けて拍車を掛けたのだ。

国を預かる者達は自らが預かる民とその民が暮らす地の安寧とを何をおいても守り抜かなければならない。そのためには政事《まつりごと》に関与する者は、規範となる思想が必要なのだとの思いに上宮は至っていた。

国を預かる者達が民のことを忘れ私利私欲を最優先に考えるようになると、瞬く間に国は滅びの坂道を下りゆくのだ。為政者は常に国の民の声を聴き、今民が何を欲し何に喜び何を悲しむかを視ながら気持ちを引き締め政事に向き合わなければいけない。民の喜びは国の繁栄に繋がる。民の悲しみは国の滅亡へと繋がる。そんな簡単な事が分からなくなった王が居る国が、海を越えた大陸にあった。

八、為政者の我欲

隋は文帝の時代には周辺地域の各国を傘下に収める為の手段として積極的な外交工作を行った。そして最後には軍事力を持って屈服させるという方法をとった。文帝は信任する宰相高熲《こうけい》に内政の安定化をさせつつ、外交工作として高句麗の西方に位置する突厥《とっけつ》の東西分断を図ろうとした。分断させて突厥の東部を隋の傘下に取り込み、高句麗を孤立させようとの考えである。また物資の輸送のために運河の補修と開削に注力した。

一方、高句麗は隋が突厥《とっけつ》を東西に分断しようとして突厥に盛んに揺さぶりをかけていることを知り、突厥が隋の冊封下に入ったならば必ず隋の矛先が自国に向いてくるものと予測して、対抗する策を講じ始めた。

先ず初めに、南に位置する百済と新羅、その先の倭に対して使者を送った。そして北の靺鞨《まっかつ》、西北の契丹《きったん》、隋に懐柔されそうになっている突厥にも隋に対抗するための協力を呼びかけた。

しかし高句麗の工作は突厥や契丹、靺鞨などからはあまり成果を上げることが出来なかった。隋の力は既に大きく、高句麗に協力的なのは南に位置する百済、新羅、そして倭のみだった。協力的と言っても、新羅および百済の実態は信じられるものではなかった。新羅は長きに渡って高句麗に配下とされてきた怨みもあり、表面上は従いながら内々に隋と通じていた。百済はと言えば、倭の仲裁で高句麗とは一時休戦の形になっているが、現在も国境周辺では一触即発の状態であった。倭と高句麗の関係は左程良好なものではなかったが、高句麗僧慧慈が上宮の仏教の師となって以来、友好国となり、その関係性は以前より良好なものになっていた。

高句麗と隋の関係は、隋が建国する前から国境付近の領土争いで常に揉め続けて今に至っていた。そしてどちらかが滅ぶまでこの隋と高句麗の戦いは終わらず、国力から考えても隋の勝利であろうと思われていた。しかし、高句麗は先代の平原王の時に隋皇帝楊堅（後の文帝）に恭順の意を表しながらも、何度隋から促されても隋に対し朝貢しようとしなかった。

文帝は隋建国時にまだ年若く功績を上げられていなかった五男の漢王楊諒《ようりょう》に戦功を上げさせてやりたいと強く思い、高熲《こうけい》の反対を押し切って、漢王楊諒を大将軍として高句麗討伐へ向かわせた。そしてこの遠征は隋にとって惨憺たる結果に終わった。

隋の初代の皇帝文帝は高句麗遠征で成果を上げられなかった。そのことは大国隋の威信を深く傷つけた。隋の二代目皇帝楊広は、長年文帝の下で功績を上げていた高熲《こうけい》を父亡き後宰相から降ろした。そして宰相を楊素《ようそ》にすげ替えただけでなく、高熲が功績を上げた時の影の立役者であった裴世矩《はいせいく》を外交の表舞台に押し出して、その手腕を存分に発揮させることにした。

裴世矩は隋の勢力範囲を大陸の中だけでなくもっと広大なものにすることを考えていた。先ずは、高句麗討伐を成功させ、百済や新羅なども呑み込んで半島の全てを隋の支配下に置く。そしてその先にある倭国をも何れは完全支配下に置くべきだと考えていた。

遣隋使として大和政権が派遣した小野妹子達の帰国の際に、裴世清が隋から倭へ派遣されたのは、裴世矩のこの様な目論見の下に倭という国がどれ程の国なのかを探るためだった。

隋にとって高句麗を打ち負かしてこそ完全に中原の王となれるのだと、帝位を継いだ楊広に側近たちは嗾《けしか》け続けた。楊広は、初めは高句麗討伐にさほど乗り気ではなかったが、側近達からの幾度もの進言によって次第に高句麗を討伐しようという気持ちになっていった。高句麗討伐は先代の文帝が唯一出来なかったことである。先代の偉業を越えたいと思ったのだ。

何としても高句麗を打ち負かして見せるという強い思いが、皇帝楊広を東突厥の王の啓民可汗《けいみんかかん》の所まで足を運ばせたのは六〇七年のことだった。奇《く》しくも高句麗が隋に対抗するために突厥へ使者を出した時とほぼ同じであった。東突厥の啓民可汗は高句麗から使者が来ていることを包み隠さず楊広に話し、高句麗からの使者を引き合わせた。この時、楊広は高句麗の使者に対し、早く高句麗王自ら朝貢するように伝えよと命じた。

高句麗は、味方に付けようとしていた東突厥には最早期待できないことを思い知らされた。高句麗の隋に対する警戒心は最大限になり、戦闘態勢は決定的なものとなった。勿論《もちろん》、高句麗から隋への朝貢はなされなかった。

隋は南から北への兵や物品の運搬路ともなる大運河の開削に多くの人民を使役し、一気に大運河を完成させた。黄河と淮河を結ぶ通済渠、黄河と涿郡《たくぐん》（現在の北京）地方を結ぶ永済渠、長江流域の江都《こうと》（現在の揚州《ようしゅう》）と余杭《よこう》（現在の杭州《こうしゅう》）を結ぶ江南河《こうなんが》である。文帝時代に造られた山陽瀆《さんようとく》が淮河と長江流域の江都《こうと》を結んでいるので、江南の余杭から華北の涿郡まで運河が貫通したのだった。こうして高句麗討伐の補給路の準備は整った。

「父祖の地をどうあっても奪還するのだ。先帝の時と同じ失敗は許されない。高句麗の地を、そして百済や新羅をもわが国のものとするには少なくとも二百万の兵が必要だ。もう一刻たりとも猶予はならん。兵はどれ程集まったのか」

高句麗へ派兵するべく全国に招集を掛けたが兵は未だ百万にも満たず、隋皇帝楊広《ようこう》の怒りは収まらなかった。宰相の楊素《ようそ》は裴世矩《はいせいく》の隣にいる将軍に問い質した。

「いったい今、兵の数はどれ程か。正確に答えよ」

「百十万は超えました。先発隊として、もう送りましょう。その分の補給部隊も揃っております。兵士の不足分は、食料などと共に後からまた送ることにすれば宜しいのではないかと」

「如何いたしましょうか」

「いつまでも待たせていても疲れさせるだけだ。もう送るがよい」

六一二年正月、第二代皇帝楊広による高句麗討伐軍は北へと行軍を始めた。

隋は高句麗への攻撃を開始した。攻撃の名目は、隋と高句麗の国境近くにある遼東郡とその付近の地は隋の父祖の地であるからそれを奪還する、というものであった。隋は目標の二百万の兵を集めることは出来なかったが、約百十三万の兵を集め高句麗へ向かわせた。以前兵糧が足りずに惨敗を喫したことに懲りて、十分な食料を準備した。しかしおよそ三か月分の食料をその場で配られた兵士達は自ら食料を運ぶ必要があり、配られた食料は戦地へ行くまでの重い足かせとなった。兵士達は戦地へ進むには食料を捨てなければならず、食料が届かなかった以前と何ら状況は変わらなかった。隋軍の兵士達は進軍した先での食糧不足と、常に高句麗軍にいつ襲われるか分からない恐怖とに悩まされた。

その様な隋軍の状態は高句麗側に知られるところとなった。高句麗の大臣乙巳文徳《いっしぶんとく》はこの状況を巧みに利用した。隋軍を徹底的に疲労させるため、高句麗軍は徐々に撤退する振りをして、高句麗の領土に誘い込んだ。そして隋軍が最早戦えるような状態ではなくなったところで、乙巳文徳は隋に対し停戦を申し込んだ。

高句麗から派遣された使者は、『隋軍が高句麗から引き揚げてくれるならば、高句麗王が隋の皇帝楊広に拝謁させて頂きたい』と申し出た。疲労困憊していた隋軍は、漸く長かった高句麗との戦いが終われると、この朗報を自国の皇帝に伝えようとやっとの思いで帰路に就いた。しかし高句麗からの停戦の申し出は隋を騙《だま》すための手段だった。無防備になった隋軍の陸上部隊と海上部隊は共に高句麗軍に攻撃され、壊滅的な敗北を喫したのだった。

百十万余の兵を高句麗討伐軍として送り込んだ隋だったが、無理やり徴兵されたために途中で逃亡する兵が多数いたこともあり、隋へ帰り着いた兵は三十万人にも満たなかった。国中には高句麗と戦うのはもう止めたいと思う者が多く、各地の領地を治める長の中には、自分達の領地から兵を出し渋るだけでなく、高句麗との戦いに反対だと唱える者達も出てきた。こうして隋の二回目の高句麗討伐（二代目皇帝楊広の高句麗討伐としては一回目）は完全に失敗に終わったのだった。

隋が高句麗との戦いに敗れたと、百済から報告が入った。同じ頃、隋から紫鬼螺が戻り上宮に直接、今回の隋国内の様子を報告した。

「よく戻ってきてくれた。戻ってくるまでの過程で隋国内はどの様な状態だったのだ」

「帰り路には高句麗に近い程、各所で隋の兵士達の亡骸が数多く放置されておりました」

紫鬼螺は無残な情景を思い出したのか視線を逸らした。

「そうか。この寒さでは土が凍っていて僅かな土を被せてやることすらできまい。兵士達にも待っている家族がいるだろうに……。それで、今後の隋はどう動くだろうか。高句麗との戦いを続けるのか否か」

「あのように手痛い敗北をした隋が、この後直ぐに高句麗へ攻め入ることは無謀でしかありませんが、確かな筋から、年を越したらまた直ぐに高句麗への派兵は行われると……」

「それは本当のことか。人を人とも思わぬ所業ではないか。誰にとっても何一つ良いことが無い。早く止めなければ、隋にとって大変なことが起こるのではないだろうか。皇帝は民を何だと思っているのか」

上宮は憤りを過ぎて悲しささえ覚えた。

「確かに、隋の皇帝にとって民は小枝の様な存在なのかも知れません。あの国の民は常に、戦いの時には兵として、大都建設や大運河開削などの時には土方《どかた》として使われるのです。またそれ以外の時には、穀物などの農産品を作らせるという食糧生産の担い手としてのみ扱われているのではないでしょうか。皇帝のためならば自分の命さえ捧げ尽くさねばならない隋の民は、今迄で一番過酷な地の民となってしまったと大いに嘆き悲しんでいると、われには思えます」

「吾に、わが国に何かできることはないのだろうか。ところで、大興城にいるわが国の大切な者達はどうしているのか。その身の安全は担保されているのか。その様な状況の中でも、心を強く保てているのだろうか」

「われが大興城を訪ねたのは今から三月前のことでした。われが百済から大興へ行く過程でも多くの危険が待ち受けておりましたので、その事を話し、今は大興に居る方が安全であると話しました。大興城では百済や新羅の他、南や西の国々から来た者達が大勢学んでおりました。その者達は比較的穏やかに大興城で過ごしており、わが国で思う程不安な感情を抱いている様子もないと思えました」

「そうか。それで誰も紫鬼螺と帰国したいと言わなかったのか」

「いえ、二人が皆の前でなく、後からわれに一緒に帰りたいと申し出てきましたが……。われの大興までの過程を事細かく話しましたところ、大興に残ることを自ら選びました」

「紫鬼螺の能力を以ってしても今回は相当過酷な行程だったのだな。それで阿素見を置いてきたのか」

「左様にございます。彼等二名の者以外にも、この混乱の時期に国に帰ろうなどと思う者がいた時には、阿素見がとくと話して聞かせるようにと。また皆が生活の不便を感じないようにとの阿素見の思いにも応えたく思いましたので」

「そこまでの心使い、有り難いことだ。皆に代わって感謝する」

上宮は椅子から降りて、跪いている紫鬼螺の手を取った。

紫鬼螺は手を取った上宮に驚いて、後ずさりした。

「大王、お願いがございます」

「何か。何でも言ってくれ」

「はっ、有難うございます。では、学生や学僧達に食品を持って行ってやりたいのです。もう一度われを隋に遣わして下さい」

「そなた、随分疲れている様子だ。他の者を行かせる故、そこは心配することはない」

「いえ、われが行った方が早く確かに辿《たど》り着けます。どうか今一度、われを隋へ派遣して下さい」

上宮は紫鬼螺も自分と同じ思いに居てくれることが心から有り難かった。

「分かった。しかし、食品を整える間ゆっくり休むのだ。よいか、必ずしっかり身体を整えねばならない。そうだ、香華瑠を呼ぼう。摩須羅。香華瑠に声を掛けてここまで連れてきてくれ」

摩須羅は急いで薬師の香華瑠を呼びに行った。同時に上宮は鮠兎を馬子の所へ呼びにやった。上宮は持ってこさせた桑の葉茶を紫鬼螺に勧め、紫鬼螺の家族の話をしばし聞いた。やがて摩須羅が香華瑠と朝希を連れて戻ったので、上宮は摩須羅に紫鬼螺を別棟の部屋へ案内させた。

鮠兎と共に橘の宮に着いた馬子は上宮の顔を見るなり話し出した。

「隋から紫鬼螺が戻ったと聞きました。他に戻った者は居りませんか」

「いません。今、隋と行き来をするのは大変危険だということは、大臣もよく知っている事でしょう。隋の国内が普通の状態ではなく、紫鬼螺ほど大陸の事情に精通するものでも行き来するには命がけなのです」

「そ、それはよく存じております。隋へ行かせた学生や学僧の身内の者達は不安でしょうがないのです。せめて、隋から帰ったばかりの紫鬼螺より隋の状況を直接報告してもらえれば、身内の者達も少しは心落ち着くのではないかと思いますので、どうかお願いいたします」

「身内の者達の心情は、吾も分からない訳ではありません。しかし、紫鬼螺は自分では言いませんがその疲労たるや、並みの者ならとても耐えられない程です。今、香華瑠達に診てもらっていますが、どの様な結果が出るか。それなのに、紫鬼螺は今すぐにでも隋へ取って返し、学生達に十分な食料や彼らが欲していたものなどを届けたいと申し出ているのです」

「でしたら尚更、紫鬼螺がここで待つ身内の消息も伝え、また身内の者に学生達の近況も本人から教えてやる方がよいのではないでしょうか」

「では、香華瑠の診断の結果が分かるまで待ってください。そして、香華瑠の許可が出なかった時には、身内の者達には吾から直接話しましょう。ですから、紫鬼螺が帰国したことは、内密にして下さい」

「ところがそうは参りません。紫鬼螺の姿を見た者がいたと、われの手の者が報告してきたのです」

「えっ、紫鬼螺が姿を見られるなど、今までになかったこと。大臣、まだそれは他の誰かに知られてはいないでしょうね」

「知られてはいないと思います。ですがこの様な折に、滅多に会いに来たこともない大伴氏の喜田譜爺《きたふ》が、今朝来たのが気になります」

「何か、紫鬼螺の事とか隋へ行った者について、話が出ましたか」

「いいえ、その様な話は特にしていません。しかし、何か探るような様子を感じました」

「そうでしたか。国内にも外の事情に詳しい者達が多くいますから、大伴氏等も何かを聞いていたとしても不思議ではありません。でも向こうから何か具体的なことを言ってこない限り、黙っていて下さい。大伴氏と関わりがある者というと、筑紫の大伴氏から学生として行っている大伴意志倖《いしゆき》か。周りの状況を考えると、矢張り隋の様子や学生達の消息を紫鬼螺に直接聞かないと納得しない者が多くいるでしょう。しかし香華瑠に診させている紫鬼螺の体調が心配です。親戚の者達を納得させるには説明する側の紫鬼螺の気力と体力がしっかり整っていないといけません」

大臣の馬子は上宮の説明に納得し、香華瑠の見立てが報告されるのを待ちながら今回の紫鬼螺から話された隋の地での出来事を聞いた。馬子がそれらの話を聞き終えた頃、香華瑠が紫鬼螺の見立てを終えて、上宮と馬子に報告に来た。

「紫鬼螺の様子は、体調はどうであった」

上宮が心配そうに聞いた。

「体調が戻るまで少し時間が掛かりそうです。今迄、あのように疲労困憊した紫鬼螺を見たことがありません」

「少し時が掛かると言ったが、どれ程か」

「少なくとも七日は様子を見たいと思います」

「七日も掛かるのか」

馬子はため息とも取れるように呟いた。

「七日あれば、体調は良くなるのか」

「いえ、七日様子を見た上でないと何とも言えないということです。七日で普通の体調に戻るということではありません」

「あの屈強な紫鬼螺がそれ程までに体調を崩すとは……。その様な状態で、学生達の親戚達に会わせることは出来ないな。反《かえ》って不安にさせてしまう。今は、紫鬼螺の体調が戻るまで待ちましょう」

馬子は来た時の強引さを収めた。

「分かって頂けて良かった。それで、大臣にお願いなのですが百済に隋の様子はどうなのかと正式に聞いて頂けませんか。吾は慧慈師に高句麗の現状を聞くようにします。新羅の方は秦氏から様子を探らせますので」

「承知致しました。戦況は刻々と変化致します。情報を集めさせましょう」

上宮達は紫鬼螺の回復を待つ間に、百済や新羅から高句麗と隋についての情報を集めた。紫鬼螺は香華瑠の見立ての通り、七日で健康状態がほぼ良くなったが、以前の体力と気力を取り戻すにはあと数日が必要であった。

上宮は隋で学んでいる学生や学僧達の親族に対して、学生や学僧達の隋での暮らしぶりを伝える集まりという名目で招集をかけた。

馬子が最初に発言した。

「この度、こうして集まってもらったのは他でもない、現在の隋の状況報告並びに隋で学ぶ者達の近況についての報告だ。隋が高句麗討伐ということで、先の一月に百万とも二百万ともいわれる軍兵を差し向けたという話は聞き及んでいると思う。その高句麗への攻撃は失敗に終わったが、早くも来年に向けて隋は高句麗に対し兵を向ける用意に掛かったとの話が聞こえてきている。この様な大陸の状況の中で、隋へ大切な子弟を送り出している者としては心配であり心を痛めているると察するところである。

そこでわれらは、先ず初めに皆が元気でいることを伝えたい。皆は切磋琢磨しながら、他の国の若者達との交流も深めている。これからは自国の繁栄と共に、他国との交流も大切なことと大いに学びの範囲を広げている様子であったと、隋から帰った使者から報告を受けている」

「ここまでで、何か質問がある方はいますか」

三輪阿多玖が問うと、大伴氏の長老である喜田譜《きたふ》に付き添ってきた矢栖岡《やすおか》は、喜田譜に発言して良いか聞いてから質問をした。

「先頃、洛陽城で乱があったというのは本当でしょうか。その乱とはどのようなものであったか、分かっていれば教えて下さい」

「確かに、洛陽城で乱があったと聞いている。乱の内容は、少数の弥勒信徒によるもので直ぐに鎮圧されている。これは飽く迄も洛陽城でのことであり、洛陽城から遠く離れた、皆が居る大興城での出来事ではないからその影響は少しもない。百済や新羅にも問い合わせたが、心配には及ばないとの返事だった。そして、これらの情報は隋から帰りきた使いの者からの報告でも確かめている」

　馬子は少しの動揺も見せず、しっかりと話した。

「われらの子弟が居ります大興城は、ここからどれ程離れておりましょうや。そして、大興城と洛陽城はどれ程離れているのでしょうか。われらが分かるような例を挙げてお教えくださいませんか」

「隋国に行ったことのある者から直接聞いた方が良かろう。小野妹子、この方々が分かるように説明を頼む」

　隋の詳しい情報を正しく伝えるために、小野妹子は呼ばれていた。

「はっ。ここから難波津までは皆様もよく行かれると思いますが、那の津まで行かれたことはありますか」

　数名があると告げた。集まった人々の距離間を確かめた後で、小野妹子は隋国の概要を、国土の広さが自分達の国と比べどれ程広く大きいかと国の民の人数の多さを告げた。そして、隋の文化の高さによる学ぶことの多さや関わる国の数の多さを伝え、あらゆることで隋が優れていると話した。その上で、隋が今度のこと位ではびくともしない大国であると最後に結んだ。

妹子の話が始まる前には、心配そうな顔をしていた者達の表情が少しずつ落ち着いてきたところで上宮が告げた。

「今後も隋との交流は国としてずっと続けていくのです。今、隋で学ぶ者達は将来この国の先頭に立って、この国をより良き方向に導いてくれる大切な国の宝ともいうべき人々です。吾にとっても、隋で学ぶ者達はとても大切な存在なのです。そして、その大切な者達が不安にならないよう、隋との定期的な行き来を積極的に進める計画をしている最中です。現在、飛鳥や斑鳩の学舎で学んでいる若き者達の中にも、いずれは大陸の文化に直接触れたいと言っている者は多いのです。遠き国で学ぶ者達のこと、不安であり心配でもあると思いますが、国として預かった者達を出来る限りのことをして守り抜くことを約束します」

上宮は今隋に居る学僧や学生達がどの様に過ごしているのか、実際に自分が行ってその目で確かめたい衝動に駆られていた。それは今日ここに居る身内の者達も同じだった。ただ、隋はさっと行ってさっと帰ってくるにはあまりにも遠い所だ。馬子も同じ気持ちを抱いていた。

「皆も知っての通り、隋の大興城はちょっとやそっとでは行けない遠さにある。先に、政権として隋の国内を見に行かせた使いの者は、状況を具《つぶさ》に見てきている。その者は洛陽城も大興城も以前と変わりなく穏やかであったと報告している」

「では、隋において今は何も起こっていないというのですか。高句麗に攻め込んでも何の利も得られずにただ隋の兵士だけが大量に死していくのは、異常ではありませんか。隋国内で、何かがおかしくなっているのは確かなことではないですか。その様な国に置いておかれて、われらの子弟が何の影響も受けないとは思えません」

「何の影響も受けないとは、言っていない。ただ、隋の国土は広大であり、東の端で高句麗と戦っていたとしても、歩いて百日以上離れている国土のほぼ中央に位置する大興城辺りまでは影響が及ばない。実際、影響がなかったと使いの者が話していたのは確かなことだ」

「それが確かな話と報告した使いの者から、直接話を聞くことは出来ないのですか」


隋から帰国した紫鬼螺は休養し体力を回復すると直ぐに、隋へ向けて旅立った後だった。

「今回、使いの者が隋から一時戻ったのは、隋に暮らすわが国の大切な人々を守るための者達を連れて行くためでもあった。揃えるべき人数が整ったので、出来る限り早く隋へ戻りたいと既に旅立った」

その場に居る者達の中から、ため息が聞こえた。

「直接聞けずに残念に思うだろうが、話はわれらが聞いている。それに隋に居る者達の警護が手薄では、そなた達が一層心配になろうというものだ。違いますかな」

大伴喜田譜達は馬子の言い分に完全には納得できなかったが、政権が出来る限りのことをするという言葉を今は信じて待つことが最善の道であるとの結論に達した。

そして、大伴喜田譜が代表して発言した。

「分かりました。隋へ向かった使いの者が今度帰国した時には、必ずわれらにも会わせると約束して下さい。こちらから直接聞きたいこともあります故」

「そう致しましょう。その事は、約束します」

上宮がはっきりと言い切った。その言葉を聞いても心配が無くなる訳ではなかったが、約束を取り付けた大伴喜田譜達は漸く帰って行った。


馬子が帰るのを待っていたかのように、三輪阿多玖が上宮に話し掛けた。

「何故、学生達の親たちに紫鬼螺を会わせてやらなかったのですか。隋から帰ってきたばかりの紫鬼螺から直接話を聞けば、親たちの心配も少しは癒されたと思うのです。大王ならその心情を誰よりも分かるのではありませんか」

「心配でたまらない親や親戚にとって、無事に隋から帰りきた紫鬼螺はどの様に映るだろうか。況《ま》してやこれから隋が高句麗との戦いを始めようとする時に、何故連れて帰ってこなかったのか、紫鬼螺が自分一人だけ帰ってきてもし残された者達に危険が及ぶようなことになればどうするのだ、と紫鬼螺は責められよう。そうなれば、折角紫鬼螺が悩みに悩んで皆を大興城に残すことが最善の策であると決断してきたことが否定されてしまう。

吾は、これまで大陸で起こる様々な難題を解決してきた紫鬼螺の決断に間違いはなかったと思う。今この状況の中、わが国で大陸の人々の考え方や行動を熟知している第一人者は紫鬼螺だ。だが紫鬼螺の今迄を全く知らない学生達の親たちにその事を説明しても、学生達のことが心配で冷静でない今は、紫鬼螺の下した判断を理解するのは難しいと思ったからだ」

「紫鬼螺の下した決断を、何があろうと全面的に支持されるのですね。その紫鬼螺が今ここで責められれば、今後大陸での色々な事柄における判断を誤ってしまうかもしれないということでしょうか」

「そうだ。多くの若者達の命を守る役目を担った紫鬼螺が今後大陸で判断を迫られた時、迷いが生じてはならない。紫鬼螺には状況を正しく判断してほしい。それは隋に居る皆のためでもあるのだと思う」

「理解致しました」

三輪阿多玖は、もっと臣下を従わせるような言い方をしても良い立場の上宮が常に相手を思い遣る態度で接することに深く感動し、大きく息を吐いた。阿多玖は、大王はあまりにも多くの責任を唯一人で背負い過ぎていると心配になった。心配していることを気取られないようにと長い間下を向いている阿多玖に上宮が言った。

「明日は高麻磋に小墾田宮に来るよう伝えてくれないか。神事での相談がある」

「はっ。承知しました」

三輪高麻磋は上宮から、隋で学んでいる学生や学僧の無事と、警護に当たるために隋へ向かった紫鬼螺達の無事、及び隋と高句麗の争いの早期解決を願い、今まで以上に強く大和の神々に祈りを捧げよとの命を受けた。その命を受けた三輪高麻礎は大神神社大神官の長として、大和の東西南北の各地から選び抜いた神官を呼び集めて一月《ひとつき》に亘《わた》り昼夜一時も欠けることなく祈りを捧げた。

　その間、大后を筆頭に大王、皇后、日嗣の皇子らは常以上に心を込めて力強く祈った。

　六一二年十月、上宮は大臣の馬子や側近達と共に難波の宮に来ていた。百済からの正式な使者が訪れるという知らせが届いたからである。大陸の最新状況と隋へ派遣している学生や学僧達の現状について一刻も早く知り、対応策を決定する必要があった。

「遅れていますね。百済使がこの様に遅れるのは、滅多にない事でした」

「そうですね。こんなに遅れるとは、本国で何かあったのではないでしょうか」

「風が冷たくなります故、建屋の中にお入りください」

「大臣こそ、入って下さい」

「そうですね。それでは二人して入りましょう」

「お、あれは。船が見えました」

「篝火をもっと用意せよ。直ぐに日が沈む。皆急げ」

　馬子はその辺に居る者達に檄を飛ばした。多くの篝火が用意され、一人一人が松明《たいまつ》を手に持って百済の使者が乗っているであろう船に向かって高く掲げた。

篝火や多くの松明のお陰で、船は薄暗くなった港に事故無く着岸することが出来た。

日が沈み急に寒さを感じると、大臣の馬子は上宮を促して建物の中に入り百済使が船から降りてくるのを待った。

「百済使が着きました。通しても宜しいですか」

蘇我馬子の嫡男恵彌史が告げた。近頃、上宮は年を重ねた馬子を心配して遠出の時には恵彌史を伴うようにと助言していた。馬子の方もそろそろ次の時代を引き継がせる者達を誰もが準備しなくてはならない時期に来ていると、上宮の言葉に従った。


「到着が遅れたこと、お詫びいたします」

入って来るなり百済使は流暢な大和言葉で言うと、その遅れた理由を話した。

「出来る限り隋と高句麗の新しい情報をお伝えできればと思い、次々と入る情報を精査しておりました。戦況の最終段階の確認までに時間を要してしまったのです」

「それで、結局は隋と高句麗はどの様な結果になったのだ」

「隋が大敗しました。隋は高句麗を討伐しようと百万を超える軍勢を送ったのですが、高句麗の守りは堅く攻撃も縦横無尽で、隋軍は壊滅的被害となりました。なにしろ隋の前線基地に最終的に戻ってきた兵の数は二千数百程でしかなかったとのことです」

「ええっ、百万を超える兵を送った隋軍が、戦いの後には二千数百の兵になってしまったとは…

…。それでは隋の完敗だ」

百済使は、見てきたかのように隋と高句麗の戦いの状況を事細かに説明した。

「しかし、隋はこのまま引き下がらないでしょう。大量の兵を投入して今回の結果に終わったことは、大国隋の皇帝楊広の怒りを倍増させる結果となったようです。兵が未だ本国に戻り切っていないのに、来年の派兵の準備を命じたようですから」

「百万人もの兵が犠牲になったばかりのこの時に、またもや続けて高句麗に派兵するというのか」

百済使の言葉に上宮も馬子も驚きのあまり顔を見合わせた。

「隋の皇帝は一体何を考えているのだろう。高句麗を打ち負かしたいという皇帝の我欲に巻き込まれ、犠牲になった自国の多くの民のことを何とも思っていないのか。最早多くの民の頂点に君臨する、国を預かる大いなる王者とは言い難い。今後どのように民に接しようとしているのだろうか。そして、その様な皇帝の下に預けたわが国の大切な者達の運命は……」

「その事についても、お知らせすることがあります」

百済使は一緒に連れてきた百済人を入れても良いかと聞いた。

「この者は、つい先日まで隋の都大興城にいた者です。そして、大興城から東都洛陽城を経て隋兵達が高句麗へ向けて行軍した時のことも、また帰還兵が極々僅《ごくごくわず》かであった様子も目にしています。その様子を、しっかりお話ししたいということで今回連れて参った次第です」

「それは是非聞きたい」

馬子が即答した。皆が同じ思いだ。

「では始められよ」

百済使に促される形で、隋から戻ったという百済人が話し出した。

「大興城では普通の暮らしが出来ておりました。我の商いは主に本国からの依頼により医術に関わる書を扱うことでございました。しかし、この頃隋と高句麗の戦いで医術書の需要が増え、学生達の需要に我らの供給が間に合わなくなりましたので、東都洛陽城へ仲間と共に調達に向かうことになりました。

色々な書物を調達し終え大興城へ向かおうと致しましたところ、洛陽城からの道が封鎖されて一時は通行不能状態となりました。役人に道の封鎖理由を聞きましたら、群盗が周辺の集落を襲って人を殺し、物を略奪していったとのことでした。洛陽城と大興城の間という通常安全な地域でもこの様なことが起こっていて、隋国内の至る所でもっと酷い事態になっているとのことでした。実際、私たちが百済へ帰る時にも略奪された村をいくつも見ました。無事帰ってこられたのが不思議なくらいです」

「つまり隋国内は混乱状態だと言うのか」

そう言った上宮は百済使に向き直った。

「この度、隋から朝貢の招集が来ているが、百済国はどうする積りなのか」

「百済と致しましては、既に参加を申し出ておりその方針に変更はありません。こちらが、その事を記した王の書状にございます」

　そう言って渡された百済王からの書を馬子の手から受け取った上宮が読み終えた時の表情は、周りの者達を震え上がらせるほどの鬼の様な形相となっていた。

「大臣も読んでみよ」

　そう言いながら上宮は、百済使を睨み付けていた。上宮から百済王の書を受け取り読み終えた馬子は怒りに震えながら百済使に対し声を荒げた。

「そこの隋から戻ってきた者を、ここから出しなさい。話はその後だ」

　しんと静まり返った部屋の中で、馬子が絞り出すように言った。

「よくもこの様な書状を平気で送りつけたな。百済はわが国との国交を断絶したいのか。それとも、隋を後ろ盾にわが国に指図出来るほどの国家となったのか。これはこのまま送り返す故、即刻持ち帰れ」

「お怒りは重々承知の上で、我が王がこの書を書かねばならなかった経緯を説明させて下さい」

　百済使は、深く首を垂れた
　その書の内容は、『倭国は直ぐに高句麗と国交を断絶せよという隋からの要請に真摯に答えよ。そして、その答えとして必ず来春百済と共に朝賀の儀に参加せよ』というものだった。

百済使は、

「倭国もそうですが、わが国の若き者達の多くは隋の大興城において現在、政情不安定の中で、懸命に学んでおります。一応その身は守られているとの報告を受けているものの、矢張り親たちは心配でなりません。その隋国が高句麗との戦いを始めてしまったことは、我らにとっても非常事態であります。同じ立場の国としてお分かりいただけるのではありませんか。

今回の隋からの招集は、はっきり言いますと強い脅迫です。これからも隋との交流をご希望ならば、必ず高句麗との縁を断ち切りわれらと共に隋へ使者を出さねばならない事態であることをお分かりください。これはわが国も倭国と同様隋の脅威に晒されているということなのです」

そう言った後、額突いたまま黙った。しばし沈黙が続いた。

「そちらの言い分は一応理解した。しかし今直ぐに返答できるようなことではないことはそちらも承知しているであろう。これからのことも考え国内の意見を聞き協議する間、この館内で待たれよ。良いな」

「承知致しました」

百済使は奥にある常に百済使が通される迎賓の館へと向かった。

その場に残った上宮達は、皆がそれぞれに隋と高句麗に思いを馳せていた。馬子が口火を切った。

「百済はとうとう隋に本格的に寝返ったということなのでしょうか」

三輪阿多玖が応じた。

「百済は常に国の方針が揺れるのです。信用できません。ついこの間、わが国が仲立ちをして高句麗と手を結ぶと約束を交わしたばかりです。それなのにこの様に理不尽にも、隋から脅されたと言ってわが国に、高句麗と手を切らせるようなことを。これでは倭国の政事《まつりごと》への干渉ではありませんか。百済の言いなりになる必要はないと考えます」

「葛城鮠兎、そなた先程から何も言わないが意見はないのか」

馬子が鮠兎に意見を求めた。

「今回のことで百済の本心が見えたのではないかと考えます。矢張り百済は北の強国高句麗が目障りな存在で、その気持ちは昔から変わりはなかった。ただ、今日わが国と高句麗の交流が頻繁となり、間に挟まった百済は高句麗との長年の間の揉め事がこれ以上大事にならないことを願って和解という形にし、表面上だけでも事態を収めたかった。

しかし以前にもそうであったように、隋からの圧力には抗しがたく、わが国を巻き込んで、高句麗を孤立させようと百済の方が提案したのではないかと推測いたします」

「おお、百済ならやりかねない。しかし、この書状に書かれてあることが事実であるとすれば、後ろに隋が居るのは確かなことだ。このまま拒絶して良いものか。拒絶した時、大興城に居る学生達の身に危険が及ばないだろうか。高句麗と国交を断絶しなかった時には、わが国も隋の標的となる可能性も全く無いとは言えない。近頃はわが国付近にも、隋の兵が攻め込んできている事実もある。これは慎重に対応せねばなるまい」

と馬子が言った。

「それでは時間を稼ぐ策にしてはどうでしょう。百済には、共に朝貢したいが突然の誘いに準備不足故、時がかかる。荒海を渡る船を新たに建造する必要がある。準備が整ったならば必ず参加することを約束すると伝えてもらうことに」

阿多玖の提案に上宮が頷いて答えた。

「そうしよう」

「そして大王、申し訳ありませんが慧慈師にこのこと相談して頂けないでしょうか」

「矢張り慧慈師に話さねばなるまいな。では、大臣はここに残って百済使から、聞き出せることを出来るだけ多く聞き出してください。そうすれば、百済の本音も隋の近況ももう少し詳しく知ることが出来ると思いますので」

「承知しました。そこはお任せください」

「吾は、明日斑鳩で慧慈師に会いましょう。ここには葛城鮠兎を残しますが、それで宜しいですか」

「それが宜しいでしょう」

馬子は三輪阿多玖よりも冷静で控えめな鮠兎の方が、この場には適切だと分かっていた。上宮もそれが分かっていて、そうしたと馬子には理解できた。また上宮は、慧慈とあまり交流の無い阿多玖に慧慈のことを理解してもらうには良い機会だと斑鳩に連れていこうと思った。

次の日の早朝、上宮は阿多玖を連れて慧慈が今教えている斑鳩の学舎を訪れた。慧慈は昨日までの講義を終えて、学僧達の講義に対する質問の解答を丁寧に記している最中だった。

「慧慈師、少し話したいことがあります。奥の館に来て下さい」

「はっ。畏まりました」

上宮は、慧慈に直接話し掛けた。奥の館の入り口には、三輪阿多玖が人払いをして待っていた。

館に入ってから、三輪阿多玖が話し出した。

「慧慈師、昨日百済から王命を帯びた使者が来ました」

阿多玖が百済使のもたらした隋との話の顛末を掻い摘んで慧慈に教えた。

「このことに関して慧慈師の考えを聞きたい」

「上宮様、あっ、大王。われら高句麗から来た者達はどうしたら良いのかをお聞かせください。我らが独自で何かをしたいという話ではありません。倭国を代表する王として、高句麗とこれからどうされたいのでしょうか」

「今まで、高句麗国には多くの事を教えて頂いています。これからもこの国同士の交流を続けていきたいと思う気持ちに変わりはありません。ただ、百済から色々なことを学んできたのも事実です。そして今、隋へ国の将来を担う若者達を送り学ばせてもらっている現実も含め、わが国は何処の国との交流も欠かせないものとなっています。

しかし、隋が高句麗に攻め込んで、高句麗を滅ぼそうとしているこの現実も動かしがたいこと。隋と隋に脅された百済の言いなりにはなりたくない。何とか、隋を宥《なだ》める方法は無いものでしょうか。仏教の教えの中に答えは、ないのでしょうか」

「大王、高句麗の者であっても倭国に住み続けたいと願っている者達を、この国の民として受け入れて頂けませんか。そうすれば、隋は少なくともそうなった高句麗人には手を出さないでしょう。そして、高句麗と手を切ることが当面の要求ですから、拙《わたし》を高句麗から来た使節の代表として送り返してください。高句麗の王には拙から詳しく説明いたします。隋は拙を大王の側に居る高句麗からの使者として見ているのだと思います。拙さえ帰せば、倭国と高句麗の強い絆が絶てると、隋に教えた者がいると思います」

「吾は慧慈師を高句麗が外交のために此処へ送ってきたとしても、一度もその様に感じたことはない。事実、慧慈師からそういった言葉を一度も聞いたことがありません。慧慈師から吾が学ばせて頂いたことは唯一つです。

人々を根本から幸福にするには、正しく生きるということを強いるだけではなく、正しいことが当たり前の世にしなければいけない。その方法を釈尊が教えてくれていると慧慈師から学ぶことが出来たのです。それは、今まで人々の導き方が分からなかったわが国に、この様に人々を導いていけば良いと方向性を指し示してくれました。希望に満ちた道へ誘うものでした。

釈尊が示して下さったことの本意が、慧慈師と共に解明してきた『維摩経』『勝鬘経』そして、『法華経』の三つの経の解説書、『三経義疏』によって理解できるようになる。やっと皆が共に幸福な世の中を構築していける方法を示していくことが出来るのです。『三経義疏』を完成させてこの国で皆にその教えを吾と共に広く流布させましょう。だから、慧慈師。高句麗の皆さまと共にこの国の人になって下さい」

そう言った上宮は慧慈の手を優しく握った。慧慈は上宮の手を握り返した。

「上宮様が大王としてこの国の民を心から慈しみ大切に思われていることはよくよく承知しております。また、拙を含め他国から来た民にも同じようなお気持ちを持って頂いていることもよく分かっております。しかし、拙が倭国に居続けることは、隋にとって『倭国は高句麗の味方をする』と言われたようなものです。間に入った百済も隋に責められるでしょう。矢張り、拙が高句麗へ戻ることがこの問題を解決すると思います。

ただ、『法華経』の義疏の完成を見られないまま帰国するのは、残念でなりません。何とかこのことだけでも、成し遂げられないかと……。『法華経』の義疏を完成させれば、釈尊が本当に教えようとした、どうすれば皆が幸せへの道を歩めるのかを、拙も高句麗の人々に示してあげることが出来ると思うのです」

「『法華経』の義疏は完成させましょう。それまでは、隋や百済が何と言おうと待ってもらいます。そこは吾にお任せください。吾は慧慈師が高句麗から来て下さったお陰で、慧慈師と共に釈尊の教えの真髄に触れて『三経義疏』を著していこうと決めたのです。この書が完成した暁には、慧慈師自身が高句麗の皆さまにもお見せして教えて差し上げねばなりませんね。この教えはわが国だけのものではありませんから」

「承知致しました。しっかり最後まで、気を抜かず釈尊の教えを上宮様と一緒に学んで参ります。そして、拙《わたし》も高句麗の人々が幸せになれる教えを、帰国して分かり易く説いていきたいと思います。上宮様はここで、拙は高句麗において、同じ思いで人々を教化できる。こんな幸せな時を過ごせることに、心から感謝しております。上宮様とお会いできて、共に仏の教えの真髄を知ることが出来ました。本当に有難うございました」

慧慈は上宮から少し離れて、膝を突いて静かに首《こうべ》を深く下げた。二人の側で三輪阿多玖は上宮と慧慈の心からの繋がりに接して感動に打ち震えていた。

後日、上宮は百済使に対し、高句麗僧慧慈を帰国させるが、その時期については現在仏教の経典の内容を解明中であり、それを終えるまでは待ってほしい旨伝えた。そして隋から招集があった隋への朝貢については、荒海を渡る遣隋使の船が完成したら百済と共に参加すると返事した。

六一四年六月、倭国は犬上御田鍬を遣隋使の長として、百済と共に隋へ派遣した。百済を通じて隋と約束したことを果たすためと、隋に居る学生や学僧達を救出し帰国させるためであった。隋は多くの周辺諸国に恭順の意を示させるべく翌年の朝賀の式典に参加するよう通知した。これは実質的に朝貢の命令である。そして一方では、初代皇帝楊堅の時から数えて四度目の高句麗への遠征をこのとき同時に行った。

四回目の高句麗への遠征は、初めから緻密な計画の下に行われた。隋の皇帝楊広は六一四年二月に高句麗討伐の提起をし、二月下旬に正式に討伐の命を発動させた。三月半ばには楊広自身が涿郡《たくぐん》（現在の北京）に赴き、三月末には涿郡東方の離宮である臨渝宮《りんゆきゅう》に到着した。臨渝宮に逗留すること三か月、その間高句麗との交渉が水面下で行われていた。隋の外交担当裴世矩《はいせいく》は皇帝楊広の面目が潰されない形での、高句麗の隋への降伏を促《うなが》した。この頃、高句麗の側も隋に敗北はしていなかったものの、隋からの度重なる攻撃に、国力が弱まっていたことは否めなかった。

交渉は難航を極め三か月にも渡ったが、裴世矩の巧みな交渉によって高句麗の降伏という形をとることになった。負けてはいなかった高句麗が今回の隋の申し出を受け、高句麗側から降伏する旨の使者を出すことになったのは八月を過ぎていた。高句麗へ向けて二月に発動した討伐の命は、八月に高句麗の降伏という形で幕が引かれた。

そして、翌年正月の朝賀の式典に参列するよう召集を掛けていた周辺諸国に、隋の高句麗への勝利を見せつけるような形での朝賀の式典及び祝賀の儀式が六一五年正月朔日に開催されたのだった。

しかし隋国内の民衆は度重なる高句麗への遠征によって疲弊の極にあった。それまでにも隋は国家的な大きな事業で多くの国民を犠牲にしてきたこともあって、皇帝楊広に対する不満が限界に達していた。反乱も国内のあちこちで起こり国家として成り立たない状態になりつつあった。

九、旅立ちの時

六一五年初夏の頃、上宮と慧慈は『法華義疏』をようやく完成させることが出来た。出来上がったばかりの『法華義疏』を含め『勝鬘経義疏』『維摩経義疏』の三巻を前に、上宮と慧慈はお互いに別れの時が迫っていると深いため息をついた。

「慧慈師、とうとう成し遂げましたね。この書は今後わが国の根幹を成すための書として、未来永劫大切に伝えていきます。誰もがこの国に生まれて暮らして良かったと思えるような国にしたい。世の全ての国において、人々が正しい生き方をして皆が共に労わり合いながら豊かに暮らし幸せを感じられるようになることを願っています。

いつかきっと争いの無い世の中になりますように、吾はここで、慧慈師は高句麗で、幸福になれる種を一粒ずつ丁寧に蒔《ま》き育てていきましょう」

「そう致しましょう。そして『三経義疏』を目にする度に、上宮様が直ぐ側にいらっしゃると感じるでしょう」

「慧慈師が大和に来て下さらなかったら、釈尊の本当の教えが何であるかを知ることは出来なかった。国としてどの様にあるべきかを、未だ探し当てられずにいたでしょう。慧慈師はわが国の恩人です。わが国を素晴らしい道へ導いて下さり、心から感謝します」

上宮はそう言って、慧慈に対し合掌した。

「いいえ、拙《わたし》はお手伝いしただけです。釈尊の教えを少しお話ししただけでした。拙が色々お教えする以前から、上宮様の心の中には『三経義疏』の中に示されていることの全てがありました。上宮様は、仏教によってご自分の中にある思想が正しいかどうかの確認をされていたと思います。上宮様のお側に居て、そう感じました」

上宮はそうだったかも知れないと思った。そして慧慈と交わした会話の中からあることを思い出そうとしていた。

「おお、思い出しました。お礼を申し上げていないことが沢山ある中でも大変大切なことを思い出しました」

「何でしょうか」

「来目《くめ》が新羅征伐軍の総大将として旅立つ時、仏教の教えの中の五戒の不殺生戒についてどう考えればよいか非常に悩んでいた時のことです。悩みに悩んで、慧慈師にご相談したことがありましたね」

「ございました。よく覚えております。確かに深く悩まれて、拙にどう考えればよいかと質問されました」

「あの時、来目の心情に寄り添って適切な答えをして下さったこと、遅くなりましたがお礼申し上げます。有り難いお心遣《こころづか》い、今も感謝しています」

「戦いへ向かおうとする方に、本当に適切であったかどうか。寧《むし》ろ苦しめてしまったかもしれないと、思ったこともあります」

「いいえ、慧慈師のあの言葉で来目は救われたと母に告げていました。決して苦しんではいなかった。勿論、相手方を攻めるためにあれだけの兵を連れて行ったのですから、一気に攻め込んでしまった方が、簡単だったでしょう。しかし来目は、常に人を、人の命を大切に思う者でした。粘り強く交渉で収めることが出来たのは、慧慈師の助言のお陰です。それが来目の思いを最後まで確かに支えていたと今も確信しています」

「戦わなかったことで倭国にも新羅にも犠牲者が出なかったのは、来目皇子様の強い意志によるものです。拙のお話ししたことが、来目皇子様を縛っていたのではなかったかと……」

慧慈は新羅討伐へ向かった来目皇子が大和へ帰還の途中で帰らぬ人となってしまって以来、それが自分の言ったことのせいなのではないかとずっと気にしていた。

「来目は若くして亡くなりましたが、来目ほどの決断と実行をし、結果を出せた者はあの時いなかったと思います。来目はきっと吾が考える以上に、悩んでいたのでしょう。常に約束を守らない新羅との交渉は、真っ直ぐで誠実な来目にとって過酷極《きわ》まるものだったに違いない。しかし、その新羅と、交渉において問題解決すると決めて最後まで貫きとおすことが出来たのは、来目の意志の強さもありますが、慧慈師の助言が大きく働いていたからだと思います。あの交渉の成功は新羅の民とわが国の民にとって、またその事に心を砕いた来目にとっても良き結果だったと吾は心底思っています。ですから、どうか今からは来目に助言して下さったことを決して後悔しないで下さい」

「分かりました。来目皇子様は素晴らしい生き方をされたのですね」

そう言った慧慈の目から美しい涙が光って落ちた。上宮は来目の話をした時の常で、上を向いて来目に心の中で話しかけていた。

上宮は初夏に『三経義疏』を完成させてから、慧慈が高句麗へ帰国するまでの間に飛鳥の法興寺と斑鳩の学舎で、学生と学僧達に講義してくれるよう頼んだ。慧慈は快くそれを引き受け、自分が帰国した後に残る弦彗《げんすい》（慧慈と共に高句麗から来た僧）と恵光（慧慈の弟子となった木珠《こだま》）が講義出来るよう補足説明を加えながら講義をした。慧慈の講義は分かり易く、学生や学僧達は一言も逃すまいと真剣に聞き入った。

法興寺の学舎での講義も今日が最後という日に、慧慈は教えていた学生と学僧達に取り囲まれた。

「どうしたのですか。皆さん」

「慧慈師が高句麗へ帰られるというのは、本当のことでしょうか」

一人の学僧が聞いた。

「事実です。明後日から斑鳩の学舎で講義をすることになっています。皆さんへの講義は今日が最後となります」

「われらは今まで慧慈師が高句麗へ帰られるとは、思ったこともありませんでした。ずっとここに居て下さると思っていましたが違ったのですか。来年の生徒たちは慧慈師の講義を受けることが出来ないのですか。われらの後輩が不憫です。どうか、留まって下さい。わが国の若者達に慧慈師の教えを、講義を聞かせてやってください」

「どうかお願いします」

「われはいつも弟や妹に今日あった慧慈師の講義を聞かせています。弟は来年の生徒と成ることが決まって、慧慈師の講義を大変楽しみにしています。弟だけでなく他の生徒たちのためにも、高句麗へ戻るのはもう少し後になさって下さい」

その場に居る学生達の皆が慧慈に留まってほしいと言って、慧慈に帰国をしないように頼んだ。

「拙は幸せですね。こんなにも多くの倭国の皆さんに慕われて。しかし、ここには拙と同じ様な良い講義ができる者達が育っています。これからは、そこに居る弦彗《げんすい》、恵光達が教えてくれます。その上、時には大王も特別に講義をして下さっているではありませんか。それに、皆様自身が今度は、後輩たちに教える番なのではないですか。他の人に教えて初めて分かることもあるのですよ。

高句麗には、釈尊の教えの本当のことを皆さんよりずっと知らない若者達がいます。皆さんが成長をする姿を見ていて、高句麗に戻りたいと大王にお願いしました。皆さんが素晴らしいと分かったその教えを、高句麗に戻って是非とも高句麗の若者達にも教えたいと思ったのです。分かって頂けますか」

慧慈は自分が高句麗へ戻るのは、倭国で自らが悟った釈尊の本当の教えを自国の民にも教えたい強い気持ちがあるからだと話した。慧慈のその気持ちを知って、学僧達は別れるのは寂しいが快く送り出すことにした。

そして学生達と学僧達は皆揃って慧慈に感謝の気持ちを伝えた。

「皆さんの様な若者達が育ったこの国の将来はきっと素晴らしいものとなるでしょう。これまで学んだことを生きていく時の基本として、皆さんも新しい国造りに励んで下さい。拙も高句麗へ戻ったら、あなた方のような若き人々とこれからの高句麗の発展に尽くしたいと思います」

学僧の代表格の者が言った。

「いつの日か、もっと高句麗の人々との交流が盛んになったら、高句麗の学生達を連れてここに来て下さい。高句麗の方々に沢山のことを教えて頂いた御恩を、われらは決して忘れません。今度は、高句麗の若い人々にわれらがお教えできるようにしっかり学んでおきますから」

他の学生達も目を輝かせて、『そうです。そうします』と口々に言った。

「有難う、有難う。拙もこの国でのこと、皆さんのこと、決して忘れません」


前年の六一四年、犬上御田鍬らは隋からの招集によって朝賀の式典に参加すべく倭を出発した。しかし、隋の都洛陽まで行くことは出来なかった。それは隋国内の各地で発生した反乱が隋東方の高句麗周辺では特に酷かったためである。百済や倭国にとってその辺りが隋国内へ向かうに当たっての通り道だったので、その地の治安が一応落ち着くまで様子を見ることにした。一年以上、犬上御田鍬らはその反乱が収まることを祈りつつ百済国内で待機していたが、隋国内の混乱は増々酷い状態となった。そして、百済と倭国の使者達は、とうとう隋の祝賀の式典に間に合わなくなり、隋訪問を断念したのだった。

一年以上隋国内への道を絶たれた倭国の使者達は、六一五年九月百済の使者を伴って帰国した。百済の使を伴ったのは、隋国内の混乱が収まらなかったことで両国共に朝賀の儀式に参加できなかった理由の説明をしてもらうためだった。

また、犬上御田鍬達は隋国内に入れなかったものの、隋に潜入していた紫鬼螺達から大興城にいる学生や学僧達の書簡を手にすることができた。その書簡が届けられたことで犬上御田鍬達は、国で待っている彼らの親たちが少しでも安心できると思い帰国を決意したと、上宮に報告した。

隋が始めた高句麗との戦いは、表面上ではなんとか隋の面目を保った形で隋の勝利に終わった。高句麗は敗戦という形だったが、領土は隋に殆ど奪われることはなかった。高句麗の民が奴隷として隋に連れて行かれることもほぼ防ぐことが出来た。これ以後隋が軍事力を以って高句麗に攻め込むことはなくなった。

そして、隋は高句麗を攻め滅ぼせなかっただけでなく、その状況を側で見ていた突厥からも見放される形となった。隋の皇帝楊広が隋国の北方地域を巡っていた時、突厥に包囲されてしまう事態が発生したのである。突厥は皇帝解放の条件として隋の冊封下から抜け出て独立することを認めるよう主張し、隋にそれを承認させた。

慧慈による学生達への講義があまりにも評判が良かったことで、政治の中枢にいる者達からも慧慈の講義を受けたいとの声が広がった。そのため上宮は慧慈に追加の講義を頼んだ。

「慧慈師、どうでしょうか。恵彌史達から、自分達にも慧慈師の講義を受けさせてほしいという声が上がってきているのです。もう一度だけ、この者達に慧慈師の講義を聞かせてやっていただけないでしょうか」

「分かりました。送って頂く船の準備が整うまで、二月ほど掛かると聞いておりますから、その間で良かったら喜んで聞いて頂きましょう。今、講義を受けたいと言っておられる方々の人数は何人くらいでしょうか」

「二十数名かと。何故ですか」

「法興寺の学舎は、五十人の受講生が入れます。もし他にも聞きたいという方が居たら、その方にも聞いて頂いたらと思ったものですから」

「そうですね。声を掛けてみましょう。ただ、思いの外、大人数になるかも知れませんが、その場合講義を受けられない者も出てくるかもしれません」

「その場合は講義の回数を増やします。なお、学僧や学生達と同じ講義をするつもりはありません。いろんな経験をされている大人の方々には、違う教え方をする心算《つもり》です」

「おお。それなら、吾等もその講義共に受けさせていただきたい」

「承知致しました。でしたらこう致しましょう。上宮様が以前、『勝鬘経』の講義をされた時の様に一回の講義を五日間と決めて間に二日間の休みを挟み、何回か行うことにしては如何でしょうか」

「大変ではありませんか。帰られるまでに、そんなに幾日もないではありませんか」

「大丈夫です。上宮様は国の政事という大変なことをなさりながら、人々が幸福になられるように難しい経典を分かり易く講義までなさったではないですか。僧として、釈尊の教えを皆様に語るのは当たり前のこと。拙僧らはこのために、常に存在しているのです。こうして皆さんに教えを請われているのは、僧として寧ろ本望なことです。帰る最後の最後まで、お教えいたしたく存じます」

「感謝いたします。では、頼んできた恵彌史達と相談してみます」

上宮は、慧慈の負担も考えて、あまり多くにはできないと思った。しかし慧慈はそのことを見透かしたように言った。

「講義を聞きたいと言われる方々には出来る限り参加してもらって下さい。帰国する準備は既に終えています。この上宮様が完成された『三経義疏』さえあれば、他には何もいりません。倭国で上宮様から教えて頂いた数々の事柄が、今は宝です。争うことの無い安寧な世にすることこそが、国にとっても民にとってもこの上ない幸せをもたらすということを改めて教えて頂きました。他国から攻め続けられて疲弊したわが国にも、その教えがきっと希望の灯となると確信しています」

慧慈は高句麗の希望の灯になろうとしている。上宮はその灯が高句麗の国民の幸せをもたらすことを祈らずにはいられなかった。そして、倭国においてもその希望の灯が消えないように日々灯《とも》し続けられるように、後継者たちの育成を確実なものにせねばならないとの思いを新たにしたのだった。

慧慈の講義は恵彌史達若い世代には大いに反響を呼ぶ結果だったが、歳を取るにつれて保守的になった者達からは少し違った感想が馬子のところに入ってきた。しかし、馬子はその様な話を慧慈が帰国するまで自分の胸に収めて、上宮にも黙っていた。

慧慈の斑鳩での講義の時、岡本の刀自古郎女の館に暮らすようになっていた来目皇子の遺児の海斗もその講義に参加していた。海斗は十二歳になって増々来目皇子の少年時代を思わせる面差しを見せていた。来目皇子を知る慧慈は講義を終えた後で海斗を見つけて、上宮に海斗と話しても良いかと尋ねた。

「実は海斗のことで、吾もお願いしようと思っていたのです」

「何でしょうか」

「慧慈師が帰国される船に、海斗を那の津まで一緒に乗せたいと思っているのです。慧慈師のお話とは、来目のことでしょう」

「そうです。海斗様に来目皇子様と話したことを直接お話ししたいのですが、宜しいでしょうか」

「話してやってください。海斗が聞くことには全て答えてやってください。釈尊の教えも、これからは海斗が筑紫の皆に話して聞かせることになるかと思いますから」

「そうですか、海斗様を筑紫に派遣されるのですね。胸形志良果氏も喜ばれることでしょう。それに海斗様は釈尊の教えを深く理解されています。ですが、当分の間は慧聯《えりょう》も共に筑紫へ派遣されることをお薦めします」

「ああ、慧聯ですか。分かりました。そうしましょう。あの恵光（木珠）に慧慈師がお名前の一字を与えて慧聯と名付けて下さった。有難うございます。素晴らしいお名を頂戴したと、恵光いえ慧聯が喜んで報告に来ました。弦彗師と共にこれからのわが国の指導者になるのです。幼かった者達が立派に成長する姿を見る度に、胸が熱くなります」

慧慈は上宮の若き者達への慈愛を感じた。


慧慈と海斗達が乗る船の準備が整ったとの知らせがあった。

海斗は斑鳩の岡本で刀自古郎女に別れを告げた。刀自古は約八年間、海斗を我が子同然に慈しみ育ててきた。

「やっと、胸形の爺様と母様の所に帰れますね。よく一人で頑張りましたね」

「伯母様は大丈夫ですか。我が筑紫へ行ってしまうと、一人になってしまうでしょう。我と一緒に筑紫へ行きませんか」

「有難う。心配してくれて。和（私）のことは心配いりません。筑紫で何年もの間、待っていらした海斗様の母様にもう直ぐ会えますね。爺様と母様が元気な内に、再会できるのは海斗様が本当によく頑張ったからです。これからも、身体に気を付けてあちらの皆さまと幸せに暮らしてください」

そう言った刀自古は、自分が育てた薬草を薬師の香華瑠が書いてくれた処方と共に渡した。

「向こうにも薬草園はあると思いますが、足りなくなったら知らせて下さい。直ぐに送りますから。病や怪我には気を付けてね」

「有難うございます。伯母様……」

海斗は刀自古の優しさに触れて、別れる時に泣くまいと決めていたのにと、袖で涙を拭いた。

「大和で伯母様や伯父様、鮠兎伯父様達に会えて本当に良かった。父が生きていたこの大和に来ることが出来て、皆様に会えて、我は幸せでした。今度は筑紫に帰って、我が母や爺様達を幸せにします」

海斗は優しかった来目皇子と、人々を大切にする上宮の強い心を受け継いで立派に育った。そう思うと、刀自古は胸が一杯になって海斗をしっかり抱きしめた。刀自古はその日、海斗の祖母の穴穂部皇女の館に別れの挨拶をする海斗を連れて行った。穴穂部皇女も寂しくなると言いながらも、海斗が筑紫へ帰るのを喜んでいた。

次の日、海斗は斑鳩から筑紫へ向かう船が停泊している難波の津へ慧慈達と向かった。

慧慈達より少し遅れて上宮は、長年の師匠慧慈を送るためと立派に成長した海斗の旅立ちを見送るために、難波の津へ境部摩理勢と秦河勝の二人と共に行った。

慧慈は倭国に多くの功績を残し、六一五年十月惜しまれながら祖国高句麗への帰国の途に就いた。先ずは、筑紫の那の津へ、海斗、慧瞭、葛城鮠兎と共に向かった。


慧慈は船中で海斗に尋ねた。

「海斗様は、筑紫へ帰られて何を一番になさりたいですか」

「一番初めにしたいことですか。そうですね、爺様と母様に釈尊の教えを話して聞かせてあげたいです。爺様や母に寂しい思いをさせてまで、我が大和で何をしていたのか。きっと知りたいでしょうから。そして、幾日かして落ち着いたら筑紫の皆にも仏の教えの素晴らしさを伝えたいと思います」

海斗は側に居た慧瞭に、

「慧瞭師、よろしくお願いします」

と、合掌して頭を下げた。慧瞭は海斗に同じように挨拶し、その後慧慈の方を向いた。

「筑紫の皆様に、ちゃんとお伝えできるでしょうか」

「大丈夫です。大和でも貴方の教え方は分かり易いと評判が良かった。何処へ行って教えても大丈夫だと思ったからこそ、海斗様と共に筑紫へ向かわせる者は貴方だと推薦したのです。大王も賛成してくれました。

筑紫の皆様に、海斗様と共に釈尊の教えの素晴らしさを伝えて差し上げて下さい」

「慧慈師、分かりました。きっと、お伝えいたします」

慧瞭の強い決意のみなぎる言葉に感じ入った慧慈は、海斗に向き直った。

「海斗様にお願いしておきたいことがあります」

「何でしょうか」

「海斗様は、元々筑紫の方で御爺様の胸形志良果氏やお母様やご親戚が大勢居《お》られます。ですが、ここなる慧瞭は大和から一人筑紫へ遣わされてきた者です。初めて見聞きする仏教の話を、誰もが好意的に受け入れてくれるとは限りません。そんな時、味方になって下さるのは、海斗様お一人です。海斗様は、そんな時慧瞭を守れますか」

「慧瞭師を、我が守るのですか……。守ります。慧瞭師が筑紫の皆に受け入れて貰えるように致します。そうでなければ釈尊の素晴らしい教えを皆に伝えることができません。我は大和で色々と学んで筑紫の人々にも幸せになれる方法を知らせたいと思いました。そして、これから素晴らしい生き方を教えて下さる慧瞭師は、筑紫の皆の宝物です。慧瞭師は大和の皆様からお預かりした大切な方です。必ず、爺様達と大切に致します。心配はいりません」

慧慈と海斗の会話を聞いていた慧瞭は、筑紫の地とそこで暮らす人々に思いを馳せた。筑紫の人々の心にしっかり仏教の種を植えられるかどうかは、自分が仏の教えを正確に伝えられるかに懸かっているのだと思った。海斗が筑紫の皆に受け入れて貰えるようにすると言ってくれたが、それは己自身が努力しなければならないことだ。慧暸が心の中でそんなことを考えていた時、海斗が問いかけた。

「慧慈師、どうしてもお聞きしたいことがあるのですが……」

「どのようなことでしょうか」

「人の寿命についてです」

「寿命……。とは、お父様のことですか」

「そうです。父は何故あんなに早く逝ったのですか」

「申し訳ありません。人の寿命に関しての明快な答えは、今まで誰も出せておりません。釈尊もご自分がいつどのように亡くなるのかご存知なかったのです。釈尊が亡くなったのは八十歳でしたが、故郷に帰る途中でした。もしご自分が国へ帰り着くまでに命を落とすと分かっていれば、もっと早くに帰国しようとなさったはずです。ご自分の故郷の人々にも、幸せへの導きを自らなさりたかったに違いないからです。でも、それは叶いませんでした。人生の最後に故郷に帰って、皆に幸せになってもらいたいとの思いからご高齢の身で長い旅をされた、その思いは弟子たちに引き継がれ故郷の方々にも釈尊の教えが伝えられたのです。

　そもそも、釈尊が世の中の真理を求めるきっかけになったのが生老病死で、それが四苦です。そして四苦に愛別離苦《あいべつりく》、怨憎会苦《おんぞうえく》、求不得苦《ぐふとくく》、五陰盛苦《ごおんじょうく》の四つが加わった八苦が人の世の常に起こりうることだと突き止められたのです。釈尊は人生に四苦八苦が何故起こり、人々が何故このことに苦しめられるのかとの思いに至り、これらのことに惑わされない生涯を送るにはどうすれば良いかを考えられるようになりました。そして、何年も掛かってやっと覚られるのです。ですが、釈尊も基本的な生老病死という、人がいつどこに生まれ来て、老いて、病気に罹り、その他の何らかの理由で死んでいくのかに関しては、自然の理《ことわり》、摂理だとされたのです」

「釈尊もはっきり教えて下さってはいないのですか」

「釈尊の教えは、仏教を学んだならば一貫して一人一人がより良い生き方をすることです。そして世の人々と共に幸せへの道を進み、自らの役目を果たしながら生き抜くこと。命に限りがあることを知ったならば、人は一日一日を大切に生きる。周りにいる人達と共に、お互いを労わり合い感謝しながら生きることの素晴らしさを教えて下さっているのです」

「父は慧慈師にこれらの釈尊の教えのお話を聞いていましたか」

「来目皇子様は、誰よりもしっかりと釈尊の教えを聞いて実践されていました」

「そうか、良かった。父も釈尊のお話を慧慈師から沢山聞いていたのですね。そして一日一日を大切に、人々の幸せを願って生きていたのですね。一度だけでも良いからそんな父に会いたかったな……」

　丁度、海斗がそう言った時だった。尾の長い鳥の様な雲に光が当たって薄く七色に輝きながら目の前を過ぎていった。慧慈と海斗の話を聞いていた鮠兎は、来目がまた海斗に会いに来ているのではないかと、その七色に輝きながら通り過ぎた雲を見て思った。

　慧慈達が乗った船は二か所の港に立ち寄って、目的地である那の津に到着した。あまり盛大な出迎えは避けるようにと大和から言われていたこともあって、胸形志良果の嫡男で現在、宗像神社を任されている胸形志津馬《むなかたしづま》と従者数人の出迎えであった。

初めに旧知の仲の葛城鮑兎と挨拶を交わした胸形志津馬は、ここから高句麗へ向かう慧慈に対し、

「この様な質素なお出迎えで申し訳ございません。大和からの指示ですので、ご容赦ください」

と申し訳なさそうに言った。

「ここには、海斗様をお送りするために立ち寄っただけですから、お気になさらずに。拙僧は、この地で秦氏の新羅への商い船を待つことになっておりますので、ここで失礼します」

「いえいえ、少し離れていますが奥の館までお連れするように言われております。秦氏の船がかなり遅れているようですから、是非慧慈様もご同行なさって下さい」

「どうしたのでしょう。北の海が荒れているのでしょうか」

「そのようです。未だ出帆したと伝えられておりませんので、船が到着するまで数日は掛かるかと思います」

「我らが船を降りるまでは、大した風は吹いておりませんでしたが」

「今の時期は北から天気が変わりますから、夕刻にはこちらも強い風が吹いてくるでしょう。何より、大和からの御客人と海斗様を待ち焦がれている父や妹の所へご案内せねば。さあどうぞ」

胸形志津馬の明るい声が、皆を急かすように響いた。

胸形志良果達が待っている館が近づくと、海斗が乗っている馬が少し早足になったことに鮑兎

が気付いた。

「海斗様、落ち着いて。馬が海斗様の気持ちを察して速足になっていますから」

「分かっていますが、飛んでいきたい気持ちをやっと抑えているような状態です」

海斗は深呼吸して、馬の手綱を引きながら馬の首元に優しく触れた。海斗が落ち着きを取り戻すと、馬も歩みを元に戻した。海斗はやっと周りの風景に目をやる余裕ができて、幼い頃に見た故郷の山や川の様子に感慨もひとしおだった。

やがて行《ゆ》く手《て》に大きな門が現れた。海斗の住んでいた家である。海斗は馬から降りて手綱を鮑兎に託し門まで走った。しかし、門の前で急に足を止めた。後から来た鮑兎が言葉をかけた。

「海斗様、良く堪えられました。今日ここでは、胸形志津馬氏のご案内をお願いしましょう」

「そうでした。案内をよろしくお願いします」

「心得ました。ここで少しお待ちください」

志津馬は従者二人を残して、門の内に入って行った。志津馬が入って少し経った時、大勢の人々が海斗たちの所へ歩いてくる姿が見えた。勿論先頭を歩いているのは、胸形志良果と飛菜炊《ひなた》だった。皆が微笑みながら近付いてくる。海斗はゆっくりとした歩みを止めて志良果達が間近に近寄って声が届くようになる迄待った。

胸形志津馬が第一声を発した。

「大和から遣わされた使者の葛城鮑兎様と高句麗へ帰られる途中の慧慈師とその弟子慧瞭師をお連れ致しました。後は葛城鮑兎様よろしくお願いいたします」

「こちらにおられる方は、この度、大和においての修学を終えられ大和朝廷から筑紫へ派遣された海斗様改め、豊貴王子様《ほうきのおうじ》です。いずれはこの地を治める頭領と成られます。詳しいことは、後程ご説明いたします」

「承知致しました。ではどうぞ、館の中へお入りください」

胸形志良果に案内された明るい部屋には、大きな円卓があり背もたれのある椅子が八脚置いてあった。ここで皆の紹介がなされた。鮑兎は豊貴王子のことを詳しく説明した後、慧慈と慧瞭を紹介した。

「こちらが、大王の仏教の師として長年大和に滞在されておられ、今回高句麗へ帰国されることになった慧慈師です。その隣にいる方は、慧慈師の弟子として大和で修行なさっていた慧瞭師です」

胸形志良果が皆に着席を勧めた。

「どうぞ、こちらへお掛け下さい」

大和の相当な地位にある豪族の館でもあまり見かけない背もたれ付きの椅子を見て、葛城鮑兎は胸形氏が筑紫において以前にも増して繁栄していると感じた。

海斗は先程、鮑兎から告げられたことが気になり緊張のあまり無口になっていた。鮑兎はそんな海斗の様子に気付いて言った。

「王子様、お母様とはここでの話が終わりましたら、ゆっくり歓談なさって下さい」

海斗は分かりましたと小さな声で鮑兎に笑顔で頷いて見せた。

「胸形志良果氏、大王から今後の豊貴王子様の大和での処遇についてと、筑紫における豊貴王子様の地位及び所領などの事柄を詳しく書き記した書簡を預かってきました。胸形志良果氏の方で異存がなければこの場でお返事を、気になるところがありましたら忌憚なく言って下さい」

「承知いたしました」

胸形志良果は皆の前でその書簡に目を通した。

「おおむね了承致しましたが、後程確認いたしたいことがありますのでお返事は少しお待ち頂けますか」

「分かりました。後で何なりとご質問を受けましょう」

大和からの使者として来た鮑兎は海斗に、

「皆様にお話をなさって下さい」

と促した。海斗は皆の前で自らの紹介をした後、慧慈と慧聡について話した。

「慧慈師には、我も大和に居た時仏教の師として色々なことを教えて頂きました。我は初めの内だけでも慧慈師に、筑紫の皆に仏教の素晴らしさを教えて頂けたらと思っていたのですが、慧慈師は高句麗へ戻られることになりました。そこで、筑紫の皆様にも是非仏教の教えを伝えたいと大王が思って下さって、我と共に筑紫へ来て下さる方を誰にすればいいかと慧慈師に尋ねられたところ慧聡師が適任だということになったのです」

「そうでしたか。よく分かりました。慧慈師が直ぐに高句麗へ戻られるのは非常に残念ですが、慧暸師という素晴らしい方を推薦して下さった。海斗、いえ王子様の説明でよく分かりました。われらも慧暸師に仏教の素晴らしさを教えて頂きたい。慧暸師、お願いします。ここでの暮らしで必要な物があれば、揃えますので何なりと言って下さい」

　胸形志良果が言った。


　一応の挨拶が終わったところで、海斗の帰還祝いと大和からの使者葛城鮠兎、慧慈、慧暸の歓迎の宴が開かれた。大人達がそれぞれに話し込んでいる中で、海斗は母の姿を探した。初め海斗に注目していた人々が、各々興味を持った人の方へ別れていくと、海斗は宴が催されている場所を離れて、昔の薄っすらとした記憶を辿って母がいるであろう処へと向かった。

　矢張り母はそこに居た。

「母様、ただ今戻りました。長い間、待たせてしまってすみません。もっと早く戻りたかったのですが、学問は奥が深くて……」

　言い終わらない内に、海斗は母の飛菜炊にぎゅっと抱きしめられた。

「お帰りなさい。沢山、沢山、学んでこられたのですね。よく頑張りましたね。仏教の教えも習得したと聞いています。母も遠く離れていましたが、海斗が学んでいたことを教えて頂いていましたから、少しは分かります」

「えっ、こちらにも仏教を教える方が居られるようになったのですか」

「いいえ、月に一度、蘇我刀自古様から書簡が届けられていたのです。海斗がこの日何を学び、どの師に何を教わったか、今は何をしている時間が一番好きかとか。父様が幼い頃好きだった物を今日は沢山食べて、食べ過ぎたと笑っていたとか。海斗の様子が手に取るように分かって、初め寂しくて泣いていた母も少しずつ元気になっていったのです。ここにある全ての書簡は、蘇我刀自古様が送って下さったのですよ」


斑鳩の岡本の館に世話になるようになってからの日々の暮らしを、刀自古が筑紫に一人取り残された自分の母を思い遣り、ずっと便りを送り続けてくれたことを海斗は初めて知って驚いた。

「こんなにも詳しく……。忙しい方なのに。刀自古様、有難うございました」

海斗は大和の方に向かって手を合わせた。

「刀自古様は、我の寂しさも、母様の悲しみも分かって優しく思い遣って下さった。本当に有り難いことです。刀自古様は、仏の教えを実践して我に見せて下さった。母様、明日二人で刀自古様にお礼の言葉を書いて、大和へ帰られる葛城鮠兎様に託しましょう」

「良い考えです。そうしましょう」

飛菜炊はすっかり成長した海斗を目の前にして胸が熱くなった。二人は離れていた時を埋めるかのように、大和での海斗の暮らしぶりや筑紫での皆のことなど、夜を徹して話した。

次の日、胸形志良果は葛城鮠兎から差し出された大和の王からの書簡の返事をした。

「有り難きお申し出に、心から感謝いたします。豊貴王子様の処遇についてとこの地での所領については、大和政権が決めて下さった通りに。それから、我が大和政権からお預かりしている所領は、豊貴王子様が引き継がれることになるのでしょうか」

志良果が政権から預かっている所領とは、嘗ての磐井の乱の時に大和政権が磐井から取り上げたものだった。胸形氏は大和政権に味方して磐井氏と戦い、その所領の一部を大和政権から下賜されていた。そして胸形志良果に下賜されていない地については、王家のものであったが、胸形氏に管理を任せていたのだ。少し前、その地は来目皇子が新羅征伐の時に大勢の兵と駐留しながら、開墾していた場所でもあった。志良果は来目皇子の思い出の地でもあるその地を、帰ってきた海斗に引き継がせてやってほしいとの思いから申し出たことだった。

「分かりました。では一方の件は了解したということで宜しいのですね。もう一つ、所領の件は大和へ帰り大王から返事をして頂きますので、暫くお待ちください」

「承知致しました。よろしくお願いいたします」

二日後の朝、葛城鮑兎は高句麗へ戻る慧慈と共に那の津へと向かった。海斗は慧瞭と共に慧慈と鮑兎を那の津まで送った。

十、雪の朝

葛城鮠兎が海斗を送り届け筑紫から帰ってきたのは、十一月末のことだった。鮠兎は胸形志良果から預かった返事の書簡と、大和政権と王家に対する沢山の献上品を持ち帰って上宮に渡した。

「ご苦労でした。筑紫の様子はどうであった。海斗は筑紫の皆に快く受け入れて貰えただろうか。海斗の様子を教えてくれ」

その場には、皇后の菟道貝蛸皇女と日嗣の皇子の山背も同席していた。

「那の津には胸形志良果《むなかたしらか》氏の嫡男で宗像《むなかた》神社の神主胸形志津馬《むなかたしづま》氏が出迎えに参りました。大和からの指示通り、控えめな歓迎でした。

ですが、胸形志良果氏の屋敷では、志良果氏及び海斗様の母御とその屋敷の全ての者が揃って、盛大に出迎えてくれました。海斗様は終始落ち着かれて、凛々しく成長された姿を筑紫の皆様に示しておられました」

「長い間、離れていた親子だろうに。海斗は落ち着いていても、海斗の母や爺様の様子はどうであった」

「海斗様が王子様として帰ってきたということで、筑紫の皆さまはもしかしたら緊張しておられたかもしれません」

「そうか」

そう言って上宮はしばし遠くを見やった。

「話は変わるが、慧慈師の船が少し遅れたとか。もう高句麗に到着されただろうか。海はもう荒れてはいなかったのだな」

「海が穏やかになるまで待っておりましたし、秦氏が新羅へ行き来する時に依頼している熟練の船長《ふなおさ》と胸形氏の先導者が案内しての船旅です。心配はいりません。もう直ぐ、着いたとの知らせが届きましょう」

「そうだな。待つとしよう。慧慈師はこれからも、仏教について分からないことが有ったら、いつでも聞いて良いと言って下さった。例え聞くことが無くとも、こちらでの弦彗《げんすい》や慧了《えりょう》のこと等お知らせしたいと思う。

それから今迄そなた達に苦労を掛けていた年明けの行事のことは、今回正皓（山背皇子）達に任せてみたいと大臣に話したら賛成してくれた。大臣もそろそろ恵彌史を後継ぎとして正式に群臣の前に出したいと思っていたようだ」

「分かりました。われも我が子達にしっかりとお手伝いするよう申し伝えねばなりません。我がせがれ達はまだまだだと思っておりますので」

「そなたが心配するまでもない。そなたの子らは葛城で人一倍の薫陶を受けている。そうだな、正皓」

「はっ。葛城の二人は素晴らしい人材に育っています。特に兄弟の仲が良く、常に助け合っているところが素晴らしいと思います」

「お褒めにあずかり嬉しゅうございます。しかしわれは何一つその事に貢献できておりません。何というか、子らの教育は……。難しゅうございますな」

そう言って、鮑兎は顔を赤く染めた。


「鮑兎、この後大臣と話し合うことになっているから、そなたは吾ともう少しここにいてくれ」

「畏まりました」

「皇后《きさき》と正晧は後で大后様の処へ伺う準備を。先程、豊貴王子の件でご報告があると知らせを入れておいたので」

「分かりました。鮑兎、本当にご苦労様でした。海斗を無事に送り届けてくれて有難う。では、正晧行きましょう」

鮑兎は皇后の心からの言葉に胸が熱くなった。皇后と正晧が出て行った後で上宮は鮑兎に話した。

「皇后はこの国で一番仏教の実践をされている方だと感じる。特に勝鬘経を学ばれてからの皇后の行動は、自然と菩薩行を実践されているようだ。素晴らしい生き方をしている方だとこの頃、常に思うのだ。鮑兎はさっき皇后の何気ない言葉に感動していたようだが、違うか」

「はっ、その通りです。皇后様《きさき》の掛けて下さった言葉には温かいお気持ちが籠っていると感じ胸が熱くなりました」

「今だから言うが、吾はあの方に初めて正式に会った時、冷たく暗いものに覆われているように感じたのだ。当時は、誰に対してもお心を閉ざしておいでのようだった。お辛い事ばかり続いて、心が冷え切っておられたのだろう。吾の妃として暮らすようになり、桃香を育てるようになってからは少しずつ生きる気力を持ち始めたように見えたが、それでもふとした時に昔の寂しそうな顔をする時があった。そうかと言って、涙を見せたり泣き言を誰かに言ったりすることはなかった。一人で静かに物思いにふけっていた。

ところが、仏教の話を聞く機会を得て『勝鬘経』の講義を聞いてから少しずつ変わっていった。初めは他人《ひと》と交わることを極力避けておられたが、この頃は以前のように嫌がらずに自然に他者との交わりを持っているように見える。そこには人を慈しむような温かさを感じるのだ」

「では、皇后様は仏教の教えを実践されて、他者を救う行いによってご自分も救われたのではありませんか」

「吾にはそう思える。自利利他の精神は、その慈悲によって他者を救う行いが自分自身をも救うことになると、皇后の現在の姿を見ていて吾は確信した」

「良かったですね。本当に良かった」

仏の教えが、上宮の周りにいる人々を救っていると鮠兎は感動していた。

上宮と鮠兎の話が一段落した頃、摩須羅が馬子の到着を告げた。

「大臣、例の筑紫にある王家の所領の件で相談があるのです」

「ああ、来目皇子様が筑紫に居られた時に開墾された土地とその地に建てた建屋の件でございますな。一時、胸形志良果に預かり置く様にしていたと聞いております。それならば今回皇子様の御子である豊貴王子様へ譲り渡すことに関しては何の問題も生じないのではないかと存じますが。何か問題でもございますか。それに元々王家の所領ですので、われの出る幕ではございません」

「いや、それがあるのだ。その地の一部を、胸形氏が下賜されたというのだ」

「えっ、それは初耳でございますな。それはちと、ややこしいというか難しいことに成らぬようにこの際はっきりとさせておかねばなりません。ところで、その地の一部を下賜なさったのはどなたなのですか」

「王家のことは、大后様以外口出しできません。そのため、大后様かと推察するのですが、大后様からの書面が残っておりません」

「それを、大后様に確認されましたか」

「未だです。これから、大后様に豊貴王子のことを報告しながら、確認しに行こうと思っているのですが、もし大后様がその様なことを言ったことが無いと言われ、下賜した事実が無いということになった場合、大后様と筑紫の胸形氏との間で溝が出来る。それだけは避けたいのです」

「お待ちください。その下賜されたということですが、誰からの報告ですか」

「葛城鮠兎です。鮠兎が胸形氏からその話を聞くまで、下賜された話は誰からも聞いたことが無かった。その話が本当だとすると、大后様が決められて伝えられたことなのだろうか……」

「そうなると矢張り、大后様にお聞きするしかございませんな」

「大臣も全く知らなかったのですね。では仕方ない。直接、伺うしかありませんね」

「今回のご用件はこのことでしたか。お役に立てず申し訳ない。

　ところで、大后様は未だ皇后様に全てのことを引き継がれてはいないのですか。王家の長とは中々の重責でしょうから、皇后様も大后様からその任を引き継がれる時にはさぞご苦労なさるのでしょうね。大后様も大后と成られてから、どなたにもその任を引き継ぐことなく今に至っています。このように長い間、王家の長を務めてこられたからには、皇后様がその任を果たせるようになられるまでにお教えせねばならぬことが沢山あるでしょう」

　馬子は、若く見える炊屋姫（大后）も六十歳をとうに過ぎていることを心配した。

「王家の長の交代は、大后様が良い時期を考えておいでてでしょう。それは吾らが口出しできることではありません」

「左様にございますな。王家のことは大后様がお考えになることですから。従って、先程の筑紫の王家の所領の件も大后様の領分です故、われには何とも申せません」

「ああ、そうですね。分かりました。大后様に伺いましょう」

「では、われはこれにて、下がらせて頂きます」

　上宮は筑紫の胸形志良果の件もあって、筑紫から戻った鮠兎を大后の館へ伴うことにした。

上宮は鮑兎に王家の所領に関する件以外の報告をさせた。その後で、胸形志良果が話した所領の事について大后に自ら話し、大后の答えを待った。

「ああ、そうでした。磐井の乱の収束後に王家のものとなった所領のことですね。来目皇子が新羅討伐軍の大将軍の任を受け筑紫へ赴いた際、あの地を大和政権の拠点としての機能を持たせるために整備準備をしたのは知っての通りです。来目皇子はその時、荒れ地の開墾をして農地も増やし、新たな建物の建設や既存の建屋の増築などにも尽力してくれました。御蔭で、嘗《かっ》て行われた筑紫への遠征は不評だったが、今回は反対に筑紫周辺の豪氏族から良い評価を得ることが出来たとの報告を受けました。その時に、どこよりも来目皇子に協力的だったのが胸形氏であったと聞いていた。その後、胸形志良果から豊貴王子の件も知った。それで、その時の礼と今後の豊貴王子との関係性構築のためにと、和（私）の裁量権において、胸形志良果へ一部下賜したのです。このことは、大王にも関係することでしたから、皇后を通じて報告しておくべきでしたね。後になってしまい、申し訳なかった」

「大后様のご説明で、よく理解することが出来ました。それでは、胸形志良果に対し正式な形の書簡を大后様の方からお送りいただいたのですね」

「いいえ、確かあの事については私的な書簡の中の一部だった気がする。今回、筑紫へ使者として行った葛城鮑兎は、胸形志良果から和（私）の書を見せられましたか」

「いいえ、口頭での話であり、書かれてある物は見ておりません」

「矢張りそうでしたか。胸形志良果にとっては、和からの私的な文の中にある言葉だったこともあり、はっきりと王家から下賜されたという確証が無い事への不安があったのかもしれない。これは、和が方にも落ち度があると言えますね。早急に確かな約束事として正式な書類を送りましょう」

「宜しくお願いいたします」


上宮は王家のことは大后の領分だとして口を挟まなかった。しかし、今回は大后の方から話が出た。

「これは前々から少しずつ考え始めてきたことなのですが、そろそろ皇后に王族全般のことを教え、出来る限り早く全て任せようと思っています。それで相談なのですが、新しい年の初めの行事が終わり次第、皇后をここに詰めさせてもらいたいのです。良いですか」

「そ、それは、大后様がそうお考えならばその様になさって下さい」

「そうか。それは良かった。では、皇后もその心算《つもり》で。正月半ばの十五日から始めましょう」

「大后様。あの、その時には、和（私）だけでなく橘姫を伴いたいのですが、許可して頂けないでしょうか」

「えっ、桃香（橘姫）も共にというのですか。あの子には未だ早いと思っていたが……。分かった、良いでしょう。そなたがその方が良いと思うなら、そうなさい」

大后は自分が全て担ってきた膨大な仕事を皇后にいきなり一人で抱えさせるよりは、娘の様に育てた橘姫と二人で支え合った方が良いかも知れないと瞬時に判断したようだった。皇后にもう少し話があるという大后の言に従って、上宮は鮠兎を連れて橘の宮へ戻った。

次の日、上宮は鮠兎と共に斑鳩の母穴穂部皇女《あなほべのひめみこ》の元へ向かった。豊貴王子（海斗）が無事筑紫に到着し、胸形志良果等に歓迎されたことを話すためである。

斑鳩にある母穴穂部皇女の住む館は住み始めた頃の質素な趣に比べると、四季折々に花が咲く華やかな庭のある館に変わっていた。

「以前と違って、この頃は随分華やかですね。何だか違う館に来たようです」

「そうですね。刀自古《とじこ》と菩岐岐美《ほききみ》が代わる代わる来て花を植えていったのです。桃香《ももか》達がいなくなって寂し気にしている和（私）を気に掛けてくれたのでしょう。いつの間にかこんなに沢山の花や木がある庭になりました。今は冬なので咲く花も数少ないですが、もう少し暖かくなると、一面花盛りなのです。次々と咲く香りの違う薬草もあって、刀自古がその薬草の効能を教えてくれながら刈り取って干し煎じてくれることもあるのですよ」

「ほほう、刀自古らしいですね」

「菩岐岐美の方は、美しく咲く花を好んで植えさせていきますが……。今日は何か報告でもあるのですか」

話している時に、丁度来ていた刀自古が上宮達へ飲み物を持ってきた。

「おお、刀自古も居たのか。後で、岡本に寄ろうと思っていたところだ。海斗、いや豊貴王子のことだ。そなたも此処に座って聞いてくれ」

上宮の指示を受けて鮠兎は、海斗が筑紫で快く迎え入れられたことや、これからは筑紫において胸形氏と共に公式に認められた大和王権の代表として歩み始めたこと等を穴穂部皇女と刀自古郎女に話した。

「これは穴穂部皇女様への豊貴王子様からの文にございます」

「豊貴王子からですか。有難う」

そう言うと、穴穂部皇女はその文を大事そうに手に取り、豊貴王子を懐かしむように見つめた。

「母様、今日はここで吾らも共に夕餉を頂いてもいいでしょうか。何故かこのまま帰る気になれないものですから」

上宮はそう言って鮠兎に目配せした。

「そうですね。もし宜しかったらわれもそうさせて頂いても宜しいでしょうか」

二人とも海斗を懐かしんで寂しそうにしている穴穂部皇女をこのまま一人にして帰れないと思ったからだった。

「義母様、和(私)もお手伝いさせて下さい」

「ええ、皆で海斗の門出を祝いましょう」

穴穂部皇女は嬉しそうに刀自古と共に席を立った。

次の日、上宮は穴穂部皇女と共に龍田神社（現在の龍田大社）へ詣でることを決めた。海斗達が無事に筑紫へ到着したことの報告と感謝を伝えたいと穴穂部皇女から頼まれてのことだった。上宮は、海斗から託された刀自古への感謝の品を鮠兎に預け、刀自古を岡本へ送ってほしいと依頼した。鮠兎は、海斗とその母飛菜炊から刀自古への書を預かっていたこともあって、上宮の頼みを快諾した。そして自分もその役目を果たしたら、一度葛城へ戻りたいと申し出た。上宮は鮠兎の願い出を了解し、今度ばかりは葛城で少しゆっくりしてくるようにと付け加えた。

二人を見送った後で、上宮は母穴穂部皇女に言った。

「鮠兎を葛城へ戻してやらなければいけませんでした。筑紫への使者として行かせ、帰ってきても筑紫のことの報告にあちこち付き合わせてしまいました。随分疲れただろうに」

「そなたは、国を運営する長として多くの民のために己を忘れ日々尽くしています。また、そんなそなたを多くの人々が支えてくれているのです。上宮にとっても国にとっても、その方々はなくてはならない存在ですね」

「そうです。吾一人で出来ること等何一つないのです。皆が知恵と力を出し合ったからこそ、ここまで国を発展させることが出来たと思っています」

「そのことを何時までも忘れないで次の世代にも引き継いでもらいたいと、和は強く思うのです。自分の周りの人々を大切にすること、常に感謝する気持ちを忘れないことをもう一度自分の心に誓ってほしいのです。そのことさえ忘れなければ、きっとこの国は何処の国よりも長く安泰なのではないかと思います」

「母様、良いことを思い出させて下さり、有難うございました。吾はこの頃、自分の周りで起こる色々なことに次々と対処しなければならず、忙しさにかまけて人に対する基本のことを蔑ろにしておりました。今後は、朝の拝礼の時にこの今日教えて頂いた基本的な精神を毎日の誓いとしていきます」

葛城鮠兎は葛城の家への帰路、刀自古に渡した胸形志良果の娘飛菜炊《ひなた》と豊貴王子となった海斗の書を、刀自古が中々開けて見なかったことを思い出していた。それを何故なのか聞くと、刀自古は、

「海斗様や、母御の飛菜炊様のことを考えるとどうしても胸が一杯になってしまうからです。きっと泣けてきてしまって、鮠兎様に泣き顔を見られるのが辛いから。帰られてからゆっくり拝見いたします」

と言って、とうとう自分の前では開けてくれなかった。昔の刀自古なら泣き顔も見せてくれたし、泣いたり笑ったりしながら内容を掻い摘んで話してくれたのにと寂しく思った。

しかし、いくら来目皇子と兄弟のように育ったとはいえ、主筋の子弟の個人的な感情が書かれているであろう文《ふみ》の内容に立ち入るようなことはしてはならない、と思い直した。昔とは違う、と鮠兎は葛城鮠兎となった自分の立場をしみじみと感じた。

六一六年正月、高句麗僧慧慈が昨年末に帰国してまだ二か月ほどだったが、高句麗から正月の挨拶の盛大な贈り物が大和政権に送られてきた。これまでの倭国との友好関係に感謝し、また自国にとっても大切な慧慈を無事に送り返してくれたことへの高句麗側のお礼の気持ちだった。

慧慈が倭国の上宮達に仏教の師として教えている間に、強国を誇った隋は何度もの高句麗遠征などによって弱体化の一途を辿《たど》っていた。しかし、表面上とは言え隋は高句麗に負けを認めさせ、一応大国の面目を保っていた。そんな隋が頼りにならないと悟ったのか、新羅は金銅の仏像をまたもや倭国に献上してきた。以前に、新羅から献上された弥勒如来の仏像を秦氏に下賜した大和政権は、今回の金銅仏も秦氏に下賜した。秦氏はその金銅仏を再び蜂岡寺《はちおかでら》に安置した。

大和政権の新羅に対する印象は、高句麗が隋に何度も攻められていた頃から新羅は常に隋側へ味方していたこともあって、あまり良いものではなかった。遠い昔、倭が半島に攻め込んだ際、新羅は亡国の危機を高句麗によって救われたにもかかわらず、恩を仇で返し続けているからだ。

倭国と半島三国は過去に何らかの争いがあったが、現在、高句麗とは友好国、百済とは同盟国として、そして新羅とも全面的ではないが平穏な関係を保とうとしていた。

昨年の冬に本国へ帰還した慧慈からも正月の挨拶の文が届いた。その文には、元気にしていることや、自分が今上宮から託された仏教の書の『三経義疏』について高句麗の人々に話して聞かせていること等が書かれていた。

正月の行事も無事に終わり、明日で二月という日だった。いつに無く冷え込みが厳しく夕方には雪がちらほら舞い初めて、その日は一晩中やまなかった。明けて二月朔日、辺りは一面真っ白となっていたが、雪は未だ降り続いていた。


「香魚萌《あゆめ》、雪掻きの用意は出来ているか」

摩須羅《ますら》の問いに香魚萌が答える。

「出来ております。若い男達にも声を掛けておきました」

「皆に道具小屋に、来るように言ってくれたか」

「言っておきました」

「では行ってくる。皆の朝餉の用意を頼んだぞ」

「あいよ。野菜の汁も沢山作っておきます。しっかり働いてきてください」

「おう、宮中の雪を外へ掻き出してこよう」

二人の会話はいつにも増して軽快だったが、雪は中々降りやまず昼過ぎになっても雪掻きは終えられなかった。働き者の若者達に、やっと朝餉を食べさせられたのは昼をとうに過ぎた頃だった。一通りの雪掻き作業を終えた摩須羅が、今度は周辺の集落で難儀をしている家がないか見回りに行ってくると出かけた。香魚萌が昼過ぎになってしまった朝餉の後片付けをしていると、摩須羅が息急《いきせ》き切って、今にも倒れてしまいそうな一人の若者を抱きかかえるようにして戻ってきた。

「どうしたのですか。誰ですか、その者は……」

「ああ、どうも、刀自古様の所の者らしい。先程から、刀自古様の名を繰り返しているが、要領を得ない。寒さで震えているから、衣を着替えさせて温かいものを飲ませてやってくれ」

「あい。火の側へ。着替えを持ってきますから」

香魚萌は、そう言うと客用の衣を一式持ってきて摩須羅に渡した。そして、先程若い衆に出した朝餉の温かい粥に野菜の汁を加え、木の椀に半分ほど入れて、着替えを終えた者に渡そうとした。

「あっ、そなたは岡本の館の羽矢壬《はやみ》ではないか」

疲れて苦しそうにしている若者の顔が、見覚えのある刀自古の館の羽矢壬であることに気付いた香魚萌は叫ぶように聞いた。

「もしかして、岡本の館で刀、刀自古様に何かあったのか」

「香魚萌、先ずはその汁をこの者に飲ませてやりなさい。話を聞くのは、その後でも遅くはあるまい。さあ、飲まれよ。飲んでからで良いからな」

羽矢壬は、摩須羅に勧められるままに野菜汁入りの粥を啜《すす》ると、震えが収まり話し始めた。

「香魚萌様。刀自古様が昨日の朝方倒れられて床に臥され、その後高熱を出されたまま何もお話が出来ないのです。館から、穴穂部皇女様の処へ人を遣り、薬師の香華瑠様の弟子に来てもらいましたが、その方の薬では熱も下がらず……。どうしたらよいのか。刀自古様が熱を出された時に、いつも香魚萌様が何とかしておられたのを知っていた詑来《たき》が、おい（俺）に早く香魚萌様を呼びに行けと言ったのです。どうしたらいいのですか。早く教えて下さい。薬が何か教えて下さい。早くしないと……」

羽矢壬の不安げな様子から、刀自古に命の危機が迫っていることが窺い知れた。

「分かった。あ（私）も行きます。お前様は、香華瑠師を探して連れてきて」

「ちょっと、待て。刀自古様は、大王のお妃様だ。先ずは、大王にお伝えせねばならない」

「ですが、大王は先日から山背皇子様を伴われて秦氏の館の方へお出かけになっておられます。皇后様と橘大郎女様も今は大后様の処です。兎も角、あ（私）を早急に羽矢壬と岡本の刀自古様の元へ行かせて下さい」

「よし、分かった。しかし、この者は随分体力が奪われている様子だ。今来た道を戻るのは危険だ。香魚萌、ここに居る屈強な者を連れて行け。羽矢壬は今日ここで休んで明日になってから岡本へ帰るように。香魚萌、支度しろ。後のことは、われに任せて」

「刀自古様の所へ行く前に、島の庄の大臣にお知らせしておかねば」

「それは、そうだな。刀自古様の父様なのだから。しかし、今は出来る限り早く刀自古様の元へ行くことだ。香魚萌は刀自古様の所へ、われは大臣の所へそれぞれ向かおう」

香魚萌は宮に仕える屈強な若者一人を伴い、薬博士の維香華瑠《ゆいかける》を連れて馬で岡本へと向かった。一方、摩須羅は島の庄の馬子の所へ刀自古の様子を伝えに行った。馬子は刀自古の身に危機が訪れていると知るや自分で岡本へ向かうと言ったが、厳寒でしかも雪道を年老いた父に行かせることは出来ないと恵彌史が岡本へ駆けつけることになった。

香魚萌は途中降り積もった雪に悩まされながらも、何とか岡本に辿り着くことが出来た。岡本の館の門から刀自古がいつも休んでいるところまで、香魚萌は転がるように走った。戸の前で息を整え、そっと戸を開けるとそこには刀自古の姿はなかった。

「刀自古様、刀自古様。どこに居られるのですか。刀自古様」

「あ、香魚萌様。刀自古様は、こちらです」

「えっ、そちらはお堂ではないか。何故この様な所に、寝かせているのですか」

香魚萌は、現在岡本の館の侍女頭となっている黄葉《きよう》を叱った。

「香魚萌様。これは先日来て頂いた医博士の指示なのです。絶対に、動かさないようにと指示されたのです。ですから、刀自古様が倒れられたこの場所で、寝て頂いているのです。刀自古様を粗末にしている訳ではありません。どうかお分かりください」

「分かった。それで、その医博士の見立ては。刀自古様のご病気は一体何なのだ」

「過労にて心の臓が弱っておられるのか、血の巡りが整っていない、と」

「はっきりしない。それでは、他の医博士を呼んだのですか」

「医博士の長、劉喘《りゆうぜん》師を呼びに行かせているのですが、まだ連絡がつかないようです。呼びに行った者も未だ戻りません」

香魚萌に置いて行かれた薬博士の香華瑠がやっと到着し、荒い息を落ち着かせた。

「香魚萌、われが診てみよう」

「あ、そうでした。お願いします」

香華瑠は薬の専門家ではあるが、医博士の劉喘から高度な医術の心得を伝授されていた。香華瑠は刀自古をしっかり診た後で香魚萌に向かって言った。

「刀自古様を館の部屋へそっと移して差し上げて下さい」

「えっ、もう動かしても大丈夫なのですか」

「もう、大丈夫です。今は落ち着いておられるから。われは薬の調合を致します。薬草のあり場所を教えて下さい」

「黄葉、香華瑠師を薬草蔵へ案内して」

「そこの者達、この敷物のまま刀自古様を戸板《といた》に乗せて、刀自古様の部屋に運ぶのです」

部屋に運ばれた刀自古は高い熱が少しずつ収まり、魘《うな》されることはなくなって静かに眠っていた。香華瑠が薬草を調合し煎じている間に、香魚萌は香華瑠の指示で刀自古の汗で湿った衣を着替えさせた。

香華瑠は煎じた薬湯を木の匙《さじ》で少しすくって、刀自古の口元を香魚萌に開けさせて飲ませようとしたが、刀自古の口はなかなか開かなかった。香華瑠と香魚萌は刀自古に対しどうしてやることもできないと、肩を落とした。

その時、聞き覚えのある声がした。

「姉様。香華瑠師、これは一体どういうことですか」

刀自古の実弟、蘇我恵彌史だった。その後から、医博士の劉喘が入ってきた。

「湯を沸かして、部屋の四方に置き、その湯が冷めたら新しいものに取り換えるように。それから、刀自古様が倒れた時に居合わせた者はいるか」

黄葉が答えた。

「あ（私）が、一番に刀自古様が倒れられているのを見つけたのですが……。夕餉の支度が出来たことをお伝えしに来て、お堂の中へ運ぶようにと言われたのを運んできた時にはもう倒れておられたのです。普段はされていない鼾《いびき》が聞こえましたので、そっと布の枕を頭の下に置き、布を掛けて医博士の所へ連絡に走らせました」

「よく此処までの心配りができたな。以前、知り合いの者に、同じ症状の者がいたのか」

「あ（私）の爺が同じ様でした。その時、家の者がこの様にするのだと幼い頃に教えてくれたものですから。でも刀自古様はまだお若くて、あの爺と同じようにして良いか迷いましたが。こうして良かったのですね」

「ああ、最良の手当てであった」

しかし、劉喘はそう言った後、難しい顔をして少しの間言葉を発しなかった。

「それでは、姉はもう大丈夫なのですよね」

劉喘はその恵彌史の問いには答えず、刀自古の側にいる面々の顔を見回し聞いた。

「この様に倒れられたのは、初めてのことでしょうか」

「わ（私）がお仕えしていた時には一度も無かったので。黄葉、そなたがお側に居るようになってからはどうだったのだ」

香魚萌が心配そうに黄葉に聞いた。

「一度だけ、薬草園で急に立ち上がられた時に、倒れかけられたことがあります。その時は、薬草が倒れないように括り付けておいた棒を持たれたので、刀自古様が倒れてしまうことはなかったのですが……」

「その話を他の誰かにしましたか。例えば、香華瑠に」

「いいえ。刀自古様から誰にも言うなときつく言われたこともあり、またその後刀自古様は何事も無かったかのようにしておいででしたので。この頃は、特にお元気で日がある内は殆ど薬草園で過ごされ、食事もしっかり取られておられました。心配だったのは、お休みになる刻限ですとお知らせしましても、経を写しておられる時はいつも区切りの所までもう少しだからと、中々休まれなかったことです。それでお身体を壊されたのでしょうか」

黄葉は刀自古への心配りをしてきたが、刀自古は香魚萌の時の様に意見を聞き入れなかったようだった。香魚萌は、刀自古が中々人の言うことを聞かない人だと分かっていたため、黄葉には重々その事について教えておいた。しかし刀自古は一人でいることの寂しさに耐えられず、何かに没頭していることで寂しさを紛らわせていたのかもしれない。それが結局無理のし過ぎになってしまったのではないかと思いを巡らせた。

「黄葉、刀自古様に無理をさせないようにとあれ程頼んでおいたのに。あまりにお聞き入れないようなら、わ（私）に知らせるようにも頼んでおいたにも拘らず、知らせにも来ないで。刀自古様が倒れられたのは、お側にいたそなたのせいではないか」

黄葉のせいではないと分かってはいたが、香魚萌はそう言って黄葉を睨み付けた。恵彌史からも睨まれた黄葉は、刀自古の手を握って泣きながら叫んだ。

「刀自古様、お願いでございます。目を覚ましてくださいませ。あ（わたし）が至らないせいで、刀自古様がこの様なことになってしまわれて。ごめんなさい、お許しください。どうか、起きて下さいませ……」

泣き伏してその場で気絶してしまった黄葉を、香華瑠が部屋の外へ連れ出した。黄葉は刀自古が倒れて以来ずっと看病を続けていたこともあって、休ませた方が良いと劉喘が判断し香華瑠に指示したのだ。

香華瑠が刀自古の部屋に戻ってくると、劉喘が恵彌史に向かって聞いた。

「もしかして、刀自古様のお身内の方でこの様な状態になられた方はおられませんでしたか」

「この様なというと、突然倒れて意識が戻らず幾日もずっと寝続けるというような状態でしょうか」

「お詳しいところをみると、居られたのですね」

「母方（物部鎌足姫《もののべのかまたりひめ》）の方《ほう》で、その様な者がいたと聞いたことがあります。父ならもっと詳しく知っているのですが」

「そうですか……」

恵彌史は、劉喘の落胆した様子を見て不安に襲われた。

「劉端師、では、姉はもう駄目だと、もう起き上がることはないというのですか」

「そ、そんな。刀自古様は黄葉の歳を取った爺とは違いましょう。未だ、若いのです。何とかなる筈でしょう。治してください。治る筈です。大和一の医博士ですもの。何とかして下さい」

「何とかできるものなら、何とかして差し上げたい。もしこの様な状態になられたのが今回が初めてならば、目を覚まされるかもしれない。しかし、会わせておきたい方がおられるなら、今のうちに知らせを遣った方が良いと思います」


また雪が降ってきた。何時もこの時期になると何度か雪が降るが、この何日かの雪は例年になく多かった。刀自古の状態は五日経っても変わらないままであった。香魚萌は刀自古が目覚めるまではと、側にずっと付いていた。

刀自古が倒れてから六日を経過した日に、上宮と山背がやっと岡本の館に駆け付けた。蜂岡寺(広隆寺)は山城にあり飛鳥や斑鳩からは少々遠くに位置している。上宮は先頃新羅国からもたらされた金銅仏を、山城にある蜂岡寺に公式に安置する行事に参加するため日嗣の皇子の山背を伴って行っていた。

刀自古にとって一番会いたい人は、上宮であり山背であろうことは誰にも分かり切ったことだった。上宮と山背にとってもそれは同じ思いに違いないと、香魚萌たちは二人が到着すると刀自古の状態を説明する劉端に後を任せ部屋の外に出た。

「どうすれば、何をすれば、刀自古は目を開けてくれるのですか。劉喘師」

劉喘から刀自古の状態を教えられた上宮は劉喘の手を取って、懇願するように言った。

「あと幾日もこの状態は続くものではありません」

劉喘は下を向いてか細い声で告げた。

「では幾日かすれば、目を開けて起きてくれるのですね」

「いいえ、この様な状態が続けば、幾日もしない内に息をされなくなると……」

「その様なことある筈がない。母様は強いお方です。きっと目を覚まされます。ですから、劉喘師、何でもいいから、何か母が目を覚ますような薬を差し上げて下さい」

山背は泣きながら劉喘に頼んだ。

「申し訳ございません。この病を治す術を、存じません。残念ですが……。申し訳ございません」

上宮は山背の肩を抱いた。

「正晧、母様の手を握ってあげなさい。いつも温かかった手が、冷たくなっている。寒いのではないかな。二人で温めてあげよう」

父にそう言われて山背は刀自古の手を握った。

「冷たい。母様、こんなに冷たかったら寒いでしょう。われが温めて差し上げます」

上宮は刀自古の手を握り温めながら、幼い時に刀自古と初めて出会ったことや大臣の家で共に学んだこと、そして馬子が上之宮に刀自古を連れてきた時のことを思い出していた。上宮は、刀自古の利発さと、表面的な美しさではなくその性格の可愛さが気に入った。刀自古の方も、王族の中で一二を争うほどに優秀な人物だと言って特別扱いされていた上宮の気さくで飾らない人柄を知って、父の馬子が自分の婿にと言った意味を知ったのだ。二人は生涯の伴侶としてお互いを認め合った。

お互いに認め合った気持ちは今でも少しも変わらないと、上宮は思った。しかし、刀自古のことを生涯唯一人の妻と思っていた自分の環境は、大后から王にと推挙されて大きく変わった。前の敏達大王と炊屋姫（大后）の娘菟道貝蛸皇女（皇后）との婚姻。そして要衝の斑鳩に拠点を置くため膳氏との関係を深めた。膳加多夫古の娘菩岐岐美郎女を娶《めと》ったのである。さらに、皇后の菟道貝蛸皇女との間に後継ぎが生まれなかったことに依り、大后のたっての願いもあって尾張の皇子の娘で大后の孫娘でもある橘大郎女までもとうとう娶ることになったのだった。

その何れの時も刀自古は、大臣馬子の娘らしく静かに受け入れてくれた。しかし、時には菩岐美郎女の様にはっきり寂しいと言ったり拗《す》ねたりしても良かったのにと思う。それも、自分の立場や上宮のことを思えばできなかったのだろうと上宮は思い返していた。

刀自古は上宮の周りの人々にも常に気を使い、接していた。上宮が王となってからは、表向きの妻の役割は皇后の菟道貝蛸皇女に移ったが、家を守る大刀自の役割は刀自古に委ねられていた。

上宮は何か迷ったり、考え込んだりした時には刀自古に話すことで迷いが吹っ切れ、良い結論を導き出すことが出来ていた。上宮はそんな時『そなたは吾の知恵袋だ』と言って刀自古に笑われたことを思い出した。刀自古と過ごした日々がどれほど掛け替えのないものだったか。どうか、今一度そんな刀自古との時間を持たせて下さいと上宮は願いながら、刀自古の温かくならない手を両手で温めていた。


恵彌史は岡本に来ようとしない父馬子を呼びに行くため、従者に馬の用意をさせていた。上宮も山背も留守にしているからと言って、馬子は飛鳥に残っていたからだ。

「蘇我恵彌史氏、飛鳥へ行かれるのですか」

上宮と山背と共に山城から帰っていた葛城鮠兎が声を掛けた。

「ああ、そうですが。何か」

「もし宜しかったら、われが大臣をお連れ致しましょうか」

「誰かに言われてこちらへ来るような素直な父ではありません」

「そうですか。失礼いたしました。われもこれから大后様にこの状況をお伝えしに行くようにと大王に頼まれましたので、恵彌史氏はここに居られた方が良いのではと、ふと思ったものですから」

「そういうことでしたか。では、父にも現在の状況を知らせてやって下さい。きっと、法興寺の仏様の前に座り込んでお祈りをしていると思います。お願いします。ああ、それから、もしそうでなくとも、大后様から刀自古のもとへ行きなさいとの仰せがあったと言って下さい。あの人は、大后様の言うことは聞きますから」

「承知致しました。大后様にそう言って頂けるように致します。では、後をお願いします」

「分かりました。宜しくお願いします」

鮠兎は涙をこらえて飛鳥へ向かった。大臣が着くまでどうか刀自古の息が止まりません様にと願いながら。


上宮と山背がいくら二人で時を掛けて頑張って温めても、刀自古の手が真から温かくなることはなく、反対に刀自古の氷のように冷たくなった手が二人の手を冷たくしていった。でも、刀自古はもう苦しそうではなく、すやすやと浅い息をしながら静かに眠っていた。

日が西の山に沈みかけた時、刀自古の寝所に肩を落とした馬子が鮠兎に連れられて入ってきた。そして馬子が入ってきた時、今迄何も動きが無かった刀自古に変化が現れた。大きく息を吸い込んだ後、微笑むような面持ちになったかと思うと、吸い込んだ息を刀自古は吐き出すことをしなかった。

それを間近にいて感じた上宮と山背は、別の部屋で控えている劉喘《りゅうぜん》を呼んだ。そんな刀自古の様子を見た馬子は崩れるように座り込んでしまった。

上宮達に呼ばれた劉喘は、刀自古の口と鼻の所に白い鳥の羽をかざした。鳥の羽がぴくりとも

動かないのを見た劉喘は、

「息をしておいでではありません。亡くなられました」

と、上宮と山背に告げた。

上宮は息を呑み、山背は一瞬静止した後叫んだ。

「いやだっ。母様いけません。お戻りください。逝ってはなりません。どうかどうか。戻ってきて……」

正皓（山背）は赤子の様に泣き叫びながら、刀自古の身体を揺さぶり続けた。上宮はそんな正皓を抱きかかえた。

「もう止めるのだ。母様が泣いておられる。涙が零《こぼ》れ落ちている。正皓、静かに逝かせてあげよう」

上宮も泣いていた。馬子は突然の愛娘の死を直ぐには受け止めきれずに、唯ただ茫然とするばかりだった。


山背達を育て上げた岡本の宮を、刀自古が生前寺にしたいと言っていたことを尊重し、上宮はそれを実現することを決めた。上宮は刀自古との嫡男、山背皇子を寺建設に関する責任者にして全てを任せることにした。

刀自古が亡くなったという知らせは、筑紫に帰った海斗（豊貴王子）と高句麗僧慧慈へ届けられた。刀自古は上宮の妃ではあったが公の皇后《きさき》ではなかったので、半島三国に公式には知らされなかった。しかし生前に上宮と共に親しく付き合いのあった高句麗の慧慈にだけは、上宮の代理として葛城鮠兎から私的な書簡で知らせが届けられた。

十一、独裁者の末路

楊広（後の煬帝《ようだい》）は自分の足元を見つめていたが突然天を仰ぎ見た。

「何故この様に何もかも上手くいかないのだ」

大きな廷《にわ》に響き渡る楊広の声に、誰も答える者はいない。楊広は誰もいない廷《にわ》で一人叫んでいた。そこへ臣下の虞世基《ぐせいき》が来たと内官が告げた。廷《にわ》へ入ってきた虞世基《ぐせいき》は臣下の礼をした後、すぐに言った。

「丹陽《たんよう》（南京）の宮殿の図面の直すべき所が上手くいきました」

久しぶりに皇帝楊広に喜んでもらえると意気揚々としていた虞世基だったが、楊広の精彩を欠いた顔を見るや、何も言えなくなってしまった。この頃、楊広は臣下から何か言われる度にその内容がどうであれ怒ったからだ。虫の居所が悪い時には、怒り狂い直ぐに殺せと命じた。今は何も言わない方が良いと、虞世基は黙った。

しかし報告せねばならないことがあるので、暫し控えの間に留まった。

何処を見るともなく空《くう》を目で追っていた楊広が、

「何だ。何の用か」

と、突然ぎらりと目を光らせて、高楼に登ってきた虞世基《ぐせいき》に問いかけた。

「はっ。新都丹陽《たんよう》（南京）の治水の問題が解決致しましたので、これで完成まで何の問題も無く順調に進みます程に。ご安心ください。後もう少しでございます」

「そうか。丹陽の完成が近いか。しかし、国が没する方が早いか、丹陽の完成が早いか、どちらであろうかな」

楊広は他人事《ひとごと》の様に皮肉った。

「そ、その様なこと、滅相も無いことでございます。陛下、もし宜しかったら丹陽の宮殿の出来具合を視察なさいませんか」

「いや、止めておこう。出来上がった時を楽しみにする。もう、よい。今日は疲れた。下がれ」

虞世基は深く頭を下げ、言われた通りに楊広の前から辞した。そうする他なかった。


かつて虞世基と共に楊広の側に仕えていた者達は、今は殆《ほとん》どいなかった。病で死んだ者、諫言をして殺された者、いつの間にか側から消えた者、そして楊広には最早従う価値がないと群盗になり次の為政者を目指す者、と様々だった。

既に楊広から身を引いた一人に裴世矩《はいせいく》が居る。裴世矩は、倭の遣隋使小野妹子達が帰国する際に同門の裴世清《はいせいせい》を倭へ送った時の外務担当大臣である。裴世矩は隋の皇帝楊広の五貴（五人の素晴らしい側近）と言われた中の一人で、高句麗討伐の理由を探し出して楊広に教えるなど、外交の殆どに関与していた。楊広が隋滅亡の元凶《げんきょう》だが、裴世矩はある意味隋の滅亡を早める原因を作った一人だ。その他、南方の国々に対し隋への朝貢を求め、冊封下に入らなければ攻め滅ぼすとの脅しの外交を一手に引き受けていたのも裴世矩その人だった。しかし、六一六年のこの頃には、既に楊広の側から離れて大興に留まっていた。

文帝の頃から仕えていた宇文愷《うぶんがい》も五貴の中の一人で、大興城（西都）や洛陽城（東都）の立案と造営を担い、運河広通渠《こうつうきょ》を大興城に通じさせた。また宇文愷《うぶんがい》は、文帝の離宮仁寿宮《じんじゅきゅう》の設計をし、楊広が突厥などへ外遊する時の折りたたみ式の観風行殿《かんぷうこうでん》という移動宮殿を考案した。他にも漏刻（水時計）の設計や明堂《めいどう》（古代の政事堂）の復元案を提案するなど、科学者であり建築家、発明家でもあったが六一二年に亡くなっていた。

良くも悪くも時代は動き、善いと言われた者も悪いと言われた者も、全て何れは死ぬ。時代も人も生まれる時があれば死する時がある。今はまさに、一つの時代が終わり次の時代へと変わりつつある時だった。

隋の滅亡の過程を年代順に俯瞰《ふかん》すると次の通りである。

五九八年、隋を建国した初代皇帝楊堅は五男の漢王楊諒《ようりょう》に高熲《こうけい》と共に一回目の高句麗遠征をさせ、陸海で三十万もの兵を投入したが、疫病や食糧不足そして嵐のためにほぼ九割の兵を失い撤退した。宰相の高熲はその責任を取らされる形で、翌年の五九九年八月に失脚した。

六〇〇年、その素行を母の獨古《どっこ》皇后に憎まれた皇太子楊勇は皇帝で父の楊堅から廃太子された。楊堅は獨古皇后と話し合って次男の晋王楊広を皇太子とした。陳を滅ぼした功労者の楊広は、父楊堅が言いなりになる唯一の人獨古皇后の性格を観察、熟知し、その身を慎んでいたのだ。

楊広は母の獨古皇后が華美を嫌い、女色に溺れる者に対し厳しい人であることを心底理解していた。その様な母の性格をあまり気にしなかった兄楊勇はまさか子である自分が父と同じように監視の対象になっているとは思いもかけなかったのだろう。獨古皇后が気に入っていた皇太子妃には目もくれず、自分が気に入った何人もの嬪を可愛がった。獨古皇后が推薦した皇太子妃は、堪え切れずに自らの孤独を訴えた。それが夫である楊勇の廃太子へと繋がること等想像もしていなかった。

楊勇が廃太子となった理由はそれだけではなかった。皇太子楊勇の素行に母が気付く様、楊広がそれとなく仕向けたことも大いに影響していたのだ。こうして、次男の楊広は武力ではなく心理戦で勝利を得て皇太子の座を射止めた。

この年、隋の楊堅は周辺諸国の今迄朝貢していなかった国々へも大々的に招集を掛けた。それは中原を統一した隋への恭順の意を示しに来いという大号令だった。多い程、陛下が喜ばれることだと、外交担当の裴世矩《はいせいく》等一同は数を多く集めるためのあらゆる策を講じた。建国した際に何度か朝貢したものの最近は来ていない所へは、この度は特別な年なので必ず参加するようにと命じた。

特に、王子を人質のような形で置いていなかった高句麗等の国には王自らの来訪を求めた。また冊封下にある国々に対し、未だ朝貢してきていない国にも声を掛け朝貢に連れてくるようにと持ち掛けた。この時、百済は隋からの指令に基づき、盛んに倭に対して隋への朝貢を勧めた。

結果、倭は隋がどの様な国かの調査や準備もできないまま参加すると決めたが、百済の都合が悪くなり高句麗に案内を頼むことになった。これが倭国としての第一回目六〇〇年の遣隋使だった。

六〇二年八月、皇帝楊堅と共に隋を牽引してきた獨古皇后が亡くなった。皇后の死は皇帝楊堅に解放感と空虚感をもたらした。解放感は、今までのように皇后から私生活を監視されることが無くなったというところから来るものであり、空虚感は、楊堅にとって天下の皇帝にまでのし上がってきた道程における同志であり、また怖いが愛する妻である皇后が居なくなったことから来るものであった。

楊堅は空虚となった心を、獨古皇后から禁じられていた酒と女に溺れることで満たそうとした。しかしそれで満たされはしなかった。むしろ歳を取ってからの暴飲と乱淫は楊堅の身体を急激に蝕んでいった。

六〇四年七月、獨古皇后の死から二年ほどで、楊堅は死んだ。六十四歳だった。

同月、皇太子だった楊広が隋帝国二代目の皇帝となった。楊広は、危険を感じてひっそりと身を隠すように暮らしていた廃太子楊勇を探し出して殺した。

八月、漢王楊諒（楊堅の五男）が反乱を起こした。父楊堅の死に対し兄の楊広の仕業ではないかとの疑念が彼を突き動かした。しかし、楊広と楊素によって制圧され死んだ。

六〇五年、元号を大業とした楊広は父が建設したばかりの大都である大興城を気に入らなかったのか、洛陽を新しい都《みやこ》とするための工事を宰相の楊素に命じた。新しい都《みやこ》の洛陽城の建設は直ぐに始められた。建設工事に投じられた人数は月に二百万人を超えたこともあった。建設に掛かった歳月約一年半の内には、投じられた人数はのべ三千万人にも及んだ。

またその他にも、顕仁宮の造営、大運河通済渠《つうさいきょ》の開削等を多くの民の使役によって行なった。

通済渠は黄河を分流させて南東に流し淮河《わいが》に注がせたもの。大運河の原型は秦王朝や漢王朝が造っていたが、南と北を一気に往来できるようにしたのは隋の楊広だった。

【隋の河川と運河】

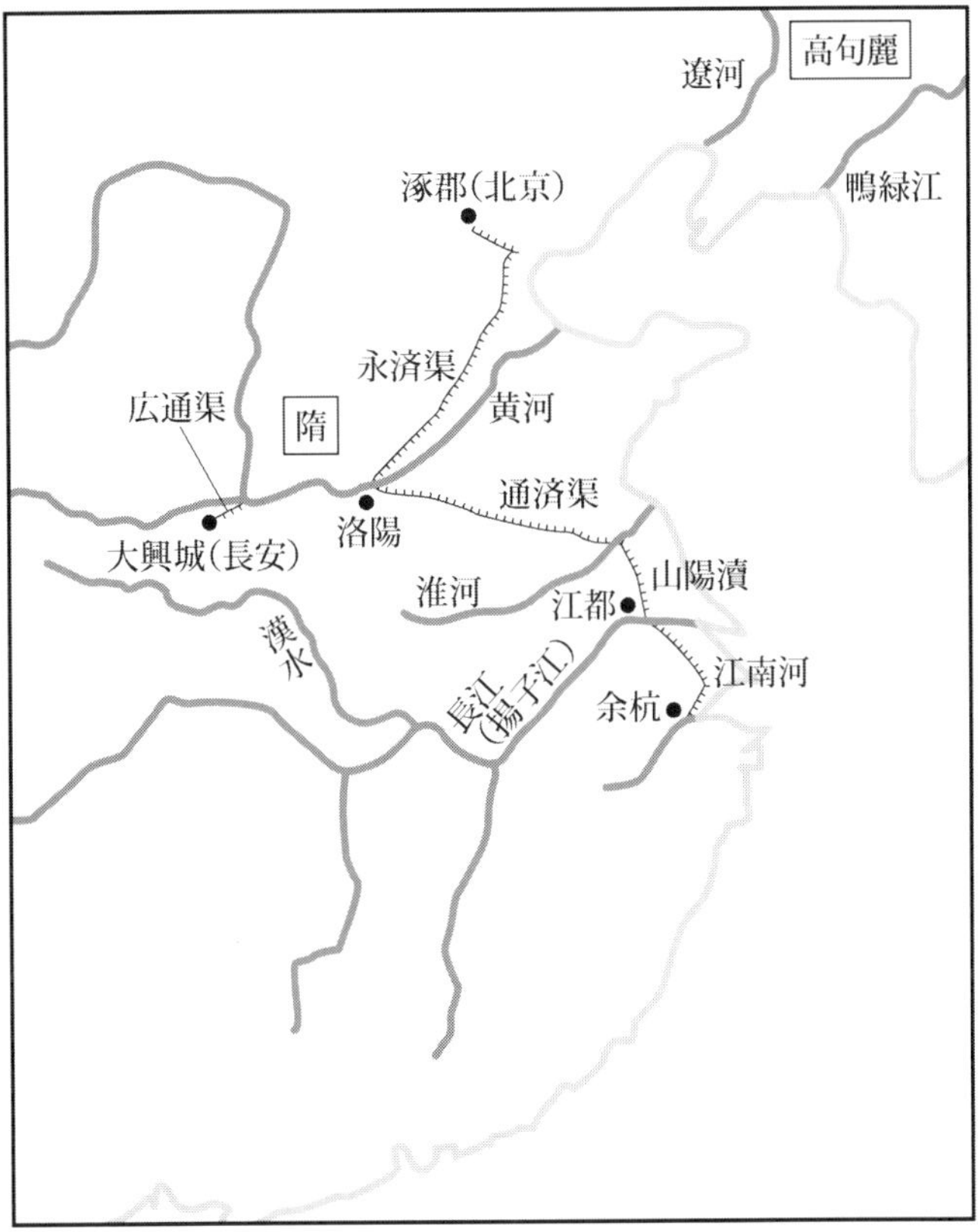

氣賀澤保規編『遣隋使がみた風景』を参考にして作成

線は運河

六〇六年、宰相だった楊素が楊広の猜疑を受け、失意のうちに死んだ。

宰相の楊素が亡くなった後、五貴による新しい体制での政権が本格的に始まった。五貴とは、政権運営における五人の重要人物のことであり、虞世基《ぐせいき》、裴世矩《はいせいく》、裴蘊《はいうん》、蘇威《そい》、宇文述《うぶんじゅつ》が名を連ねた。

六一二年、隋が二回目の高句麗遠征に出ると、大軍を率いて鴨緑江《おうりょくこう》を渡り高句麗の賢将乙巳文徳《いっしぶんとく》と対決した。宇文述率いる隋軍は乙巳文徳の巧みな作戦に乗せられ敗れた。百十三万人を超える隋軍のうち帰還できたのは僅かに三千人にも満たない。隋軍の大いなる敗北であり、それは宇文述の増長が生んだ結果だった。

隋の皇帝楊広がそんな状況を引き起こした宇文述に大激怒したのは言うまでもなく、洛陽城に這う這う《ほうほう》の体《てい》で逃げ帰ってきた宇文述から全ての冠位も爵位も奪い取って庶人とした。

しかし、翌年の六一三年に楊広は隋として三回目の高句麗遠征を決め、宇文述を召し出した。宇文述は高句麗を討つべく軍を率いて鴨緑江《おうりょくこう》を渡った。ところが鴨緑江を渡って間もない頃、楊広に呼び戻された。理由は楊素の子の楊玄感が国内で反乱を起こしたためである。反乱の元々の原因は楊素の態度にあった。楊玄感の父の楊素は隋建国の元勲だが、隋が建国できたのも、楊広が皇帝になれたのも自分のおかげだという態度を、楊素があまりにも露骨に示していたからだった。それが楊広や周りの者達の反感を買い、楊広に疎《うと》んじられるようになった。楊広から遠ざけられた楊素は失意のうちに亡くなったのだ。楊玄感は、隋建国の功労者である父を遠ざけた楊広に怨みを抱き、父の敵討《かたきう》ちのために反乱を起こしたのである。高句麗戦線から取って返してきた宇文述は楊玄感を討った。

六一三年の三回目の高句麗遠征は楊玄感の反乱によって遠征軍が取って返したため、高句麗に対しては何ら成果を挙げられなかったのは当然の結果であった。

六一四年の四回目の高句麗遠征では百万を超える兵の動員がかけられたが、思うように兵が集められなかった。水面下で隋と高句麗の交渉が行われ、高句麗が詫び状を提出して表面上は隋の勝利という形で戦いを収束させた。

六一五年一月、諸外国を集めた「戦勝」祝賀行事を開催した。

この年、皇帝楊広が突厥に包囲されてしまうという事件が起こった。突厥は皇帝解放の条件として隋の冊封下から抜け出て独立することを認めるよう主張し、隋にそれを承認させた。

その後、臣下の殆どが大興城へ戻り国を立て直してほしいと進言したが楊広はそれを聞き入れず、洛陽へ戻ってはどうかと言った宇文述の言の方を聞き入れたのだった。

六一六年、皇帝楊広は洛陽を出て江都《こうと》（現在の江蘇省揚州市の一地域）に向かった。

六一七年五月、李淵《りえん》（後の唐初代皇帝高祖）が太原《たいげん》に挙兵した。隋を倒すためであった。李淵の母は楊広の母である獨古皇后《どっここうごう》と姉妹で、隋の皇帝楊広と李淵は従兄弟《いとこ》になる。同年の十一月に大興城は李淵の手に落ちた。

六一八年三月。隋の二代目皇帝楊広は、宇文述《うぶんじゅつ》の子の宇文化及《うぶんかきゅう》とその弟の宇文智及《うぶんちきゅう》や、裴虔通《はいけんとう》、司馬徳戡《しばとくかん》らに江都で遂に縊り殺された。多くの民を死に追いやり、悪行の限りを尽くしたということで楊広は後に諱《いみな》を煬帝《ようだい》と命名された。伝説上の殷《いん》という国の紂王《ちゅうおう》と共に稀代の悪帝とされたのだ。煬帝の『煬』という文字は、盛んに火を燃やす、あぶる、金属を溶かすなどという意味であり、全てを焼き尽くすという意味を持っているものだった。

十二、本心

中原を再統一した楊堅が隋を建国し初代皇帝となったのは五八一年である。二代目の楊広はその隋を自らの行いによって六一八年に滅亡に追い込んだ。その間三十七年。楊広の時代はその内僅《わず》か十四年に過ぎない。

皇帝楊広の短い治世の間に、どれ程多くの人々が犠牲になっただろう。洛陽城の短期間での建設、南から北へ延ばした何本もの大運河の開削、そして楊広の時代のみで合計三度にもわたる高句麗征討。短い治世の十四年の初めの十年ほどの間に、この事業のために犠牲になった人々の数は公に認められるだけでも数百万人に及ぶ。こんなことがあって良いのだろうか、いや良い筈がないと上宮はため息をつきながら隋が終わりを告げた遥か西方の空を見つめた。

楊広が殺され、隋が滅んだとの情報は百済や新羅から入ってきていたが、新しく建国された『唐』が、どのような国であるかという詳しい話をしていったのは意外にも高句麗からの使者であった。

その高句麗の使者によると、唐を建国したのは李淵《りえん》という人物であり、李淵は滅亡した隋の皇帝楊広の従兄弟《いとこ》だという。李淵の唐建国の仕方は、隋の建国とよく似ている。隋がしたように弱り切った国の皇帝の子や孫を連れてきて無理矢理皇帝の位に就かせる。その上で禅譲を受けた形をとり、自らが皇帝となるというものだった。この方法は、隋や唐に限ったことではない。前例が山ほどあるというのだ。上宮はそれらの話を聞いて、中原の国々の皇帝という地位に対する執着心の凄《すさ》まじさに嫌気がさした。

戦いの中に、民の幸せを考えていることなど微塵もない。隋国の皇帝の行為が国を混乱させたなら平定しなければならない。しかし、それが周りの人々の欲望を満たすだけのものなら、次に建国したという唐も隋と同じような運命を辿るはずだ。新たに皇帝となった李淵はどの様な国にしていく積りなのだろう。

古来より中原の国では、天帝という神が万物を支配し、地上での支配者を指名するという。天帝が指名した者がその資格を得て地上においての皇帝となるのだ。そのため、皇帝とは他から侵され難い存在であり、どの様なことをしても覇者となってしまえば、余程のことが無い限りその地位は守られるべきものとされる。皇帝は天帝から許された地上で唯一人の最高支配者なのだから。

しかし高句麗の使者の言ったことが本当なら、それは最早天帝が指名した者ではないに違いない。天帝など居らず、地上での覇権争いで勝ち抜いた者が天帝の思惑など関係なしに地上の皇帝となるのだ。寧《むし》ろ、天帝という神は、地上で覇権を争う者達が作り上げた、自分達に都合のいい言い訳を助けるための道具のようなものだ、と上宮は結論づけた。

果たして、我が国の大切な若者達をその様な国でこのまま学ばせて良いものかどうか。悩ましいところだと上宮は思った。

　四十歳を過ぎた上宮は、この頃少し体調を崩しやすくなり、この日の朝議には出席していなかった。

「鮠兎、遣唐使には誰が適任か。どの様な意見が出ていたのか教えてくれ」

「はっ。矢張り、犬上御田鍬をと大臣から推薦がありました。もう一度小野妹子にと申し出た大伴友敏《おおともともさと》の意見と対立するような形となりましたが、最終的には大臣の意見に皆賛意を表しておりました。小野氏は息長氏系の田村王子に近いという者もおりますので」

「小野妹子が息長氏と……。小野氏が和爾氏の配下で、和邇氏は春日氏と姻戚関係、そして春日氏と息長氏とは相当な仲だからか……。だが、そんなことを言うなら、あちらもこちらも姻戚関係だらけではないか」

「そうですね。隠し立てをしない小野氏には何の問題もございませんが、ただ……」

「小野妹子を遣唐使に推薦した大伴氏に問題があるというのか」

「はっ。少なからず気になることがございます。大王は、大和《やまと》大伴から筑紫《つくし》大伴へ養子に行った大伴友慶《ともよし》の息子のことを覚えておいででしょうか」

「確か、友慶には法興寺の学び舎に来た優秀な息子がいたな。意志倖《いしゆき》、大伴意志倖だ。あの者は今、大興城いや今は長安城か。そこに居る。遣隋の時、小野妹子達と学生として行った者だったな。妹子が個人的に何か、大伴意志倖について話したことでもあったのか」

「いえ、ございませんでした。しかし、大伴意志倖を推薦したのは、大臣と小野妹子だったと後になって聞きました」

「妹子も推薦していたのか。吾は大臣が推薦したと聞いている。妹子は誰のことも推薦せずにいたと思っていたが……」

上宮には、誰に対しても公正公平なあの妹子が誰かに肩入れするなど考えられなかった。

「われは、何故かその名に引っ掛かっておりました。何故かと問われて答えようがなかったので、密かに大伴意志倖の周辺を調べさせておりました」

「何か、出てきたのか」

「はっ。最近になって分かったことですが、あの息長氏の従者で実力者の砥部《とべ》石火実《いしかみ》の長子石納《いしな》利《り》の子石徹《いしゆき》でありました。名前は三文字の意志倖《いしゆき》と二文字の石徹《いしゆき》とは違えていますが同一人物です」

「なにっ、砥部石火実の孫にあたる人物が、堂々とではなく密かに法興寺の学舎に潜入していたということか。しかも、隋への学生にも選ばれて。一体、息長氏は何を企んでいるのだろうか」

「極秘裏に潜入したことを考えますと、決して良いことではないと言えましょう。何か善からぬ企みがあるのではないかと思います」

「唐への学生や学僧の人選をもう一度考え直さねばならない。息長氏に繋がりを持つ者であっても、正面から堂々と選ばれるなら、こちらも決して断ったりしない。だが、出自を隠してまでとなるとすっきりしないものがある。息長氏、および息長氏と血縁や地縁で結びつきが強い近江の氏族には注意が必要だ。そう言えば、犬上御田鍬も確か近江の者であったな」

「左様にございます。大臣に相談なさってはいかがでしょうか」

「しかし、大臣が推薦した人物に問題があるとなると、大臣も随分衝撃を受けるだろうな」

「ですが、このまま放置しておく訳にもいかないのではないでしょうか」

「それはそうだ。衝撃を受けようとも会ってしっかり話し合ってみよう。それに、何故推薦するに至ったかも聞かねばならない。出自が近江で共通するといっても、今回の犬上御田鍬の遣唐正使任命の件と、以前の大伴意志倖の件は別個の問題だから一緒には出来ない。二、三日のうちに大臣のところへ行って話してみよう」


「お身体は大丈夫ですか。大臣に来て頂いた方が宜しいのではないですか」

「いや、少し外へ出ようと思う。昨日、山背からも苦言を呈されてしまった。身体のために少し外へ出た方が良いと」

「そうですか。山背皇子様が苦言をですか」

「ああ、刀自古が亡くなった時にも、随分言われたのだ」

上宮は刀自古が亡くなった日に山背とどんな話をしたかを初めて鮠兎に語った。

「吾にとって刀自古は初めて恋心を抱いた女人だった。生涯で刀自古以外にその様な人はいない。他の者達は、刀自古が大臣の娘だから吾の下に嫁いだと言っていたようだがそれは違う。大臣は竹田皇子様に刀自古の姉の河上娘《かわかみのいらつめ》様を嫁がせた後、刀自古を大后様が竹田皇子様の補佐に決めていた方に嫁がせる筈だった。その方のことを吾は知らないが、刀自古と竹田皇子様の補佐と決まっていた方の縁談がなくなり、何故か吾との縁談が持ち上がった。吾の刀自古への気持ちは誰にも話していなかったから、大臣のことがあまりお好きでなかった母様はその時困惑されていた。しかし大王となった父様にとって、吾と大臣の娘との婚姻は強い味方を得ることになると思ったようだ。母様は父様に説得されたと、後になってから吾に話してくれた。そんなこともあって、吾は刀自古のことを以前から気に入っていたことを誰にも話せずにいた。鮠兎には知られていたかもしれないが、どうだった」

「知っていました。来目皇子様も知っていましたよ。刀自古様との婚儀が決まった時、上宮様の思いが叶って良かったと、われと二人で話したことを覚えておりますから」

「鮠兎は記憶力が良いな。何でも覚えている。しかもそれだけではなく、様々な事柄についてもよく深く理解している」

「上宮様の下で日々薫陶して頂いておりますから。人の頭というものは使えば使うほどに磨かれる銅鏡のようであり、その知識の増えることは汲んでも尽きぬ泉のようだと、斎祷昂弦氏も言っておられました」

「鮠兎、もうそろそろ人前で父と呼んでも良いのではないか。二人の時は父と言っているのだろう」

「いいえ、その件に関しましては、大后様からの許可を頂いておりません。昔のことを知っている者も少なくはなりましたが、あの事件に関係した人の中にあちら側の人もおりましたので。公表するつもりはありません。葛城の方でもその事の詳細について知っているのは、葛城の父だけです」

「そうなのか。すまないなぁ。大切な人達が困っていることについてもう少し力になれると良いのだが……」

「われのことは、もう大丈夫です。気に病まないで下さい。それよりも、山背皇子様にどんな苦言を呈されたのですか。もし山背皇子様が、上宮様のことを誤解なさっているようなら、われが知っている範囲でお話しして差し上げたいと思います。これからのお二人のためにも、刀自古様のためにも」

「いや、その様なことまで鮠兎に頼めない。これは吾が直接山背と話をせねばならないことだと思う。刀自古にも吾の思いをちゃんと伝えられていなかったと、刀自古が逝ってから気付いたからだ。刀自古と鮠兎は常に吾の本当の気持ちを分かってくれていると思っていたから、自由に振る舞っていた。他の人々には思い遣ることを言葉や態度で表現しても、刀自古や鮠兎には言葉で殊更表すことはしなかった。鮠兎、そなたには吾の気持ちが伝わっていただろうか」

「伝わっておりました。それは刀自古様にも伝わっていたと思います」

「そうだろうか。今となっては、刀自古に聞くすべはない。もっと、伝えておくべきだった。そうすれば、こんなに後悔することも無かった……」

　上宮は母を亡くした子供の様に泣いた。上宮の刀自古への今迄の感情が、堰を切ったように涙となって流れ出したのだ。少し経って、上宮が泣き止むのを待ってから鮠兎はしっかりとした声で言った。

「矢張り、われが山背皇子様にお話ししてみます。話をさせて下さい。われが知る上宮様と刀自古様の仲の良さを、しっかり山背皇子様にお話しさせて下さい」


鮠兎は上宮が刀自古のことで泣いた次の日、山背を岡本に訪ねた。山背は母刀自古の岡本の館を寺に変えていく工事の進捗を確かめに行っていた。

「周囲の整地や建物の改築が随分進みましたね」

「ええ、ここまでやっと漕ぎ着けました。しかし、飛鳥の都に多くの人力が投じられていますので、こちらにあまり人手を回してもらえないのが辛いところです」

「大王は、隋の失敗に学ばれて、民の使役に対して新たに厳しく制限を加えられました。国にとってどんなに大切な事業であっても、民に過剰な負担をさせてはならないと仰せになりました。山背皇子様は、その事に賛成ではないのですか」

「基本は賛成しています。しかし個人的には、特に今、母のために寺として改築する責任者としては、少し不自由です」

「でも、山背皇子様が不自由に思っておられるようには、あまりお見受けしませんが……」

「えっ、何故ですか」

「楽しそうにと言ったら変ですが、皇子様も皆さんも大変な仕事なのに優しい顔をしています」

「ええ、ここで働いてくれている人達は、母が生前付き合いをしていた郷の者達なのです。自分達の仕事を手際良く終えて、進んで手伝いに来てくれているのですよ。だから、職人の数は少ないのですが、皆気持ち良く働いてくれています。でなければ、この様にここまで短い期間で造り上げることは出来なかったと思います。本当にこの方々には感謝の気持ちでいっぱいです」

そう言いながら山背は、手伝う人々が行き交う度に頭を下げていた。

「では、今日はわれも、何かお手伝いをさせて下さい。刀自古様にいつも優しくして頂いた者として、感謝の気持ちを伝えたいので」

鮠兎は直ぐ側にあった石を運ぶための篭に幾つもの石を乗せたかと思うと、あっという間に皆の中に入って運ぶべき場所へ何度も運んだ。山背もいつの間にか、鮠兎と同じようにしていた。

暫く力仕事をした二人は、肩で息をするまでになっていた。そこで働いている職人の頭らしい者が、昼の休憩を告げた。鮠兎はここに来た本来の目的を果たそうと、山背に自分達も休憩にしようと言って人々から少し離れた場所に二人で座った。

山背がここでいつも配られる竹の筒に入った水と大きな握り飯を渡してくれた。

「おお、これは有り難い。これはどなたからの差し入れですか」

「岡本の館の最後の侍女頭の黄葉《きよう》達が作って持ってきています。最初は穴穂部の大母《おおおかあ》（祖母）さまからでしたが、皆があまりにも恐縮するので黄葉が申し出てくれたのです」

「そうでしたか。頂きます。ああ、でもこれは懐かしい味がいたします。もしかして今もこれは」

鮑兎がそう言おうとしたのを山背は止めた。

「分かる人には分かりますよね。今も大母《おおおかあ》様が手ずから握って下さっているのです。有り難い御握りなのです」

「そう、この塩加減。懐かしいな。美味しい」

鮑兎は幼い頃の上之宮でのことを思い出していた。温かい涙が頬を伝った。山背も何か思うところがあるのか、山背の頬にも涙が一筋流れた。

「山背皇子様、われから少し話をさせて頂いても宜しいでしょうか」

「何の話ですか」

「刀自古様と上宮様の昔話です」

「父と母の昔の話ですか。少し母からは聞いたことがあります。ある日、父が母に怖い顔で大臣(馬子)はどの様な人物かと問われたと。後で、父になぜそのようなことを聞いたのかと尋ねたけれど、父はそんなことを全く覚えていなかったそうです」

「その様なことがあったのですか。刀自古様は大臣がどんな人だと答えられたのですか」

「面白い人だと答えたそうです」

「面白い人、確かに。ですが、われにとってはこの大和政権に無くてはならぬ方だとの印象の方が強いです。色々な面を持っておられます。大王が常に頼りとされている方でもあります」

「大臣としては評判が良いのですね。勿論、われにとって爺様は良い人です。爺様は自分の家族を常に心に懸けていると窺い知れます。われに会った時に優しい言葉を掛けたり、あの顔で笑って迎えてくれたりするのです」

「大王はそのようなことはないのですか」

「父は常にわれには厳しい。あまりに厳しくて、悲しくなります」

「次の時代を任せるための薫陶ではありませんか。用明大王も上宮様にだけは厳しかった。側にいるわれらから見てもそうでした。ただ、用明大王が上宮様の行いの一つ一つに一家の行く末が懸かっているのだとはっきり言っておられたのを、われらも聞かされました。われらもその時には、上宮様を皆でしっかり支えようと誓ったのです」

「そうですか。父はいつも、皆で幸せになるために仏教を分かり易く教えられるようにと頑張っておられますが、直ぐ側に居る母や子らは常に放っておかれているように感じます。何故この様な疎外感を覚えるのでしょうか。母は寂しくはなかったのでしょうか」

「お寂しかったと思います。それは大王も分かっておいででした」

「そんな、いつも自利利他だと言い、皆を幸せにするのだと言っているのに。父にとってわれらは一体何なのですか。幸せにする対象から外された存在なのでしょうか」

「いいえ、違います。寂しいと思う気持ちを持ちながらも刀自古様は分かっておいででした。大王としての上宮様と同じ気持ちになろう、同じ気持ちを分かち合おうとなさっていたのだと思います。

刀自古様は上宮様の『勝鬘経』の講義を聞かれた時からは、それまで以上に、人々を慈しみながらどの様にすれば人々が幸せだと思える国にすることが出来るのかを、真剣に考えておられました。そして刀自古様なりに、自らが自らのことを心から大切に思い、他者をまた自分と同じように大切に思うことが皆を幸せへと導くことだと、一人でも多くの人に教え説かれていました。それが仏の教えを世の中で実践する刀自古様のやり方でした。われは時々、その様にされている刀自古様が菩薩様のように見えました。菩薩の行いをされていたのです。誰にでも出来ることではありません。

われは刀自古様を時折訪ねて、お忙しい大王に報告していたのです。これはもう随分前から、上宮様の弟分として上宮様に頼まれてしていたことです。大王は刀自古様のことを忘れていたのでも、放っておかれたのでもありません。上宮様にも刀自古様にも優しさがあったのです。その結果が今ここにいる郷の人々だとわれは思いますが、違うでしょうか。尊敬する大好きな上宮様と同じ気持ちで、刀自古様は生きて来られたのです。われは素晴らしい生き方をされたと、心から思っています。

上宮様も刀自古様を本当に大切になさっておられました」

「父が忙しいことは分かっています。でも、父に会うことも無く一人ここで、どんなに郷の人々に慕われ感謝されたとしても、母はそれで自分は幸せだと思っていたのでしょうか。一番一緒にいたい人と、共に生活できない中で母の人生は素晴らしいと言えますか」

「刀自古様自身が愛する上宮様と常に共に居ないと幸せだと感じない方だったとしたら、郷の人々にも優しく接することなど出来なかったと思います。刀自古様はご自分のことばかりでなく、相手の立場を考え理解し、自分が相手に何をしてあげることが出来るかを考えられる方でした。大王となられた上宮様の立場や忙しさを理解しておられました」

「理解はしていたでしょう。しかしそれでも、父にはもっと母を大事にしてほしかった。母はきっと寂しさを心の奥にしまっていたに違いない。われはそんな夫にはなりたくない。たった一人の人を心から幸せにできない者が、国の民を幸せに導くことが出来ますか」

母を思う子としての山背の心の叫びだった。鮠兎は山背に掛ける言葉を失った。しかし、上宮が色々な経緯で刀自古一人との生活ではなく、四人の妃を持たねばならなかったことを分かってほしかった。また、民を大切にする国造りという理想に燃えた大きなことを成し遂げるには、私的な時間を持てなくなった事実があったことも、山背には分かってもらわなければならないと思った。

「皇子様、この書簡は昨年われが海斗様と慧慈様達を筑紫へお送りした際に、海斗様とその母御の飛菜炊様から託された刀自古様への書簡です。刀自古様はわれがこの書簡をお届けした時、いつもなら直ぐ読まれるのに何故かその時だけは後で一人読みたいと言われて、その内容を教えて下さいませんでした。でも、後で教えると言ったことを覚えていて下さったようで、書簡に後で鮠兎に見せる物と添書《そえが》きされていました。きっと、上宮様へいつもわれが報告していることをご存知だったのでしょう。

これはわれが一生の宝にしたいと大王に無理を言って頂いたのですが、これを持っていらっしゃるべきは皇子様だと、今日のお話を伺って感じました。お読みになって、もし持っていたいと仰せなら、この書簡を皇子様に差し上げます」

鮑兎はそう言うと、筑紫からの刀自古への書簡を山背に差し出した。これまでの上宮に対する怒りが爆発した形の山背は感情を抑えられず、鮑兎が差し出した書簡を中々受け取ろうとしなかった。しかし、意を決し震える手でその書簡をやっとのことで受け取った。


筑紫から斑鳩の刀自古への書簡には、母と子が長い間別れていた時の感情の悲喜交々《ひきこもごも》が書かれていた。そして、その別れ別れの親子にとって唯一繋がりを持たせてくれた刀自古の存在に対する深い感謝の思いが綴られていた。山背は読みながらひっきりなしに出てくる涙を拭きもせず、長い書簡を読み終えた。

「父は筑紫からのこの書簡を読んだのでしょうか」

「読まれました。刀自古様がわれにと書いておかれたので、最初に読まれたのは、われが是非お読みくださいとお渡しした後です」

「父はこの書を読んで何を言いましたか。そしてどの様にしたのですか」

「この書簡を読まれて直ぐに飛鳥から斑鳩の刀自古様の眠っておられるここに来られました。この書簡を前に置いて、長いこと話し掛けておいででした。夜になり、身体を壊してしまいますからと言って、われがもう戻りましょうと声をかけたのですが立とうとなさらず、次の日の朝まで刀自古様の側で過ごされたのです」

「父はまた政務に励んでいる様子でした。筑紫から母への書簡を読んだ父は何をどう思ったのか。われには推測が付きません」

「われの意見を言わせて頂いてもいいでしょうか」

「聞きたいです。父のことも母のこともよく分かっている鮠兎様なら分かることも多い筈。是非、聞かせて下さい」

山背は幼い頃から父と共に成長し、母との親交も深かった鮠兎の言葉を待った。

「経緯をしっかりお話ししたいので、刀自古様と海斗様とそして海斗様の母御との関係をまず話させて下さい。この書簡をわれに託した海斗（豊貴王子）様をこの大和へお迎えしたのは、ちょうど十年前のことでした。幼い海斗様を筑紫の胸形志良果氏のところから大和へお連れする役目を大后様から仰せつかったのは、われでした。

筑紫の方々は、出来れば海斗様を筑紫の胸形志良果氏の下で母、飛菜炊様と静かに暮らさせたいと思っておられたようです。しかし、一目見ただけで来目皇子様のお血筋だと分かるほどの海斗様のお顔立ちやお声だったこともあって、最早隠しおおせないと思った胸形志良果氏は行動を起こしました。大后様へ事の次第を知らせてきたのです。大后様は大王とご相談の上で、われを使者に立てました。われの役目は、海斗様が確かに来目皇子様の遺児であるかどうかを確かめること。海斗様が確かに来目皇子様の遺児であると分かった時には、胸形氏から海斗様を譲り受け大和へお連れすることでした」

「それを鮠兎様お一人に任されたのですか。大変なお役目だったでしょう」

「そうですね。あまり多くの大和や筑紫の人々には知られぬようにとの仰せでしたから」

「それに父である来目皇子様は既に、身罷っておられました。海斗はまだ幼く、一番近い身寄りとなる方が居ない中で、大和へ一人旅立たせるというのは筑紫の身内の人達には受け入れ難い要求だったと思います。特に夫を亡くし一人で海斗を育ててきた飛菜炊様にとって、どれ程辛いことだったか。鮠兎様はそんな人々をどのように説得されたのですか」

「あの時は、われも相当辛かったです」

鮠兎は当時のことを思い出して、涙ぐんだ。

「ですが、海斗様にとって生涯を正式に王家の一員として認められるか、そうでないかは大変重要なことです。来目皇子様が大切に思っておられた方との御子である海斗様は、この大和で王家の一員としての教育を受けなければ王家の一員に成ることが出来ないのです」

「成程、われらは此処に生まれ自然に子供の時から王家の一員として認められ、生まれて間もない頃からそれなりの教育を受けてきました。国を任された王家の責任と、守るべき国と民人のことを常に中心において考え、行動をするよう教えられてきました。父はわれら王家の者達は衣食住の全てをこの国の全ての民に用意してもらうことで、政事の全般を運営するという役割を果たすことが出来ていることを決して忘れてはいけないと常に言っています」

「そうです。今のようなお話は、大和において王家の一員でなければ教えてもらえないものです。そしてもう一つ重要なことがあります。それは王家の一員と成れば、その権利も生じることは山背皇子様もご存知ですね。海斗様が筑紫で胸形氏の孫として育った場合、胸形志良果氏にとって海斗様は娘の飛菜炊様と共に大切な方ですが、家督の相続の際に大きな問題が生じることが懸念されるのです」

「胸形志良果氏の後継者にとって、海斗が王家の血筋だと何かと気になる存在であることは確かですね。でも、海斗が大和から正式に王族の一員だと認められれば、誰もが認めざるを得ない存在となる。そうなれば、胸形氏の家督相続には関係なくなります。海斗は王家から王族として自らの所領を譲り受けることが出来る。来目皇子様の王子として」

「そうです。今後、王族の一員として確固たる地位を得て大和政権内での責任を果たす人と成られるようにと、海斗様は大和へと誘われたのです。大后様はこれからの海斗様を守るためと、胸形氏に家督相続争いが起きないようにするために手を打たれたのです。全て海斗様のためでありました。われはそのような話を包み隠さず、胸形志良果氏に話しました」

「そういう経緯でしたか。それなら、爺様は納得したでしょうね。でも、母と子は離れ難かったでしょう」

鮠兎は大きくため息をついてから、話を続けた。

「飛菜炊様の泣き声が今でも耳の奥に残っています。何ともわれも切なかった。胸形志良果氏が飛菜炊様から海斗様を引き離された時には、飛菜炊様は血を吐くような声で叫ばれました。

でも、『海斗様を全力でお守りいたします』と真剣に申し上げた時、初めて飛菜炊様はか細い声で、『あなたを信じて託します』と、言って下さったのです」

「そうだったのですか。そして、鮠兎様は約束を守られて今迄海斗をこの大和で守り、約束を守って王族としての教育を済ませ立派に王族の一員として認められた海斗を筑紫へ送ってこられたのですね。母もそのお手伝いをしたのですね」

「いいえ、実際は刀自古様が主体的に海斗様を全面的に支えて下さったのです。刀自古様はここに書かれてあるように、海斗様が岡本に来られてからは、海斗様の日々のご様子を月毎に纏めて筑紫で待つ母の飛菜炊様の元へ送られていました。海斗様が学ばれた学問の書や、大王が講義して下さった『三経義疏』の写しなどもあったそうです」

「頑張り過ぎですね、母も。母は丈夫な方でしたが、いくら何でも働き過ぎです。その他にも、郷の人々と薬草を植えたり刈り入れをしたりしていたのです。病人がいると聞くと、香華瑠師を飛鳥まで呼びに……」

そう言いながら、山背は途中で声を詰まらせた。

「お許しくださ い。海斗様のことに関しては、われがしっかりとお世話が出来ていなかったせいで刀自古様に大変なご苦労をお掛けしてしまいました。申し訳ありません」

鮠兎は山背と話している間に、刀自古が過労と思われる病で早くに亡くなってしまったのは誰のせいでもないと気が付いた。刀自古自身が、世の人々のために自分の立場で出来る限りのことを行なおうと命を燃やした結果だったのだと。

「母は自分でやろうと思ったことは何をおいてもやり通す人でした。誰から言われなくとも、困った人のために進んで種々のことを行う人だったのです。優しい人でした。母を誇らしく思います。

でも、もっと生きていてほしかった。父との幸せな時を持たせてあげたかった」

山背は自分がもっと成長して、父一人で行っている本当に大変な大王としての役割を少しでも助けられたら、父に時間が出来て母との時間を持てるようになるとも思っていた。しかし、大王の政務は非常に激務で、山背が少し手伝ったくらいでは、父をその激務から解放することは到底出来なかった。

鮠兎は刀自古の側にずっと付き従っていた香魚萌の言葉を思い出し、山背に話した。

「刀自古様は、山背皇子様が飛鳥の橘の宮に移り住むようになってからは、少しの時間も空かないように何かに没頭していたそうです。少し寂しさもあったのかもしれませんが、刀自古様のことですから、利他の精神に溢れて日々多くの事を行なっていたに違いありません」

「母は母の思うところの幸せを見つけて懸命に生きたのですね。母は自分の思い通りに生きたとしたら、幸せだったのですね。自分のためだけでなく他者のためにも生きられた母は、仏教でいうところの自利利他の精神を、身を以って実践した人なのですね」

山背は突然の母の死をどうしても直ぐには受け入れることが出来なかったが、鮠兎と話している間に、短くも母が懸命に生きたことをやっと受け入れたのだった。母をここ岡本に一人残していった自分のことも、橘の宮で過ごさなければならない父のことも母は分かってくれていたと思った。それでも寂しい気持ちが無かったとは言い難く、同じように筑紫から大和に一人来た海斗を大切にすることが母を救ったのだ。それは、母にとっても、海斗にとっても良かったのだと、山背は思った。

十三、友の思い

建国したばかりの唐への使節団は、派遣する時期が中々決まらなかった。百済は今後のために建国のお祝いだけでもした方が良いと言い、新羅からも使節が来て同じようなことを言い置いて帰った。

しかし、上宮は隋が建国してから滅ぶまでの僅かな期間に稀にみる悪政を行なったことに対して疑問を持っていたため、唐使派遣実施の踏ん切りがつかなかった。大陸では今までにも隋のような国が興り、独裁者が大国の首長となって周りの国々に手を伸ばし滅ぼしてしまうことが多々あった。大きくなった国は、より大きくなろうとして他国に戦いを挑み続け、国に刃向かってくる者は殺し、生け捕りにした者達は奴隷として連れ帰る。そんなことが繰り返されているとしたら、その国に学びに行った学生達や学僧達は、一体何を学んでくるというのだろう。

一方で、前は隋、今は唐となった国には優れた文化があり、法など国を治めるための方策がある。それらを学ぶこともできる。その一つ一つを自国には未だ考え出せる者すらいないことに、上宮は愕然《がくぜん》としていた。

「大臣、百済が言ったように建国の祝いの品だけでも、持って行った方が良いのでしょうね」

「あまり気が進みませんか。しかし、挨拶くらいしておかないと隋の時の様に、唐も脅しを掛けてくるのではないでしょうか。それに、我が国から送った学僧や学生達が現在無事であることは確認されましたが、彼らの親たちはいつ帰還させてもらえるのか不安でならない様子でした。心配しているのです。その事についてはどうお考えですか」

「近い内に、正式に遣唐使を派遣せねばならないとは考えています。しかし、その時には、学生や学僧を伴わない形にしたいと思います」

「えっ、それは何故でございますか」

新しい高度な文化を大陸から出来る限り持ち帰り、先進諸国に負けない強い国にしたいと言っていたのは外《ほか》でもない上宮自身だったからだ。

「吾は隋使を派遣した時、吾らが暮らすこの国を蕃国と言い放った者達に対し憤《いきどお》りを覚えました。その考えは今も変わっていません。大国となるために自国の民を殺戮の場に送り出し、多くの人を殺し、多くの国を滅ぼして、未だ従っていない国に対しては、お前たちも早く恭順の意を示して配下にならないと滅ぼしてしまうぞと脅す。そんな方法で大きくなった国から何を学べるというのでしょうか。

実際我が国も、隋に遣った小野妹子は夷掖玖《いやく》の人々が使う兜を見せられ、夷掖玖《いやく》の人々を捕えたのだと脅されたと報告した。我が国だけでなく多くの国がその様な脅しを受け、従わない時には攻め込まれました。高度な文化や高度な学問はこの様なことをするために使うものでしょうか。隋を例に挙げれば、あの皆が驚く速さで造られた大運河は誰のため、何のためだったのか」

「隋が統一した中原の国では、南は穀物が実る豊かな土地。北は山脈地域になっておりますから、南の豊かな穀倉地域から実りの少ない北の地へと、一度に沢山の食糧を運ぶためのものであると聞いております。建前上はですが。

矢張りあの運河は、高句麗討伐のために急ぎ造られたものでしょう。ただ如何に大運河を造っても、高句麗に辿り着くには山岳地帯を越える手立てを打っておかなければなりませんでした。大運河で高句麗の近くまで行ったとしても、その先に立ちはだかる上り坂を幾日も掛けて自力で食糧と武器を運ばなければなりません。隋軍の兵士達は重い食料を道々に捨てながら行軍し、高句麗との対戦場所に着く頃には体力も限界となっていたようです。疲労困憊した隋軍の兵に対し、悠々と待ち構える高句麗軍は相手の状況を全て知り尽くした上で攻め方を考えていた。そして、何より高句麗の勝因は、絶対に国土と人民を守るという強い思いだったのだと思います。隋軍の兵士達には、この強い思いはなかった。一人の皇帝の欲望を満たすためだけの高句麗遠征だったからです。

隋の二代目の皇帝は、天台宗の高僧智顗《ちぎ》から菩薩戒を授けられたそうですが、そんなものは形式的なものに過ぎません。あのような者が菩薩などではないと誰でもはっきり分かります。少なくとも仏教徒と名乗る限り、不殺生戒を守るのは当然のことです。しかも、隋の皇帝楊広は智顗から菩薩戒を授けてもらってから、より一層の大量殺戮《さつりく》を命じているのです。もう、もうそんな者に、いや、そんな奴に菩薩戒を授けた智顗という僧侶さえ……」

馬子はこれまで誰にも言えずに押し込めていた世の中への憤懣を一気に吐き出すように、身体を震わせながら話した。上宮は馬子の震える身体と心を何とか落ち着かせようと、馬子の両方の肩に大きな手を乗せた。

「大臣、分かりました。大臣も政権を奪取したばかりの唐が隋と何ら変わらないのではないかと思っていることは分かりました。そうであれば尚更、我が国が先の隋へ派遣し大興城に残されたままになっている者達を何とかするためにも、出来る限り早く唐への使者を送りましょう。唐へ向かわせる者達のことは、小野妹子も交えて選ぶことにします。宜しいですね」

「承知致しました」

「次の話ですが、こういうことが分かりました」

上宮は馬子に大伴意志倖《いしゆき》の話をした。馬子は意志倖が優秀だったから学生《がくしょう》として隋へ派遣するよう推薦したと述べ、意志倖が砥部石火実《とべいしかみ》の孫であるということを聞いて目を見張った。そして言った。

「しっかり調べなければいけませんね」

「息長氏に関して詳しく知る者に聞きましょう。阿燿未は息災でしょうか」

「元気にしておるはずです。が、現在は余呉ですから、呼び寄せるとなると数日掛かるかと思われますが……」

「阿燿未も寄る年波には勝てませんか。でも、数日掛かっても来てもらいたい」

「承知致しました。阿燿未を呼びにやりましょう。他にも息長氏と付き合いのあると思われる者に探りを入れましょう。特に大伴意志倖の件は、大伴喜田譜《きたふ》を呼んで聞き取りいたします」

「大伴氏の長老は喜田譜だけではありません。矢栖崗《やすおか》がいます。矢栖崗は臥せっているのですか」

「いえ、その様な報告は受けておりません。ですが、矢栖崗は少し偏屈なところがありまして、何か喜田譜と揉めたとか。この間の朝議にも顔を出さなかったと、記憶しております」

「この前の朝議には、吾も欠席しました。隋が滅んだ後、どうも調子が狂ってしまった気がします」

「高句麗との長い戦いの末に、大国である隋の方が倒れてしまったのです。周りの国にも大なり小なりの影響は出るのではないでしょうか。特に、高句麗の慧慈師は大王の仏教の師でありましたから、ご心配も人一倍だったのではないですか」

「そうですね。慧慈師の故郷高句麗がなんとか持ちこたえられた今は、正直ほっとしています。しかし、先程から問題視している様に、早く我が国の確固たる方針を決めねばなりません。唐という国とどう向き合っていくのか。そろそろ、吾等も気を引き締めてかからないといけません」

隋が滅んだことはこの二人にとっても大きな衝撃だったが、刀自古の死もこの二人にとって大きく心を痛める出来事だった。上宮がそのことを尋ねると、馬子は言った。

「はあ。あの子が懸命に大切にした人々のためにも、もう落ち込んでなどいられません。さあそれでは、われはそれとなく矢栖崗を訪ねてみると致しますか。われはどちらかというと、喜田譜より他人《ひと》が偏屈だという矢栖崗の方が、実《じつ》があると思っておりますので」

上宮の頬が少し緩んで笑っているように見えた。

「大王。われが何か可笑しなことを申しましたかな」

「いえ、何でもありません。ただ、誰にでも愛想のよい喜田譜より、寡黙な矢栖崗の方が大臣は気が休まるのではないかと思ったのです」

「愛想の良すぎる者には警戒しろと、父から教わりました。その様な者は、腹に何か思うところがあるのだと。この父からの教えは、何度もわれを助けてくれました」

「そうでしたか。それでは、大伴矢栖崗氏と話してみて下さい。その結果で、喜田譜への接触をどうするか考えましょう」

「分かりました。ひょっとしたら、大伴喜田譜と筑紫大伴氏とはわれらが知らぬところで近江息長氏と繋がっている可能性もあるかも知れません」

「調べる前に、あまり先入観を持たない方がいい。事実だけを積み重ねていきましょう。そこには必ず見えてくるものがある。今後のためにも、一部の氏族への注意は怠らないようにする必要があります」

「小野妹子を小墾田に呼ぶのは、どう致しましょうか」

「遣唐使について小野妹子の意見を聞いてみたいので、呼ぶことは変更無しとしましょう。三輪阿多玖等と共に、妹子の考えだけでも聞いてみます。大臣は大伴矢栖崗氏に会ってきて頂けますか」

「承知致しました」

馬子は少し元気を取り戻したようだった。

小野妹子《おののいもこ》は普段、法興寺の裏手にある離れに住んでいた。そこは以前慧慈が豊浦の寺を善信尼達に返した後、身を寄せていた所で、落ち着いて調べものをするのに大変良い場所だった。

「小野妹子氏、御在宅か」

葛城鮠兎が声を掛けた。

「居ります」

中から妹子の声がして、直ぐに本人が顔を出した。

「おお、葛城鮠兎様。お久しぶりにございます。どうぞ、もしよかったら中へ」

「お一人でしたか」

「いえ、書類の整理を手伝ってもらっておりましたので。もう一人居りますが、出掛けさせましょうか」

「それでは、外で話しましょう。その者には、書類の整理を続けてもらって下さい」

「承知しました」

鮠兎は連れてきた従者に妹子の出た後を見張るよう指示をして、妹子と共に歩きながら、大伴意志倖のことを聞いた。妹子が大伴意志倖を隋へ行く学生として推薦したのは意志倖が非常に優秀であったからで姻戚関係のためではなかった。鮠兎は妹子に明日朝、上宮達が待っているので小墾田宮へ来るように伝えた。

小墾田宮には大王を中心に、直ぐ側の左側には日嗣の皇子山背、蘇我恵彌史が、右側には三輪阿多玖、境部摩理勢、秦河勝等がいた。その場に入った小野妹子は一瞬少し驚いたのか歩みを止めたが、鮠兎が示す場所まで進み、片膝を突き大王への挨拶をした。

「小野妹子、そなたに聞きたいことがある。他でもない、新しく建った唐への使節の派遣についてだ」

「はっ。誰ということではなく、派遣するかどうかでございますか」

「そうだ。派遣自体をどうするかだ。そなた、派遣した方が良いと思うか。そうだとしたら、何故派遣した方が良いのかの理由を述べよ」

「どちらかと言いますれば、派遣した方が良いと考えます。その理由は、今回建国した唐という国がいかなる国であるかを見てみないと、どう向き合っていくべきなのか分からないと思うからです。

以前、隋へ行かせて頂いて、われは隋という国の在り様と人々の暮らしぶりを目の当たりにすることが出来ました。それはいくら説明を受けても、知り得ることが出来ない貴重な経験でした。矢張り、その地に行きこの目で見なければ確かなことは何も分かりません。その国の人々が何を思い、何を大切にしているのか、確かめることも出来ません。相手のことを知ることが、こちらが今後どのように動けば良いかの判断をより正しいものにするのではないかと考えます。

結果、派遣した方が良いと考えます。が、時機といたしましては、もう少し待たれた方が良いのではないでしょうか」

「そうか。貴重な意見だ。今後の参考にしよう」

　そこへ、情報収集に当たっている紫鬼螺が大陸から戻ったとの報告が入った。紫鬼螺はその報告が終わらない内に皆の前に現れた。その姿を見た一同から、『おおっ』というどよめきが聞こえた。紫鬼螺の顔は伸びた髭で覆われていて、殆ど山賊かと思われる様な格好だったからだ。

　上宮はそんなことには触れもせず言った。

「紫鬼螺。よく戻ってくれた。現在の唐の状態はどうだったのだ。遣唐使は出せそうか」

「現時点での遣唐は無理でしょう。未だ、唐が国家統一を成しておりません。昨年大興城を占領し、大国の中心地に君臨しておりますが、巷《ちまた》には次から次と我こそ皇帝だと名乗りを上げる者達が出現しております。

　現在、唐国の周辺では小国の帝王となった者達同士が潰し合いをしております。李淵《りえん》率いる唐がこれらを全体的に潰すため突厥と手を組んで一大勢力となり、これらと戦いの最中です。一番初めに唐の李淵との戦いに敗れたのが、隋の楊広を滅した宇文可及《うぶんかきゅう》率いる反乱軍でした」

「それでは、矢張り唐が国家統一を遣り切りそうなのか」

「その流れになりそうですが、これはかりはまだ何とも言えません。唐は大興城、現在は以前の名に戻って長安となっていますが、ここと洛陽と首都機能を持った二都市を押さえております。その上、李淵の息子達の中でも長男の皇太子李建成《りけんせい》と次男の秦王李世民《りせいみん》は優れた戦略家だと聞き及んでおります」

「分かった。それでは、遣唐使の件は戦乱が収まるまで少し待つとしよう。何れ大興城いや今は長安だったたか、我が国の大切な者達が居るのだから遣唐使を出して迎えに行かねばなるまい。彼らは今どうしているだろうか」

「申し訳ございません。如何様《いかよう》にしても長安までは行き着くことが出来ませんでした。ただ、唐も国として今後のためにも、現在長安に居る他国の学僧や学生達には危害を加えられないようにしていると聞き及んでおります」

「ああ、それは吾も聞いている。しかし戦乱の最中だ。彼らの不安も尋常ではないだろう」

「隋の皇帝楊広が大興を留守にしたまま江都《こうと》（揚州《ようしゅう》）で亡くなって早二年になります。その間に、李淵が唐を建国し一応大興は長安と元の名に戻され落ち着きを取り戻しているでしょう。長安に居る限り、もう心配はないかと思うのですが……」

「紫鬼螺氏、長安まで辿《たど》り着くことはまだ容易ではありませんか。誰か様子を見に行くことは出来ないでしょうか」

と、一族の中で大興城に学生を出している者の代表として秦河勝が心配そうな顔で質問した。

「紫鬼螺、どうしても駄目か。見に行くだけでも難しいのか」

「はっ。難しゅうございます。長安にたとえ辿《たど》り着けたとしても、皆の消息をこちらに帰ってきてご報告することが出来るかどうか分かりません。現在長安に行くのは、行く者の安全が殆《ほとん》ど担保されない程、非常に危険な状態なのです。どうかお分かりください。いま彼の地は、隋が滅び唐に移行しつつある混乱期なのです。隋にとって代わろうとする輩で満ち溢れています。その中でも、一応規模の大きい唐が首都機能を持った長安を我が物と致しましたが、国土全体を平定するには至っていないことをどうかしっかり認識して下さい」

紫鬼螺の叫びにも似た発言にその場の一同は言葉を失くし、秦河勝は大陸から戻ったばかりの紫鬼螺に申し訳ないと謝った。その姿を見て、上宮が話を引き取った。

「紫鬼螺、すまなかった。吾等が今できることは、大陸が落ち着きを取り戻すことをひたすら祈るしかないのか。いやしかし、大切な我が国の民の様子が少しでも掴めるような何か手立てはないか。皆で考えてほしい。高句麗、百済、新羅の政権側だけでなく民間からでもいいから何か情報を得られないか」

「大王。新羅は隋が倒れる前から、隋周辺の国々との行き来をしていると聞いております。そちらの方から何か情報が流れてきているかもしれません」

「新羅か。では河勝は新羅のその筋をあたってくれるか」

「はっ。畏まりました」

「では、われは高句麗の慧慈師に連絡をしてみても宜しいでしょうか」

「ああ、鮑兎そうしてくれ。恵彌史は百済からの情報を集めてくれるか」

「承知致しました」

皆それぞれに自分のなすべきことのために小墾田を後にした。そんな中で、上宮は小野妹子にだけ残るように告げた。

「妹子、少し聞きたいことがあるのだ。今そなたの手伝いをしている者の出自は何処か」

「はっ。近江小野郷の者にございます」

「そなたとの関係性は……。いや、そなたを頼ってきた親戚の者なのか」

「少し遠いのですが、母方の叔父の姻戚でございます」

「彼の者はどうだ。優秀か」

「はっ。優秀であると、思います」

「しかし未だ、飛鳥の学舎での学生ではないな」

「われの時の様に、和邇氏や春日氏の推薦だけでは入れないのです」

「そういった者達は大勢いるのか」

「はあ、われが知るだけでも百名はおりましょう」

「えっ、そんなに居るのに、なぜ吾の耳には入らないのか。もう何年か前からその状態が続いているのか」

「われが遣隋使として帰り来ました頃から、少しずつ増えてきたようです」

「それならば、百人くらいでは収まらないだろう。遠い故郷から皆の期待を背に受けて一度大和まで来たならば、手ぶらで帰る訳にはいかないだろうに。その者達のその後の消息はどうなっているのだろう」

上宮がぽつりと小声で漏らした言葉を妹子は聞き逃さなかった。

「彼らの殆どが、法興寺の僧として受け入れられております。学舎に入れなかったと言っても、文字を読み書きできる者達です。何も得られないまま故郷に戻る訳にはいかなかったのでしょう」

　上宮は随分前、法興寺の寺司の蘇我善徳から僧侶になる者を広く募集したいという話をされたことを思いだした。しかし、確かその時には、政権の体制を整えるための人員募集の方を先に行いたいから少し待ってほしいと善徳に言ったのではなかったか。上宮は少し曖昧な自分の記憶を辿《たど》った。考え込んでしまった上宮に小野妹子は自分が言い過ぎたかと思った。

「申し訳ありません。つい、彼等に同情してしまいました。言い過ぎをお許しください」

「いや、そうではない。これからこの国を担う若き者達の置かれた状況について、何にも把握できていなかった自分を恥じていたのだ。よく教えてくれた。改善せねばならないことだ。しかし、法興寺がその者達を受け入れてくれたと言っても、本来彼らは、僧侶ではなく官人として国に仕えることを目指しているのだろう。どうすれば良いか、そなた何か考えはあるか」

　上宮が小野妹子とこの国の将来を担う若者達をどう導けば良いのかという話をしていた時、蘇我馬子は大伴矢栖崗《おおとものやすおか》を訪ねていた。矢栖崗は畑の中にいた。

「おお、友よ。久しぶりだな」

「わしを友と呼ぶ者などとっくにこの世にはおらん。そちらは何処《どこ》の何方《どなた》でしょうか」

「矢栖崗氏、何、戯言を言っているのだ。馬子じゃよ。蘇我有明子《そがうまこ》じゃ。忘れたのか。忘れる病とやらがあるらしいが、矢栖崗氏はその様な病になる筈がない。そう思っていたが、朝議にも参加しないところを見ると矢張り忘れる病なのか……」

しょんぼりした馬子を見て矢栖崗は、腹を抱えて笑った。

「馬子は芝居が下手くそじゃな。あんまり下手くそじゃから、笑ってしまうじゃないか」

「やっぱり矢栖崗はそうでないと。すまんな、長いこと話も出来ずにいて、すまなかった」

「よく言うよ。何か用か。用事でもなければ、忙しい馬子がわしの所になんぞ来るはずがないかな」

「いや、今日はじっくり話がしたくて来たのだよ。畑仕事が終わるまで待っているよ」

「日が落ちるまで終わらないぞ。畑仕事をしたこともないお主が、人の畑仕事が終わるまで待つとは。では、本当に待っていられたら昔からの誼《よし》みだ。少しだけ話を聞いてやるよ」

矢栖崗はそう言ってからは、馬子の方を一度も見ずに唯ただ畑を耕し続けた。そして馬子は矢栖崗が畑を耕す姿を真剣に見ていた。

日が西に沈みかける頃、矢栖崗の畑仕事は終わった。

「よく待っていられたな。お主がこんなに待っているとは、余程聞きたいことでもあるのだろうな。では、約束だから我が家へ行くとするか。我が家で良いのか」

「ああ、お邪魔させてもらうよ」

馬子はただ待っていただけではない。矢栖崗の畑を耕す時の正確に鍬を降ろす姿を見て、矢栖崗に昔武術の手ほどきを受けた時のことを思い出していたのだった。

矢栖崗とは幼い頃から気が合って、一族の中であまり仲の良い者がいなかった者同士二人でよく山や川に行き遊んだ。馬子は矢栖尚の勤勉で実直な人柄に好意を持ち、矢栖尚は馬子の明るい性格と人懐っこさに自分にはない良さを認めていた。二人は大人になっても親交を持ち続けた。

稲目が亡くなって、馬子が大臣となった時も一番に矢栖尚が来て祝ってくれた。ただ、矢栖尚の一族は大伴氏であり、時には蘇我としての大臣である馬子と相反する行動をとらざるを得ない時もあった。しかし、それで矢栖尚と馬子の個人的な関係が終わりになることはなかった。あの時までは……。


それは、もうずいぶん昔のことだ。五八九年七月に大王家と蘇我氏が軍人集団の物部氏達に攻め込まれた時、馬子は予《かね》てから気持ちを通じていた大伴矢栖尚に連絡し、同じく武人集団の大伴氏に助けを求めた。

一時は物部軍が有利となって、馬子達はこのままでは負けてしまうと覚悟した時、矢栖尚が先鋒となって大伴氏の一団が駆けつけてくれたのだ。大伴氏が味方してくれたことで戦況は一転した。もう駄目かと思われた蘇我氏側は息を吹き返し、軍人としても国一番の物部守屋を討ち取ることが出来たのだった。それはもう殆ど、大伴氏のお陰だった。

しかし戦いが終わると、蘇我側から大伴氏に対し抗議の声が上がった。蘇我側の王族の一部が、大伴氏が駆けつけるのが遅過ぎると言い出したのだ。確かに大伴氏の本拠地から戦いの場までの距離はそう遠いものではない。では何故、駆け付けるまでに時間的に凡そ倍もの時を要したのかと問われて、大伴氏は物部氏側の襲撃が突然であったため準備に時間が掛かったとの言い訳に終始した。だが、元々大伴氏も物部氏同様戦いを生業とする集団であり、一朝《いっちょう》事ある時は常に飛び出していける準備をしておくのが当然のことであった。軍人集団としての基本が出来ていないということなら、それはそれで由々しきことだと批判が出た。そして、その事が問題視されて、大伴氏に聞き取りが始まると更に大伴氏にとって不利な証言が出てきた。

それは、物部守屋率いる物部氏が蘇我氏側に攻撃を仕掛け始めた頃に、蘇我から救援を頼まれた大伴氏側は二派に分かれていたというものだった。二派とは、蘇我に味方しようとする大伴矢栖崗率いる者達と、物部にも蘇我にも付かずに静観しようとする者達だった。その時、矢栖崗は今後のためには蘇我に味方した方が良いと説いて回った。矢栖崗の説得もあって、大伴喜田譜も蘇我に味方する方へ回り、時の長老を説得した。その結果、やっとのことで大伴氏全体が蘇我側に加勢することになったのだった。

この話を聞いた大后の炊屋姫は怒り心頭に発した。馬子も黙ってはいられず、大伴氏の長老を呼びつけ、大伴氏の真意を問い質した。大伴氏の長老は、確かに意見は割れていたが最終的には蘇我に味方しようと一致団結して蘇我を助け、その結果蘇我氏と大伴氏で物部氏を討つことが出来たのだと、悪びれることなく堂々と話し終えた。

馬子が大伴氏の長老との話の顛末を、その頃には既に王族の束《たば》ねとなっていた大后に話すと、大后は言い放った。

「その様な大伴氏を、大和政権の将軍の地位に就かせておくことは出来ません。今後、大伴氏から将軍の地位を剥奪し、物部氏を倒した時の戦利品の下げ渡しは無しにします。寧ろ大伴氏が物部氏と共に管理していた茅渟の海（現在の大阪湾）の権利を現在の三割に減らします」

「いえそれでは、今度は大伴氏が反乱を起こします」

「それには良い手があるのです。大伴氏を二派に分けるのです。筑紫の南の肥後の国の管理を大伴氏に任せることが一つ。最初から蘇我へ味方するように説いていた大伴矢栖嵩を大伴氏の長老に推薦し、大伴氏から取り上げた茅渟の海の権利の二割を褒美として与える」

これを聞いた馬子は大伴氏の中で矢栖嵩が孤立しないようにと、矢栖嵩と共に喜田譜にも同じような褒美を与えた方が良いと大后に説き、大伴氏の軍をそのまま大王軍の一部に組み入れることも提案し了承されたのだった。

しかし、この一連の戦後処理はあらゆる人々に不満の種を残す結果となった。矢栖嵩は矢張り大伴氏から孤立した。表面上は喜田譜と共に長老として朝議にも参加しているが、実際大伴氏の中で長老として機能しているのは喜田譜一人だった。矢栖嵩には殆どの者が寄り付かなくなったのだ。大伴氏は蘇我を救うために物部と戦い、身内の者に死者まで出したのに、何一つ利を得られなかったばかりか一族としては勢力を弱めてしまう結果となった。人によっては、物部氏に味方しておけば良かったという者まで出てくる始末だった。

矢栖嵩は自分の小さな館に戻るまでの道すがら、畑での仕事の話をした。

「畑を耕しながら、今度は何を育てようかと考えている時が一番楽しい」

「そうか。われなら、収穫の時が楽しいと思うがな」

「お主ならそうかも知れんが、わしは違うのじゃ。良い畑を作ると、作物が応えてくれると思うだろう。しかしな、そうではないことが多い。この世は何も思い通りにはならない。自分がどんなに努力をしても、考えに考えても、上手くいかない時がある。しかし頑張らねばもっと上手くいかないのだ。お主の人生は、相当結果が付いてきておるようだな。それなりに頑張っているのだろうし、親から受け継いだものも多いのだろう」

「そうだな。わしは受け継いだ物も多い。だが、……。いや、止めておこう。お主より随分運が良かっただけだ」

矢栖崗は先に館に入って、誰かと何やら言葉を交わしていた。

「まあ狭いが、入ってくれ。それに、お主からの差し入れと言って届いている物があるが、確かにそうか」

「ああ、長い間の無沙汰の詫びなのだが、受け取ってもらえるか」

「頂いておくが、今回限りにしてくれ。お主ともう会うこともないと思うから」

「えっ。何処かへ行くのか」

「筑紫の大伴から呼ばれているのだ。来月には向こうから迎えが来ることになっている」

「そ、そんなこと聞いていないぞ。ではもう朝議には一切出てこないのか」

「そうなるな。世代交代だそうだ。もう隠居してくれということだ」

体《てい》の良い厄介払《やっかいばら》いではないかと、馬子は心の中で叫んだ。大和政権は大伴氏の内々のことに一度口を出したが、一族の中のことは一族で決めるのが本来の在り方だった。一族で決めた後で、それを政権に報告して政権に承認され実行される。政権側は一族の申し出に対し、政権に事実上関係がない限りその殆どを異議無く承認することになっていた。

「お主、それでいいのか。納得しているのか。あの時、お主が蘇我と大伴を救ったのだぞ。たとえ物部氏側に付いたところで、今の大伴氏の立場より決して良くなっているとは思えない。蘇我から救援を頼みに行く前に、大伴氏は物部氏の方に味方しろという誘いを断っていたと聞いたぞ。大伴氏は蘇我側に付くと決めておきながら、蘇我がとことん窮地に追い込まれるまで待っていたのだろう。それをお主一人が説得して早く動こうと言ったことを、われは後で人から聞いたぞ。お主、口惜しくないのか。そなたが皆を救ったのだ、何故もっと主張しないのだ」

「色々あるのだ。そして、もう決まったことだ。世も人も変わりゆく。わしも出来る限り頑張ってみた。もう悔いはない」

「悔いはないだと、お主に無くとも、われには未だ有るぞ。お主ともう会えなくなるなど……。寂しいではないか」

「今頃、寂しいというなら、もっと早くに会いに来い。ああ、そうだ。わしが筑紫へ行くことをお主が知らなかったのも無理はない。大伴氏側から政権の方に申し出るのは、わしが筑紫へ発った後だと聞いたからな」

「政権に対し一言も口を挟ませないために事後報告するというのか。これから戻って大王に報告し、お主の筑紫行きを止めて頂く。矢栖崗、いいな。待っていてくれ」

「もういい。もう止めてくれ。何にせよもう争いは嫌なのだ。それにお主、今日は何かわしに聞きたいことがあったのではないか。この際置き土産だ。何でも話してやるぞ。言ってみろ」

馬子ははたと思い出した。そうだった、筑紫大伴の大伴意志倖《いしゆき》について聞きたかったのだ。矢栖崗が遠くに行ってしまうという悲しさで完全にその事を忘れていた自分に驚いていた。

矢栖崗に促されて、馬子は申し訳なさそうに大伴意志倖のことを話した。

「大伴意志倖か。詳しくは知らんが、あの者は養子だ。筑紫の大伴氏は二代前に大和大伴氏から友敏《ともさと》の弟友慶《ともよし》を養子に迎えたのは知っているな。友慶は筑紫で幸いなことに男子を授かった。しかし、その子は十を数える前に死んでしまったのだ。その後、何年経っても子が出来なかった。そこで伝《つて》を頼って、養子に迎えたのが意志倖だ」

「伝とはどのような伝だろう。友慶のことは知っていたが、意志倖のことは一切知らされていないぞ。それに、友慶の子が亡くなったとは、これも政権には知らされていないな。何かいわくありげだな。これ等の事について心当たりはないか」

「詳しくは知らんと言ったであろう。わしが知っているのは此処までだ。詳しくはお主が得意な調査をすればいいだろう。もうこれ以上のことは、知らない。

お主と酒を酌み交わす気分ではなくなったから、もう帰ってくれ」

矢栖崗は大伴氏を裏切る気はなかった。身内の大伴氏から冷遇されても、矢栖崗にとっては何処よりも大切な自分が属している氏族に変わりはなかった。矢栖崗は今迄も自分なりに常に一族に良かれと思って行動してきた心算《つもり》だ。矢栖崗は間違ったことにはそれが誰であってもはっきり意見するし、常に正しい生き方を他人にも求めた。実直過ぎる人柄は一族の殆どの者からは煙たがられていた。そして、物部との戦いの時に一族と意見が分かれてからは、一層矢栖嵩は孤立してしまったのだった。

「分かった。今日は帰るよ」

馬子はまた来るとは言わなかった。そう言うと、矢栖嵩が早くに筑紫へ行ってしまいそうな気がしたからだ。また、きっと会いに来ようと心の中で思いながら、馬子はもう暗くなった道を従者と共に帰った。

次の日の朝早くに、馬子は上宮の所へ急いで向かった。上宮に矢栖嵩の筑紫行きを阻止してもらうためと、大伴意志倖の件を早く話すためである。

上宮のところに着くと阿燿未が来ており、大伴意志倖の件について阿燿未からの確かな報告があった。大伴意志倖は砥部石火実の直系の孫であり、元々の名は石徹《いしゆき》である。父は砥部《とべ》石納利《いしなり》(石火実《いしかみ》の嫡男)、母は息長氏から嫁していた。息長氏から嫁した母は押坂彦人王子とは親戚筋に当たる事も分かった。石納利は長男を手元に残し、次男の石徹を初めは和邇氏に預け、次いで和邇氏は大和大伴氏からの紹介で筑紫大伴氏の大伴友慶《おおともともよし》へ養子として出したのだ。養子縁組は珍しいことではなかったから、石徹の字を変えて意志倖としなければならない理由はない筈だ。何かそこには隠したいものがあるのだと馬子は思った。その訳は、一体何か。押坂彦人王子の縁続きである者が、蘇我主導の大和政権に入ることを拒まれると息長氏側が考えてのことか。意志倖本人が息長に繋がる自分の出自を隠したいと思ってのことなのか。

上宮は阿燿未に直接聞いた。

「どちらだと思うか。それに、大伴氏は全て承知の上で意志侼を養子としたのだろうか」

「さあて。ここまで隠そうとしていることを思えば、息長氏と砥部氏に何かの目論見があったと思われる、という考え方が一つ。しかし、砥部石火実の嫡男石納利もまたそれなりの人物でありますから、こちらの調べが付くこと位は承知しているでしょう。

われらが調べたことが露見した際には、きっと何かしらの言い訳を考えてあるでしょう」

「そうか、筑紫大伴氏に是非にと頼まれてとか。しかし、名前の字を変える必要があるか」

馬子は何とか息長氏や砥部石納利の意図するところを掴みたいと、阿燿未《あようみ》に食い下がった。阿燿未はごほんごほんと何度も咳をした後、やっとのことで答えた。

「そ、それは、分かり兼ねます」

と答えて、また咳き込んだ。上宮は阿燿未が辛そうなのを見兼ねて言った。

「阿燿未が随分辛そうだ。阿素見《あすみ》は付いてきていないのか。居るなら呼ぼう」

「阿素見《あすみ》の代わりに亀鑑《きかん》という者をつれてきました。亀鑑を呼んで頂けますか」

従者に案内されて入ってきたのは阿燿未と阿素見の丁度間位の年恰好の男だった。阿燿未が咳まじりの声でその者を紹介した。

「これは、われの弟にて亀鑑《きかん》と申します。以後お見知りおき下さい」

「亀鑑か。これからの規準になれとの思いで付けられた名だな。随分兄と歳が違うな。親子ほど離れているのではないか」

　咳が収まった阿燿未も笑っていた。

「この度、われが務めておりました彼の地の長老をこ奴めに譲りたく、お願いに上がりました。宜しゅうございますか」

「分かった。阿燿未ももう引退するのか。そう言えば随分長きに渡って、大変な役目を負わせていた。ご苦労でした。本当に有難う。そなたが居てくれて、本当に助かりました。これからは少し楽をして過ごしてください」

　少し痩せたように見える阿燿未の手を取って、上宮はその手を撫でた。阿燿未は恐れ多いと言って上宮の手をそっと放し跪《ひざまず》いて平伏したが、上宮はそれを制した。

「立ってください。これからは、亀鑑がその役を引き受けてくれるのだな。阿燿未はしっかり後継者を育てていてくれた。有り難い」

「どうぞ、何なりとお申し付けくださいさい。兄にはまだ及びませんが、精一杯お仕え申し上げます」

「分かった。では、息長氏と砥部氏のこれからの動向をしっかり監視し、報告を怠りなく頼む」

「はっ、畏まりました」

「それから、大伴氏の周辺にも目を配ってくれ。このことが、そなたが一番に取り掛かる事案となる。頼む」

　上宮は亀鑑の実力が如何程のものか見てみようと思った。阿燿未の後をしっかり継いでくれることを期待した。その次に頼みたい重要な事案を胸に秘めていたのだ。

亀鑑は阿燿未と共に次なる役目を果たすべく退席した。

阿燿未たちが去った後で、馬子は大伴矢栖崗《やすおか》の筑紫行きの事について聞いた。

「いや、まだその話は上がってきていない」

「大王はこの件をご存知なかったのですね」

「本当に大伴氏は矢栖崗を筑紫へ遣る心算《つもり》だというのですか。それはあんまりな決定ではないかな。今になって、その様な決断を下すとは、何故でしょう」

「大伴氏はわれと親しい矢栖崗を遠くへ遣ることで、政権に対し何か良からぬことを企《たくら》んでいるとしか思えません。大伴氏として事を起こせば矢栖崗にも知れますから。大伴氏から矢栖崗の筑紫への移動願いが出てもどうか許可なさらないで下さい。どうかこれだけは、われの願いお聞き入れ下さい。物部氏との戦いに勝てたのは、偏《ひとえ》に矢栖崗の大伴氏への説得があってのことです。その事をどうかお忘れなきよう、お願い申し上げます」

「分かりました。でも、これは一族内でのことですから、矢栖崗を筑紫へ発たせてからの報告になるかも知れません。そうなれば、もうどうにも出来なくなります」

「では、今直ぐにでも飛鳥の宮の建設の責任者の一人としての役目を矢栖崗に頂けないでしょうか。それならば、大伴氏も矢栖崗に手出しは出来なくなりますから」

「大臣は何故そこまで矢栖崗にこだわるのですか。以前の大臣からは想像できません。他の一族のことに関して、あちら側からすれば随分理不尽なことではありませんか。他の一族にはその一族のやり方があると今迄は常に冷静に対応していたではないですか」

「われにとって、矢栖嵩は掛け替えのない唯一人の友だからです。大いに私情でございます。どうかお許しくださぃ。蘇我一族の者ではありませんし、利害関係もありません。ただ、矢栖嵩が寂しそうに肩を落としている姿が目に焼き付いて離れないのです。若き頃、あ奴と共に成長し友として語りあっていた時は楽しかった。矢栖嵩は本当に何に対しても真剣で、われの知る中でも一番の頑張り屋でした。一族でも一目置かれていて、何れは一族を牽引していくだろうと大伴氏の中でも言われていたのです。物部氏との戦いの最中に蘇我を早く支援するようにと言ってくれたのは、矢栖嵩でした。その後大伴側の問題が露見した頃から、矢栖嵩は蘇我の回し者だと難癖をつけられ徐々に大伴氏の中で孤立するようになったのです。

　もう、あ奴の楽しげな姿や笑う顔を何十年も見ておりません。このまま、別れるのが辛くて仕方ないのです。われは友と唯の一度も、何か楽しいことの一つも共に出来ずに別れなければならないのですね。矢栖嵩は命がけで大伴氏を説得しわれらを救ってくれたというのに」

　物部氏との熾烈《しれつ》な戦いから、既に三十年余りが過ぎていた。しかし今の蘇我の繁栄はあの時、大伴氏が加勢してくれなければ有り得なかった。その時蘇我の大将だった馬子にとって、大伴氏は救いの神でありその救いの手を差し伸べるようにと先導してくれたのは、誰あろう大伴矢栖嵩だった。馬子はあの時の恩を忘れてはいなかった。受けた恩は生涯を通して忘れないのが人としての在り方だと強く信じていた。

「大臣の気持ちは痛いほど分かります。大伴矢栖嵩と相容《あいい》れない者が、現在の大伴氏の中心に居る者達だということも分かります。しかし今更何をしても、大伴氏の中にいる大伴矢栖嵩氏が、大臣が知る頃の人に戻ることはないでしょう。大伴氏の中で生きていくしかない矢栖嵩氏にとっては、大臣が何かをしてあげることがかえって迷惑になることもあるのではないですか」

「わ、分かっては居ります。しかし、われも何もせずにただ見ているだけなのは非常に辛いのです」

何も出来ることはないと、あの頃に戻れるものでもないと分かってはいても、馬子は何かせずにはいられなかった。

「では、矢栖嵩氏と吾が話だけでもしてみましょうか。何か力になれることがあればいいのですが」

「そ、それは、矢栖嵩が恐縮致しますから」

「あの時、大変な恩を受けたではないですか。本来ならば、今の何倍もの領地を差し上げていても不思議ではなかったでしょう。あの時何故あれ程の活躍をして下さった方に、もっと褒美を差し上げなかったのですか」

「理由は色々ありますが、結局決断を遅らせた大伴氏側と、遅れた理由をこちら側が知ってしまったことに依るお互いの気持ちの行き違いが原因です。故にもうその行き違いは、元に戻せません」

　馬子は、上宮に話しながら悟ったようだった。もう、今更どうしようもないことなのだと。

　数日後、馬子を大伴喜田譜《きたふ》が訪ねてきた。喜田譜は矢栖崗《やすおか》から預かったと、一通の書簡を馬子に手渡した。

「矢栖崗は昨日筑紫へ発ちました。これはどうしても、われから直接大臣にお渡ししてほしいと頼まれましたので、今日参りました」

「えっ、もう行ってしまったのか。政権にはまだ報告していない筈ではなかったか」

「只今、矢栖崗の移動届けを提出してまいりました。事後報告ではありましたが、本人の希望でございましたから。受けて頂けました」

「そ、そうか。ご苦労でした。矢栖崗は筑紫のどの辺りに居を構えるのだ。分かっていたら教えてほしい」

「矢栖崗本人が希望しているのは、海の見える所ならどこでも良いということでした。ここは海から遠いので、海が見える所でのんびり余生を過ごしたいそうです。何処か決まれば、またあちらから知らせてくると思いますので、その時はお知らせします」

「分かった。わざわざ有難う。気を付けて帰られよ」

「はぁ、あ、有難う存じます。では、失礼いたします」

　喜田譜は今まで馬子からこの様な気遣いの言葉を直接聞いたことが無かったので、少し戸惑いを見せた。

馬子は大伴喜田譜を何時《いつ》になく門まで送った後、館の自室に入り戸を閉め一人になると、急いで大伴矢栖崗からの書簡を開いた。そこには矢栖崗らしい堂々とした文字が並んでいた。

『この間は折角訪ねてくれたのに、素っ気なくして悪かった。筑紫と言ったが、火の国の方まで行こうと思っている。もし来る機会が有ったら、いやお主は忙しいか。何といっても、大和の大臣だからな。だから、もうわしのことで、あちこち動き回るのは止めてくれ。会った時にも言ったが、これまでのことをわしは後悔などしていない。極稀《ごくまれ》に自分の気持ちを抑えたことはあるが、殆ど自分の気持ちに正直に生きてきた。氏の中でも随分我《わ》が儘《まま》を通したと思う。だからと言って、わが氏はわしを排斥したりはしなかった。お主から見ると、そうは見えなかったかもしれないがこの書簡を託した喜田譜は、そんなわしとわが氏の間を常に取り持ってくれていた者だ。

ああ、忘れるところだった。この筑紫行きは、わしの方から申し出たことだ。喜田譜は止めてくれたが、ここでもまたわしは我《わ》が儘《まま》を通したのだ。だが、きっとお主は聞くだろう。今更何故、大和から遠い筑紫のそのまた先へ行くのかと。

もうこれはずっと以前から、いや物部との戦が終わってからわしの気持ちの中に芽生えていた罪悪感を何とかしたいということからだった。そして、何時かは大和を遠く離れてあの時に亡くなった人々のために何か出来ることはないかと探していた。

そんな時、火の国の葦北《あしきた》に、百済の将軍だった刑部靫部日羅《おさかべゆぎべにちら》氏を弔うための寺と霊廟が出来ていると知った。そして是非、行って弔いたいと思ったのだ。わしが最後に戦った時に、側で亡くなった者達のこともこの機会に弔いたいと考えた。そこで先ずは、日羅氏の元へ行き、日羅氏の父の時から関わりのある大伴氏の一族の者として詫びたいと思った。

わが大伴氏は武を本分としてきたが、わしは元々武力で人を制することを好んでいなかったのはお主も知っているな。現大王が戦いを出来る限りしない方針なのは知っているが、有事にはわが大伴氏は駆け付けねばならないだろう。しかしわしはもう人に刃を向けるようなことはしたくない。三十数年前のことだが、わしにとって見知った者同士が戦った、蘇我氏と物部氏の戦いが、今も日々心を苦しめているのだ。もう二度とあのようなことが起こらないようにと、皆の平穏無事を祈る日々へと変えたい。これはわしの切なる願いなのだ。

お主と最後に会った時、お主と笑いながら昔話でも出来たらどんなにか心が軽くなっただろうかと思ったが、そんなことをしたら決心が鈍ると分かっていたから出来なかった。すまん。最後まで、我が儘を通すことを許してくれ。

われの生涯ただ一人の友よ。今迄、友でいてくれたことに感謝する』

馬子は友からの別れの書を握り締めて目を閉じた。幼い頃からの矢栖崗との数々の思い出が馬子の目を濡らした。

十四、国の記

六二〇年の春、斎祷昂弦が国の歴史を記した書が出来上がったので一度見てもらいたいと言ってきた。

「そういうことなら、見せて頂きましょう。上之宮へはいつ行けばいいでしょう」

「いつでも大丈夫です。大臣が三日前に急にお見えになって、国の歴史をまとめた『国の記』はいつ出来上がるのかと聞かれました。もう直ぐですと申し上げましたら、出来上がったら早々に知らせてほしいと言っておられましたので、こうしてお知らせに参りました」

「それで、大臣にはもう伝えてありますか」

「いえ、これからお伝えに上がります」

「では、頼みます。明日、山背と大臣と共に伺いましょう。鮠兎、昂弦氏を島の庄までお送りしてくれ」

鮠兎は馬を用意させて、斎祷昂弦を島の庄まで送りながら尋ねた。

「隋のことも書かれましたか」

「勿論、記しております。近年で一番の出来事ですから。ですが、そもそも国の記録ですから、あまり多くは書けません。上宮様はその事も書いた方が良いと言われておられたのですか」

「言っておられました。隋のことには相当衝撃を受けられたようで、外つ国の動向も、しっかり書き残しておく様にしたいとのことでした。上宮様は、大国の動向は周辺諸国に影響を与えるだろうし、諸々の国の興亡は我が国運営の教訓になるだろうとお考えのようです」

「成程、分かりました。その考えで、必要な追記をするようにしましょう」

馬子にも明日上之宮へ来てくれるようにと伝えた斎祷昂弦を、鮑兎は上之宮まで送り届けて自分は橘の宮へ戻った。


次の日、上宮は朝早くに起き出して、摩須羅に上之宮へ持って行く土産の準備をさせていた。斎祷昂弦と上之宮の者達の長年の苦労と努力に報いるために、遠く安房や筑紫、若狭、伊勢などから送られてきた多くの山海の珍味を乗せた荷車を従えて、上宮と山背そして鮑兎は朝の道を斎祷昂弦が待つ上之宮へ向かった。途中で同じ様に荷車を従えた馬子達の一団と一緒になった。

「大臣も同じ気持ちでしたか。これほど多くの荷が、上之宮の倉庫に入りますか」

「ああ、大丈夫です。先日、蔵を今一つ造らせて頂いたので十分入る余地がありましょう」

「いつもの通り、大臣は準備が良いですね」

「流石です。爺様」

馬子と上宮の会話に、山背が参戦した。皆が皆、嬉しそうな様子だった。

斎祷昂弦と上之宮の人達は、上宮と馬子からの多くの荷物に驚きながらも喜んで受け取った。

荷のことは他の者に任せて、斎祷昂弦は上宮達を大きな卓がある部屋へ案内した。そこには、山のように積まれた書類が置かれていた。

「これは、一日では読み切れませんね」

その書類の多さに驚いて、山背が言った。

「お一人で最初から最後まで読み切るには、相当な日数を要すると思われます。それで、われからの提案ですが、この様にしては如何でしょうか」

昂弦はそう言うと、書類の山を二つに分けた。

「この一番昔の部分に当たるところを山背皇子様と大臣が、その次の継体大王《けいたいおおきみ》がまだ男大迹王《おおどのおう》でいらした頃からの近年の部分は大王と蘇我恵彌史氏が担当するというのはどうでしょうか」

「そうすることで時間は短縮できる。しかし、昂弦氏のことだ。意味は他にもあるのですね」

「はっ、ございます。各々、担当された部分で疑問に思われることや記述内容に問題があると感じられることが生じると思います。その時、疑問点や問題点などを木簡に書いて、その個所に挟み込んでおくのです。担当部分を読み終えられたら、大王は蘇我恵彌史氏に渡します。恵彌史氏はそれを読んで同じようにするのです」

「つまり一人ではなく二人でその内容をしっかり確かめるのですね」

「左様にございます。お二人で読んで疑問や問題の個所をそれぞれに書き記した木簡を、担当部分と共に葛城鮠兎氏にお渡しください。それをわれが受け取り、疑問には答えられるか、どの様な箇所に不備があるか等を検討いたします。そしてもう一度調査し、改めるべきは改め新たに書おります」

き加えるのか、調査しても不明だった箇所は削るか、伝承として残すかをご相談したいと考えて

「そうか、それは山背と大臣が読む個所にも同じことが言えるのだな。分かった」

「しかし、今迄長い年月を掛けて、調べに調べた結果なのだろうが、ここまで詳しく書き残す必要があるのか。特に、この男大迹王《おおどのおう》以前の事柄は、ほぼ伝承扱いで良いのではないかな」

馬子は自分と山背が担当する部分が多いわりには左程重要ではなさそうだと、少し不満げだった。それに対し上宮は伝承について思うところを述べた。

「大臣、伝承から窺い知れることもあるのでないでしょうか。伝承は事実とまでは言えなくとも、その伝承が示唆しているそれなりの事柄が隠されているかもしれません。そうではないですか。昴弦氏」

「仰せの通りです。例えば、ここに記している鬼の話ですが、海の彼方の遠き島からやってきた赤い顔をした身《み》の丈《たけ》八尺（普通は六尺）程もあろうかと思うほどの大男が村人を脅して、とうとうその村を占拠してしまった。丁度その頃、その村を通りがかった若者が村を我が物としてしまった鬼を退治して、村長の娘と結ばれ村に止まろうとしますが、主人から大切な役目を頂いていたことを従者に思い出すよう諭されます。若者はその役目を果たすため、妻となった村長の娘を連れて目的地へ行こうとしますが、村長はそれを許しません。結局、若者は役目を果たすために、必ず迎えに来るからと妻を置いて出発します。ところが若者が去ると、また遠き島から今度は青い顔をした大きな鬼がやってきて暴れ回り、村を支配してしまいました。

若者が大切な役目を果たして、もう一度その村に帰り着くと、その村は鬼が棲《す》む鬼たちの村になってしまっていた。嘗《かつ》て、妻として暮らした村長の娘は鬼の妻になっていて、鬼との子供までいたのを見た若者はどうするべきか。

この様な話は、一体何を言わんがために登場させているのでしょうか」

斎祷昴弦は質問してその話を終えた。

「その若者は、もうどうしようもないでしょう。いえ、嘗ての自分の妻だった人が、現在の状況から抜け出したいから助けてほしいと嘗ての夫だった若者に願えば、若者は鬼を成敗してくれるかも知れません。ただその場合、鬼との間に出来た子供の父親を殺すことになりますが」

山背は、矢張りどうすることもできず、若者はその地から去るしかないかなと独《ひと》り言《ご》ちた。

「大王が若者ならば、どうなさいますか」

「吾なら……。そうだ、その嘗ての妻だった女《ひと》に、現在の状況に満足しているのか。それとも仕方なく鬼に従っているのかを聞きたいと思います。今が幸せなら、過去に自分の役目を果たすために置いて去った自分の気持ちを、嘗て妻だった女に押し付けることは出来ません。今、幸せに暮らしているなら、静かにそこから去るべきではないかと」

「この様な話に何の意味があるのですか。意味があるならば、早くこの伝承を載せている訳を教えなさい。まどろっこしくて……」

大臣は昴弦が言わんとすることが、大変分かりにくいと苛々していた。昴弦は馬子の苛々にも動ずることなく続けた。

「この伝承一つとっても、色々な洞察や意見が発生いたします。われは数ある伝承の一つ一つが人それぞれのこうした考え方の違いを表していると思います。例えば、この伝承の主人公の若者が、主人に託された役目を果たす事無く村に止まっていたらどうだったでしょうか。山背様はどう思われますか」

「主人からの言いつけに従わず役目を放棄するなど、言語道断ではないですか。でも、鬼を成敗出来るような勇敢で強い若者が村に残っていてくれたら、村が再び鬼に占拠されることも無く村長の娘が鬼の嫁になることも無かったかもしれない。

　しかし、若者は主人からの言いつけ通り役目を果たして、待っていてほしいと言い置いた村娘の元へ帰ってきたのです。矢張り、鬼たち、多分外つ国の者達は、村に残っている者達では対抗できないほど強かったのでしょう。その様なことが頻繁に起こるとしたら、村だけの自治に任せず、その地方の豪族なり国がその様な地方の民を守るべきではないでしょうか。それから、若者の役目とは何だったのでしょうか。もしかして、この様な村を救うために派遣された役人だったのではないですか」

「山背皇子様、ご賢察おそれいりました。よくそこまでの推察をなさいましたね」

　斎祷昂弦は手に持った書類を一枚捲《めく》って話を続けた。

「ここに今仰せになった、最後の部分とほぼ同じことが書かれております」

　皆が立ち上がって身を乗り出し、昂弦が示した個所を見た。そこには確かに、大和からは遠く離れた海辺に近い村々が時々外つ国からの攻撃に遭い占拠された例があると記されていた。現在は、中央から役人が派遣されているが、過去には完全に村自体が外つ国の人々を受け入れ共存し暮らし続けたという例もあった。

「伝承は昔こういう事があったのかと、さらりと見ただけでは印象にも残らないかもしれません。ですが、少し深く読み込んで何を言わんとしているのかを考えてみると、各地に伝わる伝承と呼ばれるものには残るだけの意味があると思うのです。そして、先程の伝承は、もう一つ大切な意味を含んでいるのではないかと感じましたが、申し上げて宜しいでしょうか」

「何でしょう。何でも言って下さい」

「はっ、では。この伝承の伝わる村辺りでは、今回調べましたところ随分以前から何度もこの様な出来事が起こっているという報告が上がって参りました。国造《くにのみやつこ》が送られてからは、余程辺鄙《へんぴ》なところでない限りこの様なことは起こっておりません。しかしながら、麻呂子皇子様が大江山に棲む鬼、つまり山賊たちを退治されたように、海から来る外つ国の者だけが鬼とは限りません。この様なことが伝承として伝え残されるのは何故なのか、その原因を探すことも大切なのではないかと考えます」

「分かりました。伝承を地方の言い伝えと見過ごすのではなく、少し留まってその中に深い意味が含まれていないかを皆で考えてみようという事ですか」

昴弦の言いたいことを、上宮は想像してみた。

「左様にございます。しかしながら、今皆様のお話をお伺いしている間にこれらの書類を読まれる時のお相手を変えて頂いた方が良いと思ったのですが。皆様はどう思われますか」

「出来れば、視点が同じということで吾は山背と、大臣は恵彌史と共にの方が良いのではないだろうか。大臣、そう思いませんか」

「はっ。そ、そうですね」

馬子は山背と過ごせる時を楽しみにしていたようで、少しがっかりしていた。だが、同じ視点と言われると、次に大王を約束されている可愛《かわい》い孫の山背が上宮にしっかり大王としての考えを叩き込んでもらうには絶好の機会と考え、自分の思いを収めた。

「その方が、われも恵彌史にしっかりこの時代のことを教えることが出来ます」

「分かりました。ではこの様に致しましょう。大王と山背皇子様はこちらの山、大臣と恵彌史様はこちらの山を担当して下さい。ですが、皆様国政にお忙しい方々です。どのように読んで行かれるかはお任せ致します。何れの場合も、質問や問題などは先程と同じで葛城鮠兎氏へ木簡にてお伝えくださ い。足りない部分の補足や、調べ直しが必要な時にはこちらで調べに遣りますので。

それから、もう一つ重要なことをお話ししておりませんでしたのでお伝えいたします。一月程前になりますが大后様から、『大王の記』についてお問合せがございました。一度見ておきたいと言われましたが、未だ途中だったこともあり、大王のご許可も頂いておりませんでしたので、出来上がる迄お待ちくださいと申し上げました」

「では、『大王の記』は未だ仕上がってはいないのですね」

と上宮が尋ねると、

「もう少しかかります」

と昴弦は答えた。

「では『大王の記』が出来上がった時には、大后様と共に来るので、吾に知らせて下さい」

「畏まりました」

『国の記』の原案は、後半部分が上宮と山背、前半部分が大臣と恵彌史に渡された。上宮達は橘の宮へ運び入れ、馬子達は島の庄の館に運び込んだ。それぞれに、政事の合間や朝議などが無い日を使って、『国の記』を読み込んでいった。

上宮と山背は朝議を終えて、この頃習慣となっている『国の記』の読書をしながら気になった個所について話していた。

その時、葛城鮠兎が声を掛けた。

「阿燿未の使いが、参っております。入れても宜しいでしょうか」

「すまないが、西の館へ入ってもらってくれ」

鮠兎は阿燿未の使いを西の館へ案内した。上宮は後から追いかけるように、鮠兎と使いが待つ部屋に入ってきた。

「阿燿未に何かあったのか」

「はっ。昨日、阿燿未が逝きましたことを、お知らせに参りました」

「そうか……。あっ、それで、そなたと阿燿未はどのような関係なのだ」

「阿燿未はわれの伯父にございます。先日伯父と共に参りました亀鑑《きかん》はわれの父でございます」

「そうだったのか。阿燿未は政権にとって大切な人だ。随分長い間、懸命に尽くしてくれた。吾自身が、弔いに行きたいが……」

「われに行かせて頂けないでしょうか。阿燿未には幼い頃から私的にもお世話になりっぱなしでした。それなのに十分に感謝の気持ちもお伝えできぬままになってしまって、残念でなりません。どうか、せめて野辺の送りにだけでも行かせて下さい」

鮑兎にしては珍しく、自分の思いに素直な言いようだった。

「良いだろうか。そこの若者」

「われはお知らせに参っただけでございます故、どなたかに来て頂くようにとは言われておりません。この様な場合、どうお答えすれば理に適《かな》いましょうや。お教えください」

「ああ、そなたの名を教えてくれないか」

「伯父阿燿未から阿蘭義《あらんぎ》と名付けてもらいました」

「阿蘭義は仏教の阿蘭若《あらんにゃ》からなのか」

阿蘭若は修行に適した場所であり、転じて寺院、寂静処《じゃくじょうしょ》という意味も持つ。上宮は阿燿未が相当仏教をしっかり学んでいるのだと感じた。

「阿蘭義よ、ここなる葛城鮑兎を吾の代理を務める使者として阿燿未たちの居る郷へ送ることとする故、そなたは先に郷へ戻り次の郷長《さとおさ》に大和からの正式な使者が来ると伝えよ」

「お言葉を返すようで恐縮でございますが、われらが表に出ますれば、今後のわれらの在り様に支障が出るのではございませんか」

「物事は必死に隠していても、どこからとなく知れるものだ。そなた達の存在は、それなりの人にはもう疾《と》うに知られるところとなっている。吾は阿燿未たちの存在を影の存在としてではなく、正当な大和の民として認め、国のために正しい情報を収集する集団として位置付ける。このことは大臣とも相談し、既に決めたことだ。勿論、この話は阿燿未も快く承諾してくれた。阿燿未から、次の郷長にも話はされている筈だ。ただ、阿燿未が生きている間は、もう少し郷を静かにしていてほしいと頼まれていたから、正式には発表していなかっただけだ。だから、大和から正式な葬送の使者を送ることは至極当然なことなのだ。阿燿未の功績から考えれば、大臣が向かうのが順当なのだが……。葛城鮠兎は常に吾の代理として動いてくれている者であることは皆の知るところだ。そこで、吾の分身の様な葛城鮠兎を送ろうと思う。阿燿未から葛城鮠兎のことは聞いているか」

「葛城鮠兎様のことは、祖父の話によく出て参りましたので、祖父が気に掛けている方の中の一人だと存じ上げております。大王の仰せに従います。葛城鮠兎様を大和からの正式な使者として受け入れるよう、郷長に申し伝えます」

「では、鮠兎。行く準備をして、向かってくれ」

「はっ。有難うございます。阿蘭義氏、準備とそちらへ向かう日数を合わせて三日頂きたい」

「承知致しました。では、郷でお待ち致しております」

「阿蘭義、亀鑑にこれからの郷をしっかり頼むと伝えてくれ。阿蘭義、大変な中、伝えにきてくれて有難う。亀鑑やそなたを見る限り阿燿未は素晴らしい生涯だったのだろうと思う」

上宮は阿燿未が育てた後継ぎの亀鑑、阿蘭義が素晴らしい人々であることを知り、心から阿燿未の人生を称賛した。そして、自らも阿燿未の様にしっかりと次の時代を担う者達を育てていかなければならないと思った。新しい国造りには、まだ多くの時と多くの良き人材が必要だった。


葛城鮠兎は阿燿未の葬送に参列した後、上宮の指示で間人《たいざ》へ向かった。上宮は斎藤昴弦から、『大王の記』と『国の記』を将来にわたって保存する場所の相談を受けた。その際、上宮は母で前皇后の穴穂部皇女の所領である間人を候補地として挙げた。間人が適しているかどうかを極秘裏に調査することとし、その任務を阿燿未の葬送に参列する葛城鮠兎に託した。鮠兎は誰からも疑いの目を向けられることなく大和を離れた。

それと共に鮠兎は念願だった母の埋葬の地へ寄ることも許された。母が亡くなって直ぐにその地を離れなければならなかった鮠兎にとって、母が埋葬された地への初めての訪問は万感胸に迫るものがあった。鮠兎の父斎祷昂弦しか知り得ない母の埋葬場所を、父からしっかり聞いた鮠兎は焦る心を抑えながら急いだ。父が教えてくれた場所は、分かり易く直ぐに見つかった。その場所は森の奥にあった。山道の奥に杉の大木が等間隔に三本並んでいる所があり、杉の二本目と三本目の間を東に向かって大人の男子の歩幅で十五歩歩く。その場所には、ほぼ拳くらいの石が整然と並べられていた。きっとここだと思い、その数を数えてみると石は二十六個だった。鮑兎は直ぐに分かった。二十六は母が亡くなった年齢であると。母が眠るその地には、可憐な白い花がひっそりと咲いていた。

「母様、長い間ここへ来なくて申し訳ありません。母様が亡くなってしまわれたと思うのが辛くて、どうしてもここに来ることが出来なかったのです。でも、母様、母様がわれのために織って下さったこの帯が、母様とわれを一つにしてくれています。そして、母様のこの櫛が……。

誰だっ。そこに居るのは」

母に話し掛けていた鮑兎は背後に人の気配を感じ、刀を手にして振り返った。

「阿素見にございます。この様な場所に、お一人は危険ゆえ」

「そうか。ありがとう。しかし、少々驚いた。どこから付いてきていたのだ。亀鑑《きかん》氏の言い付けか」

「左様にございます。本来なら阿蘭義《あらんぎ》氏がお送りせねばなりませんが、阿燿未様のお身内ですからここ一月は身動きが出来ません。そこで、亀鑑氏の弟子であり、鮑兎様にも面識があるわれが参った次第です」

「それなら、初めから共に来てくれたら安心であったのに。そう言えば、葬送の途中で姿が見えなくなった時があったな。何処かへ行っていたのか」

「左様です。少々問題が起こり、われがその対処を致しておりました」

「そうか」

「ここに母様が眠っておられるのですね」

阿素見はそう言うと、手を合わせ黙礼した。

「お参りしてくれて、ありがとう。さあ、では進みましょう。少し寄り道をさせてもらいました」

「もう宜しいのですか。われが気配をもう少し消しておけばよかった。すみません」

「いや、大事なお役目の途中なのです。あまり多くの時を過ごす訳にはいきませんから。阿素見はどこまで共に行けるのですか」

「鮠兎様が大和へお戻りになるまで、亀鑑様からの指示で付き添うようにと言われております。こちらに記されたものがございます」

そう言った阿素見は鮠兎に木簡を見せた。それは上宮が常に使っている木簡だった。鮠兎は、この指示が上宮のものであると直ぐ理解した。

「では、ずっとこの先大和までですか。ご足労を掛けます。ではお願いしよう。一人では少し心許なかったから助かります」

二人はそれぞれ今まで行ったことのある場所の話などをしながら旅の仲間の様に若狭まで歩いた。

「そう言えば、阿素見は隋にも重要な任務を帯びて行ったことがありましたね。百済や高句麗の先にある大陸の中心地は、どの様な国でしたか」

阿素見は少し黙った。阿素見は何故か、あまり話したくなさそうだった。それを何故と聞くのも憚《はばか》られるような雰囲気から鮠兎は話を変えようとした。

「国の中で、一番豊かだと感じた所は何処ですか」

「ああ、さっきはすみません。嘗ての隋では思いがけない経験をしたので、数々の思いが込み上げてきたのです。ただ一度の急ぎのお使いでした。ゆっくり国中の様子を見る時間はございませんでしたので、あまりはっきり覚えている訳ではありません。唯々荒涼としていて何日も何日も歩き続けましたが、大興城は遠くて中々辿り着けなかった。大王の書簡を早く小野妹子様にお届けして安心して頂きたいと、焦る気持ちがわれを先に進ませていました」

鮠兎は阿素見の言葉を聞きながら、阿素見が国書を届けた時の話を思い出した。

「そうでしたね。確か大王からの書簡を小野妹子氏に届けて直ぐに倒れてしまって、幾日も目覚められなかったと。大王は自分の出した書簡が原因で妹子や阿素見たちに大変な思いをさせてしまったと悔やんでおられました。われがその様な大変なことを忘れて、軽々に隋はどうであったか等と聞いてしまったこと、どうかお許しください」

そう言って、鮠兎は自分の非を詫びた。

「聞いておられたのですか。あの時は、われも此処で終わるのかと本気で思いました。改めて目を覚ました時、阿燿未様がいつも言って下さっている言葉を思い出したのです」

「阿燿未氏はなんと言っておられたのですか。良かったら教えて下さい」

「大王が仏教の素晴らしい精神をわれらに教えて下さるずっと以前から、阿燿未様が常に言っておられたことなのです。

『自分を大切に思うのと同じように、他者に対しても思いやりをもつように。そして正しい考えによる正しい行いは、誰をも幸せに導くものだ。決して、己だけの思いを他者に押し付けるようなことをしてはならない。それは我見であり、多くの人を不幸にする。皆の幸せを考える者が、皆と幸せになれるのだ』

その言葉に触れたわれは、阿燿未様と共に、この国の民を心の底から幸せへと導こうとしておられる上宮様のいつかお役に立てる者に成りたいと思ったのです。だから、隋での過酷な任務も耐えられたのだと思いました。生涯でただ一度だけかもしれませんが、重要なお役目を頂きそれを成し遂げられたことはわれの誇りでもあります」

しかし、鮠兎は不思議だった。何故、この様な良い話があるのに阿素見は先程嫌なことを言われた時の様な顔をしたのだろうか。

「今、鮠兎様が何を思われていたか、当ててみましょうか」

「ええっ、われが何を考えていたか、分かるのか」

「『先程のような良い話があるのに、何故われが嫌な顔をしたのか不思議だ』と思われていたのでしょう。われは隋で生死の境を経験して以来、側に居る人が何を思っているのか自然に分かるようになってしまったのです」

「それは阿燿未氏が持っていた特殊な能力ではないか。しかし、その事が阿素見には大変なことなのか」

「そうなのです。われは阿燿未様のようには、この様な特殊な能力に打ち勝つ精神力が具わっておりません。相手が何を考えているのか分かってしまうことが、こんなに辛いことだとは知りませんでした」

「阿素見、ある日突然その様なことになったら、辛いと思う。阿燿未氏には話すことが出来たのか」

「今まで、阿燿未様にだけ話しました。鮠兎様に今こうして話しているのは自分でも理由が分かりません」

「そうなのか」

「阿燿未様に言われました。この能力のことは、自分の身が大事なら決して口外するなと。きっと悪心のある輩はこのことを利用しようとするだろうからと」

「われも聞かなかったことにして、忘れることにするからもう誰にも話すなよ。阿素見はそのような能力がなくとも、違う形で十分に役目を果たせるから」

「では、大王にも黙っていて下さいますか」

「これは阿素見の身に関わることだ。大王であろうと誰であろうと決して言いはしない。だが何故、われに話したのだ。阿燿未氏から止められていた事なのだろう」

「われにも、分かりません。ただ、鮠兎様は何故か分かって下さるような気がして……」

そう言って今迄堪えていたのか、阿素見はその場に座り込み泣きじゃくった。鮠兎は自分でもなぜか分からないが、阿素見の話を聞いてその様なこともあるのだろうと自然に受け止めていた。幼い頃に阿燿未に連れられて父と母に会うことが出来た、その帰り道で余呉の里に立ち寄った時から、不思議な能力を持った特別な人々をごく自然に受け入れていた。子供だったからなのかもしれない。しかし、大人になった今でも、その事を自分はずっと受け入れたままでいる。鮠兎にとってそれは自分の気持ちに素直に従い、受け入れているだけのことだった。

鮠兎は阿素見が泣き止むのを待った。暫くして阿素見は泣き止み、懐から布を出して涙で濡れた顔を拭いた。

「すみません。阿燿未様が亡くなられてしまった悲しさと、これから誰に相談すればいいのかという不安で一杯でした。鮠兎様に聞いて頂いて、少し気持ちが楽になりました。この様な不思議で信じられないような奇怪な体験を聞いて下さり、心配までして下さって有難うございます」

「聞くだけで、われは阿素見にどう言葉を掛ければいいか……。なあ、阿素見。われはこんな経験をしたことがあるのだが、話しても良いか」

「幼い頃に阿燿未様に会われた時の話ですか」

「ああ、よく分かるな。そうか、分かるのだったな。その話はもう分かっているならいいのだ。

今一つ、それとは違う経験があるのだが、それはわれのことではない。その人は馬飼部に属していた方で、名は前鞍《まえくら》と言った。用明大王が未だ大王に成られる前に上之宮にいらした頃だ。上宮様もわれも前鞍師から馬の事全般を教えて頂いていた。前鞍師は、その日の馬の体調は勿論のこと、どの馬がどの人と一番合うか、馬の性格を見てどの様に乗ればその馬が一番能力を発揮することが出来るかなど、馬のことで知らないことはないというほどの優れた能力を持っておられた。前鞍師によく言われたことがある。馬は人を選ぶ。人が馬のことを知るよりも何倍も馬は人の気持ちを知っていると。今思うと、前鞍師には馬の気持ちは勿論のこと、それ以外に人の考えていることも見えていたのかもしれない」

「その方の見え方は、お会いしたことが無いのではっきりこうとは言い切れませんが、馬の気持ちが分かる能力を持っている方は、人の考えていることも分かったかもしれません。もしそうだったとして、その方は普通に暮らしておられたのでしょうか」

「至極、普通でした。大変真面目な方でしたが、面白いことを言って皆を笑わせることもありました。尊敬する大好きな方の内の一人です」

そう話した鮠兎は、自分が馬から落ちた時に前鞍が言っていた言葉を思い出した。『馬に乗っている時は、決して他のことに気を取られてはなりません。命に関わります。どうか雑念を払い、今は馬と会話をして下さい』と言われたのだった。

「そんなことがあったのですか。お怪我はありませんでしたか」

「ああ、われの思ったことが分かったのですね。怪我はありませんでした。そしてその後は、馬と会話することで随分乗馬が得意になりました。馬にいつも話し掛けていると、こちらの気持ちや体調まで馬の方が察してくれるようになったのには驚きました。前鞍師が言っていたことは正しかったと思います。それこそ、前鞍師は人一倍特殊な能力を持っておられましたが、われから見るとその事を大変楽しんでおられたようでした。特に、馬の世話をされている時など、それぞれの馬に何か違うことを話し掛けられているのです。われも側で同じように馬たちの世話をするのですが、前鞍師が馬に触れている時とわれの時とでは馬たちの様子が違うのが分かりました」

「どの様に違うのですか」

「何というか、馬たちが笑っているような、心地よさそうにしているのです」

「笑いはしないでしょう。でも分かります。われも馬は好きです。こうなってからは特に馬の世話をする時間は、雑念が入ってこないので落ち着く時が過ごせます」

二人が歩きながら話す内に、日が海に向けて沈みかけ日没が近いことを告げていた。

「鮠兎様、少し急ぎましょう。そうすれば日没までに人家のあるところまで辿り着けますから」

「分かった。しかし阿素見の様にはいかないが、大丈夫かな」

「話を止めれば、自然に足の運びが速くなりますから大丈夫です」

「少々われの思い出話が長くなり過ぎたかな」

鮠兎は足を速めた。

「いいえ、心が少し軽くなりました。われは他人と随分違う自分の境遇が嫌でならなかったのです。唯一人分かって下さっていた阿燿未様が逝かれてしまって、途方に暮れていたのです。ですが、今日鮠兎様に色々と話をして頂いて、この世の中には自分以外にも多種多様な考え方や生き方をする人々が居ると知ることが出来ました。われもただ厭だと思うのではなく、われ自身に具わった能力を世の中のためにどう生かせば自分自身のためにもなるのかを考えてみたいと思います。鮠兎様の優しい気持ちが籠ったお話を伺い、われももう一度世の中で生きてみようかと思えました。本当に心から感謝いたします。有難うございました」

阿素見は鮠兎の前に出てきて、頭を下げて合掌をした。

沖からの風が強く丹後の海は荒れていた。鮑兎と阿素見は強い向かい風に押し戻されそうになりながらも、東漢直繍士《やまとのあたいしゅうし》が待つ三枝木榎賀留《さえきかがる》の館にやっと辿り着くことが出来た。

挨拶もそこそこに東漢直繍士は本題に入った。

「もう既に場所は用意してあります。いつ、お持ち頂いても直ぐにご案内する準備は出来ております。ただ、ここから少し遠い場所ですのでご案内するのは明日以降で宜しいでしょうか。今日は風の強さが尋常ではありませんから」

「その様ですね。以前来た時とは様子が随分違います。この時期には何時も強い風が吹くのですか」

「時折でございますが、館も飛ばされそうになります。時には、つむじ風となることもあるのです」

「つむじ風ですか。渦が見えるのですか」

「はあ。はっきり見えます。もしかしたら今日はそのつむじ風が吹くかもしれません。その時は外へ出るのは危険ですので、どうかこの建物の中に入っていて下さい」

三枝木榎賀留の館は立派な梁のある、見るからに頑強そうな建屋だった。

「分かりました。それで例の場所へは明日には行けそうですか」

「風次第です。明日もこの様な風なら、次の日以降となります」

「了解しました。風が収まるまで待ちます」

「もしかして、違っていたら申し訳ありませんが……。葛城鮠兎様は随分以前に穴穂部皇女様がお皇后《きさき》様でいらした時にここにお越しになった千風鮠兎《せんかはやと》様なのではありませんか」

「ああ、そうです。分かっておられたと思っていました。先にご挨拶すべきところを失礼いたしました。如何にも、以前は千風鮠兎と名乗っておりました。現在は葛城氏に入り葛城鮠兎として、現政権の大王にお仕えしております」


次の日も風は収まらず、鮠兎が東漢直韉士の用意した場所に行けたのは三日目だった。鮠兎は丹後で済ませるべきことを終えて、阿素見と共に大和への帰途に着いた。

「阿素見、そなたの案内で随分楽に行き着くことが出来た。有難う。ところで、飛鳥に着いたら未真似《みまね》に会ってみないか」

「えっ、何故われの気持ちが分かるのですか。もしかして、鮠兎様はわれと同じようなことが可能なのですか」

「残念だが阿素見のような能力がある訳ではないのだ。しかし、そなたは未真似の代わりに隋へ行く重要な役を賜ったためにその様な能力が具わったのだから、その原因の一つとなった未真似には一度会っておきたいと思うのは当然ではないかと思ったからだ」

「成程、理屈的に考えればそうですね。でもそういう理由ではなく、今は仏教の話を聞きたいと素直に思っているのです。未真似は隋へ行く前から、仏教に興味を抱き僧侶になって仏教の真髄に迫りたいと言っていましたので。われと同じような過酷な状態になったとも聞いていましたので、もしかしたらわれとはまた違う形での能力が開花したのかもしれないと思ったのです」

「しっかり話してくるといい。未真似《みまね》は今では恵慎《えしん》と名乗って法興寺で修行僧としての日々を過ごしている。高句麗語が出来る恵慎は経の分かり難い箇所について分かるまで慧慈師に高句麗語で聞きにきていたと、側に居た恵光がその熱心さを褒めたたえていた」

「恵光様はどうしておられますか」

「今は筑紫に行かれている。慧慈師から慧暸《えりょう》と名を付けて頂いて、胸形氏の所領の中の寺で仏教を説いておられる」

「そうですか。皆様、それぞれに自分の役割をしっかり果たしておられるのですね。われもこの先の自分に何が出来るのか。どの様に生きていけば良いのかを考えてみようと思います」

阿素見は阿燿未の葬送の儀式の礼と、鮠兎の丹後訪問の同行報告を上宮にした。その後、恵慎が居る法興寺に向かった。


「鮠兎、阿燿未を見送ってくれて有難う。それから、例の場所は適地だったたか」

「はっ。最適な場所でございました」

「では、出来上がり次第、阿素見に託したいと思うがどうだ」

「適任者だと思いますが、その時は亀鑑の供として行かせて下さいませんか」

「阿素見一人では心許ないというのか」

「いいえ、今阿素見は少々悩みを抱えておりまして、これからの生き方を模索中なのです。亀鑑は隋へもう旅立ったのですか」

「ああ、大興城にいる学僧達や学生達がどうしているのか心配でならないから、阿燿未の葬送が終わって直ぐだったが一刻も早く行かせた。亀鑑は唐の建国がなったとはいえ、そう易々と国中の混乱が収まるとは思えない故、大興城に到達するのが大変で時間も長くかかると言っていた。そのため、学僧達の安否を把握するには多少の時が必要だ」

「そうでしたか。それで、亀鑑が阿素見にこのお役目を託すと言い置いて行ったのですね」

「それに、河勝と肱角雄岳の方は今日、明日にも出発する運びとなった。出来れば、阿素見にも同じように行ってもらいたいのだ。吾から直接頼んでみるから、阿素見に此処へ来てもらいたいと伝えてほしい」

二人が話しているのは、これまでに出来上がった『国の記』と『大王の記』のことだ。はっきりそうと言わないのは、阿燿未が生前に、この頃少し現政権に逆らうような不穏な動きがあるということに十分気を付けてほしいと注意喚起したからだ。

上宮に再び呼ばれた阿素見は、僧になった恵慎と何を話したのかどこか吹っ切れたような明るい表情になっていた。上宮に重要な役目を頼まれて、支度が出来次第丹後へ向かうと即答した。

こうして『国の記』と『大王の記』は、秦河勝によって東国に一部、肱角雄岳によって西国に一部、そして新たに大王直属の情報収集部門の長となった亀鑑の一番弟子である阿素見によって丹後に一部が運ばれ、密かに保存されることになった。これは今後、時代が代わっても誰も書き換えができないようにとの斎祷昂弦からの助言によるもので、上宮も納得してのことだった。このことを知る者は、大王とほんの一部の者だった。

『国の記』と『大王の記』は、飛鳥では法興寺と斎祷昂弦が所管する上之宮に保管された。また、別途書かれている『臣、連、伴造、国造、百八十部、併せて公民等の本記』は上之宮に置かれた。これは常に変化が生じるもので、書き加える必要があるからだった。

十五、隋から唐へ

大陸で隋に代わり新しく建国された唐の混乱がまだ収まらない状況の中、上宮は大興城へ派遣した学僧や学生達の様子を見に行くよう亀鑑に頼んだ。

亀鑑は唐に入り、やっとの思いで国の学僧や学生達の居場所に辿り着いた。学僧や学生達の様子は様々なものであったが、落ち着き払っている者は流石《さすが》に一人もいなかった。誰もがそれぞれに困りごとを抱えており、亀鑑は時間を掛けて丁寧に一人一人の困りごとを解決していった。そして、唐が以前の隋の様に周辺諸国との冊封体制を樹立するとなれば、我が国も同じように唐使を派遣することを大王が約束すると書かれた物を皆に見せた。そこには更に、現在は未だ国へ帰る道中が非常に危険であり、この長安（嘗ての大興城）において勉学に励むことを願うとの伝言が付け加えられていた。

学僧や学生達は、遣隋の使者達から最初隋に到着した時に盗賊に襲われた恐怖の体験を聞かされていたこともあって、無理に帰国をしたいと申し出る者はほとんどいなかった。外はどういう状況であれ、城内はこのところ落ち着きを取り戻しており隋の時代とほぼ変わらない状況だったからだ。

亀鑑は長安の城外などで調達した、当面の間生活に困らない食糧を渡した。そしてこれからの食糧調達を、厨房の長を任されている信頼できる秦胡慧《はたこけい》に託した。食は命の源であるが故に、食の管理次第で人の生死を分けることにもなる。特に国を離れた地で暮らす上では、一番身近で大切なことなのだ。

亀鑑は学僧達と学生達に出来る限りの事をし終えた後に、長きに渡り大陸を行き来している維《ゆい》綺《き》羅《ら》と密かに会った。維綺羅《ゆいきら》は橘の宮の家従維摩須羅《ゆいますら》の実弟である。

「お久しぶりでございます。綺羅兄、もう此処の人ですね」

「いや、まだまだでしょう。本来なら、この様な時にはこちらから国の方へ皆様を連れて帰れるようにするべきなのです。もう随分前から、隋国の崩壊は予想が出来たのですから。申し訳ない。わざわざ国から亀鑑氏に来て頂くことになってしまいました。ところで、阿燿未師はお元気でしょうか。先日、われの夢に優しく微笑んでおられる阿燿未師が出てこられて。われが話しかけても、唯々微笑んでおられるだけだったのですが……」

「そうでしたか。長《おさ》は二月前に亡くなりました」

「亡くなられた……。矢張りそうだったのですか」

「長兄は眠るように逝きました。綺羅氏にも、お別れを言いに来たのでしょう。学ぶために大陸へ来た人々や、その人々を陰ながら守っている綺羅氏や紫鬼螺氏のことを常に心配していました。大陸に暮らしたことのある長兄は、ここの暮らしがどれ程大変かよく知っていましたから」

「われに微笑んで下さったのはそういう事だったのですか。長患いをどうにかしたいと、もがいていた時でした。阿燿未師がわれの夢に現れたのは。その日から、ほんの数日で元気を取り戻すことが出来たのです。何が原因であのような状態になったのか、今でも分かりません。そして、今は病む以前よりずっと元気なのです。不思議です」

そう言うと、綺羅は自分の身体を拳であちこち叩いて見せた。

「もしかしたら、阿燿未氏の気が綺羅氏に少し入ったのではないでしょうか」

「それは有り難い。阿燿未師の素晴らしい気なら大歓迎です。でも、もう一度お会いしたかったなぁ……」

そう言って、綺羅は初めてさめざめと泣いた。綺羅は若い頃、阿燿未の弟子になりたいと言って自分から余呉の里へ行った。阿燿未は押しかけ弟子はそれまで一切取らなかったが、綺羅だけはそれを唯一許されて弟子となった。しかし、阿燿未の方針で綺羅は余呉の住人とはならず、上宮の元に戻された。その後、その力量を見込まれて来目皇子の側近として付き従うこととなり、大将軍として来目皇子が指揮した新羅討伐軍に参加した。今は唐となったこの国で、遣隋使達と共に来た学僧や学生達の生活を陰ながら支えていた。

「綺羅氏、われが聞き取りをしたところ、どうしても帰りたいと願う者がおりました。連れて帰るべきでしょうか」

「今動くことは、身に危険が及ぶと思います。お勧めできません。ですが、われがあちこちで情報を集めたところ、もう暫くすると唐も落ち着くことは間違いないと分かりました。ただ、それがはっきり何時とは言い切れないのです。それで、皆様にはもう暫くはこの長安城で勉学に励んでいただいた方が良いと思うのです。帰りたいと言う方も、命の保証がないとなれば留まるしかないということになるでしょう」

　亀鑑は綺羅の意見を聞いて、やはり自分が思った通りだったと一応安堵した。身に危険があっても帰りたいと訴えてきた者は二名だった。その者達を何とか説得し、本人が納得してここに留まるようにするには何をすべきか。亀鑑はもう一度綺羅に質問した。

「それではもう一度その方々に、亀鑑氏がこの城下の外はどんなに危険だったかを経験に基づいて話してみて下さい。それでも帰りたいと言うなら、明日の真夜中に一番大切なものを一つだけ持って、部屋の外で待っているように伝えて下さい」

「えっ、そのようなことをしてはいけません。国の宝の様な方々です。一人も欠けさせるようなことは出来ません」

「大丈夫です。われも命がけで常にお守りしている大切な方々ですから。しかし、時に思うのです。この方々は、自分自身が大切な存在であることをしっかり自覚しているのかと。われがこのお役目を上宮様から頂いた時、志半ばで逝かなければならなかった来目皇子様のことを思い出しました。そして、どんなことがあっても二度と死者を出すようなことに成らないようにしたいと思っているのです。若く活き活きと生きている者には、自分にもやがて死が訪れることがぼんやりとは分かっていても、本当は分かっていないのです。来目皇子様が目の前で亡くなられるまで、われも実際そうでした。しかし、あの時この世の全てのものには終わりがあると、思い知りました。自分がどう思っていようと、どう足掻《あが》こうと、何時如何なる時にこの世からいなくなってしまうか分からない。この命の儚《はかな》さを知ったからこそ、今生きているこの時を大切にしようと決めたのです。

ここにいる方々の殆どは、国や民のために自ら何が出来るか、何をすればいいのかを考えながら学んでいます。頼もしい限りです。そんな方々をお守りしているのはわれの誇りでもあるのです。そんな中、気持ちをふらつかせ、前を向いて頑張ろうとしている方達の気持ちを揺るがすような事をする者がいたら放っておけません」

「どうしようというのですか。まさか……」

「懲らしめるだけですよ。二度と城外に出ようなどと思わないようにするだけです。自分が何故ここにいるのかをもう一度思い出してもらいたいのです。それには、少々手荒なことを致します。身の危険とはこの様なことだと分からせなければなりません」

亀鑑は綺羅を信じ、駄々を捏《こ》ねている二名の名を明かした。

「矢張り、あの二人でしたか。分かりました。ではその二名と秦胡慧《はたこけい》にも声を掛けて下さい。後はわれの方で……」

「彼ら達の今後のためにも、改心してくれることを願います」

亀鑑は結果を待つことにした。

城内を夜中に出た不埒な二名と秦胡慧は、待ち構えていた盗賊の様な者達に捕まり拉致され何処か分からない場所に連れて行かれた。城内に居る学僧や学生達は、何時も文句ばかり言っていた二名が三日経っても帰ってこない状況を心配して亀鑑に相談した。亀鑑が相談されたことを綺羅に告げると、それから丸まる一日経って、二人と秦胡慧は綺羅から連絡を受けた亀鑑によって救い出された。

亀鑑に助け出された二人と秦胡慧は、少し痩せていた。秦胡慧は、綺羅から城外へ出るために門外までを案内するように頼まれたのだが、二人と一緒に間違って捕まえられた。しかし秦胡慧が共に捕まえられていなかったら、二人は変に逃げ出そうとして大変危険なことになっていたかも知れない。捕まっている間、秦胡慧は二人を励まし必ず助けが来てくれると言い続けたのだった。初め怯えていた二人だったが、もともと自分達が逃げ出そうなどという無謀なことを考えた結果だと反省しきりだった、と聞き取りをされた秦胡慧は話した。

こうして、亀鑑は落ち着きを取り戻した学生や学僧達に別れを告げ、後を綺羅に頼み、大興城から姿を消した。

長安城内で学問に励みながらその一環としてあらゆる物の流通についても学んでいる秦胡慧は、秦河勝の甥だ。その秦胡慧の叔父である秦河勝は、科野《しなの》（現在の長野県）にいた。

ここ科野は新羅からの入植者が多く住む場所で、そこには嘗て新羅に暮らした秦氏の援助が今も続いていた。この地には以前から少しずつ新羅の民が移り住むようになり、優秀な馬飼部が育てる良馬の産地として大和にも知られる地域になっていた。

交易において新羅との繋がりが深い秦河勝が、科野の馬飼部の采配を任されていた。今回も、河勝は大和政権に救いを求めてきた新羅からの民、男女十数人を連れてきていた。その方々は上毛野《かみけの》（現在の群馬県）へ入植される方々ですか。」

「秦様《しん》、お久しぶりです。よく来て下さいました。

ここの人達は、河勝のことを昔の新羅での呼び方で親しみを込めて『秦《しん》』と呼んでいる。

「そうです。大和に来てからまだ日が浅く殆どの人達がこちらの言葉を話せないので、早く上毛野の人々と合流させてあげたくて」

「違う国で言葉が通じないのは大変不安でしょう。われらも初め何を言っても分かって貰えなかった時は、生きていくのが辛くなりましたから。こちらへは、上毛野へいらっしゃる途中で立ち寄られたのですね」

「そうです。お願いしてある馬の出来はどうですか」

「大臣からご依頼の期日にはあと一月《ひとつき》ありますので、十分間に合います。秦様が上毛野からの帰りにお立ち寄り頂けるのですか」

「そうしようと思っています」

科野で一泊した秦河勝達は上毛野へと向かった。


秦河勝は従者と新羅からの新しい入植者を連れて上毛野に到着した。

「お帰りなさい。今回は多くのお客様が一緒ですね。実は丁度ご相談したいことがあったのです。どうぞ、入って寛いでください。長い道中、お疲れでしたでしょう」

郷長《さとおさ》の喜策《きさく》がいつもの様に機嫌よく出迎えた。

「ああ、科野に立ち寄ってきたので大丈夫です。いつ来ても喜策が喜んで迎えてくれるから、有難いな」

「今度は、少しゆっくりして頂けるのでしょう」


河勝と喜策が話している間に、従者と新羅からの人々は別の部屋に通されて寛いでいた。河勝の所に白湯《さゆ》と桑の葉茶が運ばれてきた。河勝は白湯を一気に飲み干してから聞いた。

「喜策、先ほど言っていた相談とは何なのだ。気になるから話してくれないか」

「ここの事業が大変順調なのを昨年もお褒め頂いて、皆で嬉々として仕事に拍車をかけ頑張ってきました。しかし、皆を働かせ過ぎてしまった様で三名が途中で身体を壊しました。急いであちこちに人手を求めましたが……。なかなか思う様に人が集まりません。これは偏《ひとえ》に、このわれの計画の不備及び常に褒めて頂きたいとの欲から出た結果です。お許しください。今は心改めて、開墾を途中にしてでも働く人々の心身が健《すこ》やかであることを一番に考えるようにしました」

「よく早めに気付いてくれた。何事も急ぎ過ぎるのはいけないことだ。われもこれから来る時は、ここに暮らす皆が楽しく幸せに暮らしているかどうかを聞くことにする。それがこの国の大王の一番知りたいことなのだ。今の大王が願うことは民達の一人一人の幸せだと、よく覚えておいてくれ」

河勝は、ここにも仏教を正しく伝える人が必要だと考え、上宮に報告することにした。


「それから、我がお連れした方々を紹介しておこう」

「ただ単なる御客人ではなかったのですか」

河勝は、新羅から来た人々の経緯《いきさつ》を話した。

「分かりました。今われらも人手不足です。あの方たちがもし手伝って下さるなら、河勝様、ここに居て頂いて構いません。国の方ではどの様に言っていましたか」

「あの方たちが居たいと言う場所の人達が、良いと言ってくれるならその地に居てもいいとの方針だ」

「では、われはそれぞれの持ち場の長《おさ》達にこの状況を話してきます。長《おさ》達が皆、受け入れるとなった時に、河勝様は新羅から来られた人々にここで我らと一緒に暮らしていかれるかどうか聞いて下さい。我が話をしてくる間、この周辺を手の者に案内させましょう」

喜策は程なくして帰ってきて、皆が了解したことを告げた。新羅の人々もこの地に居られるなら居たいと皆の意見をまとめた。そして、やっと安住の地に辿り着けたとほっとした顔を見せた。

河勝は上毛野に新羅からの人々を預け、上宮から頼まれた大切なことを一月掛けてやり終えた。その後を信頼する者達に頼んで、大和への帰途に就いた。その頃には、朝夕だんだん寒さが厳しくなってきて冬が近いことを肌で感じた。それでも見送ってくれる人々の幸せそうな笑顔をみると、河勝の心は温かさで満ちていた。人を思う心は、自分の心も温かくすると実感しながら、途中で科野に寄り、大和へ戻った。


　火の国から上京した肱角雄岳が日羅の霊廟のことなど、大和政権が常に心に掛けていてくれることへの一連の礼を言い終えると、上宮がにこやかな顔で言った。

「葦北に暮らす皆さまはお元気ですか」

「はっ。御蔭をもちまして、皆元気に過ごしております。来年には、我甥の伊那扶《いなふ》と斯果布《しかふ》が斑鳩《いかるが》の学舎でお世話になることが決まりました」

「ああ、聞いている。兄の方は武術が優秀で、弟は学問が優秀だということだった。兄の伊那扶は叔父のそなたを尊敬していると言っていたと聞いた。弟の方は父親の素質を受け継いだことになるのかな。父の名は鋳庵吏《いあんり》と言ったかな、学者肌だとか。二人に会えるのを楽しみにしている」

「有り難きお言葉を頂き、嬉しゅうございます。帰りましたら、ご期待に沿えるよう一層励むように言わねばなりません」

　そう言った肱角雄岳は腕まくりする素振りを見せた。

「これは二人に過大な負担を負わせてしまったかな。二人ともこちらに来れば、共に学ぶ者達と切磋琢磨していくだろう。若き者達には余裕を持って考えながら学んでほしいと思っている」

「余裕でございますか。分かりました。時には、われが経験した話など言って聞かせましょう。われも、多くの方々のお陰で今がありますから、われに関わって下さった方々の話などを」

「そうだ。先程、話に出た鋳庵吏氏は、葦北の地で学問所を開いておられるとか。現在学生は何人程なのか」

「常にではありませんが、二十名程です。ああ、もう随分前になりますが、大伴氏からの依頼で遣隋の学生として隋へ行った大伴意志倖氏《おおともいしゆき》が義兄の最初の教え子でした」

上宮はあまりに驚いて、椅子から立ち上がってしまった。

「大王、どうなさいました。顔が真っ青です」

上宮の額から汗が目に入った。

「あっ、いや。隋へ遣った学生や学僧達との連絡が滞《とどこお》っている今、常に彼らのことが心配でならないのだ。そなたと話していて、少しその事から思いが離れていたが……」

「大王。われが意見を言うのは差し出がましいことです。ですが、あまり心配ばかりされると、お身体を壊されてしまいます。大事な国の宝物のような方々の事を心配なさるのも分かります。大王のお人柄を考えますと、きっと人を遣って出来る限りの事をされていると思います。ですから、大陸へ遣ったお使いの方を信じて、また学生達のことも信じて心安らかにお待ちください。大王が皆のことを大切に思って下さるのと同じように、いえ、皆はそれ以上に大王のお身体を大切に考えているのです。どうか、心配のあまりお身体を壊されませんに様に」

「伊那斯果。あ、いや肱角雄岳。心配させてすまない。ありがとう。もっと、周りの人々を信じなければいけないな。どうしても、自分で実際何でもやらないと気が済まない悪い性格が残っているようだ。王とは、皆に色々として貰わなければならないことが多いのだが、どうもそれが歯がゆくてならない時がある」

自分一人では出来ることが限られていると分かっていた筈だ。しかし今回大陸で起こっている変化に上宮は言い知れぬ不安を感じていた。いざとなった時、果たして自分はどれだけの人を守ることが出来るのだろう。その様なことを考える内に上宮は気が遠くなるのを覚え、その場に倒れ込んでしまった。

暫くして上宮に、肱角雄岳の大きな声が聞こえた。

「大王、大丈夫ですか。お気を確かに」

しかし、上宮は身体を起こすどころか目も開けることが出来ない状態だった。上宮を助け起こしながら肱角雄岳は、外へ向かって叫んだ。

「どなたか、いませんかっ」

直ぐに、摩須羅が飛び込むような形で入ってきた。

「おお、大王。医博士を呼んで参ります。ここで大王に付いていて下さい。お願いします」

上宮は夢か現《うつつ》かぼんやりと薄明かりが射す中に来目皇子や刀自古が居るのが見えて、その後ろに父の用明大王や兄の田目皇子の姿も朧《おぼろ》げに見え隠れしている状況に出くわした。上宮がその人達に触れようとすると、いつの間にか出てきた霧の中に消えていった。何度かその様なことを繰り返した時、上宮は目を覚ました。

「気が付かれました。山背皇子様、気が付かれました」

「父様。よく目を覚ましてくださいました。ずっと、目を覚まされないので、母様の時の様になりはしないかと……。有難うございます」

山背は天に向かって合掌した。上宮が目を覚ましたのは意識を失ってから丸一日が過ぎた頃だった。医博士の劉喘は、上宮が色々な心配事が重なって眠れずにいた事を知って、眠らせておくようにと周りの者に告げていた。目を覚ました上宮に香華瑠が調合した薬を飲ませると、

「うっ。苦い。何という苦さだ」

と上宮は、顔を歪めた。

「ああ、良かった。これでこそ気付けになろうというものです」

香華瑠は摩須羅と肱角雄岳に上宮の側に居てくれるように頼み、菟道貝蛸皇女と山背皇子を皆から離れたところに連れて行った。

「本当にこれで大丈夫ということになりますか」

山背が丸一日眠っていた父の状態を心配して、香華瑠に尋ねた。

「二、三日このままお休みになるように言って下さい。これは必ず守って下さい。ご本人が大丈夫と言って、起き上がろうとなさっても駄目です。絶対に安静が必要ですので。それから、今迄相当無理をなさっていますので少し職務から離れ、出来れば転地療養をした方が良いと、医博士

からの伝言です。検討してみて下さい」

「分かりました。何とかそうできるようにしてみます」

皇后《きさき》の菟道貝蛸皇女《うじのかいだこのひめみこ》と日嗣《ひつぎ》の皇子《みこ》の山背皇子《やましろのみこ》は、医博士劉喘からの伝言を馬子に話した。

「直ぐに、大后様に相談致しましょう。大王のご公務を暫くの間でも解いて差し上げた方がいいでしょう」

馬子はそう言って、三人で大后の所へ向かった。その道すがら山背の心中は、ざわざわと落ち着きなく色々な思いが錯綜していた。

（ここから遠くに行ったからと言って、父が大王であることに変わりはない。大王としての心配事で、何処へ行っても心を痛めるだろう。父の今一番の心痛の原因は、大陸に居る我が国の学生達が息災かどうかなのだろう。他にもいろいろある。これからの国の将来や日々起こる問題の処理など、今迄きっと眠っている時さえ安らかではなかったのだ。こんな時、母が生きていたら……。父も少しは休める時を持てたのかもしれない）

そんなことを考えながら歩いていると、大后の館への道を行き過ぎるところだった。

「皇子様、道をお間違えです」

祖父の馬子から掛けられた声で、山背は皆の側に戻った。大后の館の門の前まで近江納女が迎えに出ていた。声を掛ける間もなく、こちらへと誘われて大后の待つ部屋に入った三人に、大后は矢継ぎ早に話し始めた。

「大王にはお身体が回復するまでの間、斑鳩で静養して頂きましょう。その間、山背皇子、そなたが大王代行を。大臣、これは朝議に掛ける必要はありませんね」

「はっ。山背皇子様は既に日嗣の皇子様として認められております。大王代行をすることについて朝議での賛成は既に得ていると言えます」

「では問題ない。山背、心の準備をなさい。上宮のことは心配であろうが、心身共に強い方《かた》です。直ぐに元気を取り戻されるから。留守の間、しっかり務めを果たすのですよ。大臣、その時は恵彌史を山背の側に置きなさい」

「大后様は御出《おい》でにならないのですか」

馬子は大后が出てきてくれた方が、並みいる豪族達を簡単に黙らせることが出来ると思った。

「和（私）はもう随分昔に、上宮へ政事《まつりごと》の全権を委任した。上宮はまだ若く、周りの者達は上宮一人では心許ないと陰で、いえ声高に言った者もいた。しかし、上宮が立派に王の中の王としてその役割を遣り遂げてきたことは、もう皆も既に十二分に承知しています。そして、山背はその大王の薫陶を受けた日嗣の皇子として申し分ない者である。和がわざわざ朝議に出向かずとも、山背が大王代行に成ることに反対する者はいないでしょう。反対するなら、山背が日嗣の皇子として認められはしない。そうではありませんか、大臣」

「左様でございました。申し訳ございません。大王の存在があまりにも大きくて……」

馬子は声を詰まらせ、次の言葉を言い淀んだ。

「何を弱気なことを。大王は働き過ぎたので、少し静養されるだけです。気をしっかり持ちなさい。お留守の間を任されねばならぬ大臣がその様では、山背達が不安がるではありませんか」

馬子は近頃自分が如何に上宮を頼りとしていたか、今更ながら気づいて驚いた。上宮は本当にいつ休んでいたのだろうと思うほど常に公務を行なっていた。その上、公務の無い日には仏教の真髄を探り、後世まで教えの書となるであろう『三経義疏』の編纂に深く関わった。誰がこの様な日々を過ごしたことがあるだろうか。

大后の炊屋姫にも大臣の馬子にも、人と会わない休む日があった。この頃の上宮にはそんな日は一日も無かった筈だ。刀自古が生きていた頃は斑鳩へ行った時ふらっと岡本へ寄って、自分だけの時間が持てていたに違いない。刀自古が居なくなったことで、上宮にとって大事な心休める場所を失ったのだろうと、馬子も山背と同じく思った。

上宮は大后の勧めもあって、少しの間休養を取るため皇后と一緒に斑鳩へと向かった。橘の宮には、日嗣の皇子山背が大王代行として上宮の留守を預かるため留まることになった。

大后は皇后の菟道貝蛸皇女には飛鳥に留まるようにと言った。しかし皇后は大刀自だった刀自古が逝ってしまった斑鳩へ上宮一人で行かせられないと、大后に頼み込むようにして上宮と共に斑鳩へ向かった。

上宮の家庭内のことは、上宮の所へ刀自古が嫁いで以来すべて刀自古に任されていた。それは刀自古への上宮の思いでもあり、菟道貝蛸皇女もその事に関しては理解し認めていた。刀自古が逝った後で、菟道貝蛸皇女は刀自古がどんなに深く強く上宮の心の支えになっていたかを知り、知れば知るほど、刀自古のいなくなった今は自分がその役割を少しでも果たさねばとの思いに駆られたのだった。

上宮と菟道貝蛸は、上宮の母である穴穂部皇女の住まいと岡本の刀自古が眠る地の中ほどに位置する川の側に建てられた閑静な佇まいの館に落ち着いた。

「ここは静かだな。朝、鳥たちのさえずりでさえ、賑《にぎ》やかだと感じる。川のせせらぎが耳に心地よい。今迄この様なこと、しみじみと感じたことがなかった。瑠璃（菟道貝蛸皇女の呼び名）は感じたことはあるか」

「幼き頃、それが日常だったと覚えております」

「幼い頃か。大人になると感じなくなるものなのかもしれないが。吾は今まで感じてこなかった。少し損をしていたな」

上宮はそう言って、微笑んだ。

「豊人（上宮の呼び名）さまは、きっと何時も何かしらお忙しかったのではないでしょうか。こんなにお忙しくては、どんなに強い方でも疲れてしまうと思います。ここへ来て、やっと鳥のさえずりや川のせせらぎが聞こえるようになられて良かったと安堵しています。心が少し癒されたのではないでしょうか」

瑠璃と久しぶりに呼ばれた菟道貝蛸皇女は、上宮の快復を喜んだ。

「ところで瑠璃。そなたは幼き頃聞いていた自然の音を、いつ頃から聞こえなくなったのだ」

「はぁ。何時頃からかと、考えたこともありませんでした。何時まで聞こえていたかしら。箔杜《はくと》(竹田皇子の呼び名)が……。箔杜が色々と悩んでいると分かった頃からだったでしょうか。そして、完全に聞こえていても興味を持てなくなったのは、箔杜が逝ってしまってからです。これははっきりそうだと言えます。その日以来、耳の中に虫が住んでいる様になって、ずっと虫の声だけが聞こえるのです」

「えっ、非常にうっとうしいことではないですか。医博士に相談しましたか」

「相談していません。相談すると経緯など話さねばならないでしょう。それは話したくありませんから」

「でも、ずっとその様な症状では辛いのではありませんか。吾の病も瑠璃や周りの人々のお陰で少しずつ癒えてきました。今度は、瑠璃が癒されなければ」

「いいえ、この音はうるさいと思えばそうですが、何時も箔杜が側に居るという実感でもあるのです。反《かえ》ってこのままが良いのです」

「竹田皇子様が、今も瑠璃の心の中で生きておられるのですね。そうですよね。忘れられる訳がありません。吾も心の中でいつも勇貴(来目皇子)と会話しています。時には父(用明大王)や兄(田目皇子)とも……」

「和(私)にとって箔杜は他の兄弟とは違い、常に行動を共にしていましたから。あのようなことになった時には心が張り裂けそうでした。今になっても、思い出しただけで心が痛みます。何とかならなかったのか、何かしてあげられなかったのか。どうしたら、助けることが出来たのかと、後悔ばかりです」

「どうしても、そんな風に思ってしまいますね。吾も弟の勇貴に新羅征伐の大将軍を任せたために、勇貴が帰らぬ人となってしまった時には自らが行くべきだったと心から思いました。今もそう思っています。しかし、そう思ってそう願っても勇貴はもう戻ってきてはくれない。戻りたくても戻れないのです。どんなに後悔しても元に戻せないのなら、次には後悔せぬように自らの行いを正すしかない。でも、吾はまた今、後悔しています」

「隋、いいえ、今は唐となった所にいる我が国の学僧や学生達のことが心配なのですね。あちらへ彼らの消息を探りに遣った者からの連絡は、まだ届いておりませんね」

　上宮は目を閉じて、

「どうか皆が無事でいてくれるようにと、日々祈っています。今はそれしかできない自分の無力さに腹が立ちます。希望に胸を膨らませて危険な船旅をものともせずに隋へ行った若者達を、不安な日々から今すぐ救ってやりたい。また、その者達を送り出した身内の者達に、吾は今すぐにも言ってやりたい。若者達は皆元気で頑張っていると。早くそう言って、不安な毎日から救ってやれればどんなにいいか」

　そう言いながら泣いていた。

「豊人様。きっと大丈夫ですから。明日には良い知らせが、きっと届きます。明日には来なくてもその次にはきっと。良い知らせが届くまで、心を強く持って待つのです。皆を信じて待ちましょう」

瑠璃の力強い励ましに上宮は助けられて、泣くのを止めた。

「考えてみれば、貴女とこの様な話をするのは初めてではないですか」

「そう言えば、そうかも知れませんね。お互いに、今まで話していたのは公務のことが殆どでしたね。お互いの心の内を話したことがありませんでした」

「随分、辛い思いを一人で抱えられていたのですね。すみませんでした。吾はいつも側に居るあなた一人の悩みの一つも、解決どころか知ろうともしない不届きな者でした。お許しください。どうかこれからは、吾に一つでも二つでも瑠璃の悩みや嬉しいことを話して下さいませんか。吾も話したい。色々なことを」

「あ、有り難いことですが。和の悩み迄お聞きになっていたら、眠る時間が無くなってしまいます。公務に差し支えます。それでも大丈夫でしょうか」

「ああ、そんなに沢山ありますか。では一日に一つずつにして頂けますか」

「分かりました。全部聞いて頂けるまで、何年掛かるかしら」

皇后がやや首を傾《かし》げながら言うと、上宮は頭を抱えて『困った、困った。どうしよう』と言いながら、二人して笑いあった。もうずっと菟道貝蛸皇女に仕えている曽々乃《そその》は、上宮と菟道貝蛸の打ち解けた様子に嬉しさのあまり人知れず涙した。

上宮達の斑鳩の館に、葛城鮠兎が訪れたのは上宮と皇后がそんな会話を交わした三日後のことだった。

「大王、お久しぶりにございます。お身体の調子はいかがですか」

「ああ、もう大丈夫だ。そうでしょう、瑠璃」

「いいえ、あと数日は静養するようにと、劉喘師から言われていますよ」

「ほほう。お二人とも、非常にお顔の色が宜しゅうございますね。まるで新婚のご夫婦のようで、羨ましい」

「鮠兎こそ、先日男子が誕生したばかりだと聞いたぞ。新しい女《ひと》を娶ったのか」

「とんでもございません。わが夫婦は常に仲良く致しております。妻とわれの三番目の男子です」

「ではこれで、鮠兎は五人の子を儲けたことになるのか。葛城氏も安泰だな。斎祷昂弦氏にとっても良きことだ。それに、鮠兎の二男だったか。昴弦氏の後継者の一人として修業をしているのだろう。鮠兎、我が弟よ。お前は皆を幸せにして、そなた自身も幸せになったのだな。良かった、本当に良かった」

　上宮が心からそう思っていることが鮠兎にも菟道貝蛸皇女にも分かった。菟道貝蛸皇女は上宮の側でそんな二人の会話を微笑んで聞いていた。

　暫く談笑してから上宮が尋ねた。

「鮠兎が来るとは、何か特別なことが起こったのか」

　上宮が公務の顔になった。菟道貝蛸皇女が下がろうとすると、

「お皇后様《きさき》もご一緒に、お聞きください」

そう言った鮑兎の顔からは先程までの柔らかな表情が消えていた。

「鮑兎、何が起きたのだ。早く言ってくれ」

上宮の表情も険しいものになっていた。

「どうか心を落ち着かせて、最後までお聞きください。初めに申し上げますが、この話は最終的には良き話ですので、そこのところは少し安心なさっておいて下さい」

「鮑兎、では、話の経過は後で聞くとして結論を言ってくれ」

「はっ。唐に居ります学僧や学生達は、皆元気にしております」

「おお、有り難い。しかし何故それを亀鑑《きかん》が報告しに来ないのだ。亀鑑の身に何か起こったのか。亀鑑は今どこでどうしているのだ」

「亀鑑は那の津（現在の博多港）に到着いたしましたが、意識不明の状態が続いております」

「では、何故皆が無事であると分かったのだ。本人から直接その話を聞くことは出来なかった筈ではないか」

鮑兎は、懐の中から奥にしまってあった布を大事そうに取り出した。布はあちこちに染みのような物があり、とても美しいとは言えない物だった。その布を、鮑兎はそっと上宮の方へ差し出し、皇后の菟道貝蛸が中継ぎをして上宮に渡した。

「こ、これは。皆の名が書かれている。筆跡が一つずつ違うのは、各自が書いたものだからか。つまり、皆が無事だということだな」

上宮は一瞬天を仰ぎ、安堵の息を吐いた。そしてすぐに言った。

「亀鑑はこれを命懸けで届けてくれたのだな。有り難い。しかし亀鑑は……。鮠兎、那の津へ行ってくれるか」

「はっ。これより、那の津へ向かいます。そのご報告も兼ねてご挨拶に参りました。那の津へ行くことは、大王代行をなさっておられる山背皇子様からの命でございます。山背皇子様は立派にお役目を果たされております。ですので、上宮様は安心なさって、われが那の津から亀鑑氏をお連れするまでこちらで静養を続けて下さいますように。これは、大后様と山背皇子様からの伝言ですから、きっと守って下さいますように」

「分かった。大后様の名を出して、吾を牽制するとは山背もいっぱしの政事をするようになったな。瑠璃、山背はそなたに薫陶を受けただけのことはあるな」

「まあ、お褒め頂いて有難うございます」

鮠兎は微笑ましい二人のやり取りの中に、温かい気持ちが流れていると感じた。

「ところで、亀鑑の所に良き医博士や薬師は付いているのか」

「胸形志良果氏が筑紫中から呼び寄せて下さったのですが、未だ効果はなく。それで、劉喘師に相談致し、松壽《しょうじゅ》博士の弟子の寿可《じゅか》を連れて行くことになりました」

「そうかそれは良い。寿可《じゅか》は例の雷様の事件の時にも素晴らしい働きを見せてくれた者だ。あの者なら、香華瑠の所で薬師の修業もしていて、医師としても師匠が松壽博士なら間違いないだろう」

「しかし、今ここには連れてきていないが、どこにいるのだ。吾からも亀鑑のことを直接頼みたいと思うのだが」

「寿可は大王が四天王寺に造られた療病院における施薬の指導に当たっております。これから、われが那の津に向かう際に四天王寺に寄り、連れて行くことになっています」

「では、吾から寿可への命令書を、直ぐに認《したた》めよう」

　上宮は命令書と言うより丁寧な依頼の書を鮠兎に渡し、鮠兎の手を取って懇願するように言った。

「鮠兎、必ず亀鑑を救って共に帰還してくれ。唐に居る皆の無事を確認してくれた亀鑑が犠牲に等《など》ならぬように、祈っている。頼んだぞ」

「はっ。必ず、きっとそう致します」

　鮠兎は皇后《きさき》の菟道貝蛸皇女に深々と礼をして、先ずは四天王寺へと向かった。


　鮠兎は医師の寿可を伴い、速船で茅淳《ちぬ》の海《うみ》（現在の大阪湾）から内津海《うちつうみ》（瀬戸内海）を西へ西へと向かい那の津に到着し上陸した。胸形志良果の迎えの者達に案内されて、亀鑑が療養している館へと着いた。寿可は長旅の疲れも見せず、休む間もなく直ぐに亀鑑を診た。

　鮠兎が見立ての結果を聞いた。

「どうですか。どの様な具合ですか」

「明日には目を覚まされるでしょう。普段から余程の訓練をされている方と見受けました。しかし、起きられても直ぐに食べ物を差し上げてはなりません。初めに、白湯《さゆ》を。次に薄い重湯を、という風になさって下さい。暫くは、われがこの方に付ききりで居りましょう。われの床もここに敷いて下さい」

「それなら、われもここに」

「いえ、葛城鮠兎様は別室でゆっくりお休みくださいさい。もうお若くないので、無理をなさらないように。帰る道も長いですから」

「あ、そうだな。われももう若くはない。そういえば、亀鑑氏の無事ともう直ぐ起きられると聞いて安心したからか、どっと疲れが出てきたようだ。そなたに頼んで休みます。そなたも無理をしないように」

「はっ。承知いたしました」

鮠兎は寿可の指示に従って、床に入りながら寿可に言われた言葉を噛みしめていた。

（われはもう若くはないか。寿可は幾つだ。三十を少し過ぎた頃か。寿可から見るとわれもそう若くはないな。われもいつの間にか四十も半ばを過ぎてしまった）

そんなことを思いながら、鮠兎は長旅の疲れもあって深い眠りに落ちていった。


次の日、鮠兎は誰かに呼ばれて目を覚ました。

「寿可、おはよう。もう朝なのか。亀鑑が目覚めたのか」

「いえ、そうではありません。未だ、目覚めておりません。もう、昼を過ぎておりますのに。われの見立て違いかと存じます。申し訳ございません。まだまだ、未熟でございました。それで、このままにしておくのも良くないと思いますので、少々荒療治になりますが気付け薬を処方しても宜しいでしょうか」

「もう起こさねばならない時期なのか。そう言えば、もう七日を過ぎているな。普通の者なら五日が限度であろうから、起こしてやってくれ。われも行こう」


二人は亀鑑が休んでいる部屋に入った。そして寿可が用意した気付け薬を取り出し、亀鑑の鼻先に持っていった。すると、

「うっ、臭《くさ》っ。うほ、うほ」

亀鑑がやっと目を覚ました。寿可はその臭《にお》いの素を持って部屋から出て、外の土に埋めた。

「良かった。やっと目が覚めたのだな。あまり長い間眠っているから心配で、医師に気付け薬を頼んだのだ。よく効いたようだが、流石にこれはきつい臭いだな。部屋中に充満している。戸を開け放とう」

鮠兎は先ずはこの臭いから亀鑑を救うのが先決だと、部屋の戸の全てを開けた。暫く経って部屋はようやく清浄な空気になった。

「葛城鮠兎様、お久しゅうございます。すみませんが、起きるのに手を貸して頂けませんか」

鮠兎が寿可の方を見やると、寿可は頷いて手を貸して良いという仕草をした。鮠兎の手を借りて、亀鑑は起き上がり白湯を求めた。その後、薄い重湯をすすり終えてから話を始めた。

「この様な姿で申し訳ございません。皆様は元気にしておられました。われが持ち帰った布、皆様が各自で署名なさった物は、大王に届いておりますでしょうか」

「ああ、大王はそなたがあのような形で皆の無事を知らせてくれたことに、非常に感謝しておられた。しかし、そなたが倒れてしまったと聞いて大変心配されて、われとこの医師の寿可を遣わされたのだ。起き上がれるようになって良かった。そして、皆の無事を確認し知らせてくれて、本当に感謝する。有難う、目覚めてくれて……」

「われの方こそ、ご心配をお掛けして申し訳ありません。色々と詳しくご報告したいのですが、少し疲れました。もう少し休ませて頂いても宜しいでしょうか」

「寿可、その方が良いのか」

「お話はその辺で終わりましょう。少しだけ起き上がって、部屋の中を少し歩いてからまた休んで下さい。立ち上がれますか」

亀鑑は鮠兎と寿可に両脇を抱えられるようにして、一歩二歩と歩き少しずつ足慣らしをしてまた横になった。その後、午後になって少し重湯を食べて、今度は部屋の壁を伝って鮠兎と共に一周歩いた。そうして亀鑑は七日の内に普通に一人で歩けるようになり、どんどん快復していった。

亀鑑は那の津に辿り着いてからほぼ二十日で帰りの船に乗れるまでに快復した。

斑鳩の上宮の所に亀鑑の快復の経過が伝えられ、上宮の体調もそれと呼応するように快復していった。

亀鑑たちの乗った船が明日難波の津に到着すると馬子が斑鳩に伝えに来たのは、秦河勝が東国から戻ったとの報告を上宮にしていた時だった。

「河勝も戻ってきていたのか。ご苦労でした。東国はもう随分寒いのであろうな」

寒さにいたって弱い馬子が河勝に話し掛けた。

「吐いた息が凍るほどの寒さです。ですが、その地に暮らせば慣れていくようで、皆元気にしていました。お連れした方々も、戦いの日々から解放されやっと落ち着いて暮らせるようになると、感謝しておられました」

「ほう、それは良かった。また時々訪れて、様子を見てやってほしい」

上宮が優しい面持ちで言った。

「承知致しました」

次に上宮が馬子に聞いた。

「亀鑑の具合はどうだろうか」

「明日戻ってきます。ほぼ元気になったと聞きましたが、まだ本復とまでは言い切れないようです」

「ここまでの船旅で悪くならないといいのだが……」

「それまたその様に、心配ばかりされると、お身体に障ります。明日には会えましょうから。では、われはこれにて失礼いたします」

「大臣、飛鳥へ戻りますか」

「いいえ、われは、これから難波の津へ参ります。亀鑑の具合が大丈夫であれば、直ぐにここへお連れ致しますから、大人しくここでお待ちくださぃ。お願いいたします」

「分かりました。大臣の言うことを聞きましょう。ここで待っています。もう大丈夫なのですが、大事を取らないといけませんから」

「よく聞き分けて下さって感謝いたします。そうせねば、大王代行様から二人して叱られますぞ」

「成程、よくよく分かりました。では難波の津へ向かって下さい」

上宮は河勝に馬子を見送るように言った。


難波の津へ行く馬子を外まで見送った河勝は上宮の所へ戻る時に、河勝のために茶を運んできた侍女の曽々乃を連れた菟道貝蛸皇女に声を掛けられた。

「あの、安美《やすみ》は元気にしていますか。もう随分会っていないので、もし機会があれば今度、共にこちらに来て下さいませんか」

「喜んで連れて参ります。安美もお皇后《きさき》様が色々とあまりにお忙しそうでしたので遠慮していたのです。また今回は斑鳩へ上宮様の療養のために移られたというので、心配しておりました。でも、もう飛鳥へお戻りになるのではありませんか」

「そうなのですが、もう暫くはこちらに居た方が大王のお身体には良いのだとか。医博士の劉喘師からは年の暮れまではこちらでと、この前診て頂いた時に言われましたから」

「分かりました。では、近いうちに安美を連れて参ります」

河勝は上宮に丁寧に科野《しなの》と東国上毛野《かみけの》での出来事を報告した。上宮はいつもの通り真剣に聞いて、それから、この日は久しぶりに河勝とゆっくり夕餉を共にした。次の日、河勝はもう長く家を留守にしているからと山城（現在の京都府南部）へ帰った。

上宮は河勝が帰った日の昼前、立ち上がろうとした時に、気が遠くなるほどの激痛を胸に感じてその場に蹲《うずくま》った。暫くすると、その激痛が嘘のように収まったので、上宮は一人で立ち上がった。また心配を掛けてしまうと、誰も見ていなかったのを良いことに上宮はこのことを誰にも言わなかった。


その日の昼を少し回った頃、馬子に連れられた亀鑑たちが斑鳩の上宮の館に着いた。

「無事に帰ってきてくれて、本当にうれしい。有難う、亀鑑よ。もう、大丈夫なのか。何処か痛いところはないか。怪我はしていないか」

上宮は、亀鑑に抱き着かんばかりの勢いで近付きながら話し掛けた。

「おお、恐れ多いことです。そんなに近寄らなくとも、お答えいたしますので。どうかそこまで、お止まり下さいませ」

「ああ、そうだった。元気になってくれたのだな。鮠兎、寿可、感謝する。ところで寿可。亀鑑はもう本当に大丈夫なのだな。亀鑑には色々聞きたいこともあるのだが、その事で心身共に大変なことになったりはしないだろうか」

「大丈夫でございます。亀鑑氏は心身共に頑強でありますし、その上お身体は以前と同じように非常に調子も良くなられていますので」

「そうか。では、主治医がここに居ればより安心であろうから、寿可にもここに居てもらおう。亀鑑、話してくれるか」


亀鑑は一部始終を上宮達に話して聞かせた。亀鑑は時々寿可が処方した薬湯を呑み皇后が用意させた柿の葉茶なども飲んで喉を潤し、大陸での多くの経験を全て話した。


「皆の無事を確かめて、その上皆が納得して長安城でそれぞれに学びを続けるとの力強い約束をさせてきてくれるとは。心から感謝する。命懸けで、この任務を果たしてくれて本当に有り難いことだ」

「はっ。ですが、皆のためにもこのことだけは、大王がお約束下さい。唐が落ち着いた時には、必ず迎えの船を出すと。われはあまりにも健気《けなげ》な若者達を思うと、今直ぐにでも飛んで行って、救ってきたいと思うほどです」

「分かっている。今、そうできるものなら、遣唐使を送って皆をその船に乗せて連れ帰りたい。我が国の大切な若者達をこのまま放っておきはしない。必ず、助け出すと約束する」

上宮はそう言って、亀鑑の手を握りしめた。亀鑑は上宮の手があまりにも冷たかったので、声を出しそうになった。

「大王、われはこれから飛鳥へ参ります。明日は学僧や学生達のご家族に、皆様の近況や長安城での暮らしぶりを見てきた者として直接話して差し上げとうございますから」

「そうか。そうだな、それが良い。そうしてくれ。だが、その場に吾が居ないと、どんなことをしても我が子を連れて帰ってほしかったと亀鑑が言われるかもしれない。心配だ。吾も向かおう。鮠兎、その方が良いであろう」

「いいえ、今日は亀鑑が良い知らせを持ってきてくれたにも拘らず、大王のお顔の色が優れません。行くのはお止め下さい。亀鑑のことは、大臣とわれらがその様な者の非難からしっかり守りますから、大王は早く元気になることを今のご自分の仕事だと思って下さい。大臣、そうですよね」

「ああ、勿論だ。お身体を治されることが先決。今この様に未だ快復されていない大王が、人前に出られるのはかえって皆の不安を駆り立てましょう。大王はもう少しの間、静養なさってください。大王代行の山背皇子様は、大王が思っておられる以上にしっかりしておられます。ご心配には及びません」

「大臣、吾は亀鑑が非難されるのが心配だと思ったのだ。大臣は、吾の代行を務めている山背皇子が心配なのか」

「いえいえ、亀鑑が非難されるということは、亀鑑を唐へ送った政権が非難され、その代表としての山背皇子様が、ということなのです」

「分かりました。ではこれから書状を書くから、持って行ってください。中には、全責任は吾にあると認《したた》めます。家族の方々への説明の前に、皆に読み聞かせてもらいたい。大臣、頼みます」

「畏まりました。大王、この件のことは、われらにお任せください。早く元気になって、完成間近の小墾田宮の風景をしかとご覧ください。飛鳥でお待ちいたしております」


上宮は馬子、鮑兎、亀鑑を送り出した後、難波の津へ戻ると言う寿可に言った。

「少しここで、吾の身体を診てほしい。劉《りゅう》喘《ぜん》師も松《しょう》壽《じゅ》博士も、ただ静養をするようにと言うだけで、これと言った薬を処方されている訳でもない。信じない訳ではないが、静養しても少しも良くなったような気がしないのだ」

「お二人もの高邁な医博士が仰せになるのですから、その通りに静養なさるのが良いと存じます。修業もまだ終わっていない若造に、大王の御身体を診る資格などございません。どうかご容赦下さい」

「いや、そなたは先程から、吾をよくよく診ていた。医師の眼差しだった。吾を診てどう感じたのだ。正直に答えよ。これは王の命令である」

「お答えできません。もしどうしてもと仰せなら、劉喘師か松壽博士どちらかの同席の上でならお答えいたします」

「そうか。それほど吾は悪いのか。二人の医博士に、口止めされているのだな。分かった。では、これから二人の内のどちらかを呼びに遣るから、そなたはここに控えていなさい」

「畏まりました」

上宮は劉喘と松壽を呼びに行かせた。待っている間、気になっていたことを寿可に聞いた。

「先程、亀鑑が元気になった姿を見せてくれたが、少し不思議だった」

「不思議と申しますと」

「ああ、亀鑑がここを発つ以前よりも若々しく元気だと思ったのだ。普通なら疲労のために肌の色も悪くなるし、精神的にも大変な状況から白髪も増える筈だがその様な様子は無かった。声の張りもよく、目も活き活きとしていた。一体どうすればあのようになれるのだろうかと思った。

そなた、何か特別な薬湯を亀鑑に処方したのではないか。もしかして、吾も同じものを呑めば元気になれるのではないかと思ったのだ。あれはどの様な物なのか、教えてもらえるか」

「大王は、大王となられてからずっとお一人でこの国や民のために心を砕き、身を粉にして働いてこられたことと推察いたします。もう三十年もの間、休む間なく心身共にお使いになったのですから、少しくらいお休みになったところで癒されはしません。もう暫くはゆっくりなさって下さい」

「どの様な物を調合したのか聞いている。吾が勝手に調合してもらおうとしていると思っているのか。その様なことはしない。調合して貰うのは医博士に診てもらってからであろう。吾は唯、亀鑑をあのように元気にしてくれた薬湯が何なのか知りたいだけだ」

上宮は苦しい言い訳をした。死の淵を見た亀鑑が生還した不思議な薬が、今の自分にも効くのではないかという思いが強く働いていた。

「亀鑑様に処方いたしました物は、松葉、笹の葉と芹の根等から作りました。松葉は昔から山に生きる者達の間では、山歩きの時の疲労回復に良いとされ噛みながら歩くのはご存知ですか」

「ああ、知っている」

「ですが、亀鑑様は元々身体を鍛えに鍛えた方ですから、普通の方と比べられない程の治癒力をお持ちなのです。あのような状態からこの様に素晴らしく快復される方は滅多におられません。それに、大王の症状と亀鑑様のとは違うのではないでしょうか。詳しいことは、医博士と香華瑠師にお聞きください」

「分かった。吾の身体に合うかどうかは、医博士に聞かねばなるまい」

しかし、自分にもその薬湯の効果があるなら、今迄に自分にも処方されるはずだ。処方されないということは、その薬湯が自分には効かないということなのだろう。そして上宮は寿可と話す内、目の前に居る寿可という青年医師に興味を持った。

「そなたと初めて会ったのは、確か葛が原での雷様の事件の時であったな」

「はっ、左様にございます。われのことを記憶に残して下さっていたのですか」

「そなたはきっと良き医師になる。いや次代の医博士と成るだろう。寿可、しっかり医博士や薬師の知識と志を受け継いでくれ。志を共にする者達と切磋琢磨してこの国の病に苦しむ人々に希望を与えてやってほしい。頼んだぞ」

寿可は上宮の遺言のような言葉を一つ一つ噛みしめながら聴き感動し、何度も力強く頷《うなず》いた。

二人の医博士の所へ遣っていた使いの者が、劉喘と松壽の両医博士を連れてきた。

「どうされましたか。急ぎのお召しだと聞きましたので、取り急ぎ参じました。お身体の具合に何か変化がございましたでしょうか」

上宮の主治医の劉喘が、はあはあと荒い息をさせながら聞くと、

「特に変化はありません」

と上宮は答え、次に松壽に向かって言った。

「寿可は素晴らしく良い医師に育っているな、松壽師。寿可の外にもこの様な素晴らしき若者は育っていますか」

「育っております。お元気になられてから、四天王寺の施薬院や療病院をお訪ねください。大王が激励して下されば、それだけでその者達の励みになりますから」

「そうですね。育っていますか。良かった、ありがとう。どうか、これからもご指導宜しく頼みます。地方にはまだ、薬自体中々手に入れられない所もあるようですから、早く医師や薬師を送れるようになれば、助かる人々も増えるでしょう。この頃、大和周辺には人が集まってきていますが、このままでは地方が疲弊します。そう成らないように地方に住んでいても、心も体も健康でいられる状態を医療の面からも考えねばならないと思っているのです。劉喘師はどうお考えで

しょうか」

「大王の仰せの通りでございます。われも同じ考えです。われも、医師や薬師になりたいという各地からの者を大和で一人前の医師や薬師に育てたいと思いまして、小さな私塾を開くことを計画しました。私塾開設の許可を申請しましたところ、申請が通りました。しかも私塾ではなく、公の塾を建てるが良いとの返事が頂けました。そして、その担当として境部摩理勢氏と秦河勝氏が決まりました」

「そうか。それは良かった。あの二人なら吾も安心だ。きっと良い場所に良い建物を造ってくれるだろう。吾も楽しみだ」

上宮は久しぶりに明るい顔になった。

「私塾、いや、公的な医療の学び舎についてはこれで良しとして、吾の身体のことを詳しく教えてもらいたい。そして、吾には寿可が亀鑑に処方していた松葉の薬は効き目がないのかを聞きたいのだが。どうであろう」

劉端と松壽は顔を見合わせた。

「薬は病によって、またその方のお身体の状態によって変えねばならぬものです。寿可が亀鑑氏に処方したものを大王にそのままお勧めするのは間違っております。お身体の具合がなかなか良い方向に向かいませんのは、大王が今迄にあまりに無理をなさり過ぎたからです。つい先ほども、地方の医師や薬師のことにお心を砕いて下さっています。我らもいけませんね。大王のご病気を一日も早く治してさし上げねばなりませんのに、この様につい語ってしまいました。お許し

「今まで処方していた薬を劉喘師と香華瑠師と我の三人で相談して新しいものにしましたので、今後はこちらに代えましょう。飲んでみて下さいますか」

松壽は新しく作ったという薬を差し出した。

「分かった。飲んでみよう。少しでも良くなれば幸いだ。まだまだ静養が必要ということか。だが、吾がやりたいと思っていた医療の学び舎もこれで確実に出来ていくということだから、少しでも元気になって完成を見届けたいものだ」

新しい薬のお陰か、上宮はその後少し体調が良くなった。

十六、彩雲

それから七日後、上宮の希望もあって新たに担当医となった寿可が上宮のところに診察を兼ねてやってきた。新しい薬が少しずつ上宮の食欲を増進させて顔色を良くしていたことを寿可も喜んだ。そして医療の学び舎の件も、劉喘医博士、松壽医博士、境部摩理勢、秦河勝の四者の打ち合わせが万事うまく運び、近々工事が始められることになったと伝えた。寿可が報告し終えて帰った後で、境部摩理勢と秦河勝が二人揃って斑鳩の上宮に会いに来た。

「摩理勢、河勝。建物は医博士たちの思い通りに建てられそうか」

「勿論です。建屋の場所なのですが、医博士方とそれに薬博士の香華瑠師の要望で出来れば四天王寺近くに求めたいとのことでした。そこで荒陵《あらはか》辺りには未だ土地が荒れたままになっている所がありましたので、そこはどうですかと提案しました。博士方はそこを整地して建てて頂くと、教える医博士方のためにも、そこに暮らす者達の生活のためにも最善と喜んで頂けました」

「そうか。四天王寺で医療に携わっている医博士や薬博士にも、教える時間ができる。それは良い考えだ。では、四天王寺近くから始めよう。そこが完成したら、次は斑鳩と飛鳥の間にと、夢を実現させたいなぁ」

「では、この提案を受け入れて下さるのですね。有難う存じます。

それから次の問題は、資材に関してです。資材が小墾田宮の方で随分使われておりますので、初めは少々小ぶりな建屋になります。しかし、小墾田宮の完成も間近ですので、来年以降には潤沢な形で資材が手に入ると考えます。そこで、小ぶりな建物を基礎として一年毎に建て増していくということにいたしました。学生の募集人員もそれに合わせてその度に増員するという事にして頂きました。建屋の完成の目途は、一応五年としております。われの方は直接現場にての指揮を、河勝氏には資材の調達を受け持って貰うことにしました。それで宜しゅうございますか」

「話し合って決めたならそれでよい。資材の調達は結構大変かもしれないが、河勝も了解したのだな」

性格上、摩理勢より河勝の方が交渉事には向いていることを、上宮も二人も分かっていた。

「了解しております。将来、病に苦しむ人たちの助けをしてくれる医博士や薬博士を育てる学び舎の建築に直接携わることが出来るのは、本当に嬉しい限りです。摩理勢氏と共にしっかりした建屋を造ってまいります」

「有り難いことだ。では二人で力を合わせて早々に取り掛かってくれ。だが、もし何か困ったことができたら、何でも大王代行（山背）や大臣に相談してくれ。吾からも、二人にはよく頼んでおく」

「はっ。承知致しました」

「久しぶりに、今日はよく働いたな。流石に疲れた。もう今日はここまでにしよう。共に夕餉をと思っていたが、どうかな。摩理勢、河勝」

「嬉しゅうございますが、われらは明日の早朝から博士方との建設の打ち合わせが入っております故、二人とも今から四天王寺に行かねばなりません。

建設に取り掛かる前には、必ず大王にもお出で頂いて式典を行いたいと思っておりますので、その時はよろしくお願いいたします」

「大王もお疲れでしょうが、われらもそれなりの歳でございます。昔はここから難波の津までなど一《ひと》っ走《ぱし》りでございましたが、今では五走《いっぱし》りでも、ちと難しゅうございます。ですが、将来を担う医博士や薬博士たちの学び舎をこの歳になってから担当させて頂けるとは喜びでいっぱいです。少しでも早く取り掛かりたいと思う仕事に、久しぶりに出会うことが出来、しかも気の合う摩理勢氏と共に仕事ができるとは、感慨深うございます」

「そうか、二人とも疲れたか。明日からの仕事に差《さ》し支《つか》えては困る。さあさ、もう帰りなさい。ありがとう。摩理勢、河勝。大変な仕事を快く受けてくれて、感謝する。頼みます」


二人はもう限界だった。上宮の姿が館に、そしてその館から自分達の姿が見えなくなる道沿いの大木の陰に隠れた時、二人はどちらからともなく抱き合って咽《むせ》び泣いた。上宮にその声が聞こえないように。

上宮にも分かっていた。随分細くなった自分の腕や足。時々、ぐっと差し込む胸や腹の激痛。好きだった食べ物が殆ど喉を通らなくなったこの頃と、いつまで続くか分からない静養という名の療養の日々だ。自分が少年の頃に身罷った父（用明大王）の最期の時を思い出してみると、身罷る少し前には自分と同じような状態だった。

しかし、そんな中でもまだ頭だけは色々なことを考えられている。ならば、まだ少しでも歩ける間に、体調が少し快復している間に、民の暮らしに今の自分が何か出来ることはないか探しに行きたいと思った。そんな時、上宮は思い付いたことをせずにはいられない。

橘の宮に居る山背の側近達を指導している葛城鮠兎を呼び寄せた。鮠兎は上宮の顔を見ると直ぐに言った。

「いったい今度は何をなさろうというのですか。少しは静かにじっとして居られないのですか」

「あははっ。鮠兎には何も隠し事は出来ないな。まあ、だからそなたを呼んだのだ。そなたも、橘の宮の若き者達の指導があるだろうから、数日に一度でいいのだ。吾と郷を散策して貰えないだろうか」

「郷とはどの辺りのでございますか。散策してどうなさるのですか」

「行きたい郷は近くの郷で、歩いて行き来出来る範囲だ。散策する目的は民の暮らしに何か不具合は無いか。吾に政策として何か出来ることはないかを知りたい」

「分かりました。山背皇子様の側近達の指導なら、われがいなくとも大丈夫です。彼らは指導せずとも十分成長しております。それに分からない事や困ったことがあった時には、大臣や蘇我恵彌史氏がおられますから。ご心配には及びません」

「恵彌史は良いが、若き者達にとって大臣は少々煙たかろう。若き者達が大臣を敬遠していないか気になるところだ。吾が若い時は大臣との応酬には相当手を焼いたものだ。山背達はどうしている」

「上宮様は大臣との意見の違いに随分困っておいでてでしたね。われもいつもはらはらし、大きな喧嘩になりはしないかと心配したものでしたが、流石の大臣もお孫様でしかも大王代行でおられる山背皇子様には反抗なさいません。難しいと思われる予算もすんなりと通されます。どこにそんな財源がと思うこともあります。上宮様の時より随分簡単に通っているのではないかと感じます。勿論、色々と突っ込まれはしますが、山背皇子様がもう一度理由を整然と話され最後に一言、『この予算は通して頂きます』と、決然と仰せになるともう何も反論されません」

「そうか。しかし、それで良いのだろうか。吾は大変だったが、あの頃、大臣に色々と皆の前で反対されたことや問題点を指摘されたことはとても良かったと思っているのだ。そんな時に、大臣はしっかり吾の話を最後まで聞いて、吾が考え付かなかった点や、行き過ぎたところを修正してくれた。また、吾が大臣と対立することで、群臣を味方にすることも出来た。吾が旧来の豪族方とも忌憚なく話せたのは、大臣が悪役を引き受けてくれたからだと思うのだ。大臣は皆の前で吾に反論し、吾にそのことについて詳しく説明させた。そうすることで、吾の思いを群臣たちに解らせられると考えたのではないだろうか。大臣も当時は若く元気だった。

それが、山背の場合どうなのだろうか。あまりに大臣が山背の願いを叶え過ぎるのは問題なのでは……。鮠兎、どう考える。正直に心の内を言ってくれ」

この人には敵わない。われだけでなく、どんな人も上宮のような深い考えを持って生きてはいない。しかもそんな人が、今この国の大王でいて下さっている。なんとこの国は幸せなのだろうかと、鮠兎は思った。しかし、その上宮の命も永遠ではない。もうすぐその火が消えようとしていると、鮠兎は思うと、何も言えなくなりそうだった。

「大王。上宮様が大后様から政事の全権を託された時、上宮様は弱冠二十歳でした。山背皇子様は来年三十歳におなりです。大王に成られるのは年齢だけではございませんが、山背皇子様は上宮様よりずっと早くから帝王学に接してこられました。そんなことよりも何より、山背皇子様は小さき頃から上宮様の生き方や考え方をしっかり学んできた方です。母である刀自古郎女様も、立派で愛情深い、厳しくも優しさの満ちた方で、何より人に対して公平な方でした。そのことは、これから王となる山背皇子様にとって大変大切なことではないでしょうか。

確かに、大臣は孫の山背皇子様には少々甘いところがあります。ですが、上宮様が政事を担当されるようになった時から早三十年。政権内の力関係も随分違ってきています。大臣が、以前のように大王の敵役《かたきやく》にならなくとも、政権内は緩やかに安定期を歩いている様に思えますが……。われの政権への買い被りでしょうか」

「鮠兎、そなたまで、その様に思うのはやめなさい。政権に安定などないし、日々政事は変化するのだ。一度の水害で人々の暮らし向きが大きく変わるのだ。飢饉もあれば、とてつもなく豊かに実る年もある。一年として、同じような年は無い。その時、何を一番に考え行動しなければならないかを瞬時に決め、皆を納得させて良き方向へ導かねば皆を幸せどころか不幸にしてしまうのだ。王たる者は、日々瞬時も休む間なく、民が平穏な日々の中で幸せに過ごしてくれることを祈りながら生きていくのだ。民の幸せが己の幸せと思える者でない限り、王の務めなど果たせるものではない。山背はどの様に思っているのだろうか」

「王の務めはそこまで厳しいものでございますか。王は民と共に生き、民と共にあるとはそういうことなのですか。われは王ではありませんが、自分も民の中の一人として、皆で幸せにならなければ自分の幸せもないと思っています。ですが、われも上宮様も生身の人です。少しは心安らかに休む日を作らないと長持ちしません。一日中、気を張っていては心身共に持《も》ち堪《こた》えられませんん。何をそこまでご自分や山背皇子様を追い詰めるようなことを言われるのですか」

「時が無い。もう吾には残された時が僅《わず》かしかないのだ。だから、出来る限り早く整えておきたい」

「何をですか。先程ご自分で仰せだったではありませんか。一年として同じ年は無いと。ですから、整えた心算《つもり》でも、明日には状況が変わるのが世の中ではないですか。その時生きて政事を担っている者が、その時の状況において懸命に考え行動する以外にはないのです。上宮様が皆に教えて下さった学問することの素晴らしさ。今はまだ少数の者達ですが、きっといつか皆が学び舎で自分の学びたいことを学べる世になると、われは信じています。人それぞれですから、学びたいことも皆違っていて当然ですが、生きていく上での基本的な考えは違ってはいけないと思います。上宮様と共に、あらゆる分野の師匠や仏教の師から正しく生きることの素晴らしさをわれは教えて頂きました。

　釈尊の教えから、一緒に多くの事を学びました。慈悲心、楽を与え苦を除く心を興して、正しい心で、正しい行いをする。われには、一番この教えが心に響いています。生涯のわれの生きる指針となりました。きっと上宮様の後を受け継ぐ方々も、色々と問題を抱えながら解決の方法を皆で考え乗り切っていかれるに違いありません」

「そうだな。山背達の時代は彼らが造っていくものだ。その根幹となる基本的な行動なり考えの軸の部分は、しっかり育ててあると言いたいのだな。分かった。もう心配はしない。ありがとう、鮑兎。いつも吾の側に居てくれて。そなたのお陰で……」

　未だ別れを言うのは早いと、上宮はその言葉を呑み込んだ。

「それで、どの辺りから回られますか。初めの内はあまり歩く距離を長くしない方が良いと思います。われの考えを言ってもいいですか」

「では、鮑兎の考えを聞こう」

「初めは、そうですね。龍田川に沿って、一時南下致しましょう。どれ程かは、上宮様のお身体に聞くとしてはどうでしょうか」

「いいのではないかな。その先に行くと、片岡（沙羅・刀自古郎女との長女）の地に至る。未だ見ていないその辺りを歩いてみよう」

「それではそう致しましょう。では、皇子様方の領地を一つずつ歩けるところは歩いて回りましょうか」

「そうだな。いつも馬に乗っていた場所が歩くと違う風景になるような気がする。数日に一つずつでも、随分日数が掛かりそうだ」

「その内、大変お元気になられるかもしれません。もっと早くこのことに気付けば良かったですね」

「明日から始めたい。鮑兎良いか」

「良いですとも。明日の朝、お迎えに上がります」

鮑兎は少年の頃の様に、元気よく言った。


上宮は松壽博士が薬師の香華瑠に新たに指示した薬湯が効き始めたのか、少しずつ快復の兆しを感じていた。それでも時折、腹に差し込むような痛さを覚えたが人には分からないように気を付けていた。不思議なことに人と会っていて気を張っていると、痛みは止まっていた。

次の日の早朝に、鮑兎は歩きやすい格好で上宮の元を訪ねた。

「鮑兎、軽快な姿だな。若々しく見える。吾もそなたのような恰好が良かったな。瑠璃、支度のし直しだ」

「鮑兎様と同じような物はございませんが。どう致しましょうか」

「皇后様。ここに持って参りました。上宮様は、よくわれの物と同じが良いと幼い頃駄々を捏《こ》ねられていましたので。そんなことを思い出しながら用意いたしました」

「それは、鮑兎ならではの気遣いだな。有り難い」

「まあ、お二人とも幼い子供のようですね」

「さあ、早く着替えよう」

上宮は出掛ける前から、ひと騒動起こして皆を和ませた後、鮑兎と二人出掛けた。皇后は民と同じような姿をした護衛の者達に、上宮達から少し離れてそっと見守るようにと指示を出していた。

上宮と鮠兎は旅をする姿で、辺りの景色を楽しみながらゆっくり歩き出した。冬なのに日差しが暖かく、速足で歩くと健康な者なら汗が滲《にじ》んでくる。鮠兎は身体が少し熱《ほて》りはじめたので、上宮にもう少しゆっくり歩いた方が良いと声を掛けたが聞こえなかったらしく前へどんどん一人で進んで行った。

「もうし、旦那様。もう少しゆっくり歩いて下さいませんか。ここら辺で、少し休憩した方が疲れ過ぎないですから。お願いします」

鮠兎は上宮の病み上がりの身体が心配でそう言った。

「そうか。わしも少し疲れた。もうそろそろ、着くのかな。今迄と景色が変わってきたようだ」

「そうですね。この辺りは、随分整備が進んでいますね。きっとここの長がしっかりした方なのでしょう」

「確かに。そなたもそう感じるか。矢張りその地を治める長の人柄が、その地に現れるのだな。ここは実に良い長に恵まれているようで、この辺り一帯が喜んでいるように見えるな。この美しい風景にはそれなりの手が掛かるに違いない」

上宮と鮠兎が休憩しながら話していた時、少し離れたところから声を掛けられた。

「もうし、もうし。そこの人。どうかなさいましたか」

二人連れの青年である。鮠兎が応えた。

「あいや、少し歩き疲れたので、ここらで休ませて頂こうと座っておりました。何かご迷惑をお掛けしましたでしょうか」

「迷惑ではございません。この辺りの方ではないとお見受けしたもので、道をお間違いになられたかと思いまして。どちらから来られたのですか」

「われらは北の方から来た者です。貴方はここの方ですか」

「この郷の者です。今日はこの郷の特別な日なのです。郷の者達は準備に朝から掛かっております。いつもは誰彼となく畑に出たり、田の様子を見たりして外に居るのですが、集まっておりますので他の事に気が回りません。そこで、われらがこうして見回りをしております」

「それで、こちらは既にこの郷の領域だということで、われらに声を掛けたのですか」

「はあ、お二人ともお見かけしたことが無い方々でしたので、失礼とは思いましたが」

「怪しい者ではありません。こちらはわれの主人なのですが、今年秋頃から体調を崩してしまって郷の方ではどうしたらよいものか誰も分からなかったのです。そこで大和には、どんな病気にも的確な判断をして下さる医博士や薬の事なら何でも知っているという薬博士が居られると聞きまして、ここまで来た次第なのです。道を間違えておりますでしょうか」

鮠兎は上手く話を作って、ここまで来た理由を里人に説明した。

「矢張り、道を間違えておられます。この道をどちらに行こうとされていますか」

「こちらの方へ」

「ああ、それは違います。来た道を戻るようになりますが、今来られた道を戻られた先に龍田神社（現在の龍田大社）がございますから、そちらの方向になると思います」

そうすると後ろから、もう一人の青年が声を掛けた。

「もし宜しかったら、奥に休憩所がありますから少し休まれて行かれたら如何ですか。お探しの医博士様や薬師様は、大和の中心の飛鳥に居られると聞いております。ここから歩くには今日一日では着きませんよね」

「ああそうだな。あなたのご主人様はもう随分お疲れのようですから、ご遠慮なく。どうぞこちらへ。あそこまで歩けますか」

そう問いかけられて初めて上宮が声を出した。

「御親切に。有難うございます。では、少しだけ休ませていただきます」

「どうぞ、こちらへ」

上宮達が怪しい者達ではないと話の内容から分かったのか、青年達の態度は好意的なものに変わった。

上宮と鮠兎は案内されるままに、少し離れた所にある休憩所に着いた。

「さあどうぞ。入って、寛いでください。何か茶を入れましょう。何がお好きですか。お疲れのようですから、柿の葉茶にしましょうか。それとも、桑の葉茶がお好みですか」

「それでは、桑の葉茶をお願いします」

鮠兎が言った。

「そちらの方も、同じ物で宜しいですか」

「同じ物をお願いします」

上宮が答えた。

二人で桑の葉茶を飲み干して、別れを告げようとした時だった。休憩所の入り口に新たな人影が見えて話し掛けられた。青年達より一回り年長と思われる感じの良い男である。

「はじめてお目に掛かります。わしはここの郷の者でございます。旅の方のようにお見受けいたしましたが、今日はこの郷の長の七十七の祝いを皆でしようと朝から準備を致しておりました。その長が、郷の入り口にどなたか見えているようだから、お急ぎでなかったら少し話がしたいと申しておりまして。年寄りの勝手なお願いなのですが、お聞き入れ頂ければ有り難いのですが。如何でしょうか」

「ああ、それは急ぎと言えば急ぎなのですが……。どういたしましょうか」

鮠兎は、上宮の方に向かって聞いた。

「こうして、旅の疲れを癒して頂きましたのでお礼も兼ねて、今日のお祝いに何かお話をさせて頂くのも御縁というものでしょう。郷長様のところまでお連れ下さい」

「あ、有難うございます。長《おさ》への良き祝いになります。本当に有難うございます。お前達、長様の処へご案内しなさい」

上宮と鮑兎は郷のほぼ真ん中辺りと思われるところまで、ゆっくり歩いて進んで行った。そこには郷長の館とはとても言えない小さな庵の様な格好の館が三つ並んで建っていて、沢山の里人たちが嬉しそうに立ち働いていていた。

上宮達が近付くと、里人たちは男も女もにこやかに挨拶してくれた。子供たちの面倒は御爺さんや御婆さんがみていた。

上宮と鮑兎は小さな館の中に入るように促《うなが》された。そこには外から見るよりずっと広い土間があって、上段の板の間に上がれるようになっていた。

「お急ぎのところ、年寄りの我儘をお聞き下さって感謝申し上げます。どうか、ここに上がって下さい。出来ればゆっくりお話などして頂ければ、嬉しいのですが」

「では失礼いたします。この者も、宜しいですか」

「どうぞ、どうぞ。お二人とも、楽になさって下さい」

二人は郷長と対面するような形で座った。

「お二人は、どこから旅して来られたのですか。わしはこの郷から出たことがございませんので、良かったらあなた様方の住んでおいでのところの話など聞かせて頂ければ嬉しいのですが。もしお差支《さしつか》えが有ったら、今まで行かれたところで一番印象に残っている場所の話でも良いのですが……。近頃、目が見えづらくなりまして、足は未だ丈夫なのですが、今からどこかへ出かけようにも景色がよく見えないと思います。そこで、ここを通る方でお時間を割いて頂ける奇特な方に、その方の郷のお話しなどして頂くのが、わしの唯一の楽しみとなったのです。こんな年寄りの楽しみに付き合わせて申し訳ございません」

「分かりました。では先程、ここへ来る途中の休憩所で美味しい桑の葉茶を頂いたお礼に、若き頃に行きました処の話をします」

　上宮が応じた。

「まだ二十歳を少し過ぎた頃ですから、もう二十年以上も前になります。お国のお役目を頂いていた関係で、内津海（現在の瀬戸内海）を西へ向かいました。初めて乗る少し大きな船で海を進んで行くと次々と島が現れて驚きました。川と違って、波というもので船は上下に動きます。時には大きな波が寄せてくることもあり、両方の足で舟板にしっかり立っていても倒れそうになるのです。朝早くに乗船して、昼を過ぎてもその日には目的の地に着かず近くの港に一泊致しました。その地で食べた魚が非常に美味しかったです。我が郷はこちらと同じく内陸部ですから、魚と言えば川魚です。幼い頃から、海の魚などは中々食べたことはございません。郷長様は、海の物は何か食べたことはありますか」

「魚ではありませんが、若芽は乾燥させた物がありますから。ああ、それから鰯は海の物でした。鰯の塩干したものは今も時折食しています」

「そうですか。我も鰯の乾物は時々食べています。噛んでいると、海の薫りがしてあの頃を思い出します」

「おお、そうでしたか。確か今宵も鰯はあると聞いています。良かったら、鰯などつまみながら、酒などいかがですか」

「あ、いえ。我は少し身体の具合が良くありませんので、酒は遠慮させて下さい」

「えっ。お身体の具合が良くないのですか。そういえば、お声の力が少し弱いような気もします。申し訳ない。わしが話をしてほしいなどと、我儘を言ったせいでお疲れになったのではありませんか。わしがここへ来て下さいなどと、足をお止めしてしまいました。もう、日が傾いてしまったようです。どちらの方へ行かれるお積りでしたか」

「大和の飛鳥に居られる医博士の松壽師のところへ向かっております」

そう言ったのは、鮠兎の方だった。

「そちらの方は、お元気そうですな。弟さんですか」

「あ、いえ。われは……」

鮠兎の言葉を遮ったのは、上宮だった。

「そうなのです、幼い頃から弟同然に育ちました。我親も兄弟もこの者を兄弟と思っているのに、未だに頑なに打ち解け切らないのです。我は弟と思っているし、周りの人達もそう思っているのに、鮠兎だけが頑固に従者のように振る舞うのです。

我はもうそういう態度はやめてほしいのだ」

「それが、あなた様の一番のお悩みでございますか。しかし、お二人を見ていると既に、兄弟であるとかないとかの域を越えておられるように思います。お二人は志を一つにしておいでの様にお見受けしますが、違いますでしょうか。

人は生きていく中でそれぞれにこうでありたいと思いながら、中々思うようにいかない人生を歩まざるを得ないものです。その様な時に志を同じくする、同志と思える人が居ることがどれ程素晴らしいことか。あなたのところにはこの方が天からもたらされたのではないでしょうか。血の繋がりを大切にする人々も多いのですが、わしはそれは違うと思います。親兄弟でもそれぞれに考えは違うし大切に思っていることも違うものです。況《ま》してや、何かを成そうという時の志というものは全く理解されないこともよくあること。わしも長く生きてきましたので、親子で違う意見を持っている者達や、兄弟姉妹それぞれに大切に思うものが違う中での諍《いさか》いを厭というほど見て参りました。あなた方の様に、裏も表も無く心の底から分かり合えるお二人に、この命が終わるまでに会えて本当に今日は清々しく素晴らしき誕生の日となりました。お会いできたことに感謝します」

郷長は二人に向かって手を合わせた。そして郷長は続けた。

「お二人して医博士様の処へ行くと決められたのは病のこともあるでしょうが、心の中の問題を解決なさりたいとの思いもあったのではないですか」

「郷長様の言う通りです。我の悩みはわれらの後を引き継ぐ者達が、我らの時のように大変な思いをしないだろうか。とても心配なのです」

「わしはもう直ぐ、この世から消えゆく者ですが。そうですね、わしももう少し若い頃はそんな心配もしましたが、今はそんな心配もしなくなりました。自分が死んだ後のことは、後に残った者達が何とか頑張らなければならないと悟りました。生きている内に、心地《ここち》好い郷で暮らせることがどんなに良いかを教え、心地好い郷にする方法を実際にして見せておくことが大切だと気付いたからです。出来る限りの心を尽し、身を尽して参りました。これより後のことは、若い人たちを信じて任せていくしかありません。わしはもういなくなるのですから。

この郷は極々普通の郷ですが、普通であることを続けていくのは相当な努力と、それこそ志を一つにする人々が次々と後に続いてくれなければ果たせないことなのです。ここの近くの方ではないし、わしより大分《だいぶ》お若い方々ですからご存知ないかも知れませんが、昔、この地は戦場になり、多くの命が一瞬の内に奪われた時がございました。土地も荒れて、人々の心も荒《すさ》んでおりました」

郷長は静かに話を止めて、近くに置いてあった清潔そうな布で目を拭いた。

「その荒れた地を根気よく耕し、共に働きながら人々の心を希望へと導かれたのですね」

「皆で力を合わせて成し遂げました。ですから、わしはたまたま、皆より年長者であっただけで、郷長にして頂いているのです」

上宮も鮠兎も、この郷でこの郷長が一番働き努力した素晴らしい人であったに違いないと思った。

「後のことは、後の人々に任せるしかないということなのですね」

「左様にございます。今まで頑張ったことは、今反映されていますが、これからのことはこれからの人々がまた頑張るしかないのです。それから、どこの地を治めておられる方か存じませんが、そこの長様と一番の同志の方がお二人で飛鳥の医博士様のところまで出かけて来られるということは、郷をしっかり守ってくれている後継の方々が居るということではありませんか。実証されているではないですか。あなた方は、もう既に後継者をしっかり育てているのです。心配は要《い》りませんよ」

「そうですね。後のことは、立派に育てた者達に任せましょう。ああ、郷長様とお話が出来てわれらこそ本当に良かった。なあ、我と志を同じくする者よ。ここまで病の身体を押して旅をしてきた甲斐があったというものだ」

「郷長様、ありがとうございました」

鯱兎は、上宮の心配を郷長が解決してくれたことが心から嬉しかった。


「さあさ、今日はお二人の新しい門出ですぞ。わしも祝って差し上げたい。どうか今宵は、この郷にて、お過ごしください。酒ではなく、この地の美味しい柿の葉茶で。飛鳥の地ならば、明日の朝、川舟でお送りいたしますから。お疲れでなかったら、話の続きもお聞きしたいのですが。もし一緒に行かれていたなら、こちらの方《かた》に話して頂こうかな」

「共に行っていましたので、われがゆっくりとたっぷりとお話し致します」

鯱兎は上宮の方を向いて、了解を取った。


その後、上宮はこの郷の素晴らしい風景に見とれたことや、里人の優しさに触れて久しぶりに心が癒されたこと等に感謝の気持ちを述べた。郷長からこの郷の人々が、皆共に相手に対し敬意を示しながら、問題が起こった時には話し合うようにしていること等を聞いた。

次の日に、また帰りに寄ると約束した上宮と鮠兎は、川舟で飛鳥の側まで送ってくれると言うのを丁重に断った。斑鳩に居る皇后菟道貝蛸皇女に心配を掛けないためと、飛鳥へ行けば上宮達を知る者に出会わないとも限らないからだった。

上宮は鮠兎にとても良い経験をしたと話した。鮠兎も上宮の近頃には見たことがない笑顔を見て嬉しく思った。

「なあ、鮠兎。もう少し良くなったら、この様に近い所でいいから、また違う郷へ出かけたいと思う。一緒に行ってくれるか」

「勿論、共に参ります。上宮様が来るなと言っても、どこまでも付いて行きますので。われは、こう見えても、唯一上宮様にお小言が言える者でございます故」

「付いてくるのは良いが、口うるさいのは勘弁してくれ」

二人は大きな声で、腹の底から笑った。

鮠兎と出掛けた日から上宮の身体の調子に少し良い兆しが見え始めた。

「明日から二、三日掛けて来目皇子の陵へ行こうと思うのだが、瑠璃（菟道貝蛸皇女の呼び名）も一緒に行きませんか」

「行きましょう。お連れ下さい。亡くなられた日には未だ二か月以上もございましょう。何故、今にとお考えになったのですか」

「いや、考えてのことではない。何故か、この頃、心が落ち着かなくて。勇貴（来目皇子の呼び名）のことを思い出したからなのだ」

「分かりました。和（私）も時々、箔杜《はくと》（竹田皇子の呼び名）のことをふと思い出して、会いに行きたくなりますから。でも、歳のせいなのか、行きたいと思っても中々行動に移せなくなってしまいました。行きたいと思った時に、直ぐに行動に移された方が良いと思います」

「竹田皇子様の処へは、よく行っていらしたのですか。少しも気が付かなくて、すみませんでした。吾は、自分の事ばかりで申し訳ない。もう遅いかもしれませんが、これからは瑠璃の方も向いて寄り添うよう心掛けます」

「豊人様の関心は、常に国であり、御心が民達のことに向いていることは王として当然のことです。和も豊人様の元に嫁がせて頂いたからには、常に同じ思いでいようと自ら覚悟しておりました。でも、たまにふと心が折れそうになることもあって、その様な時に箔杜のことを思い出し懐かしんでおりました。お許しください。和も人の子なのだとその時には思います。ですが母のことを思うと、自分はもっとしっかりしなければいけないとも思い直すのです。あの方こそ、ご自分とご自分の周りにありとあらゆる苦難が押し寄せてきても、泣き言一つ言わず必ず解決なさってきた。そんな母もただ一度、箔杜達が空しく逝ってしまった時だけは、もう二度と立ち直れないのではないかと思うほど落胆していました」

「今の吾には、痛い程大后様の御心が分かります。それで、あのような近い場所に竹田皇子様の御陵が造られているのですか。毎日、会いに行けるようになさっているのですね」

「母は一度も箔杜の陵には出向いておりません。あそこは、自分が箔杜と同じになった時に一緒に眠る場所だと言って未だに……」

「余程、悔しかったのでしょうね。きっと、大后様の中では竹田皇子様は生き続けておられるのでしょう。一緒に、祭事と政事をされておいでなのでしょう。そういう意味では、人は形としてこの世からいなくなっても、人の心の中で魂は生き続けるのかもしれません。吾の心の中にも、身罷った父や兄、弟の勇貴が今もおりますから……」

「ありがとうございます。和の心の内をお聞き下さって。何故か今日はいつも話せないお話を致しまして、心が軽くなりました」

「では、今度はお互いに、幼い頃の話を折に触れて一つずつ話してみませんか。無理にではなくて、この様に自然な形でなら良いのではと思います。思い返せば、こんなに長く一番近くにいるのにお互い何も知らないなんて、何と勿体ない事か。瑠璃が知っていることや、分かっていることをもっと教えて下さい」


上宮は病を得て斑鳩に来たことは、自分の人生の中でゆっくりものを考えたり感じたりすることが出来た時間だと思うようになった。今迄自分が一日中考えていたのは、皇后の言う通り国や民のこと、付き合う外つ国々のことだった。

少し離れてみるとそのようなことも、また違った見え方をする。そしてそれがこれからの、国を運営する上でも貴重な判断の基になるのかもしれないと思うようになっていた。

来目皇子の陵へ行くという計画を瑠璃に話した次の日、葛城に少し戻っていた鮠兎を斑鳩に呼んだ。瑠璃の提案で、母の穴穂部皇女に、来目皇子の正妃桜井弓張皇女達にも声を掛けるか掛けないかの相談をするためだった。

鮠兎が来ると上宮は直ぐにその相談をした。

「あまり声を掛け過ぎますと、大事《おおごと》になります。お二人とも折角ゆっくりお身体を休められてお顔の色も良くなってこられたばかりですから。この様に、何人もの方に声を掛けての行事のような形になるのは宜しくないと、われは思います」

鮠兎は未だ病み上がりに近い上宮の身を案じた。

「そうなるか。分かった。では、先ずは母様に相談してみよう。吾が身体の調子も戻りつつあることを、実際にお会いして見ても頂きたいから」

「それが良いと思います。穴穂部皇女様も随分ご心配されていましたから」

「ああ、では三人して、これから行こう」

上宮と鮠兎は馬で、菟道貝蛸皇女は川舟に乗ってそれぞれに穴穂部皇女の館近くまで向かった。館近くまで行くと、日頃静かな館付近の様子が違っていた。いつもより、立ち働く人の数が多く、上宮はその中に菩岐岐美郎女の姿を見つけた。

「菩岐《ほき》、どうした。何かあったのか」

「あっ、大王。それが、義母様が今し方お身体の調子が急に悪くなられまして、現在劉喘師を呼びに行かせているのですが……。大王のところへも、つい先ほど使いの者を走らせたのですが、行き違いになったのでしょう。どうかお入りください」

「どうしたんだろう。近年、お身体を壊されることなどなかったのに……」

「母様、母様。豊人です。お気をしっかりお持ちください。吾はもう大丈夫です。ご心配をお掛けして申し訳ありませんでした。瑠璃もこの通り元気にしております故、ご安心ください」

「義母様、瑠璃でございます。鮑兎様も来ておられますよ」

穴穂部皇女は、瑠璃の爽やかな声に反応して微笑んだ。そして、少し目を開けて、

「ええ、三人の顔がよく見えます。皆、元気そうでよかった」

弱々しくそうつぶやくように言うと、また目を閉じて眠った。

「菩岐、そなた何時頃からここに来るようになったのだ。以前はあまり来ていなかったであろう」

「刀自古郎女様には以前から時々は訪ねてほしいと言われていたのですが、刀自古様が居られる時には殆ど刀自古様にお任せしておりました。申し訳ありませんでした。でも、今は一番下の子の手も離れ刀自古様も居られませんから、時々はお訪ねしておりました。今日も、義母様のお好きな物をお作りしようと、訪ねましたところ。この様なことに……」

「そうだったのか。時々でも訪ねてくれて、感謝する。劉喘師は未だか……」

そうこうする内に声が聞こえた。

「医博士が来られました」

来た医博士の顔を見て上宮は驚いた。

「香華瑠、そなた何時から医博士になったのだ」

医博士として来たのは、薬博士として活躍している香華瑠だった。

「あっ。訳は後で、先ずは御病人を診させてください。朝希、こちらへ」

朝希と呼ばれた劉端の娘は香華瑠に嫁して医博士となっている。

「では皆様、暫くの間、外へ。診終りましたら、お声を掛けますので」

上宮にとっては暫くではなく、長い時が経ったように思えた。

「どうぞ、大王、お皇后様のお二人だけ、中にお入りになって下さい」

「どの様な具合でしょう」

「近親者で、会わせたい方が居られましたら出来る限り早くに呼んで差し上げて下さい」

「……。そ、それでは、もう……」

上宮はそれ以上何も言えなかった。菟道貝蛸皇女は、そんな上宮を抱きかかえるようにして涙を拭きながら気丈に言った。

「分かりました。飛鳥へ使者を出しましょう。鮑兎、入って」

急ぎ鮑兎は、穴穂部皇女が寝ている部屋へ入った。

「鮑兎、頼みます。飛鳥へ知らせに行って貰いたいのです。穴穂部皇女様が会いたいと思う方々に知らせるのです。急いで」

鮠兎は自ら殖栗皇子の所へ行き、人を遣って茨田皇子の元へ。そして、殖栗皇子に山背皇子と長谷皇子、片岡皇女とに知らせてほしいと伝言した。

穴穂部皇女の子や孫に伝えると同時に、大后と大臣にも穴穂部皇女の現状を伝えた。

「そうですか。いよいよ逝かれるのですね。和（私）は明日伺いますと、大王と皇后にお伝えください」

大后はそう言って、奥の拝礼所に籠った。

鮠兎が島の庄にいる大臣の所へ行くと、

「大后様はすぐ行かれるのか」

と聞いた。鮠兎が大后の『明日伺う』という返事を伝えると、自分も明日伺うからと言った。そして法興寺の大仏へ祈りを捧げに急いで出て行った。大后は落ち着いていたが、大臣の馬子は少し慌てているように鮠兎には見えた。

穴穂部皇女の現状を伝え終えた鮠兎は、急いで斑鳩の穴穂部皇女の館まで取って返した。

静かである筈の館の中から、話し声と泣き声が聞こえてきた。鮠兎は中に居る上宮に声を掛けてみた。

「上宮様。入っても宜しゅうございますか」

「おお、鮑兎入れ。ご苦労だった。ありがとう」

中へ入ると、穴穂部皇女は目を覚ましていた。

「鮑兎、やっと来ましたね。和（私）はそなたに会いたかった。いつも変わらないそなたの優しさが嬉しかった。周りの人々が、そなたの優しさにどれ程救われていたことか。本当にありがとう。これからも皆を、そなたの優しさで癒してあげてください。和の所に来てくれて感謝しています。上宮達のこと、これからも宜しくお願いします」

「わ、分かりました。われこそ、可愛がって下さって有難うございました」

鮑兎は、そう言うのがやっとだった。穴穂部皇女が、最後のお別れをしているのが分かったが、鮑兎は泣くのを堪《こら》えた。泣けば本当に別れが来てしまいそうで、泣けなかった。だが、上宮と鮑兎以外の者達は皆泣いていた。

最後に鮑兎に向けて話した穴穂部皇女は、

「少し疲れました。休ませて頂きます。皆会いに来てくれて、ありがとう」

そう言い終えると、静かに目を閉じた。しかしその閉じられた目が二度と開《あ》くことはなかった。あまりにも静かな最期だったので、皆亡くなったとは気付かなかった。時が経って、夜の帳が下りる頃になって山背が呟いた。

「息をしておいでではないような気がします」

別室に待機していた医博士が呼ばれて入ってきた。

「明かりを点けて下さい」

「身罷られております。本当に安らかに、眠っているようなお顔ですね。苦しまれることはなかったようです」

上宮は菟道貝蛸皇女と共に、薬博士の香華瑠と医博士の朝希に感謝の意を伝えた。

「穴穂部皇女様を、御蔭様で安らかにお見送りすることが出来ました。感謝申し上げます。劉喘師に良き最期の時を持たせて頂いて有難うございましたと、そして眠るように逝きましたとお伝えください」

そう言った後、上宮は初めて泣いた。


大后は穴穂部皇女が身罷った七日後の昼に、斑鳩の上宮が静養している館を訪ねた。

「今朝方、穴穂部皇女が地上から天に昇られましたので報告に来ました。和（私）にお別れを言いに来られると、お伝えが有ったので待っていたのです」

上宮は『えっ』という顔をして、大后を見つめた。

「あなたには、こういうことは分かりますまい」

大后は上宮の怪訝な顔には応えず、菟道貝蛸皇女の方に話し掛けた。

「瑠璃、遅くなってすみませんでしたね。お別れが今朝になったものですから」

そして上宮に向き直った。

「大王、これからのことを相談しても宜しいですか」

「吾も大后様にこれからの事についてご相談があります。吾から、先に申し上げても宜しいでしょうか」

「きっと同じことでしょうから、大王の相談をお聞きしましょう」

二人の間に梅の香りのする温かい葛湯が運ばれてきた。

「吾は穴穂部皇女の嫡男として、母の殯《もがり》の式の一切を取り仕切らなければなりません。そうなりますと、今から少なくとも半年は斑鳩で殯の儀のためにこの地に留まらねばならないでしょう。吾の現在の身体の状態を考えますと、朝議が開かれる時、飛鳥の小墾田宮との往復は少々困難かと思うのです。そこで、来春の正月朔日を以って、日嗣の皇子山背に正式に大王の座を引き継がせようかと思うのですが。このことについてどう思われますか」

「では、大王はもう大王として朝議にも出席しないし、群臣からの無理難題を全て新たな大王となる山背に受け持たせるということですね。

でも、急激な変化は、山背にも群臣達にも混乱が生じるのではないでしょうか。大王が穴穂部皇女様の殯《もがり》の期間に入られることは誰もが知ることですので、その事を利用されてはどうでしょうか。つまり、大王は母である穴穂部皇女の殯のため斑鳩に暫《しばら》く常駐しなければならないこと。もう一つは貴人であっても死は不浄です。穴穂部皇女様の殯の期間が終わるまでここ斑鳩に居ることによって、今後の障《さわ》りにはならない、と言い切れば良いのではないでしょうか」

上宮は目を閉じて深く息を吸い込んだ。

「大后様の深いお考え、恐れ入りました。明日、山背と大臣に来てもらって、この件は大后様にもご了解頂いたと話しても宜しいですね。それから、今吾の後ろ盾となっている蘇我氏、葛城氏、秦氏、膳氏等の処遇ですが、このままで良いでしょうか」

「現在大王がご存命なのですから、勿論そのままにしておきましょう。飽く迄も、半年後に穴穂部皇女様の喪が明けるまでの措置とする訳ですから。

しかし、今後においては大王が職に復帰されてからも、山背の大王代行の任は解かない方が良いでしょう。そうしませんと、将来大王に何かあった時に国の運営が滞るような事になり兼ねません。山背はもうずっと以前から、群臣に広く日嗣の皇子として認知されています。今回の、大王のお身体に静養が必要となった時に日嗣の皇子の山背を大王代行として指名したのは、方向性として正しかった。そして、穴穂部皇女様が身罷られるという不測の事態が発生しても、山背が大王代行として立派にその役目を果たしている。このことは、これからの政権の安定にも繋がりますから」

「分かりました」

「瑠璃、いえ皇后。皇后も分かっておられますね。このことと、それから後のことも」

「承知致しております。これから先のことに関しまして、お願いがございます」

「何ですか」

「和（私）も半年の間、穴穂部皇女様の殯《もがり》を務められる大王のお側で共に過ごしとうございます。大王のお身体が心配でもありますので、少しの間我儘を許して下さいませんか。本来なら、将来に備えて大后様にお仕えしながら祭事全般のことをお教え頂くのが和の今の務めだと分かっているのですが……」

菟道貝蛸皇女が上宮の身の回りのこと全てを菩岐岐美郎女に任せたくないのは気持ちの上で分かるものの、大后は少し迷った。

「皇后に託すことが沢山あるのです。でも、三か月だけ待ちましょう。その間は、橘姫を特訓しておきます。あの子があなたの居ない期間に厳しい祭事の儀式に一人でどれ程耐えられるか。まあ、三か月が良いところだとも思いますから」

「和の我儘をお聞き入れ下さってありがとうございます」

「大后様、ありがとうございます」

上宮は様々な事柄に深い思いを持って常に適切な助言をしてくれる大后に対し心から感謝した。そして、自分の思いを堂々と大后に告げられるようになった皇后の成長に対しても良かったと思った。


次の日、上宮からの連絡を受けて、山背と蘇我馬子、蘇我恵彌史が斑鳩の上宮の館を訪れた。

「大后様から、何か聞いていますか」

「大王の決断に従って下さいとの、仰せでした。大王は何を決断されたのですか」

「吾はこれから半年の間、穴穂部皇女様の殯において喪に服さねばなりません。そのため、月々の朝議に出席することが難しくなります。大后様から、殯における穢れについても指摘されています。それで、大后様にも了解して頂いたのですが、半年間、山背の大王代行を続行させることにしました。山背は日嗣の皇子と認められています。近い将来において、山背は大王となることが決まっていることは周知の事実です。

大臣、山背を頼みます。恵彌史、大臣が山背を甘やかす事無く、吾の時と同じように厳しく世の中というものを教えているかどうか見ていてほしい。そして、大臣が山背を甘やかす場合は、直ぐ吾に相談しに来てほしい」

「承知致しました。その様な時はわれが、大臣と、恐縮ですが山背皇子様のお二方を叱らせて頂いても宜しゅうございますか」

「ああ、大いに叱ってやってくれ。恵彌史、信頼している。大臣の後継ぎが、そなたのような公平公正な者で本当に良かった。山背と共に、これからの国造りの中心となっていってほしい」

上宮の力強い言葉に、恵彌史は気圧《けお》された。

「ははぁ。畏まりました。大王の御戻りをお待ち申し上げております」

恵彌史は心から上宮を慕うようになっていた。

「山背、吾が飛鳥を留守にしている間、何もかも任せる故しっかり頼んだぞ。それから、一つこれだけは吾からどうしても果たしたいこととしての頼みがある。今後、唐との国交が開かれた暁には早急に遣唐使を送り、長安城にいる学僧達や学生達を帰国させるのだ。そして、帰国した学僧や学生を正しく評価してそれなりの役割を持たせて、しっかり国に貢献して貰うのだ。また、唐との国交が未だ開かれない内は、その間の一年に一度は現地に人を遣り、学僧や学生達の状況を報告させなさい。国内に残されている家族の不安も取り除いてやらねばならない。大変だと思うが、これ等のことも含め頼む」

山背は何か父が遺言のような言い方をすることに違和感を覚えた。

「大王、半年など直ぐに過ぎます。亀鑑から聞きましたが、唐が落ち着くまでには時が少し掛かりそうですから、その様なことまで仰せにならずとも。唐が落ち着くのが早いに越したことはございませんが、半年の内には未だ無理ではありませんか」

「そうかも知れないが、半年の間は出来る限りそなたとそなたの側近達に任せたいのだ。山背達が、立派に国の運営をしてくれることを確かめたいという気持ちもあるのだ。分かってくれ。父の望みなのだ」

「分かりました。ご期待に沿えるよう、頑張ります」


山背達が帰った後、上宮は身体を横たえて休みながら考えた。

一日先には何があるか誰にも分からない。上宮は自分が病んでそう考えるようになった。刀自古の時も、母穴穂部の時もそれは突然だった。父や兄は病に侵されながらも少しの間生きたから、それなりの覚悟は出来たが、亡くなり方は人それぞれに違う。病んでいる期間や病の種類も異なるのだ。

自分は後どのくらい生きられるのだろうか。生きている内にやり残したことは無いかと考えてみたが、あまりに多くあり過ぎて、後何十年《あと》生きてもやり切ることは不可能だと思い知った。目の前にある、やりたかったことの項目を挙げただけでも、引き継いだ山背の一生をかけても難しそうだった。

上宮は大きく溜《た》め息《いき》をついて、

「もう少し時がほしいな。人の始まりは生まれ出ること。そして生まれた瞬間から老いて、その中で病を得て死を迎える。そのどれ一つ取って見ても、自由自在ではない。自分の命であるのに、生まれる場合の親を選べず、どのような場所に生まれるかも分からず、厭だと思っても老いは容赦ない。そして死ぬるその時もまた、何時と自分で選べるわけではない。人でなくとも、動物、植物、森羅万象われらの思い通りになるものは何一つとして無い。そんな中で、何故これほどまでに生きとし生けるものは自らの命を愛《いと》おしいと思い、懸命に生きようとするのだろうか」

と、独り言をつぶやいた。

釈尊は幸せだったのだろうか。釈尊はどれ程の人々を、仏教を説くことで救えたのだろうか。確かに、救われた人々もいたに違いない。だからこそ今も、釈尊の教えは語り継がれているのだ。自分は考え過ぎなのか、とも思う。菟道貝蛸皇女も刀自古も『勝鬘経』の講義から考え方が変わったと話していた。講義をした自分が何故今になっても、この様に吹っ切れていないのか。それは、自分の中に疑う気持ちがあるからなのか。心の底から釈尊の説いたことを理解すれば、自分も変われるのか。

年が明けて六二二年、朝賀の席に上宮の姿は無かった。しかし、以前からそう告げてあったこともあって、大王代行である日嗣の皇子山背の下で、式典は順調に始まりそして終わった。

次の日、朝賀の状況を葛城鮠兎が斑鳩の上宮のところに報告に来た。

「万事恙無《つつがな》く終了いたしました。山背皇子様は式の最後まで立派に勤め上げられました」

「そうか。だが、その分だと随分緊張していたようにも思える。大丈夫だろうか」

「誰でも、緊張致します。緊張しない方がおかしいのです。群臣も分かっております。殆《ほとん》どが山背皇子様に好意的な方々です。ご心配も分かりますが、これから少しずつ、どちらも慣れていくでしょう」

「そうだな。吾も初めは何も知らないところからだった。大后様や大臣に色々と教えて頂いたものだ。今の山背よりもっと何も分からないところからの出発だった。しっかりと引き継がれていくものなのだな。もう心配しても始まらない。任せよう。そうしよう。そう思うと、心が軽くなるようだ。

鮠兎、この間ふと訪れた片岡の一つの郷の長はどうしておられるだろうか。この間からちょっと気になっているのだ。また行こうと思っていたが、何やかやで一月を過ぎてしまった」

「では、二、三日内に行って参りましょうか。上宮様も一緒に行かれますか」

「いや、吾はこの頃少し疲れやすくなってしまったから、鮠兎行ってきてくれるか」

「分かりました。この間のお礼に何か持って行きましょうか」

「そうだな、干し柿は未だ有るだろうか。あれば、干し柿と干し栗に布一反《いったん》を持って行ってくれるか」

「余程《よほど》気になっておられたのですね。承知致しました。では、早速明日にでも行ってきます」

「頼むよ」

鮠兎は菟道貝蛸皇女から上宮が用意させた郷への土産を受け取って帰った。


翌日、鮠兎が上宮と一緒に行った郷へ行ってみると、片岡の郷はひっそりと静まり返っていた。郷の奥に入って行くと、郷長が居た館の前で、民が集まって泣いていた。どうしたのかと聞くと、先日郷長が息を引き取ったのだと言う。皆それぞれに持ち寄った供物を供えていた。鮠兎もそれに倣《なら》い、上宮から預かった物と自ら用意した物を供えて冥福を祈った。

鮠兎はこのことを上宮に伝えるべきかどうか迷い、上宮のところへなかなか行けなかった。


鮠兎の次に上宮の館を訪れたのは境部摩理勢だった。摩理勢は上宮の痩せた身体が心配で、猪の乾燥肉を持ってきた。

「お皇后様。大王に猪の肉は大丈夫でしょうか。召し上がれますか」

「食べないことはありませんが、このところ食が細っているので……。召し上がるかどうか聞いてみましょう」

上宮は今朝も身体が辛く起きられなかった。菟道貝蛸皇女から声を掛けられても起きられず、境部摩理勢は上宮に会えないまま帰った。

上宮は後で、皇后から摩理勢が猪の干し肉を持ってきてくれたと告げられた。

「摩理勢に悪いことをしたな。干し肉か、少しかじってみようかな。それと、例の薬湯を頼む」

上宮は少し干し肉をかじり、薬蕩を飲み干した。

「梅粥でも召し上がりませんか」

「そうだな。少し頂こうかな」

ここ最近、あまり食べられなかった上宮が食べてくれると言うので、菟道貝蛸皇女は喜んで梅粥を作らせた。


上宮は一日中眠る日が多くなっていた。菟道貝蛸皇女はそんな上宮を侍女たちに任せず、自ら進んで身の回りに気を配っていた。そんなある日、皇后が中々起きてこないので侍女が心配して部屋に行って声を掛けた。返事がないので部屋に入ると菟道貝蛸皇女が眠るように亡くなっていた。

侍女頭の曽々乃と相談して、目を覚ました上宮に皇后の死を伝えると、上宮は今まで起きられなかった身体を起こして、菟道貝蛸皇女の元まで歩いて行った。

「今まで、本当にありがとう。われの元に嫁いできたから、大変だったでしょう。ゆっくりおやすみなさい。本当に、ありがとう」

上宮は菟道貝蛸皇女の側に寄り添うように倒れ込んだ。

上宮は一人横たわっていた。亡くなった菟道貝蛸皇女に代わり飛鳥から来た橘姫が、上宮の側に居た。橘姫は甲斐甲斐しく上宮の世話をしていた。ふと気付くと今迄眠っていた上宮が目を覚まし、微笑んでいた。

「お目覚めになられましたか。お辛い所はありませんか」

上宮は弱々しい声だが、はっきりと言った。

「どこも痛くはないよ。山背達を呼んでほしい」

「直ぐに呼びますから、お待ちください」

山背達が、上宮の側に来た。

「父様。正晧です」

「ああ、正晧。そなたに国のこと全てを託す時が来たようだ。民を慈しみ良い国を造るという重い責任を、しかと引き受けてくれるか」

「はっ、しかとお引き受け致します」

「良かった。そなたが心から言い切ってくれるなら、安心だ。皆、ありがとう。山背と共に後を頼みます」

上宮はそう言った後、静かに息を引き取った。


その日、白く美しい雲が虹色に染まったのを多くの人々が目にしていた。

『飛鳥から遥かなる未来のために（玄武）』完
（『飛鳥から遥かなる未来のために』シリーズ完）

【参考文献等】

（著者等の五十音順）

浅田芳朗著『図説　播磨国風土記への招待』　柏書房　一九八一年

浅田芳朗著『播磨風土記への招待』　柏書房　一九八一年

芦田耕一・原豊二著『出雲文化圏と東アジア』　勉誠出版　二〇一〇年

甘粕健著『市民の考古学5　倭国大乱と日本海』　同成社　二〇〇八年

新城俊昭著『琉球・沖縄の歴史と文化　高等学校・書き込み教科書』　編集工房東洋企画　二〇一二年

石井公成WEBサイト『聖徳太子研究の最前線（二〇一〇年六月一二日・一五日）』　二〇一四年一〇月二三日参照

石井公成著『聖徳太子　実像と伝説の間』　春秋社　二〇一六年

石川昌史編『學鐙　第96巻　第12号』　丸善　一九九九年

石田幹之助著『長安の春』　講談社　一九七九年

石野博信著『弥生興亡　女王・卑弥呼の登場』　文英堂　二〇一〇年

一然著／金思訳『三国遺事』　明石書店　一九九七年

伊藤博校注『万葉集　「新編国歌大観」準拠版（上・下）』　角川学芸出版　一九八五年

伊藤博校注『万葉集（上巻）』　角川グループパブリッシング　二〇〇七年
稲畑耕一郎監修／劉煒編／尹夏清著／佐藤浩一訳『図説　中国文明史⑥　隋唐　開かれた文明』　創元社　二〇〇六年
井上秀雄・旗田巍編『古代日本と朝鮮の基本問題』　學生社　一九七四年
井上秀雄著『変動期の東アジアと日本』　日本書籍　一九八三年
伊波普猷著『古琉球』　岩波新書　二〇〇〇年
植木雅俊著『仏教、本当の教え』　中央公論新社　二〇一一年
植木雅俊著『仏教学者・中村元』　角川学芸出版　二〇一四年
植木雅俊訳・解説『サンスクリット版縮訳　法華経　現代語訳』ＫＡＤＯＫＡＷＡ　二〇一八年
上田正昭・井上秀雄編『古代の日本と朝鮮』　學生社　一九七四年
上田正昭著『帰化人』　中央公論社　一九九四年
上田正昭著『古代日本の女帝』　講談社　一九九六年
上田正昭著『古代の日本と東アジアの新研究』　藤原書店　二〇一五年
上田正昭著『聖徳太子』　平凡社　一九七八年
上田正昭著『日本古代史をいかに学ぶか』　新潮社　二〇一四年
上田正昭著『私の日本古代史（上・下）』　新潮社　二〇一二年
上田正昭編『風土記（風土記の世界）』　社会思想社　一九七五年
上田正昭ほか著『東アジアの古代文化　創刊五〇号記念特大号』　大和書房　一九八七年

【参考文献等】

上野誠著『万葉体感紀行　飛鳥・藤原・平城の三都物語』　小学館　二〇〇四年
上原和著『斑鳩の白い道の上に』　朝日新聞社　一九七五年
上原和著『法隆寺を歩く』　岩波書店　二〇〇九年
梅原猛著『聖徳太子　1～4』　集英社　一九九三年
上井久義著『日本古代の親族と祭祀』　人文書院　一九八八年
愛媛国語国文学会編『愛媛国文研究　第15号』　愛媛国語国文学会　一九六五年
榎村寛之著『伊勢神宮と古代王権』　筑摩書房　二〇一二年
慧立・彦悰著／長澤和俊訳『玄奘三蔵』　講談社　一九九八年
王勇著『中国史のなかの日本像』　農山漁村文化協会　二〇〇〇年
王勇著『唐から見た遣唐使』　講談社　一九九八年
大橋信弥著『古代豪族と渡来人』　吉川弘文館　二〇〇四年
大橋信弥著『日本古代国家の成立と息長氏』　吉川弘文館　一九八四年
大和岩雄著『日本神話論』　大和書房　二〇一五年
大和岩雄著『秦氏の研究』　大和書房　二〇〇四年
岡本八重子編『古寺を巡る（四天王寺）』　小学館　二〇〇七年
小川光三撮影／西村公朝ほか文・安田瑛胤特別寄稿『魅惑の仏像　薬師三尊』　毎日新聞社　二〇〇一年
沖森卓也・矢嶋泉・佐藤信著『出雲風土記』　山川出版社　二〇〇五年

小田富士雄・西谷正・申敬澈・東潮著『伽耶と古代東アジア』　朝日新聞西部本社　一九九三年
景浦勉著『伊予の歴史（上）改訂四版』　愛媛文化双書刊行会　一九九六年
加藤謙吉著『大和政権と古代氏族』　吉川弘文館　一九九一年
加藤咄堂著『味読精読十七条憲法』　書肆心水　二〇〇九年
角林文雄著『任那滅亡と古代日本』　学生社　一九八九年
金谷治訳注『大学・中庸』　岩波書店　一九九八年
金谷治訳注『論語』　岩波書店　一九六三年
北川和男編『學鐙　第９４巻　第５号』　丸善　一九九七年
北川和男編『學鐙　第９５巻　第４号・第５号』　丸善　一九九八年
金達寿著『見直される古代の日本と朝鮮』　大和書房　一九九四年
川本芳昭著「隋書倭国伝と日本書紀推古紀の記述をめぐって」『史淵　第１４１輯』
九州大学大学院人文科学研究院　二〇〇四年
九州歴史資料館編『大宰府政庁跡』　吉川弘文館　二〇〇二年
京丹後市史資料編さん委員会編『京丹後市の伝承・方言』　京丹後市役所　二〇一二年
京都府竹野郡弥栄町編『丹後と古代製鉄』　京都府竹野郡弥栄町役場　一九九一年
京都府竹野郡弥栄町役場編『古代製鉄と日本海文化』　京都府竹野郡弥栄町役場　一九九三年
金富軾著／林英樹訳『三国史記（中）百済本紀』　三一書房　一九七五年
黒板勝美／國史大系編修會編『國史大系　第一二巻　扶桑略記／帝王編年記』　吉川弘文館

【参考文献等】

黒崎直著『飛鳥の宮と寺』　山川出版社　二〇〇七年
氣賀澤保規編『遣隋使がみた風景』　八木書店　二〇一二年
小島憲之・直木孝次郎ほか校注・訳『新編日本古典文学全集3・4　日本書紀②・③』　小学館　二〇〇二年・二〇〇六年
古代学研究所編『東アジアの古代文化（50号）』　大和書房　一九八七年
古代学研究所編『東アジアの古代文化（104号）』　大和書房　二〇〇〇年
古代学研究所編『東アジアの古代文化（105号）』　大和書房　二〇〇〇年
後藤蔵四郎著『出雲國風土記考證』　大岡山書店　一九二六年
小林昌二編『古代王権と交流3　越と古代の北陸』　名著出版　一九九六年
駒田利治著『伊勢神宮に仕える皇女・斎宮跡』　新泉社　二〇〇九年
斎藤忠著『古都扶余と百済文化』　第一書房　二〇〇六年
佐伯有清著『日本古代氏族の研究』　吉川弘文館　一九八五年
酒井龍一・荒木浩司・相原嘉之・東野治之著『飛鳥と斑鳩　道で結ばれた宮と寺』　ナカニシヤ出版　二〇一三年
坂本太郎・平野邦雄監修『日本古代氏族人名辞典』　吉川弘文館　一九九〇年
佐々木閑著『別冊100分de名著　集中講義　大乗仏教』　NHK出版　二〇一七年
佐藤仁威・中江忠宏著『もっと知りたい伝えたい　丹後の魅力（改訂版）』

全国まちづくりサポートセンター　二〇一〇年
司馬遷著／市川宏・杉本達夫訳『史記1　覇者の条件』　徳間書店　一九七七年
司馬遷著／小竹文夫・小竹武夫訳『史記8　列伝（四）』　筑摩書房　一九九九年
司馬遼太郎『この国のかたち　五』　文藝春秋　二〇〇一年
上代文献を読む会編『風土記逸文注釈』　翰林書房　二〇〇一年
白石太一郎著『近畿の古墳と古代史』　学生社　二〇〇七年
白石太一郎編『日本の時代史1　倭国誕生』　吉川弘文館　二〇〇二年
白洲正子著『かくれ里』　講談社　二〇〇二年
鈴木靖民編『日本の時代史2　倭国と東アジア』　吉川弘文館　二〇〇二年
前近代女性史研究会編『家・社会・女性　古代から中世へ』　吉川弘文館　一九九八年
高田良信著『法隆寺の歴史と信仰』　法隆寺（小学館）　一九九六年
瀧音能之編『出雲世界と古代の山陰』　名著出版　一九九五年
瀧藤尊教・田村晃祐・早島鏡正訳『聖徳太子　法華義疏（抄）・十七条憲法』
竹田晃編『中国の古典17　後漢書（巻八十五・東夷列伝）』　学習研究社　一九八五年
田中天著『鉄の文化史』　海鳥社　二〇〇七年
谷川健一著『四天王寺の鷹』　河出書房新社　二〇〇六年
谷川健一著『大嘗祭の成立』　冨山房インターナショナル　二〇〇八年
田村圓澄著『筑紫の古代史』　学生社　一九九二年

【参考文献等】

丹後町古代の里資料館編『丹後町の歴史と文化』　丹後町古代の里資料館　一九九四年
鄭詔文編『日本のなかの朝鮮文化（第三十号）』　朝鮮文化社　一九七六年
陳舜臣著『小説十八史略（一〜六）』　講談社　一九九二年
陳舜臣著『諸葛孔明（上・下）』　中央公論社　一九九三年
坪倉利正著『丹後文化圏』　丹後古代文化研究所　一九九九年
帝国書院編集部著『地図で訪ねる歴史の舞台　日本』　帝国書院　二〇〇三年
道教學會編『東方宗教　115号』　法蔵館　二〇一〇年
直木孝次郎著『日本の歴史2・古代国家の成立』　中央公論社　一九六五年
中嶋利雄・原田久美子編『日本民衆の歴史　地域編10　丹後に生きる』　三省堂　一九八七年
中野イツ著『斎宮物語』　明和町教育委員会　一九八一年
中村元・早島鏡正訳『聖徳太子　勝鬘経義疏・維摩経義疏（抄）』　中央公論新社　二〇〇七年
中村元著『中村元選集（決定版）別巻6　聖徳太子』　春秋社　一九九八年
中村元著『日本思想史』　東方出版　一九八八年
奈良国立博物館編『第六十三回正倉院展目録』　仏教美術協会　二〇一一年
日本野鳥の会編『野鳥観察ハンディ図鑑　新・山野の鳥』　日本野鳥の会　二〇〇三年
日本野鳥の会編『野鳥観察ハンディ図鑑　新・水辺の鳥』　日本野鳥の会　二〇〇四年
野崎康弘著『今こそ必要！　あなたの食養生と経絡養生』　漢方の野崎薬局　二〇一二年
橋爪大三郎・植木雅俊著『ほんとうの法華経』　筑摩書房　二〇一五年

橋本澄夫著『日本の古代遺跡43　石川』　保育社　一九九〇年
畑井弘著『物部氏の伝承』　三一書房　一九九八年
福永武彦訳『日本国民文学全集　第一巻　古事記』　河出書房　一九五六年
福永光司著『荘子　古代中国の実存主義』　中央公論社　一九七八年
福永光司著『道教と古代日本』　人文書院　一九八七年
福永光司・上田正昭・上山春平著『道教と古代の天皇制』　徳間書店　一九七八年
佛書刊行會編纂『大日本佛教全書　112　聖徳太子傳叢書（上宮聖徳太子傳補闕記）』
佛書刊行會　一九一二年
佛書刊行會編纂『大日本佛教全書　118　寺誌叢書（元興寺縁起　佛本傳來記）』
佛書刊行會　一九一三年
外園豊基著『最新日本史図表（新版）』　第一学習社　二〇一四年
外間守善著『沖縄の歴史と文化』　中央公論社　一九八六年
松木武彦著『未盗掘古墳と天皇陵古墳』　小学館　二〇一三年
松前健・白川静ほか著『古代日本人の信仰と祭祀』　大和書房　一九九七年
松本浩一著『中国人の宗教・道教とは何か』　ＰＨＰ研究所　一九九六年
黛弘道編『蘇我氏と古代国家』　吉川弘文館　一九九一年
森公章編『日本の時代史3・倭国から日本へ』　吉川弘文館　二〇〇二年
森浩一編『古代の日本海諸地域　―その文化と交流―』　小学館　一九八四年

【参考文献等】

安岡正篤著『日本精神通義』　エモーチオ21　一九九三年
山尾幸久著『古代の近江』　サンライズ出版　二〇一六年
山尾幸久著『古代の日朝関係』　塙書房　一九八九年
山田宗睦ほか『古代王朝の女性』　暁教育図書　一九八二年
吉岡康暢著『人類史叢書9　日本海域の土器・陶磁（古代編）』　六興出版　一九九一年
吉野裕訳『風土記』　平凡社　二〇一一年
吉村武彦著『蘇我氏の古代』　岩波書店　二〇一五年
若月義小著『冠位制の成立と官人組織』　吉川弘文館　一九九八年
和銅博物館編『和銅博物館　総合案内』　和銅博物館　二〇〇七年

◆著者プロフィール
朝皇　龍古（あさみ　りゅうこ）
1952年生まれ。古代歴史研究家、小説家。
研究分野：東アジアの中の古代日本
著書：古代歴史小説『遥かなる未来のために（青龍）』
『飛鳥から遥かなる未来のために（朱雀・前編）』
『飛鳥から遥かなる未来のために（朱雀・後編）』
『飛鳥から遥かなる未来のために（白虎・前編）』
『飛鳥から遥かなる未来のために（白虎・後編）』

飛鳥から遥かなる未来のために
（玄武）

2024年5月15日　初版第1刷発行
著　者　　朝皇　龍古

発行所　　ブイツーソリューション
〒466-0848 名古屋市昭和区長戸町4-40
電話 052-799-7391　Fax 052-799-7984
発売元　　星雲社（共同出版社・流通責任出版社）
〒112 - 0005 東京都文京区水道1-3-30
電話 03-3868-3275　Fax 03-3868-6588
印刷所　　藤原印刷

ISBN978-4-434-33825-0